CSSCI集刊　学术支持单位　南京大学文学院　第6卷·①

中国古今文学演变研究专辑

南京大学出版社

《文学研究》编委会

学术顾问 周勋初　董　健
主　　编 徐兴无　王彬彬
副 主 编 苗怀明　汪正龙　董　晓
编　　委（按姓氏笔画排序）
　　　　　　丁　帆　王彬彬　巩本栋　刘　俊
　　　　　　许　结　肖锦龙　吴　俊　汪正龙
　　　　　　沈卫威　张伯伟　苗怀明　金鑫荣
　　　　　　赵宪章　胡星亮　高小康　莫砺锋
　　　　　　徐兴无　董　晓
执行编委 苗怀明

目 录

从"瓠落"到"桴浮":出土文献与早期中国文学史的习得性重构 …… 倪晋波　柳　宏 / 1
文学与历史书写下的宋孝武帝悼亡形象 …………………………………… 赫兆丰 / 9
《文心雕龙》的时空观 ……………………………………………………… 管正平 / 21
涩体,一种文学竞争的策略
　　——唐徐彦伯文风及其流变初探 ……………………………………… 赵庶洋 / 27
晚唐诗人王涣与其《惆怅诗》考论 ………………………………………… 王治田 / 39
"燕行录"对古代沈阳文学之意义探析 …………………………………… 赵　旭 / 52
变与不变:蚕花戏的原初面貌及其变异 …………………………………… 王　昊 / 64
明清世情题材小说中人伦关系的跨越与淆乱 …………………………… 朱锐泉 / 71
论明清曲谱对犯调曲牌名的整改 ………………………………………… 许莉莉 / 87
明代戏曲命名再探 ………………………………………… 李　奎　吴美玲 / 97
清初小说书坊"课花书屋"考 …………………………………………… 文革红 / 106
《金瓶梅》袭用《水浒传》部分版本考论 ………………………………… 邓　雷 / 114
阵前出生的孩子
　　——穆桂英和陈靖姑 ………………………（日）大塚秀高撰　王子成译 / 128

※　　※　　※

《光明日报·文学评论》与1950年代初期的文学批评 ………………… 布莉莉 / 147
"技术主义"与新世纪乡土小说的文体实验 …………………… 朱言坤　李兴阳 / 157
当代社会"群体症候"的多维影像
　　——鲁敏都市小说论 …………………………………………………… 华珉朗 / 166

CONTENTS

From Huluo to Fufu: Excavated Texts and Learned Reconstruction of the History of Early Chinese Literature ········· Ni Jinbo & Liu Hong / 1

Emperor Xiaowu's Lament Image Created by Literary and Historical Writing ········· Hao Zhaofeng / 9

The Time-space View in Liuxie's *Wen Xin Diao Long* ········· Guan Zhengping / 21

Obscure Style, A Strategy for Literary Competition: Study on Xu Yanbo's Writing Style and It's Development ········· Zhao Shuyang / 27

A Study on the late Tang Poet Wang Huan and His "Melancholy Poems" ········· Wang Zhitian / 39

A Study about the Ideas of "Yan Xing Lu" on the Ancient Shenyang Literature ········· Zhao Xu / 52

On the Original Appearance of Silkworm Flower Drama and Its Variation ········· Wang Hao / 64

On the Crossing Roles and Confusions of Ethical Relations in Ming and Qing Realistic Theme Novels ········· Zhu Ruiquan / 71

On the Rectification of Fan Diao Tunes by the Opera Scores in Ming and Qing Dynasties ········· Xu Lili / 87

Research on the Naming of Opera in the Ming Dynasty ········· Li Kui & Wu Meiling / 97

Textual Research on the Fiction Bookstore "KeHua ShuWu" in the Early Qing Dynasty ········· Wen Gehong / 106

A Study on *The Golden Lotus*' Taking over *Outlaws of the Marsh* ········· Deng Lei / 114

Children Born on Battlefront—Mu Guiying and Chen Jinggu
.... Otsuka Hidetaka trans by Wang Zicheng / 128

※　　　※　　　※

The Literary Supplement of *Guangming Daily* and the Literary Criticism
  in the Early 1950s .... Bu Lili / 147

"Technicism" and the Stylistic Experiment of Local Novels in the New Century
.... Zhu Yankun & Li Xingyang / 157

Multi-dimensional Images of Contemporary Social Group Syndrome—A Study on
  Lu Min's Urban Fictions .... Hua Minlang / 166

从"瓠落"到"桴浮":出土文献与早期中国文学史的习得性重构

倪晋波　柳　宏*

摘　要:自19世纪后期以来,中国文学史著的撰写范式已经历了三次转换,即:以文体为导向,强调经世致用的文章流别史;以作者作品为主、体裁潮流为辅的作家作品史;以文本为重心,强调文本、文学、文化互渗的"大文学史"。对文学史编撰者来说,范式的转换是逼近"完美的文学史"的基本路径,但也带来"瓠落的文学史"之惑。就阅读者而言,他者性和滞后性是编撰者主导式的文学史著的两种内在缺陷,其困惑则是:我们面对的是"真实的文学史"吗?基于阅读者视角,文学史有三个层次:原生文学史、文本文学史和习得文学史,后者是其最终追求。阅读者主动利用最新出土文献,跳脱文本文学史之囿,或可接近"真实的文学史",特别是早期中国文学史。

关键词:范式;"瓠落的文学史";出土文献;习得文学史

美国汉学家宇文所安先生在《瓠落的文学史》一文中,用"瓠落"一词表达了对中国文学史著的困惑。"瓠落"一词源出《庄子·逍遥游》:"惠子谓庄子曰:'魏王贻我大瓠之种,我树之成而实五石。以盛水浆,其坚不能自举也;剖之以为瓢,则瓠落无所容。非不呺然大也,吾为其无用而掊之。'"该词本意是"空廓""落拓"。宇文所安先生借以指出,尽管现有的中国文学史著都充满自信,但问题是"我们对文学史的理解和学术界常见的文学史存在相当大的距离",故而这些文学史著"因为太大,反而无用"。[①] 这便是"瓠落"一词在其文中的基本寓意。指陈历来的中国文学史著为"瓠落的文学史",此论固然可议,但若视其为"完美的文学史",亦确乎过于乐观。也正因此,一代代文学史家不断进取,意图弥补遗憾。然而,无论是"瓠落的文学史",还是"完美的文学史",多是基于编撰者的立场而言的;若从阅读者的视角看,"真实的文学史"可能更重要。那么,"瓠落的文学史"之叹因何而生?何为"真实的文学史"?达至此种文学史是否可能?对这些问题的回应,首先需要回溯百年来的中国文学史撰写历程。

---

* **作者简介**:倪晋波,扬州大学文学院副教授,主要研究方向为先秦两汉文学;柳宏,扬州大学文学院教授,主要研究方向为古代经学与文学。项目基金:江苏高校品牌专业建设工程(PPZY2015A011)、江苏高教教改课题"人类命运共同体视野下汉语言文学品牌专业建设路径研究"(2017JSJG008)、国家社科基金(17BZW059)。

① 宇文所安:《瓠落的文学史》,《中国学术》2000年第3期。

一、由"泛"而"大":中国文学史撰写范式的百年嬗递

为了弥补"瓠落的文学史"之憾,宇文所安先生与孙康宜教授共同编撰了《剑桥中国文学史》,意在"质疑那些长久以来习惯性的范畴,并撰写出一部既富有创新性又有说服力的新的文学史"①。《剑桥中国文学史》最终能否达成此愿,还需要时间来检验,但不可否认的是,该书是一百多年来中国文学史撰写范式又一次转变的代表作之一。一般而言,20世纪初以来的中国文学史撰写范式经历了三种变化。

第一种范式是以文体为导向、强调经世致用的文章流别史,出现在20世纪初,以林传甲《中国文学史》等为代表。林氏明言,其书体例依《奏定大学堂章程》"中国文学专门科目"之"研究文学众义"而定:"大学堂研究文学要义,原系四十一款,兹已撰定十六款,其余二十五款,所举纲要,已略见于各篇,故不再赘";"目次凡十六篇,每篇十八章,总二百八十八章,每篇自具首尾,用纪事本末之体也。每章必列题目,用通鉴纲目之体也"。② 以今言之,林著文学史大体以"经史子集"来分类,其与文学最近的"集部"则据文体分章,是"历代文章流别"。同时,作为林著纲领的《奏定大学堂章程》强调:"学堂不得废弃中国文辞,以便读古来经籍。中国各体文辞,各有所用。……中国各种文体,历代相承,实为五大洲文化之精华。且必能为中国各体文辞,然后能通解经史古书,传述圣贤精理。"③可见,以文体为核心来撰写文学史,其目的在经世致用、导承传统。此期文学史家对文学的认知具有明显的泛学术化特征,而《奏定大学堂章程》的指示更表明此时的文学无法完全走出政教附庸的地位,这也是此一时期文学史的明显缺陷。

第二种范式是以作者作品为主、体裁潮流为辅的作家作品史,20世纪四五十年代以后出现的文学史著多以此为例。20世纪50年代出现了一次关于中国文学史撰写体例的大讨论。游国恩先生在其具有总结性的《对于编写中国文学史的几点意见》中说:"文学史的体例……大体不外两种:一种是以作家为主的编写法,一种是以问题为主的编写法。……各有短长,各有利弊。……一方面以作家为主,依时代先后叙述,必要时允许照顾到各种文学种类、文学体裁的发展,以及各个文学潮流的趋势,因而不妨采取以体裁、派别等为辅的办法来补救。"④由此,以作者、作品为核心,以体裁、思潮等为辅翼的作家作品史写作模式正式成为主流,其所主编的"游本文学史"堪称代表。此后,中国文学史著的写作大体依循此式。这一范式确立了文学的中心地位,但无法摆脱文学史等同于朝代史的掣肘。

第三种范式是以文本为重心,强调文本、文学、文化互渗的"大文学史",以上文提到的《剑桥中国文学史》等为代表。该书主撰者提出了"文学文化史"的观点,声称要"尽量脱离那种将该领域机械地分割为文类(genres)的做法,而采取更具整体性的文化史方法:即一种

---

① 孙康宜、宇文所安:《剑桥中国文学史》,生活·读书·新知三联书店2013年版,第2页。
② 林传甲:《中国文学史》,见陈平原辑《早期北大文学史讲义三种》,北京大学出版社2005年版,第27—28页。
③ 璩鑫圭、唐良炎编:《中国近代教育史资料汇编·学制演变》,上海教育出版社2007年版,第499页。
④ 游国恩:《对于编写中国文学史的几点意见》,《光明日报》1957年1月6日。

文学文化史(history of literary culture)";"另一个随着文学文化的大框架自然出现的特点是:《剑桥中国文学史》较多关注过去的文学是如何被后世过滤并重建的"。按照孙康宜和宇文所安先生接受公开采访时所言,所谓"文学文化史",其关注重点是一个文本如何产生、如何被接受及与其他文本之间的关系等,其基本思路是将文本、文学、文化视为有机整体,充分关注制度文化等与精神文化之间的互动及其对文学创作的影响,其基本方法是把文学作品置于文本生成及相关制度的更大语境中去考察,并探究不同文体之间联系及相互影响等,其撰写体例是突破文体中心和朝代分期的传统范式,而更多关注文学如何被过滤、重建、改写及经典化。① 总而言之,"文学文化史"的核心逻辑是将文学史视为某个时代或地域的特有文化阐释方式。在某种意义上,这一范式也是近年来"大文学史观"下中国文学史写作的最新成果之一,因而引发了学界的热烈讨论。

　　对文学史编撰者来说,范式的转换是逼近"完美的文学史"的基本路径;然而,对于阅读者来说,范式的嬗迁也许并不能解决"瓠落的文学史"之惑。因为无论编撰范式怎样变化,文学史著都不能改变其缺憾:无法在第一时间将新材料补充入史。比如,近数十年来,出于地下的文学文献激增,引发了学界对于重写中国文学史的热切讨论,更有学者直言局部文学史"非得重写不可"。② 然而,兹事体大,言易行难,一部"完美"地融合现有出土文献和传统文献的文学史至今未见。即使是局部改写,也异常缓慢。袁世硕先生主编《中国古代文学史》是当下高校力推的中文系最新教材,使用者日众;其在2018年8月推出的修订二版,比较注意利用出土文献。如,第二编《秦汉文学》第二章《西汉辞赋》,有一小节"无名氏《神乌赋》"。③《神乌赋》出土于1993年,是国内发现的第一篇西汉俗赋。作为一种文体,俗赋过去因为文本遗存极少而罕有知者,20世纪初,随着敦煌写本《韩朋赋》等赋作的发现,其体裁、特征才逐渐被揭示。《汉书·艺文志》"诗赋略"录载"赋"70家,1000余篇,包括"杂赋"12家,共230多篇,俗赋包含在"杂赋"中。上述赋文,绝大多数今已不存。由此可见《神乌赋》的文学史意义何其重要! 但其被写入文学史又何其迟也! 更重要的是,2009年初北京大学收藏的西汉竹书中又发现了一篇俗赋,名为《妄稽》,长达3000余字。该赋的出土,不仅结束了西汉俗赋只有一篇《神乌赋》作为孤证的局面,而且表明汉赋除了骚体赋、体物大赋、抒情小赋外,还存在故事赋这一类型。④ 但是,上述文学史著对此竟不置一词。与之相类,该著第四编《隋唐五代文学》第八章《传奇和敦煌文学》,将敦煌文学分为以《文选》和李白诗歌等为代表的文人文学,以变文、曲子辞和王梵志诗为代表的通俗文学⑤,但却忽略了敦煌写本俗赋。要知道,早在1900年,敦煌写卷中就发现了十多篇以赋为名的作品,其中俗赋有《韩朋赋》、《燕子赋》、《晏子赋》、《赵洽丑妇赋》等。1979年,敦煌马圈湾汉代烽燧遗址中又发现了一枚与韩朋故事有关的西汉残简⑥。但是,这些价值颇大的文学文本和相关讨论同

---

① 石剑峰:《在文本生成的历史语境中书写"文学文化史"——两主编谈〈剑桥中国文学史〉的编纂》,《东方早报》2013年7月19日。
② 廖名春:《出土文献与先秦文学史的重写》,《文艺研究》2000年第3期。
③ 袁世硕:《中国古代文学史》(第二版上册),高等教育出版社2018年版,第164—165页。
④ 廖群:《"俗讲"与西汉故事简〈妄稽〉〈神乌赋〉的传播》,《民俗研究》2016年第6期。
⑤ 袁世硕:《中国古代文学史》(第二版中册),高等教育出版社2018年版,第125页。
⑥ 伏俊琏:《韩朋故事源流考》,《先秦文献与文学考论》,上海古籍出版社2011年版,第187页。

样没有出现在最新的《中国古代文学史》中,其滞后性显而易见。虽然意在提供可靠文本、共识判断、历史价值的文学史著述在利用最新文献和研究成果时自有其内在逻辑,但新见文献与文学史著长期存在"时间差"是客观事实,而它也必然会导致读者的困惑:我们面对的文学史是"真实的文学史"吗?

二、由"撰"而"读":基于读者视野的"三种文学史"分类

目下可见的文学史著多由学者或研究者基于学术积累、理论认知和自我期待写成,虽然在写作中也虑及阅读者的感受,但呈现作者个人的文学史理解和意识却在有意无意间主导了其写作过程。20世纪30年代初,胡云翼先生有感于当时的文学史著"多数不能令我们充分的满意",决心撰写一部"理想的完善的文学史"。胡先生言出必行,果然撰成一部自己的文学史,同时为了与前人著述相区别,特意名之曰《新著中国文学史》。胡先生在《自序》中说:"我自知这本书必有许多偏枯的地方,但我也自信我的编辑方法,取材见解,是比较进步的。……总之,我尽力的使我的文学史能够成为一部活的脉络一致的文学史,虽然这也许是我的一个力不胜任的妄想。"①虽然胡先生笔存谦逊,但"我的文学史"一语却袒露了其内心无比的自信和得意。事实上,"我的文学史"也是众多中国文学史编撰者追求之鹄的。对读者来说,接受编撰者自得的"我的文学史",也就意味着接受了他者视角替代自我领悟的现实。他者性和上文论及的滞后性是编撰者主导式的文学史著的两种内在缺陷,这对追求"真实的文学史"的阅读者而言,显然是莫大的遗憾,"瓠落的文学史"之叹或正因此而生。因此,笔者认为,若要避免"瓠落的文学史"之憾,除了期待撰写者更新文学史理念、变革其撰写范式之外,还应该转换视角,从读者的立场来思考文学史的类型、范式,并基于此来探寻其研习方法。

关于文学史的写作,陈文新先生说:"从理论上说,文学史编纂包括前后两个阶段,第一个是搜集和准备资料阶段,第二个是解释资料和表达成果的阶段。第一个阶段以实证为主,致力于发现事实;第二个阶段以阐释为主,致力于在事实之上建立体系,并赋予事实以意义。"②就是说,文学史编纂有资料准备和建构文本两个阶段,这是基于编撰者视角而言的文学史写作。基于阅读者的期待视野,溯源文学史的生成与接受,本文以为,文学史可分成三种类型,也是三个层次:原生文学史、文本文学史和习得文学史。就其大略,分述如下。

第一,原生文学史。在最一般的认知上,文学史是由文学文本、文学思潮和文学资料(涉及作者、社会、文化等方面)等累积而成的。文学文本是基础,文学思潮是动力,文学资料是背景。原生文学史在被整合成文学史著述之前,其基本存在形态是文献,在某种程度上,它形同文学史料。换言之,所谓"原生文学史"是一种"前文学史",它呈现于多样性的文本,零散无序,且随着时间的推移而处于动态累积的过程中,因文学性、思想性或背景性而有被纳入文学史著的可能,也会成为习得性文学史的渊薮。

第二,文本文学史。文学文本、文学思潮和文学资料被整合成文学史著作之后,就会以

---

① 胡云翼:《新著中国文学史》,华东师范大学出版社2004年版,第4—7页。
② 陈文新:《构建中国特色的文学史话语体系》,《武汉大学学报》2018年第11期。

固定的文本形态存在,此即文本文学史。这是一般读者接近和了解文学史的最直接、最常见的途径。正如上文所言,文本文学史是经过编撰者筛选、重组的主观性文本,在成文后即处于相对静止状态,虽然它们可能会不断被修订,但对新材料的吸收和纳入总是显得滞后。

第三,习得文学史。对于读者而言,阅读文学史的最终目标是建构属于自己的文学史,即通过阅读文本文学史和相关的文学资料,进行主体性的建构,其结果也不一定要形诸文字。换言之,习得文学史是读者基于文学基本规律,贯通文学史脉络,熔铸各类原生文学史料而获得的一种理想模式或想象性建构。从过程来说,此一"文学史"的获得一般有三个阶段:初阶,熟悉文本文学史,这是了解文学史的一般途径,也是最常见的方法;进阶,了解多种文本文学史,旁涉相关研究性著作等,从而理解文学史的内在脉络、生成规律、观念体系等;终阶,在前两个阶段的基础上,直接进入原生文学史,融汇史料、观念和判断,将其积累、建构成习得性文学史。

"习得性"本是一个心理学概念,指人通过持续不断的实践或改造,形成一种近乎条件反射性的习得或其他行为意识。本文借用此一概念,指称读者经过长期阅读、积累、思考,利用各种文献建构文学史的主体性自觉思维。在最粗疏的层面上,习得文学史的三个阶段可以比拟为佛教的"三般若":文字般若、观照般若、实相般若,从依经解义、辨明理路到知见立知、滞缘观境,再到明心见性、大开圆解。也正因此,习得文学史除了具有个体性、想象性特色之外,还是渐进性的,它的形成需要一个长期的过程。不过,对阅读者而言,这种具有鲜明个体性、会通性和理想性的"文学史"可能才是"真实的文学史",或者"我的文学史"。

三、由"彼"而"己":出土文献与早期中国文学史习得性重构的可能

正如上文所述,把握最新、最全的原生文学史料是达至"习得文学史"或"真实的文学史"的途径之一。就中国文学史料的来源实际而言,出土文献是此中主角。近数十年的出土文献中,文学资料极丰,其中很多改变甚至颠覆了读者对文学史,特别是早期中国文学史的认知。以下试从文体角度稍作述论,以明利用最新出土文献或可接近"真实的文学史"。需要说明的是,这里的"早期中国"借用的是西方汉学学术范畴,指汉代灭亡之前或是佛教传入之前的中国;故"早期中国文学史"即谓先秦两汉文学史。相对而言,目前所见的出土文学文献以先秦两汉时期居多,故本文以之为证。

神话方面,如"牛郎织女"神话。"牛郎织女"神话最早的传世文献源头是《诗经·小雅·大东》:"维天有汉,监亦有光。跂彼织女,终日七襄。虽则七襄,不成报章。睆彼牵牛,不以服箱。"根据传世文献,其人格化和分离的核心情节至迟在汉武帝时代形成,悲剧性意蕴则在东汉时期被突显。《三辅黄图》卷四"池沼"条引《关辅古语》云,汉武帝修昆明池,"立牵牛、织女于池之东西,以象天河"[①]。《古诗十九首·迢迢牵牛星》:"迢迢牵牛星,皎皎河汉女。纤纤擢素手,札札弄机杼。终日不成章,泣涕零如雨。河汉清且浅,相去复几许?盈盈一水间,脉脉不得语。"但是,从诗经时代到西汉早期,"牛郎织女"神话存在一个核心漏洞:二人是什么时候开始相恋的?又是何以成为悲剧?这一点,传世文献并未提供任何资料,

---

① 陈直:《三辅黄图校证》,陕西人民出版社1980年版,第95页。

但战国末期的睡虎地秦墓竹简《日书》恰可连接其缺失。其简文谓:"戊申、己酉,牵牛以取织女,不果"①;"戊申、己酉,牵牛以取织女而不果,不出三岁,弃若亡"②。可以看到,最迟在战国末期的相关传说中,牛郎和织女就已经人格化,相知相恋且欲结合,但因不吉而未果,二人的爱情悲剧亦由此成型。可见,出土文献对建构习得文学史而言,具有补苴罅漏、溯源主题之价值。

诗歌方面,如《清华大学藏战国竹简》之《耆夜》。《史记·孔子世家》说:"古者诗三千余篇,及至孔子,去其重,取可施于礼义。"这是文学史关于《诗经》来源的"孔子删诗说"的最著名的一段材料。今天的文学史写作者一般已不信"删诗说",并对"古者诗三千余篇"表述怀疑。虽然目前学界对《耆夜》所涉诗歌的作者和作年尚有争议,但是该简的面世,却暗示"三千篇"可能并非虚指;而且,从《耆夜》简所录《蟋蟀》与今传《诗经》之《蟋蟀》比较来看,《诗经》在战国时代可能不止一个版本。③ 这些问题虽然目前尚不能确证,但亦令读者不得不重新思考文学史关于《诗经》的一般论述,从而超越文本文学史的局限而有新的认知。再如,北大秦简《酒令》四首不仅为秦文学提供了新资料,也为文学史之"诗酒风流"提供了新溯源。据李零先生的隶定,其第四首说:"一家翁孺(妪)年尚少,不大为非勿庸谯(憔)。心不翕翕,从野草斿(游)。"意思是说,老夫老妻看起来很年轻,因为从不为非作歹,也不庸人自扰,他们与世俯仰、内心淡定,愿如野草随风起伏。这一首虽然没讲喝酒,但结合前三首来看,应该跟酒有关系,其最引人注目的是夫妻二人的人生态度:"愿如野草随风倒"。④ "竹林七贤"之一的刘伶有"醉后何妨死便埋"的气度,其名篇《酒德颂》亦云"枕曲藉糟,无思无虑,其乐陶陶。……俯观万物,扰扰焉若江海之载浮萍",其人其文与上引诗句有内在相通之处。也许可以说,北大秦简《酒令》第四首是中国文学史上最早的关于"诗酒风流"的描述,其文学史溯源意义当不可忽视。

散文方面,如《睡虎地秦墓木牍家书》(两封)。该信写于秦王嬴政二十四年(公元前223),写信人是黑夫和惊两兄弟,是目前可见的最早的家信实物。此前一年,项燕立昌平君为楚王,并在陈(今河南淮阳)起兵反秦,秦国遂派王翦、蒙武率军征伐。黑夫和惊两兄弟就是此役秦军中的两名普通士兵。黑夫和惊两兄弟披坚执锐,远征他乡,死生难卜,但他们在家书中却并未过多地渲染战争的残酷和自己的危险处境,而将大量的文字倾泻在对亲友的问候和关切上。两封家书今可释读的文字共约520个,表达问候、关切的文字竟有230个左右。⑤ 不厌其烦地问候母亲、多方问候表亲故旧、叮嘱妻子侍奉好母亲、恳请兄弟代为照看幼女,这些都是平常人之平常事,却渗透了牵挂和深情,千载而下,依然动人。在价值上,它们不仅为窥探秦军士兵的内心世界提供了第一手资料,更是早期中国文学史上不可多得的亲情题材作品,弥补了文学史的空缺地带。

辞赋方面,除上文提及的俗赋外,还有其他重要出土文学文本,特别是北京大学近年来

---

① 睡虎地秦墓竹简整理小组编:《睡虎地秦墓竹简·释文注释》,文物出版社1990年版,第206页。
② 睡虎地秦墓竹简整理小组编:《睡虎地秦墓竹简·释文注释》,文物出版社1990年版,第208页。
③ 李学勤:《清华简〈耆夜〉》,《光明日报》2009年8月3日。
④ 李零:《北大藏秦简〈酒令〉》,《北京大学学报》2015年第2期。
⑤ 周凤五:《从云梦简牍谈秦国文学》,《古典文学》(第7集),台北学生书局1985年版,第149—187页。

入藏的西汉竹书《反淫》。该文长达1200余字,以问答体的形制,设想了两个形象"魂"和"魄子",并以"魄子"患病,"魂"铺叙听乐、逐射、校猎、滋味美食、宴饮、登临、博戏、垂钓、弋射、修道、交游、要言妙道、游仙十三种事项以起其病为基本内容。其中,听乐、射御、校猎、美食、登台、要言妙道六事均见于汉代枚乘的《七发》,且听乐、要言妙道两事的文字多有同者。在思想上,《反淫》也以反对放纵欲望为宗旨。① 显而易见,《反淫》与《七发》是高度相似的两个文本,且后者的出现时间要早于前者。《七发》在当前的文学史著中,被认为是汉赋"七体"的发轫之作。但《反淫》的出现却带来了新的思考,比如《七发》的题目问题。有学者指出:"如果可以将'反淫'视作篇题的话,就带来了一个很有意义的问题,即枚乘《七发》是否为原题?如果不是,则令我们对西汉七体文写作有了一个全新的认识,也就是说《七发》可能并非原题,后人见其以七事铺叙而成,故名为《七发》,而枚乘原题却被掩没了。"② 与之相关是"七体"赋作的流变问题。刘勰在《文心雕龙·杂文》中对"七体"流变史有详细的描述:"自《七发》以下,作者继踵,观枚氏首唱,信独拔而伟丽矣。及傅毅《七激》,会清要之工;崔骃《七依》,入博雅之巧;张衡《七辨》,结采绵靡;崔瑗《七厉》,植义纯正;陈思《七启》,取美于宏壮;仲宣《七释》,致辨于事理。自桓麟《七说》以下,左思《七讽》以上,枝附影从,十有余家。"刘勰所举"七体"文,皆在《七发》之后。也就是说,从南朝刘勰的《文心雕龙》到当代的文学史著,枚乘《七发》是公认的"七体"之祖。同时,笔者注意到,《反淫》中的"夜饮"一节未见于《七发》,但其句式、文字多见于《楚辞》。如,所谓"杜若申椒""木兰""薜荔""江离",还有"蕙""蘅"等皆见于《离骚》;"结以琦璜"等则见于《招魂》:"结琦璜些"。这表明,正如西汉早期的骚体赋一样,《反淫》与楚辞也颇有渊源。总而言之,《反淫》的重见天日,不仅意味着"七体"赋的早期流变史要重新思考,而且暗示了汉赋与楚辞的关系比今人所认知的要更密切,为所谓"骚为赋祖"之论提供了新证据,具有重要的文学史流变价值。

小说方面,如放马滩秦简《墓主记》和北大秦牍《泰原有死者》。放马滩秦简《墓主记》1986年出土于甘肃天水战国秦汉墓群的一号秦墓,写作时间在秦昭王三十八年(公元前269)。简文讲的是一个叫作丹的人死而复活的故事。③ 丹原籍大梁,本是魏将犀武的舍人,因在垣雍将人刺伤,惊惧自杀。弃市三天后,被埋在垣雍南门外。过了三年,犀武向司命史公孙强祷告,认为丹不该死。公孙强便把丹从墓中挖出,停放三天后,带他到了北地郡。四年之后,丹复活了。丹复活后,向人们讲述鬼的喜好爱憎,提醒人们祭祀时的注意事项,比如不要呕吐、不要把羹汤浇在祭饭上,等等,情节类似《搜神记》卷十六"宋定伯卖鬼"。《墓主记》出土后,不少研究者认为其将中国志怪小说的诞生时间提前了500年;也有论者认为此言似乎过于乐观,毕竟只是孤篇。《泰原有死者》牍文的抄写年代下限在公元前216年至公元前210年,即秦始皇后期。其文说的是泰原有一个人死后三年复活,被进献到都城咸阳后,向人们诉说死人的喜好和祭祀应注意的事项。④ 内容怪诞,与《墓主记》非常相似。它的

---

① 北京大学出土文献研究所:《北京大学藏西汉竹书》(肆),上海古籍出版社2016年版,第119—136页。
② 傅刚、邵永海:《北大藏汉简〈反淫〉简说》,《文物》2011年第6期。
③ 甘肃文物考古研究所、天水北道区文化馆:《甘肃天水放马滩战国秦汉墓群的发掘》,《文物》1989年第2期。
④ 李零:《北大秦牍〈泰原有死者〉简介》,《文物》2012年第6期。

出现,令学界重新思考志怪小说的出现时间和最初来源。值得注意的还有,丹复活的故事被邸丞郑重地记录下来,呈报给长官,表明志怪小说在渊源上与"史传"有密切关系,志怪与实录并存的写作思维对志怪小说的诞生具有重要意义。

需要说明的是,本文提出"习得文学史"等,并不是要否定历来的文学史写作模式及其成果,也不是要重写文学史,而是试图从读者的期待视野出发,讨论建构"我的文学史"的可能及其路径。上述梳理表明,当前的出土文献中,已有较多文本能直接补写、改写或重写早期中国文学史,它们能引领阅读者比编撰者先行一步,超越文本文学史的限制,在审慎辨析的基础上,会通、思考、习得,重构"我的文学史"。也许,"完美的文学史"从来都不存在——无论其撰写范式如何转变或其撰写者何其自信。惠子忧虑五石之瓠"瓠落无所容",庄子讥之且诱之曰:"夫子固拙于用大……今子有五石之瓠,何不虑以为大樽,而浮于江湖,而忧其瓠落无所容?则夫子犹有蓬之心也夫。"然而,如无楫棹之便,"用大"浮江又谈何容易?孔子曰:"道不行,乘桴浮于海。"如此看来,对早期中国文学史的阅读者而言,乘着出土文献之"桴",渡越文本文学史之限,重构文学史,或能一解"瓠落的文学史"之惑。

文学与历史书写下的宋孝武帝悼亡形象

赫兆丰*

摘　要：在《拟李夫人赋》中，宋孝武帝刘骏抒发了自己的悲痛与哀思，突出了爱情的缠绵与凄婉，成功淡化了作者的皇帝身份和哀悼对象的皇妃身份。谢庄的《宣贵妃诔》塑造了一个既不失皇帝身份，又能有节制地表达哀情的孝武帝形象，是对《拟李夫人赋》的弥补。李延寿在《南史·宣贵妃传》中借助对史料的有意剪裁和移接，模仿了《汉书·李夫人传》的叙事结构，导入了自己对孝武帝与宣贵妃的道德批判，强调宣贵妃去世与孝武帝荒废政事之间的因果关联。赋、诔、史传三种文体各有偏重，共同塑造了孝武帝的悼亡形象。

关键词：《拟李夫人赋》;《宣贵妃诔》;《南史·宣贵妃传》;历史书写

引　言

　　大明六年(462)四月初，刘宋孝武帝宠妃殷淑仪去世。孝武帝不惜背负"纵情败礼"[①]的骂名，按皇后的规格为殷氏举行葬礼并进行追封。为了抒发自己"痛爱不已"[②]的心情，刘骏又模拟汉武帝《李夫人赋》，作了一篇哀悼殷贵妃的赋。以此为契机，包括谢庄、江智渊、殷琰、丘灵鞠、谢超宗、汤惠休在内的众多知名文人，怀着讨好孝武帝甚至政治投机的心态，以哀悼贵妃之死为题展开了一次大规模的文学同题创作。其中以谢庄《宣贵妃诔》最为出名。贵妃之死波及政治领域，还引发了刘宋皇储之争，深刻影响了孝武帝朝后期甚至刘宋后期的政治走向。然而，如此具有传奇色彩的女性，在史书中的记载却只有寥寥数语，我们甚至无法找到贵妃的一个正面镜头或者一言一行。孝武帝与殷贵妃的情感关系究竟怎样，孝武帝《拟李夫人赋》与谢庄《宣贵妃诔》在创作和文本层面上存在着怎样的互动，史书中如何记载孝武帝与殷贵妃的爱情，这些记载经历了哪些变化，史官通过这些记载想要表达什么意图，上述问题有必要详细考察。本文将以孝武帝《拟李夫人赋》、谢庄《宣贵妃诔》、《宋书·

---

* 作者简介：赫兆丰，南京大学文学院助理研究员，主要研究方向为魏晋南北朝文学、历史。本文系国家社科基金后期资助一般项目"宋孝武时代与南朝文学新变研究"(19FZWB087)、江苏省社科基金青年项目"谢庄与孝建大明时代研究"(18ZWC003)阶段性成果。

① 司马光编著，胡三省音注：《资治通鉴》卷一百二十九，中华书局2012年版，第4131页。
② 沈约：《宋书》卷八十，中华书局1974年版，第2063页。

始平孝敬王子鸾传》、《南史·孝武文穆王皇后传》附《宣贵妃传》为中心,结合周边史料,尝试勾勒孝武帝的悼亡形象,并对史书中有关孝武帝与殷贵妃关系的书写加以分析。

一、文学书写中的孝武帝悼亡形象

据《南史》记载,殷淑仪为孝武帝皇叔荆州刺史刘义宣之女,与孝武帝为堂兄妹关系,这一说法为后世文史学家普遍接受。如颜之推在《颜氏家训·文章》中指责孝武帝有负"世议"[1];王鸣盛《十七史商榷》卷五十九"殷淑仪"条、赵翼《廿二史札记》卷十一"宋世闺门无礼"条也沿袭此说;与孝武帝同时代的鲍照有《采桑》诗,中有"采桑淇洧间,还戏上宫阁"两句,借用《诗经·鄘风·桑中》的典故,吴汝纶在《古诗钞》中认为此诗是讽刺"孝武宫闱渎乱,倾惑殷姬"[2];程章灿通过分析所谓淑仪"生父"殷琰的际遇,也倾向于淑仪为义宣之女的说法。[3]

两人的特殊身份使这段超越伦理的畸形恋情注定不为世俗所容,但在当时,这一真相却被孝武帝保护得极其严密,似乎并未流传出去,至少了解内幕的人极少[4]。史书称孝武帝将淑仪"假姓殷氏,左右宣泄者多死,故当时莫知所出"[5];大明三年孝武帝伐广陵,刘诞在自辩书中揭露兄长有"宫帷之丑",刘骏因此"忿诞",将其"左右腹心同籍期亲并诛之,死者以千数"[6]。凭借强势的皇权和武力威胁,孝武帝为自己和殷淑仪人为制造了一个隐私空间。在这个私密空间里,两人能够仅以皇帝与宠妃的关系经营爱情。殷氏对孝武帝的感情究竟如何,限于史料,无法找到直接证据。但通过殷氏为孝武帝生了五男一女[7]的事实,可以推测她对孝武帝至少是不排斥的。孝武帝对殷氏则给予了无以复加的宠爱,甚至使她超越正宫王皇后,达到"宠倾后宫"[8]的地位。在贵妃死后,孝武帝又通过自己的拟古文学创作,将二人的情感关系用文字固定下来,并期望借此垂之后世。

刘骏的文章虽题为《拟汉武帝李夫人赋》[9],但拟作和原作在文章结构、字句上并无明显的模拟与被模拟的关系,拟作更多侧重的是对汉武帝赋作题材的承接和所表达情感的认同。题材自然是指帝王对去世宠妃的悼念,情感的认同则不仅体现为孝武帝对前人经历的感同身受,更主要是在于汉武帝和孝武帝在抒发感情时,都有意淡化自己的帝王身份以及

---

[1] 王利器:《颜氏家训集解》(增补本)卷四,中华书局2013年版,第287页。
[2] 鲍照著,丁福林、丛玲玲校注:《鲍照集校注》,中华书局2012年版,第443页。按,据《宋书》卷五十一《刘义庆传》附鲍照传记载,鲍照为避孝武帝忌,故意装出才尽的样子,为文多鄙言累句,似乎不会这么冒险讽刺。原诗之意未必如吴汝纶解释的这样。
[3] 参见程章灿《462年的爱情——贵妃之死(上)》,《古典文学知识》2005年第3期。
[4] 奉旨认女的殷琰和面对孝武帝讨伐、气急败坏揭露刘骏阴私的刘诞,恐怕是当时极少数知道真相的两个人。
[5] 李延寿:《南史》卷十一,中华书局1975年版,第323页。
[6] 沈约:《宋书》卷七十九《竟陵王诞传》,中华书局1974年版,第2032页。
[7] 据《宋书》卷八十《孝武十四王传》可知,殷淑仪与孝武帝有子鸾、子羽、子云、子文、子师五子。前废帝即位后,杀子鸾、子师兄弟,同时被害的还有第十二皇女,可知殷氏又生有第十二皇女。
[8] 沈约:《宋书》卷八十,中华书局1974年版,第2063页。
[9] 题目最早见于《艺文类聚》卷三十四。本文所引《拟李夫人赋》文本均出自《宋书》卷八十,后文不再出注。

哀悼对象的皇妃身份,将对方仅仅作为自己心爱的女人去悼念,将笔力集中在"述悲""达情"和"怀思"上。

《拟李夫人赋序》称:"朕以亡事弃日,阅览前王词苑,见《李夫人赋》,凄其有怀,亦以嗟咏久之,因感而会焉。"孝武帝因体会到原作者"有怀"而心生凄怆之感,又在反复嗟咏中联想到自身,从而完成拟作。可见,共同的情感体验既是孝武帝与前人沟通的媒介,也是他模拟创作的动力。《李夫人赋》全篇几乎都没有出现明显与皇室身份有关的字词,在赋中汉武帝将自己塑造成了一个苦苦追寻死去女人的亡灵最终却无能为力的丈夫,完全看不到身为皇帝的高高在上与矜持。而在孝武帝的拟作中,虽然通篇出现了很多指示宫廷生活的字眼,比如"凤墀""鸾阙""闱阖""承明""云薱""鸿钟"等,但每到抒情之处,感情之深切凄婉,往往使读者在不知不觉中淡忘了作者的皇帝身份,更难以将这个细腻多情之人与史书上记载的"险虐灭道"①、"严暴异常"②的形象联系在一起。

其实,当孝武帝在《拟李夫人赋》开头写道"虽媛德之有载,竟滞悲其何遣"时,便已定下了这篇作品的基调,即"遣悲"。而这里所说的记载了贵妃美好德行的文章,很可能是指谢庄的《殷贵妃谥策文》。"谥者,行之迹也;号者,功之表也。"③谥号是对死者生前的评价和盖棺定论。殷贵妃死后,孝武帝赐其谥号为"宣",谢庄的《殷贵妃谥策文》即是将选定的谥号告知殷贵妃亡灵的公文。文中称赞殷淑仪:"含徽挺懋,爱光素里,友琴流符,实华紫掖。奉轩景以柔明登誉,处椒风以婉娈升名。幽闲之范,日蔼层闱。繁祉之庆,方隆蕃世。"④但仅仅是对殷贵妃品德的褒赞,显然无法抒发孝武帝郁积在心中的哀痛。而且无论如何,谢庄所作毕竟是公文,其表述是礼仪化的、格式化的,甚至是公式化的,不足以抒发孝武帝深切的个人情感。于是他选择在《拟李夫人赋》中,将私密化的情绪完全倾泻出来。

孝武帝在赋中先是以"物运之荣落"比喻人世之生死。"念桂枝之秋陨,惜瑶华之春翦"两句,类似汉武帝《李夫人赋》中的"秋气憯以凄泪兮,桂枝落而销亡"⑤。但拟作在借物抒情方面,显然手法更成熟,表达的情感也更细腻。原作在上述两句之后,便转入了"求女"的情节,是作者感情的直接抒发。而拟作则续以"桂枝折兮沿岁倾,瑶华碎兮思联情。彤殿闭兮素尘积,翠帊芜兮紫苔生。宝罗暍兮春幌垂,珍簟空兮夏帱扃。秋台恻兮碧烟凝,冬宫冽兮朱火清"八句。其中前两句与"念桂枝之秋陨,惜瑶华之春翦"形成隔句交叉对称的句式,既反复渲染了美好事物消逝给作者带来的心理打击,又在音节上造成回环往复的效果,使孝武帝对殷贵妃的爱恋更显得缠绵悱恻,而"宝罗暍兮春幌垂"以下四句更是将作者对贵妃的思念绵延至一年四季。

除了借物抒情之外,孝武帝在整篇文章的结构设计上也颇费苦心。全文除序外,大致可以分为五个小节:由"巡灵周之残册"到"竟滞悲其何遣"为第一节,承赋序而来,说明作赋

---

① 沈约:《宋书》卷七,中华书局1974年版,第147页。
② 沈约:《宋书》卷七十七,中华书局1974年版,第1990页。
③ 黄怀信、张懋镕、田旭东撰,黄怀信修订,李学勤审定:《逸周书汇校集注》(修订本)卷六《谥法解》,上海古籍出版社2007年版,第625页。
④ 严可均:《全宋文》卷三十五,中华书局1958年版,第2632页。
⑤ 班固撰,颜师古注:《汉书》卷九十七上,中华书局1962年版。本文所引《李夫人赋》文本均出于此,后文不再出注。

缘由,为全文定下"遣悲"的基调;自"访物运之荣落"至"深心无歇"为第二节,以节物变化点出贵妃去世的事实,并借四时之景抒情;自"徙倚云日"至"将何慰于尔灵"为第三节,回忆贵妃在世时二人宴饮游乐的往事,更反衬自己如今孤子一身;自"存飞荣于景路"至"礼无替于粹图"为第四节,写贵妃出殡时的情景;自"闷瑶光之密陆"至结尾为第五节,是安葬贵妃后,孝武帝悲痛思念之情的集中抒发。可以看出,全文除第一节交代写作动机、第四节专门写出殡场景之外,第二、三节的后半部分和第五节的全部,或多或少都是"遣悲"的句子。也就是说,孝武帝将自己对贵妃的怀念之情一方面分散到文章各处,另一方面又有第五节的集中抒情,这种安排使得情感的抒发既绵延持久,又有浓烈的高潮。文中又有"俟玉羊之晨照,正金鸡之夕临"二句,玉羊、金鸡分别指代月亮和太阳,梁刘孝绰《望月有所思》有"玉羊东北上,金虎西南昃"①一联。月亮本是夜晚才出现,太阳也是白昼的象征,但作者偏偏"俟玉羊之晨照,正金鸡之夕临",说明作者已经达到了不分昼夜、通宵达旦思念亡人的程度。这种思念之情在一天之内连续不绝的表达,又与文章第二节的思念绵延至一年四季的表达方式相呼应。这样一来,作者的情感表达便实现了时间上的无限延展,全文也在结构上呈现出精巧的前后勾连和抒情时的浓淡相间。

贵妃去世前,并没有向孝武帝托付自己的子女,也没有其他请求。但作为悼亡的文章,《拟李夫人赋》很大程度上也是孝武帝在向爱人倾诉,对死者进行交代是必不可少的仪式性功能。如果说谢庄的《殷贵妃谥策文》是面对大众的礼仪表达,那么,孝武帝的赋则是面对殷贵妃亡灵的深情告白和誓词。更重要的是,作为一个丈夫,刘骏认为自己有义务对爱人作出承诺,包括对子女的责任和对贵妃后事的安排。于是便有了"俛众胤而恸兴,抚藐女而悲生。虽哀终其已切,将何慰于尔灵"。面对殷氏留下的年尚幼小的子女,刘骏更是悲痛难忍,当他吟出"将何慰于尔灵"时,实际上便已决定将对殷氏未尽的爱恋补偿在她留下的子嗣上,以此安慰贵妃亡灵。贵妃下葬后不久,孝武帝便于大明七年正月癸巳(十八日),将富庶的吴郡划归时任南徐州刺史的刘子鸾的辖区。九月庚寅(十八日),刘子鸾兼司徒。大明八年正月戊子(十八日),又进子鸾为抚军将军,加中书令,领司徒、刺史如故,"礼仪并依正公"②。同时,孝武帝还安排大批世家大族子弟入子鸾的新安王府。这些都可以看作刘骏对子鸾前程的许诺,其中也自然包含了对亡人的深切怀念和对丈夫责任的履行。"朝有俪于征准,礼无替于粹图",则是刘骏对殷氏葬礼规格和死后地位的承诺。他安慰爱人说:"朝堂上给你议定的谥号是符合你的品德的,你的葬礼和死后追尊也会按礼而行。"据《宋书》记载,贵妃出殡时"葬给辒辌车,虎贲、班剑,銮辂九旒,黄屋左纛,前后部羽葆、鼓吹"③。这一记载与赋中所言"存飞荣于景路,没申藻于服车。垂葆旒于昭术,竦鸾剑于清都",也大致吻合。不仅如此,孝武帝还为殷氏修建寝庙。这些礼遇已远远超过了贵妃的规格,而达到皇后的水准,当真是"纵情"之举。孝武帝的这些承诺和行动,显然是希望死者的亡灵能够知

---

① 逯钦立:《先秦汉魏晋南北朝诗》梁诗卷十六,中华书局1983年版,第1838—1839页。
② 沈约:《宋书》卷八十,中华书局1974年版,第2065页。
③ 沈约:《宋书》卷八十,中华书局1974年版,第2063页。

道的,于是他说"伊鞠报之必至,谅显晦之同深"。鞠,告也①,显和晦分别针对生死两隔的自己和殷氏而言。他相信自己的倾诉与承诺必能传达给死者,两人虽然阴阳相隔,但思念对方之情一定同样深刻。为了强调自己对殷氏用情之真与诚,刘骏又在文章接近结尾的地方用了《诗经·郑风·出其东门》的典故。《出其东门》云:"出其东门,有女如云。虽则如云,匪我思存。"②刘骏在"略东门之遥衿"一句中借用此典,以示自己一心所系唯有殷氏,同时也是对亡人的宽慰,起到突出强调、强化语气的作用。

刘骏通过精巧设计的文章结构、精心选择的句式和典故,以汉武帝《李夫人赋》为中介,将自己对殷氏的爱情刻画得缠绵悱恻、凄婉动人。如前所述,文中出现了不少可以提示宫廷生活的词语,但刘、殷二人的爱情却已超脱了皇帝与宠妃关系的束缚。刘骏对亡人的深情与专一、对子女的责任与承诺,是文章的核心,也是真正能感动读者的地方,在这一层面,二人的爱情与普通男女的情感体验已没有不同。但需要指出的是,这种超越了身份的情感诉求于文章写作而言,诚然能起到打动人心的效果,但就刘骏与殷氏的现实关系而言,则又在无形中形成了一个矛盾,即刘骏与殷氏的结合原本就是在皇权的强势介入下实现的,甚至很可能掩盖着不可告人的秘密,二人不伦关系的维持,需要强大的皇权做保护墙,强行将二人与世议隔离开来。当孝武帝想暂时放下皇帝的身份,以更纯粹的丈夫身份怀念亡人的时候,他也便同时放弃了皇帝的权威与尊贵,某种程度上保护二人的等级秩序就崩塌了。这时,谢庄奏上的《宣贵妃诔》便及时地承担起了重新建构孝武帝哀悼亡人形象的功能。从这一意义上讲,谢庄的《宣贵妃诔》具有"补阙"的功能。

《文心雕龙·诔碑》云:"诔者,累也。累其德行,旌之不朽也。……读诔定谥,其节文大矣。"③可见,诔的原始功能是作谥,因此述德便是诔文的主要内容。东汉以来,一些文人逐渐在诔文中增加了抒情与表哀的部分④,这一趋势到了魏晋六朝变得更为突出。故刘勰在总结诔文的体制时,综合考虑诔的原始功能与后期变化,认为"详夫诔之为制,盖选言录行,传体而颂文,荣始而哀终。论其人也,暧乎若可觌;道其哀也,凄焉如可伤"⑤。以此标准看,谢庄的《宣贵妃诔》无疑是诔文的代表作之一,但这篇文章的意义,并不仅仅停留在文学层面,同时还可以看作谢庄政治投机的工具。

谢庄是东晋名相谢安之后,家世显赫,虽然入宋以来地位已不能同东晋时相比,但仍然是世家大族的代表,是刘宋皇室极力笼络的对象。而为了维持门第不坠,谢庄也不得不依附皇权,很多时候自愿充当御用文人,主动为皇家歌功颂德。如元嘉二十九年,南平王铄献赤鹦鹉,文帝"普诏群臣为赋"⑥,谢庄奏上《赤鹦鹉赋》;大明二年八月,"河南献舞马,诏群臣

---

① 《文选》卷十四班固《幽通赋》"许相理而鞠条",李善注引毛苌《诗传》。见萧统编,李善注:《文选》,中华书局1977年版,第211页。
② 程俊英、蒋见元:《诗经注析》,中华书局2017年版,第276页。
③ 刘勰著,范文澜注:《文心雕龙注》,人民文学出版社1958年版,第212页。
④ 刘勰认为这一变化始于傅毅,称:"傅毅之诔北海,云白日幽光,雾雾杳冥,始序致感,遂为式法。景而效者,弥取于工矣。"见刘勰著,范文澜注:《文心雕龙注》,人民文学出版社1958年版,第213页。
⑤ 刘勰著,范文澜注:《文心雕龙注》,人民文学出版社1958年版,第213—214页。
⑥ 沈约:《宋书》卷八十五,中华书局1974年版,第2167页。

为赋"①,谢庄作有《舞马赋》和《舞马歌》;此外,还有《烝斋应诏诗》《和元日雪花应诏诗》《八月侍华林曜灵殿八关斋诗》《瑞雪咏》等诗作。这些都不只是文学作品,而是都有一定的政治功能,《宣贵妃诔》也可作如是观。因为孝武帝在《拟李夫人赋》中表露出来的无比哀痛与怀念的感情,某种程度上也是一种政治信号,如何利用贵妃之死的契机讨好孝武帝,并为孝武帝爱子新安王子鸾造势,是新安王府的僚佐们必须考虑的。这也是当时众多文人以哀悼贵妃为题进行文学同题创作的一个重要背景。在这些文人中,谢庄无疑是最卖力的②。

谢庄的《宣贵妃诔》可以以"视朔书氛,观台告祲"两句为界,明确分为两部分,以上为述德,以下(包括"视朔"两句)为表哀,且述德与表哀大致各占全文篇幅的一半。这与两汉时诔文以述德为主的情况大不相同,即便是魏晋时期诔文中抒发哀伤情绪的部分有了逐渐增加的趋势,也几乎没有一篇作品达到述德与表哀篇幅相当的程度。这可以看作谢庄在文学上的一次创新,也可以看作为呼应孝武帝《拟李夫人赋》中浓重的悲痛之情而做出的调整。

在这篇诔文中,谢庄在处理孝武帝对贵妃的哀痛与怀念时,主要采取的是借景抒情、侧面描写的方法。如序中写到"皇帝痛掖殿之既阒,悼泉途之已宫。巡步檐而临蕙路,集重阳而望椒风",正文中有"巾见余轴,匣有遗弦",以贵妃平日所居所游之处的空寂冷清和遗留下的生前之物衬托孝武帝内心的凄凉,与《拟李夫人赋》中"徙倚云日"至"警承明"一段有异曲同工之妙;又如"移气朔兮变罗纨,白露凝兮岁将阑,庭树惊兮中帷响,金釭暖兮玉座寒",以节物变换和悲凉肃杀的自然环境营造寂寥凄冷的氛围,类似《拟李夫人赋》的第二节;再如结尾"山庭寝日,隧路抽阴。重扃阒兮灯已黯,中泉寂兮此夜深",也是以幽暗的环境营造抑郁的气氛。在以景衬情的各段落之间,谢庄又均用"呜呼哀哉"作结,直接抒发凄楚之情,将各部分串联成一个有机整体。这种既在文章各段分散抒情,又有一条情感主线贯穿全文的文章结构,也与孝武帝《拟李夫人赋》十分相似。李兆洛在《骈体文钞》中说"凄丽之文,江鲍特绝。施之典册,每觉轻儇"③,认为抒情成分较多会使诔文、哀文这种悼念死者的文章稍显轻佻。但谢庄《宣贵妃诔》与孝武帝《拟李夫人赋》相比,在处理孝武帝的思念之情时,显然已含蓄、庄重了许多。这固然有谢庄限于臣子身份的原因,但诔文以借景衬情、侧面描写为主的手法也起到了重要作用。

除了特定的写作手法外,谢庄在诔文中对典故的选择,也十分注重贴合孝武帝与贵妃的身份、地位。如在"照车去魏,联城辞赵"一句中,以稀世珍宝衬托贵妃之高贵;在"高唐溆雨,巫山郁云"中,以楚襄王与巫山神女之事比拟刘、殷二人关系;在"涉姑繇而环迴,望乐池而顾慕"一句中,以周穆王葬盛姬之事比拟孝武帝安葬殷贵妃。这些典故的使用,使这篇诔文显得更加庄重,同时也时刻提醒着两位当事人不同寻常的身份。

因此,比较而言,孝武帝的《拟李夫人赋》感情更充沛也更感人,谢庄的《宣贵妃诔》则相

---

① 沈约:《宋书》卷八十五,中华书局1974年版,第2175页。
② 谢庄《宣贵妃诔》中有"翼训姒幄,赞轨尧门"一句,引用汉昭帝母赵婕妤尧母门的典故,讨好孝武帝和新安王刘子鸾。前废帝刘子业即位后有意杀死谢庄,因有人说情,故暂时将谢庄系在狱中,明帝即位后才被释放。见沈约《宋书》卷八十五《谢庄传》,中华书局1974年版。本文所引《宣贵妃诔》均出自《文选》卷五十七,后文不再出注。
③ 李兆洛:《骈体文钞》卷五,上海书店出版社1988年版,第99页。

对更庄重含蓄。如果说孝武帝在《拟李夫人赋》中，是与汉武帝一样在君王的位置上却不恰当地分享了普通人的情感的话，那么谢庄的《宣贵妃诔》则恰到好处地从臣子的角度，模拟了君王在面对宠妃去世时应有的节制却又不失真情的姿态。

　　谢庄对抒情浓淡程度的合理把握，还可以与颜延之《宋文帝元皇后哀策文》作对比。这篇文章是宋文帝在袁皇后死后，命颜延之所作。限于哀策文的体制，无论作者是否为皇帝本人，都必须以皇帝的口吻说话，写皇帝之哀情。颜文全篇以述德为主，仅"象物方臻，眡祲告祲"以下至结尾不到三分之一的篇幅是写皇后去世、出殡、下葬以及众人的哀伤。其中最打动人心的却又并非颜氏原文，而是文帝自己加上的"抚存悼亡，感今怀昔"八字①。但这八字又与上下文脉不接，与全文风格不符。黄侃在《文选平点》中便说："此文实不悟其佳处，意窘辞枝，总由无情耳。……'抚存悼亡，感今怀昔'二句，此八字固缠绵凄怆，而与上文不接，盖斯言惟文帝自述可耳，不可施于储嗣列辟也。"②黄先生观察甚敏锐。何焯"一篇体要"之说固然不错，但其实此八字略同全文中心主旨之概括，太过浮泛，不够具体。出于文帝之口，作为对此文的评语则可，掺入文章，则不佳。可见，实际上颜延之也没有处理好皇帝身份与情感表达之间的平衡，这便更凸显了谢庄《宣贵妃诔》之不易。如前所述，孝武帝与殷贵妃的爱情需要强势的皇权做保护墙，但当孝武帝在《拟李夫人赋》中像普通人一样抒发自己的感情时，秩序和等级就崩塌毁坏了，他也失去了皇帝的威严，而更像是一个多情的丈夫。这时便需要谢庄在《宣贵妃诔》中，通过更含蓄的抒情和特意选择的典故对孝武帝的形象进行弥补和重新建构，塑造一个既不失皇帝身份，又能较好地表达哀情的孝武帝形象。据《南史·宣贵妃传》记载，孝武帝在看过《宣贵妃诔》后，"起坐流涕曰：'不谓当今复有此才'"③。如此看来，孝武帝的话除了对《宣贵妃诔》文学层面的称赞外，也许还可以做出另一个维度的解读。

二、有关孝武帝与殷贵妃关系的历史书写

　　扑朔的身世经历、与孝武帝的缠绵爱情、对刘宋后期政治的深刻影响，这些因素都造就了殷贵妃的传奇色彩。但正史中关于这个女性的记载却少得可怜，仅见于《宋书·始平孝敬王子鸾传》、《南史·孝武文穆王皇后传》附《宣贵妃传》这两篇传记。在《魏书》《建康实录》《资治通鉴》中也保存了少数几条材料，但几乎都源自《宋书》和《南史》。这给我们勾勒殷贵妃的生平带来很大困难。即便如此，通过仔细考辨《宋书·始平孝敬王子鸾传》和《南史·宣贵妃传》的叙事，仍然可以发现，作为历史叙述者的史官，借助对史料的有意剪裁和移接，在极其有限的篇幅里，成功地导入了自己对殷贵妃的评判和对孝武帝的间接批评。

　　按照《宋书·始平孝敬王子鸾传》的记载，"贵妃"的称号来自殷淑仪死后孝武帝对她的

---

① 《宋书》卷四十一《文元袁皇后传》："策既奏，上自益'抚存悼亡，感今怀昔'八字，以致其意焉。"这也从反面证明了颜延之的文章实际上并不能尽文帝之意。见沈约《宋书》，中华书局1974年版，第1285页。何焯在《义门读书记》中评论这篇文章说："无繁长语。……'抚存悼亡，感今怀昔'，八字故自一篇体要。"见何焯著，崔高维点校：《义门读书记》卷四十九，中华书局1987年版，第973页。
② 黄侃平点，黄焯编次：《文选平点》，上海古籍出版社1985年版，第330页。
③ 李延寿：《南史》卷十一，中华书局1975年版，第324页。

追封。《宋书》与《南史》的目录虽记作"宣贵妃",但在《南史》本传开头,李延寿仍然直呼"殷淑仪",说明孝武帝对殷氏的追封并没有得到初唐史官的承认。史官本着"正名"的态度与责任感,仍然沿用了殷氏生前最初的封号,而随着这一称呼而来的传记本身,就是史官对刘、殷二人爱情关系的道德评判,以及为适应自己的道德评判而进行的史料剪裁。

"殷淑仪,南郡王义宣女也。丽色巧笑。义宣败后,帝密取之,宠冠后宫。假姓殷氏,左右宣泄者多死,故当时莫知所出。"①坐实义宣女的身份,这是李延寿对贵妃身世的说明。儒家史官历来有秉笔直书的传统,这样的介绍对于孝武帝与殷淑仪的关系无疑是极具破坏性的。它不仅告诉读者二人在伦理上存在着不可逾越的道德界限,还将孝武帝想方设法掩盖丑行的举动和盘托出,使得孝武帝与殷淑仪表面看来真挚深沉的爱情关系顿时充满了欲望、权势、暴力、诡诈这些因素。有意思的是,这短短的几句话竟是李延寿对殷淑仪生平事迹的所有记载,在这里,我们无法搜索到淑仪的一言一行,这也呼应了传记中的"密"字。淑仪既没有辅佐君主的功德,也没有暴露出迷惑帝王的恶行,我们甚至都不知道孝武帝最初对她的宠幸是真的出于爱恋,还是仅仅出于欲望的发泄。但是这些都已不再重要,重要的是李延寿在传记开头便按捺不住心中的道德判断和史官的职责,他以十分肯定的语气向读者揭秘殷氏的真实身份,以及二人关系背后存在着的欲望与权力的交织,这些已足够消解二人爱情存在的正当性。在伦理道德这一绝对标准面前,李延寿不允许后世人对他们的关系做出更多的想象、同情或浪漫化处理。

在寥寥数笔介绍完殷氏的身世后,史官将传记的重心放在了传主死后所发生的一系列事件上。孝武帝对殷氏念念不忘,始终有着想要再次见到她的强烈愿望。这个愿望先是通过将贵妃遗体保存在通替棺中的方式得以实现②。但遗体总有下葬的一天,无法看到爱妃面容的痛苦,使孝武帝每天晚上都要到殷氏的灵床前,将祭奠的酒倒出来喝,边喝边恸哭不已。③ 据现有史料看,"为通替棺"的情节在《南史·宣贵妃传》之前并没有出现,"饮酒恸哭"的情节则在《魏书》中就已出现④。对"见面"的执着,最终使孝武帝转向求助巫术:"时有巫者能见鬼,说帝言贵妃可致。帝大喜,令召之。有少顷,果于帷中见形如平生。帝欲与之言,默然不对。将执手,奄然便歇,帝尤哽恨,于是拟《李夫人赋》以寄意焉。"⑤这篇赋现存于《宋书·始平孝敬王子鸾传》中,清代学者牛运震曾在《读史纠谬》中质疑:"此宜附入《后妃传》,不宜特叙入诸子传中。"⑥《南史·宣贵妃传》说孝武帝"拟《李夫人赋》以寄意焉",按照史书笔法,将这篇作品附在这句话下,显然更符合史书体例。笔者推测,《拟李夫人赋》原本应该是在《宋书·宣贵妃传》中的,后传文亡佚,仅以残篇流传,在书籍传抄过程中出现错

---

① 李延寿:《南史》卷十一,中华书局1975年版,第323页。
② 《南史》卷十一:"及薨,帝常思见之,遂为通替棺,欲见辄引替睹尸,如此积日,形色不异。"见李延寿《南史》,中华书局1975年版,第323页。
③ 《南史》卷十一:"每寝,先于灵床酌奠酒饮之,继而恸哭不能自反。"见李延寿《南史》,中华书局1975年版,第323页。
④ 《魏书》卷九十七:"或亲至殷灵床,酌奠酒饮之,继而恸哭流连,不能自反。"见魏收《魏书》,中华书局1974年版,第2145页。
⑤ 李延寿:《南史》卷十一,中华书局1975年版,第324页。
⑥ 牛运震著,李念孔、高文达、张茂华点校:《读史纠谬》卷六,齐鲁书社1989年版,第287页。

页,而被移接到与宣贵妃关系最密切的《始平孝敬王子鸾传》中。① 今本《南史·宣贵妃传》和《始平孝敬王子鸾传》均未收此赋,有可能是出自李延寿对《宋书》的删减②。

孝武帝企图借巫术实现重会亡人的愿望,在幻想破灭后又作赋寄意,这很容易让读者联想起《汉书·李夫人传》的情节。实际上,不仅是这个情节,仔细分析,《南史·宣贵妃传》整篇结构都与《汉书·李夫人传》惊人地相似。为方便比较,现将两篇传记的文章结构罗列于下。

《汉书·李夫人传》	《南史·宣贵妃传》
1. 简单介绍李夫人生平	1. 简单介绍宣贵妃身世
2. 汉武帝执着于一见(临死前的请求、死后图画其形于甘泉宫)	2. 孝武帝常思见之,遂为通替棺
3. 以皇后礼下葬	3. 以皇后礼下葬
4. 方士作法	4. 巫者作法
5. 汉武帝作赋	5. 孝武帝作赋

两篇传记的写作顺序和主要情节几乎一模一样。更有趣的是,将巫师作法招魂的故事从汉武帝与李夫人身上③移接到孝武帝与殷贵妃身上,最早也仅见于《南史·宣贵妃传》。魏晋南北朝时期,汉武帝为李夫人招魂一事流传较广,并多为小说所记录。如《搜神记·神化篇》记载:"汉武帝幸李夫人,夫人后卒,帝哀思不已。方士少翁言能致其神,乃施帷帐,明灯烛。帝遥望,见美女居帐中,如李夫人之状,而不得就视之。"④《汉武故事》记载:"李夫人死,少翁云能致其神;乃夜张帐,明烛,令上居他帐中,遥见李夫人,不得就视也。"⑤《拾遗记》记载:"初,帝深嬖李夫人,死后常或梦之,思欲见夫人。……诏李少君与之语曰:'朕思李夫人,其可得乎?'少君曰:'可遥见,不可同于帷幄。'帝曰:'一见足矣,可致之。'……得此石,即命工人依先图刻作夫人形。刻成,置于轻纱幕里,宛若生时。"⑥李延寿对故事人物的置

---

① 今本《宋书·始平孝敬王子鸾传》中,详细记载了殷氏死后,孝武帝进淑仪号为贵妃、赠谥号为宣、贵妃葬礼所用各种仪仗、孝武帝《拟李夫人赋》以及孝武帝为贵妃立庙之事。这些内容放在《始平孝敬王子鸾传》中,与史书体例明显不符。笔者通过考证,认为今本《宋书·始平孝敬王子鸾传》中详细记载贵妃葬仪的部分应是原本《宋书·宣贵妃传》的内容。换言之,今本《宋书·刘子鸾传》是由《始平孝敬王子鸾传》和《宣贵妃传》拼接而成。参看拙文《〈宋书·宣贵妃传〉流传及佚文考——兼考今本〈宋书·刘子鸾传〉的错页》,《魏晋南北朝隋唐史资料》第38辑,上海古籍出版社2018年版,第70—82页。
② 《廿二史札记》卷十有"《南史》删《宋书》最多"条。见赵翼著,王树民校证:《廿二史札记校证》,中华书局1984年版,第204—205页。
③ 事实上,在《史记·孝武本纪》中,招魂的对象是王夫人,并非李夫人:"上有所幸王夫人,夫人卒,少翁以方术盖夜致王夫人及灶鬼之貌云,天子自帷中望见焉。"司马迁撰,裴骃集解,司马贞索隐,张守节正义:《史记》卷十二,中华书局2014年版,第583页。《新论》《论衡》卷十八《自然篇》也记作王夫人。班固在《汉书》中将王夫人换成李夫人,也有可能汉武帝对两位夫人都有过招魂的行为。但后世文学作品对汉武帝与李夫人关系的关注程度显然超过汉武帝与王夫人。
④ 干宝撰,李剑国辑校:《新辑搜神记》卷二,中华书局2007年版,第45页。
⑤ 鲁迅:《古小说钩沉》,《鲁迅全集》(第八卷),人民文学出版社1973年版,第454页。
⑥ 王嘉撰,萧绮录,齐治平校注:《拾遗记》卷五,中华书局1981年版,第116页。

换,很可能是受了汉武帝招魂题材的影响。

如前所述,李延寿对孝武帝怀念贵妃的细节描写,仅有"饮酒恸哭"的情节与《魏书》类同,"为通替棺"和"巫师作法"两个情节最早都见于《南史》。而在《魏书》中,"饮酒恸哭"的情节虽然很好地表现了孝武帝动情之深,但并没有出现像《南史》中"帝常思见之"这样的关键词。李延寿在"饮酒恸哭"的情节前后分别加入"为通替棺"和"巫师作法"两个新情节,并不仅仅是出于猎奇的心理,更主要的是给传记叙事确定了一个核心,即"思见之"。而通过李延寿对史料的剪裁和布局,原本并非李延寿首创的"饮酒恸哭"情节也获得了新的叙事功能:为通替棺是入殓后、下葬前孝武帝见贵妃的方法,巫师作法是下葬后为求一见的选择,在灵床前饮酒恸哭则是下葬后、作法前想见却不知所由的表现,前后勾连起了"为通替棺"和"巫师作法"两个情节,同时也在一定程度上为巫师作法的出现做了铺垫。反过来看,如果删去"为通替棺"和"巫师作法"两个情节,即便保留"饮酒恸哭",《宣贵妃传》的叙事结构也会与《李夫人传》相差很大。也就是说,对这三个情节的选择与位置安排,是李延寿精心设计的,是在有意模仿《汉书·李夫人传》的套路和笔法。

值得一提的是,李延寿在编撰《南史》之时,曾有意识地取材于小说、异事。他在《北史·序传》中阐述自己撰《南北史》的体例时说,鉴于"小说短书,易为湮落,脱或残灭,求勘无所"的情况,因此要"鸠聚遗逸,以广异闻"[①],"八代正史外,更勘杂史于正史所无者一千余卷,皆以编入"[②]。这就使得《南史》一书以喜采轶闻入传著称。后世史家对此也颇有微词。如赵翼《廿二史札记》卷十一"《南史》增《梁书》琐言碎事"条:"李延寿修史,专以博采异闻,资人谈助为能事,故凡稍涉新奇者,必罗列不遗,即记载相同者,亦必稍异其词,以骇观听"[③];钱大昕批评李延寿"好采它书,而不察事理之有无"[④];四库馆臣也说:"延寿采杂史为实录,又岂可尽信哉?"[⑤]考虑到上述情况,因此,不能排除李延寿在《宣贵妃传》中加入的"贵妃身世""为通替棺"和"巫师作法"三个情节,是取材于民间传闻的可能性。

在《李夫人传》中,班固以揭破幻象的方式向武帝劝谏,提醒他李夫人临死前的言行包藏着不可告人的秘密,帝王的激情会导致君权的误用。[⑥] 而在宣贵妃身上,因为特殊的身份,她与孝武帝关系的维持需要强势的皇权将她与外界隔离开,这也使得史官无法掌握她的言行,故只能将笔锋转向孝武帝本人。在《宋书·后妃传论》中,沈约便已提出"大明之沦溺殷姬,并后匹嫡,至使多难起于肌肤,并命行于同产"[⑦]的观点,认为正是孝武帝宠溺殷贵妃,才导致皇储之争和刘宋后期皇室成员相互残杀。这是中国古代历史叙事中流传已久的"红颜祸水"观点。如果说《宋书·刘子鸾传》中所记载的孝武帝破坏丧葬制度的行为尚且可以归结到刘殷二人内部关系的范畴的话,那么《魏书》则将孝武帝放纵私情的后果明确指

---

① 李延寿:《北史》卷一百,中华书局1974年版,第3345页。
② 李延寿:《北史》卷一百,中华书局1974年版,第3344页。
③ 赵翼著,王树民校证:《廿二史札记校证》,中华书局1984年版,第226页。
④ 钱大昕著,方诗铭、周殿杰校点:《廿二史考异》卷三十七,上海古籍出版社2004年版,第596页。
⑤ 永瑢等:《四库全书总目》卷四十六,中华书局1965年版,第409页。
⑥ 参见宇文所安《"一见":读〈汉书·李夫人传〉》,载宇文所安著,田晓菲译:《他山的石头记——宇文所安自选集》,江苏人民出版社2003年版,第105—119页。
⑦ 沈约:《宋书》卷四十一,中华书局1974年版,第1298页。

向了他对自身皇帝职能的主动放弃。魏收写道:"骏自殷死,常怀悲恻,神情罔罔,废弃政事"①,又在"饮酒恸哭"的情节后,批评刘骏"耽昏若此"②。《魏书》的叙事代表敌国的立场。到了李延寿笔下,他已不满足于《宋书》与《魏书》的简单评论,而是选择在《南史·宣贵妃传》中增加更多细节与行动,并试图在这些细节、行动与孝武帝荒废政事的判断之间建立起一种因果关系,使前代史官的评论能显得更有据可依。《南史》的叙事代表后人(唐人)的观点。虽然贵妃直至去世都没有露面,但从史官的表述中,我们可以感觉到,史官试图使读者相信,自从贵妃死后,孝武帝一举一动的背后便都有了贵妃的影子做驱动力,无论是为通替棺,还是请巫师作法招魂。这个影子强烈且持续地唤起孝武帝的私情,以至于让刘骏放弃了对政事的关注,忘记了自己天子的身份。李延寿甚至让这种私情的宣泄贯穿了孝武帝的整个末年,他在《南史》中写道:"帝末年为长夜之饮,每旦寝兴,盥漱毕,仍复命饮,俄顷数斗,凭几昏睡,若大醉者。"③而与孝武帝纵酒沉醉、纵情不能自拔形成鲜明对比的,却是招魂后幻象的破灭,这种落差使孝武帝的举动更增添了荒唐与讽刺的意味。史官之所以如此处理,是因为他们在撰写正统史书时,往往都会抱着劝谏天子能够以史为鉴的书写目的。通过构建贵妃之死与刘宋王朝衰败之间的因果关系,史官们意在强调皇帝私情对国家秩序的影响,告诫君主不可贪恋女色,要控制好自己的情欲,否则会有亡国丧亲之痛。只是史官们对于历史教训的刻意追求,却也在很大程度上决定了孝武帝在历史上的荒淫形象。

在《宣贵妃传》结尾,史官有意无意地又为读者提供了有关宣贵妃身世的一则材料:"或云,贵妃是殷琰家人入义宣家,义宣败入宫云。"④这种在传记结尾增添传闻类逸事的手法,在《史记》《汉书》中就已出现,通过追叙和补叙增加文章波澜。无论从"或云"这样的措辞,还是这则材料被摆放的位置来看,这句话在李延寿的话语系统中并不被重视,仅仅发挥着趣闻的作用,与传记开头以严谨笔法交代出来的贵妃身份相比,这个传闻的可信度小得可怜,反倒故意给读者一种欲盖弥彰的感觉。这种首尾严肃与轻松、郑重与狡黠相对比的叙事结构,本身就告诉读者,在贵妃"真实"身份的问题上,史官是倾向于义宣之女的说法的。这种说法也有利于加重孝武帝的"罪名",深化整篇传记的劝谏效果。

三、结论

殷贵妃的身世之谜以及死后对刘宋政治的影响,造就了她与孝武帝独特的爱情。限于史料,我们已无法详细考索二人的爱情经历,只能借贵妃死后,孝武帝创作的《拟李夫人赋》想象二人缠绵悱恻的感情。

在《拟李夫人赋》中,刘骏对亡人的深情与专一、对子女的责任与承诺,是文章的核心。为了充分抒发自己的悲痛与怀思之情,刘骏选用了隔句交叉对称的句式和精心选择的典故,在抒情时注重分散抒情与集中抒情相结合、借景抒情与直抒胸臆相结合,全文在结构上

---

① 魏收:《魏书》卷九十七,中华书局1974年版,第2145页。
② 魏收:《魏书》卷九十七,中华书局1974年版,第2145页。
③ 李延寿:《南史》卷二,中华书局1975年版,第67页。
④ 李延寿:《南史》卷十一,中华书局1975年版,第324页。

呈现出精巧地前后勾连和抒情时的浓淡相间,作者的情感表达也实现了时间上的无限延展。文中表现出来的情感体验突出了爱情的缠绵与凄婉,成功地淡化了作者的皇帝身份和哀悼对象的皇妃身份,但也由此消解了皇权对于殷贵妃真实身份以及二人关系的保护。这时,谢庄主动奏上的《宣贵妃诔》及时与《拟李夫人赋》形成了互动。谢庄通过更含蓄的抒情和特意选择能够突出刘殷二人身份的典故,塑造了一个既不失皇帝身份,又能较好地表达哀情的孝武帝形象,对孝武帝的形象进行了弥补和重新建构。

现存史书中对殷贵妃的专门记载,仅有《南史·宣贵妃传》一篇传记。作为历史的叙述者,史官很大程度上决定了一个形象会如何出现在历史上,并被后人认知。在《宣贵妃传》中,李延寿仅以寥寥数笔介绍了自己认定的贵妃真实身份,随后便将重心转向贵妃死后发生的一系列事件,并通过对史料的精心选择与安排来表达自己的道德判断。在继承《魏书》孝武帝"饮酒恸哭"情节的基础上,李延寿在传文中首次增加了"为通替棺"和"巫师作法"两个新情节,为传记确立了"帝常思见之"的主题,也使传记结构与《汉书·李夫人传》呈现出高度的一致性,这是李延寿对《李夫人传》的书写套路与笔法的有意模仿。由班固到李延寿,通过故事的移接,特别是揭破招魂幻象,不同时代的两位史官巧妙地完成了对君王的道德批判,只不过班固对李夫人和汉武帝都有批评,而李延寿则将笔锋更多地指向了孝武帝本人。李延寿秉承以史为鉴、劝谏君王的修史目的[①],与《宋书》和《魏书》相比,在《宣贵妃传》中增加了更多细节与行动,并小心翼翼地控制着文本的意义走向,始终在强调宣贵妃去世与孝武帝荒废政事之间的因果关联,以此说明皇帝一旦放纵私情便会给国家带来巨大危险。

---

① 辛德勇指出隋唐之际的史家在撰写史学著述时,往往有一种以"书功过,记善恶"为主导的倾向。参看辛德勇《汉武帝晚年政治取向与司马光的重构》,《清华大学学报》(哲学社会科学版)2014年第6期。

《文心雕龙》的时空观

管正平*

摘　要：《文心雕龙》一书，充分考虑了创作以至于欣赏这一系列活动的时间和空间因素。不仅全书有明晰的时空框架，各个相对独立的部分——本源论、文体论、创作论、批评论，也有相对完整的独立时空框架。时空关系在《文心雕龙》中有静有动、有同有异、有显有隐，互相渗透、补充和呼应，统一在一个有机整体之中。

关键词：《文心雕龙》；时间；空间

一、全书时间空间框架

杨明照指出："我国古代的文学理论批评专著，内容最丰富、体系最完整的，当推刘勰的《文心雕龙》了。"[①]可以说，《文心雕龙》体大思精，学界已经有共识。对于《文心雕龙》的理论体系也已经有了较多研究，如李战子提出将《文心雕龙》整体观和功能语言学的精细描写结合的可能性、钟兴麟发表《文心雕龙整体观》、石家宜出版《文心雕龙系统观》等，对于这种研究方法的意义，牟世金指出："研究《文心》的理论体系，其重要意义之一，就是为了避免把古人现代化，或者凭研究者的主观意图而走失原貌，以利更准确地认识其本来面目和理论成就。"[②]今以整体系统角度，探讨《文心雕龙》的时空运行观念。

时空观，是指"文学的时空观指人们在文学创作和文学鉴赏中对时间和空间的看法、观点。时空观念在人们的审美活动中，占有很重要的地位"[③]。《文心雕龙》的时空观指作者在写作的时候所界定的时空观念。在《文心雕龙》的《序志》篇中，刘勰详尽交代了写作意图，部分内容对《文心雕龙》一书的时空范围作了或隐或现的交代。首先是时间的起点，"生人以来，未有如夫子者也。敷赞圣旨，莫若注经……盖周书论辞，贵乎体要；尼父陈训，恶乎异端；辞训之异，宜体于要。于是搦笔和墨，乃始论文"[④]，可见作者是以孔子及与他密切相关

---

*　**作者简介**：管正平，上饶师范学院文学与新闻传播学院教授。主要研究方向为古典文献学。
①　杨明照：《杨明照论文心雕龙》，上海科学技术文献出版社2008年版，第1页。
②　牟世金：《〈文心雕龙〉研究》，人民文学出版社1995年版，第127页。
③　王定金主编：《审美大辞典》，成都科技大学出版社1994年版，第43页。
④　刘勰著，黄叔琳注，李详补注，杨明照校注拾遗：《增订文心雕龙校注》，中华书局2012年版，第607页。

的"六经"作为一个起始标志。时间的下限,《序志》篇中提及近人时说"弘范翰林",[①]学者以为是东晋李充及其作品《翰林论》,李充约323年前后在世,先于刘勰一百多年,由《序志》的另一句"详观近代之论文者"[②],可见刘勰是以所可见的近人为截止时间,当然,其理论原则方向延至无限。

至于空间的界定,并非以具体数字来表示,而是以所包含的内容来体现的。概括来说,《文心雕龙》的空间延伸原则是所讨论的作品能"本乎道,师乎圣,体乎经,酌乎纬,变乎骚,文之枢纽,亦云极矣"[③],限定了源流和风格。接着界定文章内容的价值观范围,以及在社会现实中的作用,其核心标准是"唯文章之用,实经典枝条,五礼资之以成,六典因之致用,君臣所以炳焕,军国所以昭明,详其本源,莫非经典"[④],要求思想不背离经典,能够为管理社会服务。而《文心雕龙》本身的空间,作者交代了具体的内容安排:"若乃论文叙笔,则囿别区分,原始以表末,释名以章义,选文以定篇,敷理以举统,上篇以上,纲领明矣。至于割情析采,笼圈条贯,摛神性,图风势,苞会通,阅声字,崇替于时序,褒贬于才略,怊怅于知音,耿介于程器,长怀序志,以驭群篇,下篇以下,毛目显矣。位理定名,彰乎大易之数,其为文用四十九篇而已。"[⑤]说明全书的纲目、各个部分的性质特点以及全书的总量。

然而在上述空间界定时,作者并不认为这是一个绝对封闭的空间,而是难能可贵地认识到自己作品有不可及的一面,接下来的一段话"夫铨序一文为易,弥纶群言为难,虽复轻采毛发,深极骨髓,或有曲意密源,似近而远。辞所不载,亦不胜数矣"[⑥],说明作者考虑到本书的容量和作品的特点,于是为空间设立了不确定性和开放性:"但言不尽意,圣人所难,识在瓶管,何能矩矱。茫茫往代,既沈予闻,眇眇来世,倘尘彼观也"[⑦],明确将已经限定的空间作为冰山一角,在这个基础上设定了不确定的开放空间,开放空间的作用其实是反向界定文章空间。

《文心雕龙》结构宏大细密。"按作者《序志》之意,该书分为四个部分:其一曰'文之枢纽'(今谓'本源论'),由《原道》至《辨骚》等五篇组成;其二曰'论文叙笔'(今谓'文体论'),由《明诗》至《书记》等二十篇组成;其三曰'剖情析采'(今谓'创作论'),由《神思》至《总术》等十九篇组成;其四曰'崇替''褒贬'(今谓'批评论'),由《时序》至《序志》等六篇组成。"[⑧]现按照以上结构分类意见,分别讨论四个部分的时空观。

[①] 刘勰著,黄叔琳注,李详补注,杨明照校注拾遗:《增订文心雕龙校注》,中华书局2012年版,第607页。
[②] 刘勰著,黄叔琳注,李详补注,杨明照校注拾遗:《增订文心雕龙校注》,中华书局2012年版,第607页。
[③] 刘勰著,黄叔琳注,李详补注,杨明照校注拾遗:《增订文心雕龙校注》,中华书局2012年版,第608页。
[④] 刘勰著,黄叔琳注,李详补注,杨明照校注拾遗:《增订文心雕龙校注》,中华书局2012年版,第607页。
[⑤] 刘勰著,黄叔琳注,李详补注,杨明照校注拾遗:《增订文心雕龙校注》,中华书局2012年版,第608页。
[⑥] 刘勰著,黄叔琳注,李详补注,杨明照校注拾遗:《增订文心雕龙校注》,中华书局2012年版,第608页。
[⑦] 刘勰著,黄叔琳注,李详补注,杨明照校注拾遗:《增订文心雕龙校注》,中华书局2012年版,第608页。
[⑧] 熊依洪主编:《两汉魏晋南北朝文学大观》,北京燕山出版社2008年版,第520页。

二、本源论

《原道》篇一开始就指出"文之为德也大矣,与天地并生者何哉"①,将创作意图的时间虚化到幽远。接着写到万物和人的出现及其语言的产生,"高卑定位,故两仪既生矣。惟人参之,性灵所钟,是谓三才;为五行之秀,实天地之心。心生而言立,言立而文明,自然之道也"②。接着写文字的产生,"鸟迹代绳,文字始柄"③。然后再细述远古典籍,由符号、文字的出现直至整理六经的孔子,一条时间线索由远而近、由暗而明。对于时间的另一个断点,在《宗经》中也有交代:"是以往者虽旧,余味日新,后进追取而非晚,前修文用而未先,可谓泰山遍雨,河润千里也。"④由"往者"而"后进",断而不绝。

本源论中文章的空间范围较大。《原道》篇有概述:"爰自风姓,暨于孔氏,玄圣创典,素王述训,莫不原道心以敷章,研神理而设教,取象乎河洛,问数乎蓍龟,观天文以极变,察人文以成化;然后能经纬区宇,弥纶彝宪,发辉事业,彪炳辞义。故知道沿圣以垂文,圣因文而明道,旁通而无涯,日用而不匮。"⑤这里由效法天地而至于人文,由一个没有具体指向的道出发,界定了一个四周广袤无垠的理论空间。然后在理论空间中继续限定文章的存在空间,主要从内容价值和艺术特色两方面考虑,相关论述如"义既极乎性情,辞亦匠于文理"⑥、"志足而言文,情信而辞巧,乃含章之玉牒,秉文之金科矣"⑦、"夫鉴周日月,妙极机神,文成规矩,思合符契"⑧,虽然表述有所差异,但都涉及内容和形式两个方面。具体展开来说,则空间所包含内容须符合以下原则:"一则情深而不诡,二则风清而不杂,三则事信而不诞,四则义直而不回,五则体约而不芜,六则文丽而不淫。"⑨空间中对思想内容的要求处于首要位置,"是以子政论文,必征于圣;稚圭劝学,必宗于经"⑩,那就是必须和经典所表达的观念一致。本源论中,对于作品的空间还有一些否定性的限制。如:"伪既倍摘,则义异自明。经足训矣,纬何豫焉?"⑪将不适当的纬书内容排除在外。再如《楚辞》中的"诡异之辞、谲怪之谈、狷狭之志,荒淫之意"一类,"摘此四事,异乎经典者也"⑫,因为与经典意趣不符,也屏弃在外。

---

① 刘勰著,黄叔琳注,李详补注,杨明照校注拾遗:《增订文心雕龙校注》,中华书局2012年版,第1页。
② 刘勰著,黄叔琳注,李详补注,杨明照校注拾遗:《增订文心雕龙校注》,中华书局2012年版,第1页。
③ 刘勰著,黄叔琳注,李详补注,杨明照校注拾遗:《增订文心雕龙校注》,中华书局2012年版,第2页。
④ 刘勰著,黄叔琳注,李详补注,杨明照校注拾遗:《增订文心雕龙校注》,中华书局2012年版,第27页。
⑤ 刘勰著,黄叔琳注,李详补注,杨明照校注拾遗:《增订文心雕龙校注》,中华书局2012年版,第2页。
⑥ 刘勰著,黄叔琳注,李详补注,杨明照校注拾遗:《增订文心雕龙校注》,中华书局2012年版,第26页。
⑦ 刘勰著,黄叔琳注,李详补注,杨明照校注拾遗:《增订文心雕龙校注》,中华书局2012年版,第17页。
⑧ 刘勰著,黄叔琳注,李详补注,杨明照校注拾遗:《增订文心雕龙校注》,中华书局2012年版,第17页。
⑨ 刘勰著,黄叔琳注,李详补注,杨明照校注拾遗:《增订文心雕龙校注》,中华书局2012年版,第27页。
⑩ 刘勰著,黄叔琳注,李详补注,杨明照校注拾遗:《增订文心雕龙校注》,中华书局2012年版,第17页。
⑪ 刘勰著,黄叔琳注,李详补注,杨明照校注拾遗:《增订文心雕龙校注》,中华书局2012年版,第41页。
⑫ 刘勰著,黄叔琳注,李详补注,杨明照校注拾遗:《增订文心雕龙校注》,中华书局2012年版,第51页。

三、文体论

文体论中的二十篇,每篇大致论述一两种文体,文体论有共同的时空界定原则:"原始以表末,释名以章义,选文以定篇,敷理以举统"①,也就是将文体分为文笔两类后,依据文体名称谈论其实质,分述源头和流变。在文体论中,每种文体的时空关系都有相对独立的界定,但文体之间的时间关系有交叉重合,空间界线有交融互补,甚至有模糊的时空地带。今以《明诗》为例分析。

《明诗》一篇在时间上有明暗两条线索,明线以葛天氏时期的《玄鸟》曲作为起点,然后细数历代作家作品,至东晋作家郭璞的《游仙诗》而止。暗线则有"人禀七情,应物斯感,感物吟志,莫非自然"②,以人思想感情的表达需要为起点,以"此近世之所竞也"为模糊的临时终点。③

《明诗》一篇的空间则一开始就交代得很明晰:"大舜云:诗言志,歌永言。圣谟所析,义已明矣。是以在心为志,发言为诗,舒文载实,其在兹乎!诗者,持也,持人情性;三百之蔽,义归无邪,持之为训,有符焉尔"④,以情志为内容空间,外加语言形式的限定。还补充了一条,在情志中,减去邪僻的意念。这个空间包含在整体空间之内,同时又有相对的独立性。其他文体的空间界定也具有类似特点。

四、创作论

创作论这个单元的时空有其特殊性,从构思的开始一直写到写作结束,整个过程都是在一个封闭的时空中进行的,然而它又是外部时空提炼后的缩影,外部世界和文章作者内心之间有一片无形的交接地带。"形在江海之上,心存魏阙之下"⑤,创作虽然是个人的活动,但作为形体的个人和创作的思绪却可以分离,作为创作起点的构思,有可能上延到一个不确定的幽远。"文之思也,其神远矣。故寂然凝虑,思接千载,悄焉动容,视通万里。"⑥构思完成之后,经过内容取舍、字词剪裁、章句安排等环节,加上形式如声韵、用典、修辞等修正过程,然后得到成品,其特点是"则义味腾跃而生,辞气丛杂而至。视之则锦绘,听之则丝簧,味之则甘腴,佩之则芬芳,断章之功,于斯盛矣"⑦。文章达到这个程度,才算创作过程的终结。当然,这个终结只是文章过程的一个短暂休止符号,它同时又是下一个批评程序的开始。

创作论中的空间界定具备阶段性的特点,移步换景,每个创作过程各有自己的空间特

---

① 刘勰著,黄叔琳注,李详补注,杨明照校注拾遗:《增订文心雕龙校注》,中华书局2012年版,第608页。
② 刘勰著,黄叔琳注,李详补注,杨明照校注拾遗:《增订文心雕龙校注》,中华书局2012年版,第64页。
③ 刘勰著,黄叔琳注,李详补注,杨明照校注拾遗:《增订文心雕龙校注》,中华书局2012年版,第65页。
④ 刘勰著,黄叔琳注,李详补注,杨明照校注拾遗:《增订文心雕龙校注》,中华书局2012年版,第64页。
⑤ 刘勰著,黄叔琳注,李详补注,杨明照校注拾遗:《增订文心雕龙校注》,中华书局2012年版,第365页。
⑥ 刘勰著,黄叔琳注,李详补注,杨明照校注拾遗:《增订文心雕龙校注》,中华书局2012年版,第365页。
⑦ 刘勰著,黄叔琳注,李详补注,杨明照校注拾遗:《增订文心雕龙校注》,中华书局2012年版,第527页。

色。如《神思》论构思,认为"密则无际,疏则千里;或理在方寸,而求之域表;或义在咫尺,而思隔山河"①,几乎突破空间的限制。再如《体性》的空间,从作者角度看,是无形向有形的过渡转换,"盖沿隐以至显,因内而符外者也"②,由内在的才能气质,到个体的学习以及习尚等外部环境。从作品角度看空间,则是八种风格居于其中,"若总其归涂,则数穷八体:一曰典雅,二曰远奥,三曰精约,四曰显附,五曰繁缛,六曰壮丽,七曰新奇,八曰轻靡"③。《风骨》篇则限定其空间两条原则:"故练于骨者,析辞必精;深乎风者,述情必显"④,也就是使用词语精要、表达情志显豁。

五、批评论

"加达默尔认为,任何文本的意义都是生存于不同时空条件下的不同读者的不同理解的结果"⑤,批评论以文本和作者为对象,有较为确定的时空交代。其实这部分可以分为两个方面的内容,《时序》《物色》《才略》《程器》四篇,作者评论历代作家作品和风格。

《时序》《物色》《才略》《程器》四篇的时间范围比较一致,总体来说是作品诞生直至当世。《时序》篇中追述:"昔在陶唐,德盛化钧"⑥,以传说中的陶唐为起始,一直到当代,"今圣历方兴,文思光被,海岳降神,才英秀发"⑦,并寄托希望于将来,"扬言赞时,请寄明哲"⑧。《物色》以"物色之动,心亦摇焉"⑨作为一个模糊起点,接下来以《诗经》为可视的开始。到时间的下端,标明"自近代以来",同时认识到会通,"古来辞人,异代接武,莫不参伍以相变,因革以为功"⑩,又以空悠悠的无尽作结。《才略》篇以"虞夏文章"为起点,以"殷仲文之孤兴,谢叔源之闲情"⑪作为实际的终点,尔后以"世近易明,无劳甄序"⑫将时限延伸。

批评论中四篇的空间各有侧重,《时序》指出:"文变染乎世情,兴废系乎时序,原始以要终,虽百世可知也"⑬,把文学置于社会和时代之中。《物色》提及"春秋代序,阴阳惨舒,物色之动,心亦摇焉"、"岁有其物,物有其容;情以物迁,辞以情发"⑭,让文学在四季的山水风物中徜徉。《才略》明言"其辞令华采,可略而详也"⑮,限于探讨辞令。《程器》的论点"周书论

---

① 刘勰著,黄叔琳注,李详补注,杨明照校注拾遗:《增订文心雕龙校注》,中华书局2012年版,第365—366页。
② 刘勰著,黄叔琳注,李详补注,杨明照校注拾遗:《增订文心雕龙校注》,中华书局2012年版,第375页。
③ 刘勰著,黄叔琳注,李详补注,杨明照校注拾遗:《增订文心雕龙校注》,中华书局2012年版,第376页。
④ 刘勰著,黄叔琳注,李详补注,杨明照校注拾遗:《增订文心雕龙校注》,中华书局2012年版,第384页。
⑤ 汪洪章:《西方文论与比较诗学研究文集》(英、汉),复旦大学出版社2012年版,第149页。
⑥ 刘勰著,黄叔琳注,李详补注,杨明照校注拾遗:《增订文心雕龙校注》,中华书局2012年版,第535页。
⑦ 刘勰著,黄叔琳注,李详补注,杨明照校注拾遗:《增订文心雕龙校注》,中华书局2012年版,第538页。
⑧ 刘勰著,黄叔琳注,李详补注,杨明照校注拾遗:《增订文心雕龙校注》,中华书局2012年版,第538页。
⑨ 刘勰著,黄叔琳注,李详补注,杨明照校注拾遗:《增订文心雕龙校注》,中华书局2012年版,第563页。
⑩ 刘勰著,黄叔琳注,李详补注,杨明照校注拾遗:《增订文心雕龙校注》,中华书局2012年版,第564页。
⑪ 刘勰著,黄叔琳注,李详补注,杨明照校注拾遗:《增订文心雕龙校注》,中华书局2012年版,第573页。
⑫ 刘勰著,黄叔琳注,李详补注,杨明照校注拾遗:《增订文心雕龙校注》,中华书局2012年版,第573页。
⑬ 刘勰著,黄叔琳注,李详补注,杨明照校注拾遗:《增订文心雕龙校注》,中华书局2012年版,第538页。
⑭ 刘勰著,黄叔琳注,李详补注,杨明照校注拾遗:《增订文心雕龙校注》,中华书局2012年版,第563页。
⑮ 刘勰著,黄叔琳注,李详补注,杨明照校注拾遗:《增订文心雕龙校注》,中华书局2012年版,第570页。

士,方之梓材,盖贵器用而兼文采也"①,则限定于讨论品德和才能。

《知音》一篇论述批评原则,它的时空安排有其特殊性。《知音》篇没有具体的时间起点,但以例子表述时间起点的认定原则:"昔储说始出,子虚初成,秦皇汉武,恨不同时;既同时矣,则韩囚而马轻,岂不明鉴同时之贱哉"②,表明批评开始于文章完成之后,伴随读者的活动而开始。作品和读者的交流是没有终点的,"夫缀文者情动而辞发,观文者披文以入情,沿波讨源,虽幽必显。世远莫见其面,觇文辄见其心"③,只要作品在,只要阅读的人在,这个时间就在。而对于文章的阅读者,其空间构建体现在六条标准上:"是以将阅文情,先标六观:一观位体,二观置辞,三观通变,四观奇正,五观事义,六观宫商。斯术既形,则优劣见矣。"④阅读文章的空间限定,提出了一个要求,即保证一定的阅读量。"凡操千曲而后晓声,观千剑而后识器;故圆照之象,务先博观。"⑤此外,还有一个阅读态度的要求:"无私于轻重,不偏于憎爱,然后能平理若衡,照辞如镜矣。"⑥当然,文章读者的阅读空间是非常宽广的多维空间,"目瞭则形无不分,心敏则理无不达"⑦。

六、结语

《文心雕龙》全书都注意到了时空的相关概念,不仅仅全书结构在时间上和空间上是一个完整的结构,在单个板块的时空上的构建也是别具匠心。上一部分的时间终点,往往是下一部分的时间起点;一个空间的界限,又往往是另一个空间的开始。时空的起止,清晰中又有模糊,浑然一体,流动往复,一切时空或有可视可触的存在,或只是以冰山一角作为标志,但都围绕其表达文学主张这一目的。关注《文心雕龙》的时空运行轨迹,对于在整体上理解全书、把握其内在的框架结构,或许会有一些有益的帮助。

---

① 刘勰著,黄叔琳注,李详补注,杨明照校注拾遗:《增订文心雕龙校注》,中华书局2012年版,第595页。
② 刘勰著,黄叔琳注,李详补注,杨明照校注拾遗:《增订文心雕龙校注》,中华书局2012年版,第588页。
③ 刘勰著,黄叔琳注,李详补注,杨明照校注拾遗:《增订文心雕龙校注》,中华书局2012年版,第589页。
④ 刘勰著,黄叔琳注,李详补注,杨明照校注拾遗:《增订文心雕龙校注》,中华书局2012年版,第589页。
⑤ 刘勰著,黄叔琳注,李详补注,杨明照校注拾遗:《增订文心雕龙校注》,中华书局2012年版,第589页。
⑥ 刘勰著,黄叔琳注,李详补注,杨明照校注拾遗:《增订文心雕龙校注》,中华书局2012年版,第589页。
⑦ 刘勰著,黄叔琳注,李详补注,杨明照校注拾遗:《增订文心雕龙校注》,中华书局2012年版,第589页。

涩体，一种文学竞争的策略

——唐徐彦伯文风及其流变初探

赵庶洋*

摘　要：唐代文学家徐彦伯所创造的"涩体"，自产生之初就产生热烈反响，虽然在后世备受争议，仍有着顽强的生命力，追随者络绎不绝。重新审视徐彦伯本人的作品发现，他的风格绝非"涩体"一种，还有另外一种完全不同的面貌，与"涩体"诗文形成鲜明对比，代表了他创作中的两种风格。结合初唐时期文学背景加以分析，可以看出"涩体"之产生并非偶然现象，而是徐彦伯在当时文坛的激烈竞争中在文体上做出的主动选择，以在竞争中占得先机。这一创作心理在后世"涩体"创作者中有着广泛的一致性，说明"涩体"是文人在竞争中做出的一种文体选择的策略。

关键词：涩体；徐彦伯；文学竞争

唐开元年间著名文学家张鷟在《朝野佥载》中记载了当时文坛一种独特的文章体式——"涩体"：

> 唐徐彦伯为文，多变易求新，以"凤阁"为"鹓阁"，以"龙门"为"虬户"，以"金谷"为"铣溪"，以"玉山"为"琼岳"，以"刍狗"为"卉犬"，以"竹马"为"篠骖"，以"月兔"为"魄兔"，以"风牛"为"飙犊"，后进效之，谓之"涩体"。①

由张鷟的记载可知，"涩体"在当时文坛盛行一时，甚至科举考试中也有人争相仿效②，得到文坛主流的认可。但是，在后世的文学批评中，"涩体"一词几乎成为一种贬义的评价，开创这种风格的徐彦伯也因之受到不少批评。

与评论界的口诛笔伐形成鲜明对比的是，这种文体风格在后世文人中一直不乏嗣响，

---

* 作者简介：赵庶洋，南京大学文学院副教授，主要研究方向为唐宋文学文献、古籍整理与研究。本文系中央高校基本科研业务费专项资金资助（Supported by the Foundamental Researsh Funds for the Central University）（项目编号：010114390102）。

① 朱胜非：《绀珠集》，卷三，台湾商务印书馆1970年版。又见《东观余论》卷下、《唐诗纪事》卷九、《类说》卷四〇。张鷟《朝野佥载》二十卷，原书已佚，今传者为明代人据《太平广记》所辑，失收此条。

② 《绀珠集》末句中"后进"，《唐诗纪事》作"进士"。

诸如韩愈、樊宗师、宋祁等著名文学家的诗文均有被评价为"涩体"者。因此,这些文学家究竟是基于怎样的创作心理而选择这一备受争议的文章体式,就非常值得探讨。本文从徐彦伯所处的时代背景入手,着重探讨其创作心理与"涩体"体式选择之间的关系,从而总结"涩体"作家共有的创作心理。

一、徐彦伯其人及后人对"涩体"的批评

徐彦伯,原名弘,字彦伯,避孝敬皇帝李弘讳,以字行。初唐著名文学家。据《旧唐书·徐彦伯传》载,他少时即以文章著名,时任河北道安抚使的薛元超上表推荐,对策擢第,任蒲州司兵参军,因为文辞华美,与善判事的蒲州司户韦暠、善书札的蒲州司士李亘并称"河中三绝"。武后圣历中任给事中,曾上《枢机论》谏酷吏以言语不慎罗织朝臣罪名事。中宗神龙元年,迁太常少卿,兼修国史,曾参与修撰《则天实录》。玄宗先天元年致仕,开元二年卒。①

纵观徐彦伯的一生,可以发现他很早就以文得名,此后的仕途也均与文有关。《隋唐嘉话》载:

  徐彦伯常侍,睿宗朝以相府之旧,拜羽林将军。徐既文士,不悦武职,及迁,谓贺者曰:"不喜有迁,且喜出军耳。"②

这个故事对于理解徐彦伯的生平颇富意味。以相王府旧臣身份出任羽林将军,本是有实权的职位,但是徐彦伯本人对此并不满意,故于升迁之后最高兴的是脱离军职。这反映出他以文士自居,对自己的定位非常明确。《旧唐书》本传史臣赞云"文学之功,不让苏(味道)、李(峤),止有守常之道,而无应变之机"③,这算是唐代人对他的盖棺论定,只是对其政绩评价不高,所谓"止有守常之道",即循规蹈矩、平平无奇,倒是他的文学成就得到认可,认为"不让苏、李"。苏味道、李峤代表了那个时代文学的最高水平,徐彦伯能与二人比肩,这是相当高的评价。因此,无论自我认同还是社会评价,对徐彦伯的文学成就都是肯定的,其中自然也包括他所开创的"涩体"。

与同时代人评价不同的是,后世对徐彦伯的文学成就,尤其是"涩体"诗文,几乎持相当一致的批评态度。

宋黄伯思《东观余论》卷下"跋高彦休《阙史》后"条云:"彦休叙事颇可观,但过为缘饰,殊有铣溪虬户体。"④黄氏自注中引用了《朝野佥载》关于"涩体"之记载,虽然是批评高彦休《阙史》,却将徐彦伯"涩体"作为同类加以比照,显然在他心目中,"过为缘饰"这一评价移用于"涩体"诗文也是合适的。

---

① 刘昫等:《旧唐书》,中华书局1975年版,第3004—3006页。
② 刘悚:《隋唐嘉话》,中华书局1979年版,第43页。
③ 刘昫等:《旧唐书》,中华书局1975年版,第3005页。
④ 黄伯思:《东观余论》,宋刻本。

清梁章钜《制艺丛话》卷二四载："近来士子争效尤侗、王广心之文,谓之'尤王体'。查尤王文体最为浮靡,其运用故实,往往换字缩脚,几于唐人鸥阁①虮户之涩体,费人猜想。究其义,实为肤浅。"②裘君弘《妙贯堂余谭》卷三云:"涩体毕竟无味,又别无生新之趣,不过将字眼顶换耳。"③二人观点非常一致,认为"涩体"只是改换字眼,非常肤浅,这代表了大部分人对于"涩体"的看法。

再如清林旭《晚翠轩集》有诗题云"写经居士赠诗盛道闽派而病予为涩体,谓学芜湖袁使君,因答之"④。吴昌绶编《定庵先生年谱》载道光十二年吴氏谓龚自珍云:"虮户铣溪,徐彦伯涩体,君奈何亦坠此恶趣?"⑤虽然没有具体批评"涩体",但是从其所用"病"、"恶趣"这些词看来,"涩体"在后世文人学者眼中已经被定性为一种负面的文体,不值得提倡。

后人的一致批评与当时人的高度评价之间形成鲜明对比。无论如何,这种文体风格毕竟在唐朝曾经风靡一时,在后世也不乏一些有名望者如韩愈、樊宗师、宋祁等拥趸,甚至到了清代,"尤王体"这种类似文体仍然能够产生较大影响,可见"涩体"文风有很强的生命力,并未因评论界的一致批评而湮灭。导致这种矛盾现象的究竟是何种原因,非常值得探讨。回到当时徐彦伯所处的社会环境,从当时的文学环境、风气以及徐彦伯个人的创作来分析探讨,会提供对"涩体"产生及其存在意义的全新认识。

二、徐彦伯在当时文坛的地位

从《旧唐书·徐彦伯传》的记载看,徐彦伯年少时就以"文"见称,这里的"文",相对于判、札这种散文性质的"笔"来说,应当是属于韵文性质的诗赋。

《唐诗纪事》卷九载:"武后撰《三教珠英》,取文辞士皆天下选,(徐)彦伯、(李)峤居首。"⑥正因为文采闻名当时,所以才有此征召。而能在这批文士中居首,也可见徐彦伯在当时文坛名望已经很高。

参与修撰《三教珠英》者既为一时之选,其任务除修书之外,更多的是备文学侍从顾问之任。《旧唐书·宋之问传》即云"预修《三教珠英》,常扈从游宴"⑦,由于统治者好文,游宴活动经常伴随诗酒唱和,与宴学士包括徐彦伯在内均有诗作,这些诗作后来结集成为《珠英学士集》⑧一书。中宗景龙年间,徐彦伯又入弘文馆,与李峤、宗楚客等人同为学士,为当时宫廷文人翘楚。

徐彦伯与李峤经历颇为类似,二人均为武后时珠英学士之首,中宗时又为景龙文馆学

---

① 当为"阁"字之误。
② 梁章钜:《制艺丛话》,清咸丰九年刻本。
③ 裘君弘:《妙贯堂余谭》,清康熙刻本。
④ 林旭:《晚翠轩集》,民国《墨巢丛刻》本。
⑤ 吴昌绶:《定庵先生年谱》,清光绪三十四年刻本。
⑥ 计有功:《唐诗纪事》,上海古籍出版社1987年版,第117页。
⑦ 刘昫等:《旧唐书》,中华书局1975年版,第5025页。
⑧ 《珠英学士集》原书已佚,敦煌遗书中尚存此书残钞本,存沈佺期等十三人诗,无徐彦伯诗,详见徐俊《敦煌诗集残卷辑考》。

士,已经属于文坛中的老资历。但是,对比二人的创作,又可以发现他们之间有比较明显的差别。

李峤以诗著称,与苏味道并称"苏李",其诗作当时人评价颇高,应制诗也不乏佳作,如《大唐新语》卷八所载武后长寿三年所上咏天枢诗,奉命称颂武周革命,诗意虽不足取,然辞采富丽精工,冠绝当时。

徐彦伯今存诗作中虽然也多有当时应制诗作,却鲜有见称于时者。倒是他的文章屡屡为时人所赏,如《旧唐书·徐彦伯传》载:"景龙三年,中宗亲拜南郊,彦伯作《南郊赋》以献,辞甚典美。"《唐诗纪事》卷九载:"中宗与修文馆学士宴乐赋诗,每命彦伯为之序,文彩华缛。"①

当时文坛不乏文章能手如李峤、崔融、苏味道等,但是中宗独命徐彦伯为序,可见其文颇受青睐。

又如《旧唐书·李适传》载:"睿宗时,天台道士司马承祯被徵至京师,及还,适赠诗序其高尚之致,其词甚美。当时朝廷之士无不属和,凡三百余人。徐彦伯编而叙之,谓之《白云记》,颇传于代。"②从"当时朝廷之士无不属和"一句来看,在朝文士全部参与,可见此次文会盛况空前。徐彦伯在这次诗歌集会中扮演的角色是为所编诗歌总集《白云记》作序,这恰恰不是诗歌方面,而是文章方面,可见在当时人公评之中,徐彦伯也是以文擅场的。

从以上两例看来,无论在统治者眼中,还是同时代文人心目中,徐彦伯的文章都是第一流的,是当时的文坛领袖。他晚年文风变易求新趋向"涩体"之后,也就难怪会有一批后进紧随其后争相仿效了。

只是需要探讨的是,既然徐彦伯在当时享有如此盛誉,一般来说只要保持创作水准即可,没有必要冒险创新。事实恰恰相反,他晚年为文自创新意,在当时文坛引起很大震动。这种转变背后所隐藏的创作心态,是非常值得注意的。

三、徐彦伯所处的文坛环境

从文学史发展的角度来看,初唐文学在整个唐代文学中的地位只能算是起步阶段,一切的文学力量都尚在酝酿,距离蔚然大观的盛唐还有一段距离。高宗、武后两朝之后,虽然文学上已经出现如王、杨、卢、骆"初唐四家"和陈子昂这样的大家,但是这些人在当时文坛都无法进入核心。反观这一时期的文坛主流,虽然如沈佺期、宋之问等人也取得了一定成绩,然而尚未达到高峰,在创作上也不尽如人意。不可否认的是,这一时期的文坛氛围却是空前热烈的。从武后时期以沈佺期、宋之问为代表的宫廷文人到中宗时期的景龙文馆学士群体,不仅有组织的文学活动众多,而且这些文学聚会都伴随着文学创作。当时最优秀的文人几乎都积极参与到这些集会创作中,创作出众多作品,这些作品代表了那个时代的文学水平。

如武后万岁登封元年七月,崔融随武三思东征,陈子昂、杜审言均有诗送之,陈子昂在

---

① 计有功:《唐诗纪事》,上海古籍出版社1987年版,第119页。
② 刘昫等:《旧唐书》,中华书局1975年版,第5026页。

《送著作佐郎崔融等从梁王东征序》中云："岁七月,军出国门。……时比部郎中唐奉一、考功员外郎李迥秀、著作郎崔融,并参帷幕之宾,掌书记之任。燕南怅别,洛北思欢,顿旌节而少留,倾朝廷而出饯。"①由末句"倾朝廷而出饯"可知这场借由送别而举行的文学聚会规模之大,当时所作诗文肯定也不在少数,今日所能见到的陈、杜二诗只是其中两篇。

又如武后圣历元年杜审言自洛阳丞贬吉州司户参军,《全唐文》卷二一四陈子昂《送吉州司户杜审言序》云"群公嘉之,赋诗以赠,凡四十五人",参与送别杜审言聚会者中有四十五人曾经作诗,其盛况可以想见,现存有宋之问《送杜审言》诗,见《全唐诗》卷五十二。

武后圣历三年幸汝州,宴于流杯亭,与从臣武三思等赋诗,李峤为序,殷仲容书,刻石,《宝刻丛编》卷五著录此次诗作石刻。同年五月,武后与群臣游嵩山石淙,武后赋七言律诗,太子李显与李峤、苏味道、徐彦伯等十余人均有和作。同年九月,珠英学士张说、魏元忠等奉敕宴于梁王武三思宅,张说有《修书院学士奉敕宴梁王宅得树字》,见《文苑英华》卷二一四,魏元忠有《修书院学士奉敕宴梁王宅赋得门字》,见《全唐诗》卷四十六。徐彦伯作为珠英学士之一,应当也参与了此次宴会并写有诗作,只是未能保存下来。

中宗景龙二年,于两仪殿宴群臣,《唐诗纪事》卷九载:"景龙二年七夕,御两仪殿赋诗。李峤献诗云:'谁言七襄咏,流入五弦歌。'十日,李行言唱《步虚歌》。"同赋诗者有李峤、杜审言、刘宪、苏颋、李乂、赵彦昭。

同年九月九日重阳日,中宗游慈恩寺塔,上官婉儿献诗,中宗及李峤、宋之问、崔湜、李适、李乂、卢藏用、岑羲、薛稷等均有诗作。见《唐诗纪事》卷九。《全唐诗》卷八八二有赵彦伯同赋诗一首,当时无名为"赵彦伯"者,有学者怀疑为"徐彦伯"之误②。

此年闰九月九日,中宗游总持寺,登浮图,李峤、宋之问、刘宪、李乂等献诗。

十月三日,中宗游三会寺,上官婉儿、宋之问、李峤、刘宪、李乂、郑愔均有应制诗。

十一月十五日,中宗诞辰,宴于内殿,与李峤、宗楚客、刘宪、崔湜、郑愔、赵彦昭、李适、苏颋、卢藏用、李乂、马怀素、薛稷、宋之问、陆景初、上官婕妤为柏梁体联句。

十二月六日,中宗游荐福寺,立春宴于内殿,二十一日幸临渭亭,三十日游汉长安未央宫故基,李峤、刘宪、宋之问、李适、李乂、苏颋、徐彦伯、赵彦昭、郑愔各有诗作。

此种文会,今日所见史料记载者尚多有,不烦备举。

身处这样一个文学集会盛行的时代,徐彦伯本人也积极投入到文会创作中,并产生了一系列作品,在他现存近三十首诗作中,超过半数为侍宴应制作品,诸如《奉和送金城公主适西蕃应制》、《幸白鹿观应制》、《游禁苑幸临渭亭应制》、《兴庆池侍宴应制》等,所占比例相当高。

这些热闹的集会活动,除了表面上的诗酒唱酬之外,还存在竞争的成分。毕竟参与者均为一时之选,很多人素以文采见称,这些人同时赋诗作文,无论是统治者还是作者本身,都会存有比较高下之意,最直接的比较根据就是作品。在记录当时文会的资料中经常可以见到作品比较的记载,如《唐会要》卷七十七载:"(武后)天授二年,发十道存抚使,以右肃

---

① 此据陶敏、傅璇琮《唐五代文学编年史·初盛唐卷》(辽海出版社 1998 年版)。本节所举诸例均据此书及贾金华《唐代集会总集与诗人群研究》(北京大学出版社 2015 年版),无特殊情况不另注。

② 陶敏、傅璇琮:《唐五代文学编年史》,辽海出版社 1998 年版,第 438 页。

政、御史中丞知大夫事李嗣真等为之,合朝有诗送之,名曰《存抚集》十卷,行于世。杜审言、崔融、苏味道等诗尤著焉。"①《旧唐书·宋之问传》载:"则天幸洛阳龙门,令从官赋诗,左史东方虬诗先成,则天以锦袍赐之。及之问诗成,则天称其词愈高,夺虬锦袍以赏之。"②《大唐新语》卷八载:"神龙之际,京城正月望日,盛饰灯彩(原作'影')之会。……文士皆赋诗一章,以纪其事。作者数百人,惟中书侍郎苏味道、吏部员外郎郭利贞、殿中侍御史崔液三人为绝唱。"③苏味道因《正月十五》诗中有"火树银花合,星桥铁锁开"一句而著称,至开元时仍为人所称道④。《唐诗纪事》卷三载:"中宗正月晦日幸昆明池赋诗,群臣应制百余篇。帐殿前结彩楼,命(上官)昭容选一首为新翻御制曲。从臣悉集其下,须臾纸落如飞,各认其名而怀之。既进,惟沈、宋二诗不下。又移时,一纸飞坠,竞取而观,乃沈诗也。及闻其评曰:'二诗工力悉敌。沈落句云:"微臣雕朽质,羞睹豫章材。"盖词气已竭。宋诗云:"不愁明月尽,自有夜珠来。"犹陟健举。'沈乃伏,不敢复争。"⑤

这类竞争,对于得胜之人,自然是无上荣耀,其文坛地位都会因之提升,这些诗作也成为诗人著名之作,不断被人称赏。对于落败者来说,情况显然不同,其心理颇值得玩味。尤其是宋之问两次夺魁的诗歌竞赛中,落败者东方虬、沈佺期在当时文坛均有大名。东方虬传世作品不多,但《咏孤桐篇》曾被陈子昂誉为"骨气端翔,音情顿挫,有金石声","不图正始之音,复睹于兹"⑥,并因而作《与东方左史虬修竹篇》。沈佺期更不必说,当时即与宋之问齐名,并称"沈宋"。史籍对于这些失败者的心态没有记载,但以常理来推测,这种事情即使发生在普通人身上,也难免因争竞而生种种事端,更何况如东方虬、沈佺期这些在文坛上已有名望者,其心态势必会产生一些变化。虽然具体变化情况已不可考,但是可以想见这些变化带来的效果之一,就是会促使每个人在诗艺上精益求精,以争取在将来的竞争中获胜。《新唐书·宋之问传》云诗歌发展至"之问、沈佺期,又加靡丽,回忌声病,约句准篇,如锦绣成文"⑦,这不能不说是当时的竞争环境促使文人在诗歌艺术上不断探索创新使然。

在这种激烈的竞争气氛中,有些人为了获得统治者的青睐,在探索诗艺之外,也使出浑身解数,甚至使用非常规手段。

如《旧唐书·张行成传》附族孙张易之、张昌宗传载:"时谀佞者奏云,昌宗是王子晋后身。乃令被羽衣,吹箫,乘木鹤,奏乐于庭,如子晋乘空。辞人皆赋诗以美之,崔融为其绝唱,其句有'昔遇浮丘伯,今同丁令威。中郎才貌是,藏史姓名非'。"⑧此诗全篇载于《文苑英华》卷二二七,题目为《和梁王众传张光禄是王子晋后身》,《隋唐嘉话》亦载:"张昌宗之贵,

---

① 王溥:《唐会要》,上海古籍出版社2006年版,第1672页。
② 刘昫等:《旧唐书》,中华书局1975年版,第5025页。
③ 刘肃:《大唐新语》,中华书局1984年版,第127—128页。《唐代文学编年史·初盛唐卷》考订云"诸人诗非神龙中作,当作于圣历至长安中,又长安二、三年则天在长安,故系此"。
④ 《本事诗》载:"开元中,宰相苏味道与张昌龄俱有名。暇日相遇,互相夸诮,昌龄曰:'某诗所以不及相公者,为无"银花合"故也。'"
⑤ 计有功:《唐诗纪事》,上海古籍出版社1987年版,第28页。
⑥ 陈子昂:《陈子昂集》,《四部丛刊》初编景明本。
⑦ 欧阳修、宋祁:《新唐书》,中华书局1975年版,第5751页。
⑧ 刘昫等:《旧唐书》,中华书局1975年版,第2706页。

也,武三思谓之王子晋后身,为诗以赠之。"①可见此事经武三思发起,众多文士参与其中。张昌宗为武后所宠,其人为正人所不齿,却有文人跟风赋诗称扬他,可见当时文士为邀时誉竟至于不顾名节。这种竞争手段已经走上一种偏激的极端,不值得提倡,然借此亦可见当时文坛情况之一斑。

身处竞争如此激烈的文坛,需做出何种努力以占领并巩固自己的一席之地,同样也是徐彦伯要面对的问题。现存历史典籍没有明确记载他做过哪些方面的努力,但是他的作品提供了分析他的创作活动和创作心理最直接也是最关键的证据。

四、徐彦伯诗文作品所呈现出的风貌

徐彦伯文集,据《旧唐书·经籍志》和《新唐书·艺文志》记载,有《徐彦伯前集》十卷、《后集》十卷,共二十卷,这个规模在当时算是比较大的,可见他是一个多产的作家。遗憾的是,《前集》和《后集》均没能流传下来,宋代公私藏书书目如《崇文总目》、《郡斋读书志》、《直斋书录解题》、《宋史·艺文志》等均无著录,可见宋代时已经亡佚。徐彦伯现存诗作,《全唐五代诗》编为一卷,共二十九首;文则未有总体汇集,但据《全唐文》、《唐文续拾》、《全唐文补编》、《全唐文拾遗》、《唐代墓志汇编》、《唐代墓志汇编续集》等书所录统计,连残句在内,共存十五篇。即使以后仍有发现徐彦伯佚文的可能,应该也不会太多,他的作品基本上就是以上所说这些。这些作品中,很多是徐彦伯当年的佳作,很大程度上代表了徐彦伯个人的艺术特色,因此,对这些作品进行分析,也可以看出他的"涩体"的特色。

在徐彦伯现存诗文中,如《朝野佥载》所举"铣溪"、"虹户"等涩体词汇均未出现,无缘一睹这种典型的涩体文风。但是也有很多被后人指为涩体的,可以作为分析其涩体文风的样本。

高似孙《纬略》卷八"天宇"条云:"徐彦伯《南郊赋》曰:'告紫宙之成功,定皇天之宝位。'王勃《七夕赋》:'霜凝碧宙,水莹丹宵。'用字皆新奇。"②这里所指的就是《南郊赋》中的"紫宙"一词。"紫宙"并非首见徐彦伯此文,江淹在《构象台》诗中已经有"网紫宙兮洽万品"之语,明胡之骥注释为宇宙③。徐彦伯在《南郊赋》中不用"宇宙"这一常见词汇,却别出心裁地使用了"紫宙",难怪高似孙会称其为"新奇"。《南郊赋》一文为中宗景龙三年亲拜南郊时所作,《旧唐书·徐彦伯传》对此事做了浓墨重彩的记载,并且评此文为"辞甚典美",是徐彦伯的得意之作。宋人王应麟在《玉海》一书的卷七十七、卷九十六两卷中也引用了此文的"左日銎,右星圃"、"于穆我皇,纂戎而昌。青气摇社,白云入房"、"欲陈大旅,展时事,告紫宙之成功,定皇天之宝位"、"崇泰坛,考星翼"、"率先于金簿之蚕,谨覆以瑶筐之燕"等句。《玉海》一书本是王应麟为应进士科举而专门采摭诸书词汇,引及此文,可见王应麟对此赋文辞之欣赏。

---

① 《隋唐嘉话》,中华书局1979年版,第39页。
② 高似孙:《纬略》,《守山阁丛书》本。
③ 胡之骥注:《江文通集汇注》,中华书局1984年版,第178页。

又如《历朝赋格》下集卷二评其《登长城赋》云:"险句峭字,凑其笔端,若不经意而出之。"①如"傅翼下鞲,视人则㪉"句,以"傅翼"、"下鞲"指虎、鹰。"驰撑犁之骄子"句,用《汉书·匈奴传》"匈奴谓天为撑犁"典,以"撑犁"代"天",这都是典型的"铣溪虬户"体。

再如《唐诗纪事》所载徐氏《夜宴安乐公主新第序》云:"鸣璜结珮,登绣轴之琱轩;花绶香缨,带泽壶之青琐。"②此句下《唐诗纪事》注云"此言驸马",安乐公主之驸马即武延秀。"青琐",《汉书·元后传》如淳注云:"天子门制也。"颜师古注云:"刻为连锁文而以青涂之也。"据此知当指门,"壶"无门意,当为"壹"字之误。此句费解。《左传》载宋皇国父为太宰,为平公筑台,妨于农事,筑者歌云"泽门之皙,实兴我役",徐彦伯文中"泽壹"或即取"泽门"之意,以"壹"代"门",杜预注《左传》此句云"泽门,宋东城南门也,皇国父白皙而居近泽门",徐氏或即借此"泽门"、"青琐",既点出此公主第为皇家宅院,又顺便奉承了驸马武延秀白皙美貌。果如此,徐彦伯此句之涩可见一斑。

《南郊赋》、《登长城赋》以及《夜宴安乐公主新第序》等文均为徐彦伯在中宗朝所作,属于所谓的"晚年为文,多变易求新"。实际上,在他早年的文章中,同样存在这种"涩体"的倾向。

《旧唐书·徐彦伯传》载其武后圣历时因周兴、来俊臣等罗织事著《枢机论》以诫当代,这是他早年的作品。王应麟《困学纪闻》卷五云:"徐彦伯《枢机论》:'中庸镂其心,左阶铭其背。''中庸镂心'未详所出,但有服膺之语。"王氏不知此语所出,谓《礼记·中庸》中无"镂心"之说,只是"子回之为人也,择乎中庸,得一善则拳拳服膺而弗失之矣"有"服膺"之说。阎若璩注肯定了王应麟的猜测,谓:"镂心即服膺。彦伯涩体,岂狗为'卉犬',竹马为'篆骎',大抵如是。"③由此一例,可见"涩体"并非其晚年为文所特有,他的早年作品中已经出现了这种倾向。

徐彦伯的诗作中,同样有"涩体"。清人厉荃辑《事物异名录》卷一"雪"下有"璇花"条,引徐彦伯《游禁苑幸临渭亭遇雪应制》诗"璇花入睿词"句。称雪用"璇花",未见其他诗人用过,这显然是徐彦伯创造的"涩体"。

在其他诗中,也能够发现"涩体"的痕迹。《幸新丰温泉宫应制》诗首句云:"姬典歌时迈,虞编记省方。"《诗经·周颂》有《时迈》一篇,毛传云"巡守告祭柴望也",郑玄笺云"天子巡行方国至于方岳之下而封禅也",首句盖取其"巡行"之意,指"幸新丰温泉宫"而言。然因姬为周姓,故称《周颂》为"姬典",与"铣溪虬户"同一思路。《尚书·舜典》载舜"五十载陟方",孔注云"舜即位五十年,升道南方巡守",此即"省方"之事,亦借以指幸新丰温泉宫之事。不称"舜典",而称"虞编",也是典型的"涩体"。

《奉和三日祓禊渭滨》诗有"皆言侍跸璜溪谦"句,"璜溪"一词,徐氏之前未见,杜甫《奉赠太常张卿均二十韵》诗中有"应指钓璜溪"句,《草堂诗笺》卷五引《尚书大传》"周文王至磻溪见吕望,文王拜之,尚父曰:望钓得玉璜,刻曰周受命吕佐检德合于今昌来提"以释之。徐氏此处,盖以"璜溪"指"渭滨",《吕氏春秋·孝行览》有太公"闻文王贤,故钓于渭滨以观之"

---

① 陆葇:《历朝赋格》,康熙刻本。
② 计有功:《唐诗纪事》,上海古籍出版社1987年版,第119页。
③ 王应麟撰,翁元圻等注:《困学纪闻》,上海古籍出版社2008年版,第654页。

事,后世传说亦多有文王于渭滨遇太公钓事,徐彦伯大概是将《尚书大传》和《吕氏春秋》所记载的两件太公事中的垂钓之地——璜溪和渭滨——捏合为一处,以璜溪代渭滨,如此辗转,可谓艰涩。

另外,如《奉和送金城公主适西蕃应制》诗有"鸾闱念掌珍"句,"掌珍",即"掌中珠",亦有作"掌珠"者,如江淹《伤爱子赋》云"痛掌珠之爱子",徐氏易"珠"为"珍";《饯唐州高使君赴任》诗有"香萼媚红滋",《文选》张华《离情诗》有"闺草含碧滋"句,张铣注谓"草色碧而滋繁",徐氏"红滋"之意当即拟此;《夏日游石淙侍游应制》诗有"碧淀红涔崿嶂间"句,《文选》左思《魏都赋》刘良注"淀者,如渊而浅",《淮南子·俶真训》许慎注"涔,潦水也",所谓"碧淀"、"红涔",所指显为石淙,只是未见前人用过,显然也是徐彦伯生造的"涩体"。

《题东山子李适碑阴》诗有"何以赠下泉,生刍唯一束"句,后句出自《诗经·小雅·白驹》"生刍一束,其人如玉",徐诗虽用"生刍一束",实际却是用下句"其人如玉"来称赞李适,这种"涩体"已经不仅是单个的词语,而是扩展至整句诗。

是否徐彦伯所有的作品都有"涩体"倾向?虽然现存作品并非全貌,但是也足以回答这个问题。在徐彦伯的诗作中,还有一部分浅显易懂的,如《班婕妤》诗云:"君恩忽断绝,妾思终未央。巾栉不可见,枕席空余香。窗暗网罗白,阶秋苔藓黄。应门寂已闭,流涕向昭阳。"《孤烛叹》:"切切夜闺冷,微微灯烛然。玉盘红泪滴,金烬彩光圆。暖手缝轻素,颦蛾续断弦。相思咽不语,回向锦屏眠。"《春闺》:"戍客戍清波,幽闺幽思多。暗梁闻语燕,夜烛见飞蛾。宝匣藏脂粉,金屏缀绮罗。裁衣卷纹素,织锦度鸣梭。有使通西极,缄书寄北河。年光只恐尽,征战莫蹉跎。"此类作品还有《胡无人行》、《采莲曲》、《芳树》、《拟古三首》、《比干墓》、《雪》等。这些诗作语言明白如话,情感也真挚动人,与"涩体"作品形成鲜明对比。从数量上看,虽然只有八首,但在现存徐彦伯二十九首诗中所占比重并不小,可见这在徐彦伯的诗歌创作中不是偶然现象,而是他的另一种风格。

将两种风格的作品加以对比,可以发现二者在题材上存在鲜明差异。"涩体"诗基本上都是应制、唱和诗作,这在现存诗作中占有比较大的比重,除上举诸例外,还有如《赠刘舍人古意》、《和李适答宋之问崖口五渡见赠》、《幸白鹿观应制》、《兴庆池侍宴应制》、《奉和幸韦嗣立山庄侍宴应制》、《和韦舍人元旦早朝》、《送特进李峤入都树庙》、《夜宴安乐公主新第》等篇,这些诗作语言精雕细琢,显得僻涩难懂。浅易诗作多为乐府歌行或古体诗,其内容或为拟古,或为抒情,语言上没有过多修饰,也就显得亲切自然。进一步探究,可以发现二者之间存在非常有意思的区别,大致说来,一种是向外的,一种是向内的,即"涩体"诗作是面向诗人之外的,或为呈送御览,或为诗友共赏;浅易诗作则是面向诗人内心的,是诗人写给自己看或者说为自己写的诗,反映了诗人自己的本真。前者代表了诗人刻意想要呈现在他人眼中的面貌,后者则反映出诗人真正的内心喜好。

为何这两种面貌是如此不同的情况?要探讨这个问题,就必须将上文所讨论的徐彦伯所处时代的文学环境纳入考虑范围,可以说,是当时文坛激烈的竞争促使徐彦伯在应制唱和诗文创作中选择了"涩体"。因为应制唱和作品的创作受制于时间、地点和题材,作者抒发个人性情的空间有限,很难做到以意取胜。即使在上官婉儿评价中以"不愁明月尽,自有夜珠来"句胜过沈佺期诗的宋之问《奉和晦日幸昆明池应制》一首,与现存沈佺期、李乂、苏颋等人同题之作相比,整体诗意其实都差不多,并无多少高明之处,上官婉儿的第一句评语

"二诗工力悉敌",并非虚言。她选择宋之问诗,也并不是因为宋诗的总体,而是因为末句的气象,这可以看作一位批评家在难于抉择时采取的策略,以平息争议。类似的文学集会场合赋诗作文,在立意一定的情况下,只有个别优秀的作家,才能在常规诗意之外别出心裁,写出新意,对于大部分人来说达到这一水准存在非常大的难度,所以,着力于辞藻就成了一般人最好的选择。

徐彦伯的应制唱和诗作在其产生之初即有参与竞争之意,故而力求与人不同。只是他并没有追求在立意上自出机杼,而是选择了一条在辞藻上另辟蹊径的办法,即"涩体"。毕竟,若以追求语言华美而论,当时诗人均长于此,很难完胜他人。徐彦伯所采取的追求僻涩辞藻的路径却极少有人实践过,与流行的华美风格相比,这种险峭僻涩的文辞更能动人耳目,引起关注,也就更容易获得时誉。当他在文坛的地位确立之后,这种具有个人特色的文风也就成为士子们努力追仿的流行文风,从而在文坛风靡一时。

但是因为"涩体"诗作在立意上少有可称述之处,所以徐彦伯的这些诗在当时并不见重,倒是他的"涩体"文备受赞誉。这种差别或许与诗、文两种文体在篇幅上的差异存在一定关系。诗之篇幅受制于格律,字数有限,多不过百余字或数百字,势必不可能全为"涩语",只能零星点缀,难以成气候。文则不然,在命意一定的情况下,允许作者骋其辞藻。在受形式限制较少的情况下,就可以在行文中充分展现"涩体"辞藻,徐彦伯所擅长的"涩体"就有了用武之地,这种辞藻达到一定规模,才能引起关注。

可以说,徐彦伯所处文坛的竞争环境塑造了他在写作应制诗文时的竞争心态,在这一心态的作用之下,又进而催生了"涩体"诗文的写作。实际上,这一心态并非只发生在徐彦伯一人身上,在其他涉于"涩体"的作家身上也有类似的心理。

五、从嗣响看"涩体"创作心理的一致性

"涩体"虽然在徐彦伯生前产生过比较大的反响,却未能在此后文坛中成为主流,但也并未绝迹。

李肇《国史补》云:"元和以后,为文笔则学奇诡于韩愈,学苦涩于樊宗师。"樊宗师为中唐以韩愈为代表的古文运动中的著名人物,其文章亦被时人视为"苦涩",虽然不能确定是否师承徐彦伯。即使如韩愈,也未能免于"涩"之评价,清人王棻在《答王子裳书》中云:"昌黎之学,深于文而未深于诗,故诗极变化而文成涩体。"确实,韩愈、樊宗师的文章中均有佶屈聱牙一体,本质上与徐彦伯的"涩体"是相同的,均是通过设置语言的障碍来增加文章的魅力。因此,韩愈之文被评为"涩"在某种意义上不无道理。

韩愈、樊宗师为何会走这条路?恐怕也与当时的文风以及本人的追求有关。韩愈在《答李翊书》中即明言作文"惟陈言之务去"。古文运动之兴起,本因韩愈等人不满当时文章陈词滥调、软媚滑易之风气,故而标举古文以与之对抗。其文中之"涩",显然是有意为之,目的即与熟烂文风相抗衡,这也可以说是一种竞争心态。

另一位文章被评为"涩"体的人是宋祁。宋祁在北宋官高位显,在当时文坛也有很高地位,与兄宋庠并称"二宋"。晚年与欧阳修共同主持修纂《新唐书》,主要负责人物本传部分,在修纂中,宋祁除增加了部分《旧唐书》所没有的人物传记和事迹之外,着力最深的就是本

传文辞的修饰。从两《唐书》各传记的对比中不难看出，《新唐书》的文字较之《旧唐书》更加雅洁，但是，由于宋祁过分追求古雅，也导致《新唐书》中出现了许多文意晦涩之处。陈振孙即云《新唐书》"列传用字多奇涩，殆类虬户铣溪体，识者病之"①，金代学者王若虚在其所著《新唐书辨》中批评云"子京之文，类从僻涩"，"子京镌改旧文，僻涩殆不可读"②，所举诸例，如"舜称耄期倦于勤，盖老而倦于勤也。《新史》哥舒翰等赞云'主德耄勤'"，"《王徽传》云'僖宗西狩，追帝不及，堕崖樾间'，《杨行密传》云'小校王稔依樾步战'，《裴敬祚传》云'曾祖子通居母丧，有白乌巢冢樾'。樾，树阴耳，直以为林木，可乎"，"《王泰传》云'母有疾，弥年不废带'。古今但言不解带，废字何义也"，深中宋祁文中弊病。明人胡应麟云《新唐书》有"晦涩、务奇二病"，杨慎亦云《新唐书》"剪裁晦涩"，可见《新唐书》文章之"涩"为后人共识。

宋祁在修史时为何会倾向于这样一种涩体？

欧阳修在代曾公亮所作《进唐书表》中批评五代时刘昫等所修《旧唐书》"气力卑弱，言浅意陋，不足以起其文"，可见对《旧唐书》文章的不满是当时人的共识。宋祁的涩体，基本都是在王若虚所说的"镌改旧文"之时，《四库全书总目》云："唐代词章，体皆详赡，今必欲减其文句，势必变为涩体，至于诘屈。"③为了追求雅洁，删汰原有词章，减省文句，甚至不惜"至于诘屈"的做法，也反映出宋祁本人欲以此种文风与《旧唐书》史文争胜之意。这是其一。

《宋史·宋祁传》云"祁兄弟皆以文学显，而祁尤能文，善议论"④，《宋景文公笔记》卷上载宋氏自述云"年过五十，被诏作《唐书》，精思十余年，尽见前世诸书，乃悟文章之难也。虽悟于心，又求之古人，始得其崖略"⑤，在回顾自己文章发展历程的同时也表现出坚定的自信。司马光《上宋侍读书》，即与宋祁之信，云"执事体纯明以立质，积学问以广德。自结圣主，优游禁闼。四表仰声而响集，群士希光而景附。昒眜所被，温于春阳；咳唾所沾，重于珪璧。诚荐绅之表的，后进之权衡也"⑥，其中虽不无奉承成分，也可以看出宋祁在当时政坛和文坛的影响是很大的。与他同修《新唐书》的欧阳修，在当时文坛的影响和地位，与他相比有过之而无不及。宋人笔记中曾记欧阳修以"宵寐匪贞，札闼洪休"八字代"夜梦不祥，题门大吉"以讽宋祁修《新唐书》中如《李靖传》"震雷无暇掩聪"之类的"以艰深之辞文浅易之说"⑦，虽然不能证明确有其事，但从中可以看出在当时人心目中二人为文观念存在比较大的差异。欧阳修在当时文坛地位很高，与这样一位大家同撰一书，即使是一般人也会不甘落后，更何况是宋祁，《新唐书》本传部分追求僻涩，很可能有和欧阳修竞争的意识在其中。欧阳修文风平易自然，要想与其不同，"艰深"、"僻涩"确实是一个可以着力的方向。这是其二。

二者之中，恐以后者对于宋祁之影响更大。因为以《旧唐书》史文之"气力卑弱，言浅意陋"，想要超越之并非难事，不一定非要"涩体"不可。但是要与同时代文坛有大名之欧阳修

---

① 陈振孙：《直斋书录解题》，上海古籍出版社1987年版，第103页。
② 王若虚：《滹南遗老集》，《四部丛刊》初编景旧钞本。
③ 永瑢等：《四库全书总目》，中华书局1997年版，第638页。
④ 脱脱等：《宋史》，中华书局1985年版，第9599页。
⑤ 宋祁：《宋景文公笔记》，明刻本。
⑥ 司马光：《传家集》卷五十八，《四部丛刊》初编景宋本。
⑦ 见《古今合璧事类备要前集》卷四十三、《锦绣万花谷》卷二十、《古今事文类聚别集》卷五。

竞争,起点就变得更高,必须在欧氏所长古文风格之外另辟蹊径,"涩体"以其奇险,成为区别于欧氏文风最显著的特色。

　　韩愈、宋祁采取涩体文风之心理,与徐彦伯颇有相通之处,即欲于文学竞争之中取胜,必须出奇出新。此种途径并非人人可以为之,对于作者本人有比较高的要求,必须有一定学力方可,徐彦伯《拟古三首》中自述云"读书三十载,驰骛周六经",韩愈《科斗书后记》云"元和来,愈亟不获让,嗣为铭文,荐道功德,思凡为文辞,宜略识字"①,《郡斋读书志》也说宋祁"通小学,惟刻意文章"②,可见"涩体"之成立均是基于作者的深厚学力,并非浅学之人所能为,因此既能于文以"涩"见新见奇,又能于"涩"中见作者之学,这是一举两得之事,比较容易获得承认。于一般人看来,越是遥不可及就越显得高深莫测,成为努力追仿的对象。以此文体参与竞争,自然成为一个重要选择。唐代士子争相仿效徐彦伯"涩体"与清代士子仿效"尤王体",也都是出于这一心理。因为科举考试对于大部分人来说,很难在有限的时间和篇幅中完全展现出自身的文采,而"涩体"则比较容易引起注意,同时其中显示出来的作者学力也是科举考试考察的一个重要内容。而且,相比更具个人特色的文采来说,学力的展现更具有操作性和可行性,也更易避开偏见而为考官欣赏,实际上是一条更为稳妥的途径。这可能是"涩体"在科举考试中有着如此持久生命力的深层次原因。

　　本文从徐彦伯所处时代环境、其作品所呈现出的风貌以及后代嗣响与他异代相通的创作心理等方面分析了徐彦伯之所以会开创"涩体"这一文学史上颇受争议的文体风格的原因,乃是为了在当时竞争激烈的文坛占领并保有自己的一席之地。虽然没有徐彦伯本人的自述或当时人的记载等历史资料能够直接证明他的这种心理,但是他所留下的作品成为证明其这一创作心理最为重要的证据,揭示了他的创作心理中隐蔽却非常关键的一面。同时,通过与后世嗣响之人比较,发现这一创作心理具有普遍性,可以解释为何"涩体"作品屡受批评,却依然有着顽强的生命力,直到清代仍不断有人追摹并成为风靡一时的文风。这一文体的持久生命力,显示出文坛中存在的竞争对于文人创作心理及文体、文风的选择都有重要影响,即通过持续不断地施加竞争压力,促使文人不断推陈出新,或开拓新的表达形式,或挖掘新的表现内容,或探索更深入的思想层次,以求在竞争中获胜。可以说,竞争是推动文学发展的重要动力之一。在论述古代作家对文体、文风的选择与改变时,他所面临的竞争环境应当成为考虑的一项重要因素。徐彦伯的"涩体"文风,正是在竞争环境下对于文风的主动选择,是他本人参与文学竞争的策略。

---

① 《朱文公校昌黎先生集》卷十三,元刻本。
② 晁公武:《郡斋读书志》,上海古籍出版社2011年版,第193页。

晚唐诗人王涣与其《惆怅诗》考论

王治田*

摘　要：晚唐诗人王涣之字号、籍贯与仕履等生平状况，尚有若干值得考察之处。根据出土的《王涣墓志》，史籍留存的归入郑延昌名下的两篇奏文当出自王涣之手，为其《西府笔稿》中文字，可以补《全唐文》之遗漏。作为王涣的代表作，《惆怅诗》十二首采用一诗专咏一人或数人的方式，叙写才子佳人之感怨故事，呈现出以艳体入于咏史的特点。《惆怅诗》十二首的吟咏对象多出自唐代的传奇或小说，呈现出浓厚的传奇风格，注重对人物个性和精彩画面的刻画，或对原有的故事情节进行改编或翻新，这些在后世产生了一定影响。《惆怅诗》十二首作为一组独具特色的七绝咏史组诗，在中国古典诗歌史上具有独特的地位，值得进一步研究。

关键词：王涣；《惆怅诗》；咏史；艳体；传奇

王涣(859—901)，字文吉，一字群吉。中和、光启中，佐滑州王铎、京兆郑延昌幕掌笺奏。大顺二年(891)登进士第。后入山南西道节度徐彦若幕。徐彦若徙清海节度，王涣从之。天复元年(901)，卒于赴南海途中，享年四十三岁。王涣的《惆怅诗》(一题《惆怅词》)是晚唐的一组七言绝句组诗。关于诗人生平，学界已经有了一些讨论，但对于其作品，尤其是《惆怅诗》这一组作品，学界讨论较少。本文拟对王涣生平重新考察，并对这一组作品及其文学价值加以研究。

一、王涣其人及著述

王涣，两唐书无传。生平散见于《唐摭言》、《唐诗纪事》、《唐才子传》等。1954 年 5 月，唐人卢光济所撰《唐故清海军节度掌书记太原王府君墓志铭》(以下简称《墓志》)在广州市越秀山镇海楼后出土，岑仲勉为撰《从王涣墓志解决了晚唐史一两个问题》一文，对此墓志文所反映出的晚唐史实之若干问题进行了讨论。[①] 其后，傅璇琮主编《唐才子传校笺》、吴在

---

*　**作者简介**：王治田，中山大学珠海校区中文系助理教授，主要研究方向为唐宋文学与诗学。
①　文章最早发表于《历史研究》1957 年第 9 期，收入岑仲勉《金石论丛》，上海古籍出版社 1981 年版，第 441—452 页。此墓志文又收入陈尚君所编《全唐文补编》卷九十二，中华书局 2005 年版，第 441—452 页。

庆《晚唐若干诗人生平事迹及其作品考辨》①,对王涣生平做了一番考察,然尚有值得进一步讨论之处。

(1) 王涣字号。王涣,《唐才子传》卷十记其名作"王焕",《唐摭言》卷三、《唐诗纪事》卷六十六均作王涣,当作涣是。②《新唐书》卷七十二《宰相世系表二》王氏太原二房载:"涣,字群吉。"③《唐诗纪事》卷六十六从之。然《墓志》载:"府君讳涣,字文吉。"岑仲勉据《后汉书》卷六十四《延笃传》注:"涣烂,文章貌也。"以为"涣"与"文"相切合,当以字文吉为是。④《唐才子传校笺》从之⑤。笔者以为:"涣"本为《周易》一卦,其爻辞云:"六四:涣,其群元吉。"这显然可以作为王涣字"群吉"之依据。古人偶有一人数字的情形,然则《新唐书》所载,或另有据,不可必以为非也。

(2) 王涣之籍贯。《唐才子传校笺》云:"《新表》及《墓志》皆谓涣太原人。"《新表》及《墓志》皆云其出"太原王氏"。此谓其郡望,非谓其出生及成长于太原。据《墓志》:"大父讳镠,皇东都留守推官,试大理评事,累赠刑部郎中。烈考讳憺,皇尚书礼部员外郎,赠礼部郎中。"岑仲勉据《郎官石柱题名》考得王憺亦曾任祠部员外郎⑥。可知其祖父与父亲主要在朝中任职。则王涣之早年,或主要随祖、父在长安度过。

《墓志》又云:"先君子礼部府君,实故汝洛中令晋国王公升堂之生也,洎弃代之日,君尚未冠。"据徐松《登科记考》,王铎(?—884)以中书舍人典贡举在咸通五年(864)⑦,则王涣之父憺正于是年中举。此年,王涣方六岁。这里称王铎为"汝洛中令",当是因王铎在中和年间,以中书令权知义成军节度使,镇滑台(见下),故称。"中令",为对"中书令"之省称。《北梦琐言》卷三"王中令铎拒黄巢"、卷十三"草贼号令公",均称其为"王中令",可证。盖以王铎当时长期在汝洛一带任职,故称"汝洛中令"。王铎知贡举时,尚未为"汝洛中令",墓志文中往往有以其最高历官称之者,此其例也。《墓志》云,王憺卒时,王涣尚未及冠。然则王憺当卒于乾符六年(879)之前。

(3) 王涣登第前之幕府经历。《唐才子传校笺》据《墓志》考订,王涣在登第之前,已在王铎、郑延昌幕府中任职。关于王涣在王铎幕下的时间,《墓志》云:"初,僖皇之幸蜀也,时王公以相印总戎,镇临白马,仍于统制有都都之号,即羽檄笺奏,断可知矣。君于斯务,颇分预焉。"关于王铎镇滑台(白马)的年岁,有中和元年(881)与中和二年(882)两种不同的记载,见《通鉴考异》卷二十四。⑧《通鉴》参酌诸说,系王铎镇滑台于中和二年,而岑仲勉据李涪《刊误》卷上"都都统"条云:"辛丑岁,大驾在蜀,以巨寇未殄,命中书令王铎仗节镇滑台,且

---

① 吴在庆:《晚唐若干诗人生平事迹及其作品考辨》,见《唐代文学研究——中国唐代文学学会第四届学术讨论会论文集》,1989年。
② 傅璇琮主编:《唐才子传校笺》(第四册),中华书局1987年版,第279页。
③ 《新唐书》卷七十二中,中华书局1975年版,第2641页。
④ 岑仲勉:《从王涣墓志解决了晚唐史一两个问题》,收入《金石论丛》,第445页。
⑤ 傅璇琮主编:《唐才子传校笺》(第四册),中华书局1987年版,第279页。
⑥ 岑仲勉:《郎官石柱题名新考订》,上海古籍出版社1984年版,第166页。又见《郎官石柱题名新著录》,《金石论丛》,第386页。
⑦ 徐松:《登科记考》卷二十三,中华书局1984年版,第849页。
⑧ 《资治通鉴》卷二五四,中华书局1956年版,第8261—8262页。

统关东诸将,收复京国。"①疑其在中和元年(881)辛丑岁,疑未能明也。至中和四年十月,王铎"表请还朝,徙铎为义昌军节度使"②。在此期间,王涣均应在王铎幕下任职。前云王涣父为王铎门生,王涣能入王铎之幕,当有此一层渊源。

关于王涣在郑延昌(？—894)幕下任职的经历。《墓志》云:"又,故相国太平郑公与君有中外之密,所申奖重,情匪由私。洎先驾驻岐之年,郑公以计务兼大京兆之任,充京城招葺制置使,凡所章奏,时悉委之。"《唐才子传校笺》谓这里的"先驾驻岐"当指光启三年(887)僖宗驻跸凤翔事③。光启元年十二月乙亥,李克用进逼京城,田令孜劫驾出幸凤翔;次年正月,又劫帝移幸宝鸡,三月丙申,至兴元;至光启三年(887)三月,僖宗方到还凤翔④。《旧唐书·僖宗纪》载是年六月,"丙辰,太常礼院奏:太庙十一室,并祧庙八室,孝明太后等别庙三室,自车驾再幸山南,并经焚毁,神主失坠。今大驾还京,宜先葺宗庙神主,然后还宫。遂诏修奉太庙使宰相郑延昌修奉。"⑤今《全唐文》卷八一八载郑延昌有《奉修神主请参详典礼奏》⑥。然据《墓志》,郑延昌在此期间,"凡所章奏,时悉委之"。然则这篇奏文,当亦出自王涣手笔。王涣生平所为章奏甚夥,今所能考见者,仅此而已。

(4) 王涣之登第。王涣登第之时间,《唐诗纪事》卷六十六云:"大顺二年,侍郎裴贽下登第。"《唐才子传》卷十同,徐松《登科记考》亦载王涣登第于大顺二年(891),诸家对此并无异议。唯《登科记考》云是年裴贽以御史中丞知贡举⑦,《唐诗纪事》、《唐才子传》均云"侍郎裴贽",则裴贽当以礼部侍郎知贡举,《登科记考》误⑧。王涣时年三十三。又,据《通鉴》卷二五四,裴贽在王铎幕下任掌书记。然则王涣曾与裴贽同在王铎幕下任职,这一层同僚之渊源,当是裴贽在是年擢取王涣的一个原因。《唐摭言》卷三在王涣登第后,"首唱长句感恩",与裴贽相酬唱。裴贽答诗云:"昔岁策名皆健笔,今朝称职并同年。"盖亦指其昔岁同幕供职之经历。

(5) 王涣登第后之仕履。《墓志》所载甚详,经过岑仲勉等学者的考论,已较为清楚。这里仅对一些细节进行进一步讨论和补充。《墓志》云:"明年⑨,膺美制,授秘书省校书郎。未几,我故府太尉齐国公猷罢枢务,节制褒梁。唯此初筵,真为刈楚,以节度推官上请,俞制授试太常寺协律郎充职。"这里的齐国公为徐彦若(805—901),其节制褒梁,当在景福元年底或次年初。王涣入其幕,当亦在此后不久⑩。这里的"唯此初筵,真为刈楚","初筵"语出《诗·小雅·宾之初筵》:"宾之初筵,左右秩秩。"指宴会之初。"刈楚"出自《诗·周南·汉广》:"翘翘错薪,言刈其楚。"义同"翘楚"。然则王涣应当是因在徐彦若幕下的突出表现而

---

① 《苏氏演义(外三种)》,中华书局2012年版,第235页。
② 《资治通鉴》卷二五六,中华书局1956年版,第8314页。
③ 傅璇琮主编:《唐才子传校笺》(第四册),中华书局1987年版,第282页。
④ 《资治通鉴》卷二五六,中华书局1956年版,第8328—8345页。
⑤ 《旧唐书》卷十九,中华书局1975年版,第728页。
⑥ 《全唐文》卷八一八,上海古籍出版社1990年版,第3816页。详考见后。
⑦ 徐松:《登科记考》卷二十四,中华书局1984年版,第898页。
⑧ 详考见傅璇琮主编《唐才子传校笺》(第四册),中华书局1987年版,第280页。
⑨ 即景福元年(892)。
⑩ 傅璇琮主编:《唐才子传校笺》(第四册),中华书局1987年版,第283页。

被推举为幕下推官,带太常寺协律郎(正八品)衔,随彦若入镇。因李茂贞拒命,此次入镇不久即返。

《墓志》又云:"不再岁,故太傅韦公精择东馆之吏,遂除长安尉以直之。旋拜左拾遗,转右补阙。"太尉韦公为韦昭度(?—895),其在景福二年(893)十一月,任门下侍郎同平章事、弘文馆大学士。① 因馆在门下省南,门下省居东边,故称"东馆"。《唐才子传校笺》引韦昭度于是年十二月进位太傅,推断王涣约于是年底任长安尉。②《墓志》或以其终官或最高官来称呼之,则韦昭度不一定于进位太傅之后,方除王涣长安尉。总之,王涣之任长安尉,当在景福二年十一、十二月间。

《墓志》又云:"扈驾行阙,迁起居郎。"扈驾行阙指在昭宗乾宁二年(895)七月出次石门事。按:《旧唐书·昭宗纪》:"信宿,宰相徐彦若、王抟、崔胤三人至。乃移石门镇,之佛宫。"③《旧唐书·徐彦若传》:"扈昭宗石门还宫,加开府仪同三司,守司空,进封齐国公,太清宫修奉太庙等使。"④然则彦若亦尝随昭宗扈驾石门,昭宗还宫后,进封其齐国公。

《墓志》又云:"我太尉齐国公时自首台,爰膺重委……因奏充大明宫留守推官,恩命授本秩加银艾。就职未久,次转司勋员外郎。……旋以考绩阙人,乃兼判是局。"按:据《新唐书·宰相表下》,徐彦若任侍中、大明宫留守在乾宁三年(896)三月⑤。王涣任大明宫留守推官,当在此时。"银艾"指银印绿绶。《后汉书·张奂传》:"吾前后仕进,十要银艾。"李贤注:"银印绿绶也,以艾草染之,故曰艾也。"⑥《唐摭言》卷三谓:"大顺中,自左史拜考功员外。"误也。由《墓志》可知其先任司勋员外郎,俄兼考功员外。岑仲勉考此在光化元年(898)⑦。

《墓志》又云:"爰属我齐公以中外迭处,倚注斯在。遂颁龙节,往镇番禺。君既认旧寮,愿荣介从……捧记室之辟书,被金章之华宠,因授考功郎中兼御史中丞之职。"岑仲勉考徐彦若任清海军节度,当在光化三年(900)九月。又据韩偓《无题诗序》:"余辛酉年戏作《无题》十四韵……吏部员外涣相次属和。"辛酉为天复元年(901),知是年春,王涣已转任吏部员外郎,且尚在长安与韩偓等唱和。《墓志》云:"时则画鹢方泛,慈颜正欢。"知王涣是由长安走水路,举家迁往岭南。《墓志》又云:"无何,前数日,以膏肓受疾,疠毒浸深,曾未浃辰,奄至猒谢。时乃天复辛酉年十月之三日。去府城之一舍地曰金利镇也,享年四十有三。""浃辰"为十二日,见《左传·成公九年》杜预注。可知王涣在九月底当已到达金利镇附近。由长安至广州,大约两个月的路程。由此推测王涣大约于七月中下旬由长安出发,终于十月三日在金利镇死于瘴毒。

(6)王涣的著述。《墓志》中有较为详细的记载:"所以今标袠之内,有《燕南笔稿》一十

---

① 《旧唐书》卷二十,中华书局1975年版,第751页。
② 傅璇琮主编:《唐才子传校笺》(第四册),中华书局1987年版,第284页。韦昭度进位太傅事,见《新唐书》卷六十三《表第三·宰相下》,第1749页。
③ 《旧唐书》卷二十,中华书局1975年版,第754页。
④ 《旧唐书》卷一七九,中华书局1975年版,第4667页。
⑤ 《新唐书》卷六十三,中华书局1975年版,第1753页。
⑥ 此见《后汉书》卷六十五,中华书局1965年版,第2144页。《唐才子传校笺》云:"银艾,犹言'赐绯银鱼袋'。"误也。见284页。
⑦ 岑仲勉:《金石论丛》,上海古籍出版社1981年版,第450页。

卷,奉王公也。有《西府笔稿》三卷,遵郑公也。有《从知笔稿》五卷,乃褒梁与南海途路之次及大明宫东馆申职业也。"王涣生前所谓章奏甚多,然今皆散佚殆尽。今考得其遗文二篇。

第一,《全唐文》八一八载郑延昌《奉修神主请参详典礼奏》一篇,当出自王涣之手,为《西府笔稿》中文字,详考见前。尚未有学者考正之,今据《旧唐书》卷二十五录其文如下:

> 伏以前年冬再有震惊,俄然巡幸。主司宗祝,迫以苍黄。伏缘移跸凤翔,未敢陈奏。今则将回銮辂,皆举典章。清庙再营,孝思咸备。伏请降敕,命所司参详典礼修奉。①

此奏文又见《册府元龟》卷五九三、《唐会要》卷十七。然《唐会要》所载文本与此略异:"再",《唐会要》作"月"。"惊",《唐会要》无。"苍黄",《唐会要》作"仓徨"。"伏缘"二字,《唐会要》无。"今则",《唐会要》无"则"字。"咸备",《唐会要》作"式备"。"命"下,《唐会要》有"委"字。②

第二,《旧唐书》卷二十五、卷一六五尚录有郑延昌奏文一则,《全唐文》失载,当亦出自王涣之手。此奏文亦见《唐会要》卷十七、《册府元龟》卷五九三。《旧唐书》卷二十五录文云:

> 太庙大殿十一室、二十三间、十一架,功绩至大,计料支费不少。兼宗庙制度有数,难为损益。今不审依元料修奉,为复更有商量?请下礼官详议。

校:"十一室""十一架",《旧唐书》卷一六五脱。"二十三间",《旧唐书》卷一六五讹作"二十二间"。"计料支费不少"一句,《唐会要》脱。"难为损益",《旧唐书》卷一六五作"损益重难"。"不审",《旧唐书》卷一六五作"未审"。"更有",《旧唐书》卷一六五作"别有"。"请下"二字,《旧唐书》卷一六五作"敕付",《唐会要》无"请"字。"礼官",《旧唐书》卷一六五作"礼院"。③

二、晚唐七绝咏史组诗的新变:王涣《惆怅诗》论析

《墓志》云:"自私试与呈试,共著词赋约三十首。凡寓怀触兴,月榭春台,兼名友追随,词人唱和,所赋歌什约三百首。又庆贺之词、吊祭之作,曰笺曰启,曰谏曰铭,复约二百首。"然均未及编集。今其所存诗作,仅有《唐摭言》卷三所载赠裴贽的一首,以及《才调集》卷七所载《惆怅诗》十二首和《悼亡》一首,俱载《全唐诗》卷六百九十。其中《惆怅诗》十二首作为一组颇有特色的七言咏史组诗,尚未引起学界足够的注意。此组诗又收录于《万首唐人绝句》卷八,题作"惆怅词"。

---

① 《旧唐书》卷二十五,中华书局1975年版,第963页。
② 《唐会要》卷十七,中华书局1955年版,第356页。
③ 校记据《旧唐书》卷一六五《殷盈孙传》,第4323页;《唐会要》卷十七,第357页。

《惆怅诗》十二首吟咏历史或传说人物,一诗专咏一人或数人,表现出咏史诗的特征。但其吟咏对象为"佳人才子,深怀感怨者"①,题材多取男女遇合之故事,可谓代表了晚唐咏史诗流变的一些新趋向。一般认为,咏史诗肇始于班固,而发扬于左思,到了唐代形成了一个强大的传统。然而晚唐却出现了大规模创作七绝体咏史组诗的风气,成为令人瞩目的现象。今所存者,有胡曾《咏史诗》三卷、汪遵《咏史诗》一卷、周昙《咏史诗》八卷、孙元晏《六朝咏史诗》一卷,等等。②莫砺锋谓晚唐七绝咏史组诗之特点:"一是一诗专咏一事,不再有一诗中杂咏数事的情形。二是诗中的感喟或议论都宜以精警、含蓄的方式编导出来,最佳的形态即是意在言外。"③王涣《惆怅诗》以七绝组诗的形式吟咏人物,可以看作这一风气下的产物,却又呈现出自己的一些特点。笔者先对书写对象和内容有疑问的几首作一讨论,再对整组作品呈现出的艺术特色作全面的探讨。

1. 书写对象的再探讨

关于《惆怅诗》十二首所吟咏的对象,《才调集》汲古阁本分别注出了每首所写的对象。但其三并未有注,另有数首尚有值得进一步讨论的地方。

其三

谢家池馆花笼月,萧寺房廊竹飐风。
半夜酒醒凭槛立,所思多在别离中。

此首,汲古阁本无注。《唐才子传校笺》谓写谢秋娘。④ 段安节《乐府杂录》云:"《望江南》者,因朱崖李太尉镇浙西日,为亡姬谢秋娘所撰。后进入教坊,遂改名。一名《梦江南曲》也。"⑤据此,谢秋娘当为李德裕之亡姬。然而关于谢秋娘之生平事迹,无记载流传。李德裕所为之《谢秋娘》词,今亦亡佚。关于谢秋娘与《望江南》词调之关系,亦有种种疑问。⑥然此诗次句有"萧寺房廊"云云,"萧寺",即佛寺。《唐国史补》卷中:"梁武帝造寺,令萧子云飞白大书'萧'字,至今一'萧'字存焉。"⑦疑此所写当为南朝王肃之妻谢氏之事。王肃(464—501),字恭懿,琅邪临沂人,由南齐入北魏,对孝文帝之改革多有助力。《洛阳伽蓝记》卷三载:"肃在江南之日,聘谢氏女为妻。及至京师,复尚公主。〔其后,谢氏入道为尼,亦来奔肃。见肃尚主〕,谢作五言诗以赠之。其诗曰:'本为箔上蚕,今作机上丝。得路逐胜去,颇忆缠绵时。'公主代肃答谢,云:'针是贯线物,目中恒任丝。得帛缝新去,何能纳故

---

① 傅璇琮主编:《唐才子传校笺》(第四册),中华书局1987年版,第286页。
② 最早关注这一现象的,当属张政烺《讲史与咏史诗》,见《张政烺文史论集》,中华书局2004年版,第119—165页。详考见赵望秦《唐代咏史组诗考论》,三秦出版社2003年版。
③ 莫砺锋:《论晚唐的咏史组诗》,《唐宋诗歌论集》,凤凰出版社2007年版,第161—170页。
④ 傅璇琮主编:《唐才子传校笺》,中华书局1987年版,第287页。
⑤ 《太平御览》卷五六八引,中华书局1960年版,第2568页。《类说》卷十六、《乐府诗集》卷八十二等均有引,文字略。见《乐府诗集》,中华书局1979年版,第1155页。
⑥ 任半塘谓:"《望江南》之原调究竟如何,与《谢秋娘》之原名何以无人援用,均晦而不彰矣。"见《敦煌曲初探》,上海文艺联合出版社1954年版,第251—252页。又见刘尊明、余泽薇《唐宋〈望江南〉词调的创制源流与声情特征》,《湖北大学学报》(哲学社会科学版)2013年第3期。
⑦ 李肇:《国史补》,上海古籍出版社1979年版,第38页。

时。'肃甚有愧谢之色,遂造正觉寺以憩之。"①这里,王肃原配谢氏尝入道为尼,投奔王肃之后,又被安顿在正觉寺,正与此诗"萧寺房廊"之句相合。王肃入魏后,抛弃发妻谢氏,娶了北魏的公主。谢氏投奔王肃后,与公主以诗赠答,其情节正与《惆怅诗》书写"才子佳人之感怨"的主旨相契合。聊备一说,以求正方家。

其五

七夕琼筵随事陈,兼花连蒂共伤神。
蜀王殿里三更月,不见骊山私语人。(杨妃)

此首汲古阁本注云:"杨妃。"其谓"七夕琼筵""兼花连蒂""骊山私语",均与《长恨歌传》合。然第三句称玄宗为"蜀王",则颇引人疑窦。玄宗为一帝王,称其为"蜀王",似不伦。今查唐人疑似称玄宗为"蜀王"者,仅有李贺《过华清宫》一首,其云:"蜀王无近信,泉上有芹芽。"曾益注:"玄宗宠杨贵妃,任安禄山,以致天宝之祸,蒙尘走蜀,故曰'蜀王',寓讥刺意。"②王琦注云:"以本朝帝主而称之蜀王,终是长吉欠理处。"③姚文燮则云:"蜀王,名梁王愔也。贞观十年徙蜀。好游畋弋猎。帝怒,遂削封。贺当春夜过此,追诮之。"④蜀王愔为唐太宗第六子,史载其飞扬跋扈,但其人与华清宫无关。李贺诗所咏,似仍当以玄宗为是。然则这首诗还应咏的是杨妃,第三句写的情形,正是白居易"夕殿萤飞思悄然,孤灯挑尽未成眠。迟迟钟鼓初长夜,耿耿星河欲曙天"数句的意思。

其八

青丝一路堕云鬟,金剪刀鸣不忍看。
持谢君王寄幽怨,可能从此住人间。(杨妃)

此咏贵妃剪发事。郑綮《开天传信记》云:"太真妃常因妒媚,有语侵上。上怒甚,召高力士以辎軿送还其家。妃悔恨号泣,抽刀剪发,授力士曰:'珠玉珍异,皆上所赐,不足充献。惟发父母所生,可达妾意。望持此伸妾万一慕恋之诚。'上得发,挥涕悯然,遽命力士召归。"⑤《旧唐书·杨贵妃传》颇采其说,然谓奏请召还贵妃者,乃吉温;而赐贵妃御馔者,乃张韬光。其文云:"天宝九载,贵妃复忤旨,送归外第。时吉温与中贵人善,温入奏曰:'妇人智识不远,有忤圣情。然贵妃久承恩顾,何惜宫中一席之地,使其就戮?安忍取辱于外哉?'上即令中使张韬光赐御馔。妃附韬光,泣奏曰:'妾忤圣颜,罪当万死。衣服之外,皆圣恩所

---

① 范祥雍:《洛阳伽蓝记校注》,上海古籍出版社1978年版,第147页。此事又见《太平广记》卷四九三引。〔 〕中文字,《伽蓝记》各本阙,乃范祥雍据《太平广记》补。"肃甚有愧谢之色",《太平广记》作"肃甚怅恨",中华书局1961年版,第4045—4046页。
② 曾益等注:《李贺诗注》,世界书局1963年版,第8页。
③ 《三家评注李长吉歌诗》,上海古籍出版社1998年版,第40页。
④ 《三家评注李长吉歌诗》,上海古籍出版社1998年版,第210页。
⑤ 郑綮:《开天传信记》,见《开元天宝遗事十种》,上海古籍出版社1985年版,第59页。

赐,无可遗留。然发肤是父母所有。'乃引刀剪发一缭附献。玄宗见之惊惋,即使力士召还。"[1]宋人乐史《杨妃外传》乃云贵妃得罪,是因其偷吹宁王玉笛。此诗在明代的一些选本,如《唐诗艳逸品》中,被误当作盛唐诗人王之涣(688—742)的作品予以收录[2]。从一个小细节来描写贵妃对唐玄宗的感情,既有哀怨之情,又有向情郎撒娇乞怜之意,一个感情丰富而细腻的女子形象跃然纸上。

2. 融艳体于咏史

咏史诗中,专以组诗形式吟咏人物的,今见最早的当属颜延之的《五君咏》。其诗以五言古体的形式,吟咏"竹林七贤"中的阮籍、嵇康、刘伶、阮咸、向秀诸人。晚唐的咏史组诗中,采用相似办法的,有周昙的八卷《咏史诗》,全部以人名为题,自"唐虞门"的唐尧、虞舜、舜妃等始,一直到"隋门"的隋文帝、独孤后、炀帝、贺若弼等,每首咏一人。汪遵的咏史诗整体多以地名为题,但其中五首则以人名为题,记《采桑妇》《渔父》《越女》《绿珠》《昭君》。孙元晏的咏史诗,也有少数几首以人名为题。王涣《惆怅诗》同样是以七绝组诗的方式吟咏人物,且多以每诗专咏一人为主。其十咏刘阮、其十一咏苏李,分别吟咏二人,但均属于固定的人物组合,与上述咏史组诗呈现出很大的相似性。然其书写对象为才子佳人之感怨故事,可谓融艳体于咏史。上面分析的几首均属此列,今将其他几首逐一分析如下:

其一

八蚕薄絮鸳鸯绮,半夜佳期并枕眠。
钟动红娘唤归去,对人匀泪拾金钿。(莺莺)

此首写崔莺莺与张生幽会事,见元稹《莺莺传》。首句言红娘以重衾捧莺莺而至,次句言莺莺与张生共度良宵,第三句则言次晨红娘促莺莺归去,末句盖谓张生入京后,莺莺赠其"花胜一合,口脂五寸"以为信。《莺莺传》言,张生收到莺莺的书信和赠物之后,"发其书于所知,由是时人多闻之",可见其薄情。但此诗却别开生面,写张生看到莺莺的赠物,睹物思人,泪下沾巾,可以说是对张生形象的一番重新演绎。

其二

李夫人病已经秋,汉武看来不举头。
得所袯华销歇尽,楚魂湘血一生休。(李夫人)

此诗写李夫人,其事见《汉书》卷九十七《李夫人传》[3]。这里抓住了汉武帝在看望病重的李夫人时,李夫人以被蒙头,不肯相见的细节,正是对李夫人"以色事人者,色衰而爱弛"之语的感叹。

---

[1]《旧唐书》卷五十一,中华书局1975年版,第2180页。
[2] 参见曲景毅、王治田《幽禁中之丰姿,落寞中之妖冶:〈唐诗名媛集〉述评》,收入《〈唐诗艳逸品〉及唐诗中的女性书写》,上海古籍出版社2019年版。
[3] 班固:《汉书》,中华书局1962年版,第3951—3952页。

其四

隋师战舰欲亡陈,国破应难保此身。
诀别徐郎泪如雨,鉴鸾分后属何人。(乐昌)

此首写乐昌公主。乐昌,传言为陈叔宝之妹,太子舍人徐德言之妻。德言感时局动乱,遂以破镜,各执其半为信。陈亡,夫妻离散,乐昌被俘,入杨素家为婢妾。后德言流落京师,因破镜与妻重逢,见《本事诗·情感》①。这首诗抓住乐昌夫妇国破家亡、破镜分离时的场面,末二句尤其道出了前途未卜的伤感。

其六

夜寒春病不胜怀,玉瘦花啼万事乖。
薄幸檀郎断芳信,惊嗟犹梦合欢鞋。(小玉)

此首咏霍小玉事。这里侧重描写李益赴东都任后,霍小玉对李益的思念之情。《霍小玉传》云:"先此一夕,玉梦黄衫丈夫,抱生来至席,使玉脱鞋。惊寤而告母,因自解曰:'鞋者,谐也,夫妇再合;脱者,解也。既合而解,亦当永诀。由此征之,必遂相见;相见之后,当死矣!'"②此诗抓住了霍小玉与李益重逢前离奇的梦境,表现了小玉对李益又爱又恨的心情。

其七

呜咽离声管吹秋,妾身今日为君休。
齐奴不说平生事,忍看花枝谢玉楼。(绿珠)

此首咏绿珠。齐奴,为石崇小字。《晋书·石崇传》:"崇字季伦,生于青州,故小名齐奴。"此诗写绿珠跳楼身亡时,与石崇诀别的场景,惊心动魄。

其九

陈宫兴废事难期,三阁空余绿草基。
狎客沦亡丽华死,他年江令独来时。(丽华)

此诗据《唐才子传》卷十、汲古阁本注,乃咏张丽华,但最后却落脚在"江令"(即江总)。三阁,出《南史·后妃传下·陈后主张贵妃》:"至德二年,乃于光昭殿前起临春、结绮、望仙三阁,高数十丈。"③狎客,指陪同后主游宴的文士们。《陈书·江总传》:"总当权宰,不持政

---

① 孟启:《本事诗》,见《历代诗话续编》,中华书局1983年版,第4页。
② 《太平广记》卷四八七,中华书局1961年版,第4006—4011页。
③ 《南史》卷十二,中华书局1975年版,第347页。

务,但日与后主游宴后庭,共陈暄、孔范、王瑳等十余人,当时谓之狎客。"①此诗首二句写陈朝沦灭,旧宫荒废之情形。次二句写陈亡之后,当时之美人、狎客都已沦灭,只有江总来访故地。据《陈书》卷二十七,陈亡后,江总在隋任职,为上开府。后被放回江南,卒于江都。②王涣此处之构思,当来于此。借江总之视角,抒发兴衰之慨,可谓别出心裁。

其十

晨肇重来路已迷,碧桃花谢武陵溪。
仙山目断无寻处,流水潺湲日渐西。(刘阮)

此诗咏刘晨、阮肇,其事见刘义庆《幽明录》③。刘晨、阮肇之故事,本来有道教求仙的意味,在唐人的书写中,常将其与陶渊明《桃花源记》的情节相混合,来表达神仙、隐逸的主题。④ 如权德舆《桃源篇》本写《桃花源记》之事,末尾数句却云:"石髓云英甘且香,仙翁留饭出青囊。相逢自是松乔侣,良会应殊刘阮郎。"⑤即如此诗,《幽明录》云,刘阮在重回人间之后,"至晋太元八年,忽复去,不知所踪",本来是说刘阮二人重新仙去,不知所踪。然而此诗却写到,刘阮在重回桃源之后,"仙山目断无寻处",无法再找到桃源的处所,显然将其与《桃花源记》中南阳刘子骥重访桃源而不知其处的情节相衔接了。

其十一

少卿降北子卿还,朔野离觞惨别颜。
却到茂陵惟一恸,节旄零落鬓毛斑。(苏李)

这首诗据汲古阁本注,乃咏苏武和李陵,但重在写苏武之惆怅。此诗前二句写苏、李在匈奴诀别的情景,后二句从苏武的视角落笔,写其归汉之后拜谒武帝陵园之情形。与温庭筠《苏武庙》"茂陵不见封侯印,空向秋波哭逝川"同意。《汉书·苏武传》:"武以始元六年春至京师,诏武奉一太牢谒武帝园庙。"⑥正谓此事。《惆怅诗》多写才子佳人遇合之事,上一首虽写刘、阮,但也有与桃源仙女相会的艳异情节,然而此首却写苏武、李陵之事,似与其他诸首之题材、主旨有异。然苏、李二人允称才子,亦属于"才子佳人,深怀感怨"的范畴。

其十二

梦里分明入汉宫,觉来灯背锦屏空。
紫台月落关山晓,肠断君恩信画工。(明妃)

---

① 《陈书》卷二十七,中华书局1972年版,第347页。
② 《陈书》卷二十七,中华书局1972年版,第346页。
③ 鲁迅:《古小说钩沉》,《鲁迅全集》(第八卷),人民文学出版社1973年版,第361—362页。
④ 程千帆:《相同题材与不相同的主题、形象、风格——四篇〈桃源诗〉的比较研究》,载张伯伟《程千帆诗论选集》,山西人民出版社1990年版,第75—94页。
⑤ 《权德舆诗文集》卷十,上海古籍出版社2008年版,第170页。
⑥ 班固:《汉书》,中华书局1962年版,第2467页。

此首写王昭君,昭君轶事见《西京杂记》。然此诗从空处着笔,写昭君梦回汉宫,觉来仅见冷烛空屏,帐外月落山晓,不禁悲从中来。这里是从一个虚拟的情景写起,但格外地扣人心弦。

如前所云,晚唐咏史组诗多吟咏历史兴亡等宏大题材,而这组作品却专门吟咏才子佳人之怨,可以看作晚唐时期艳体诗风对咏史诗的渗透。晚唐人笔下的咏史诗中,已出现了一些从男女艳情的角度来抒发历史兴亡之慨的作品。如李商隐《北齐》加入齐后主与冯小怜的艳情故事成分,宋人许颉评论杜牧《赤壁》后二句云:"孙氏基业,系此一战,社稷存亡、生灵涂炭都不问,只恐捉了二乔,可见措大不识好恶。"①但这种写法在李商隐、杜牧笔下尚有较强的议论痕迹,且未成为咏史诗的主流。尤其是在咏史组诗的创作中,尚未出现集中描写才子佳人题材的作品。王涣把这种题材引入咏史组诗的创作中,可以说是受了当时艳体诗风之影响。《墓志》言其"妍词丽唱,喧诸缙绅",则其诗当亦颇多香艳之风。韩偓《无题诗》序云:"余辛酉年戏作《无题》十四韵……吏部员外郎涣相次属和。"②可见王涣与韩偓等晚唐"香奁题"诗人多有交游唱和,其诗歌当亦多受时风之熏染。《惆怅诗》以组诗的形式歌咏女性形象与男女遇合故事,在后代也有嗣响。如明代唐寅《咏美人八首》、马銮的《咏美人三十六绝句》,均属此体。清代小说《红楼梦》第六十四回中,林黛玉创作的《五美吟》也是对王涣《惆怅诗》的回响。对此,欧丽娟已有详细讨论,在此不作展开。③

3. 咏史而颇具传奇之风

值得注意的是,《惆怅诗》十二首中吟咏的人物,有一半以上出自唐人传奇或小说。如其一咏崔莺莺,出自元稹《莺莺传》;其五咏杨贵妃,出自陈鸿《长恨歌传》;其六咏霍小玉,出自蒋防《霍小玉传》。另有一些则出自小说,如其八咏杨贵妃"剪发"之事,虽然有郑綮《开天传信记》和《旧唐书》所记载的两种不同的版本,然《旧唐书》乃五代刘昫所编纂,其所依据的版本当亦出自唐人小说。其十咏刘、阮故事,出自刘义庆《幽冥录》;其十二咏昭君故事,出自《西京杂记》,则为六朝小说。其三疑为咏王肃妻谢氏之事,虽出自《洛阳伽蓝记》,然其事亦颇具有传奇性,故见录于《太平广记》卷四九三。其四咏乐昌公主,事出自《本事诗》。《本事诗》在古人书目中,虽多归入"总集"类下,然其书多载轶事,具有强烈的小说性质。胡应麟《少室山房笔丛》卷二十九(九流绪论下)即云:"他如孟启《本事》、卢瓌《抒情》,例以诗话文评附见集类,究其体制,实小说者流也。"④值得注意的是,王肃妻谢氏与乐昌公主的故事,都展现了被政治动荡所拆散的亡命鸳鸯之曲折命运,具有一定的相似性。其他如所咏李夫人、张丽华、绿珠、苏李等的故事,亦被诗人赋予了强烈的传奇色彩。这样的题材选择在晚唐咏史组诗中,可谓独树一帜。

此外,王涣在表现这些人物的时候,呈现出强烈的传奇之美学风格。关于"传奇"之文体,鲁迅《中国小说史略》云:"传奇者流,源盖出于志怪。"⑤这种观点在长时间内产生较大影

---

① 《许彦周诗话》,见何文焕《历代诗话》,中华书局1981年版,第392页。
② 《韩偓诗集校注》卷四,山东教育出版社2000年版,第284页。
③ 欧丽娟:《林黛玉的〈五美吟〉:开显女性主体意识的咏叹调》,见氏著《诗论红楼梦》第九章,里仁书局2001年版,第437—468页。
④ 胡应麟:《少室山房笔丛》卷二十九,中华书局1958年版,第374页。
⑤ 鲁迅:《中国小说史略》,《鲁迅全集》(第九卷),人民文学出版社1973年版,第212页。

响。但近来学者多认为,传奇并非发源于志怪,而是源于六朝时期的杂传记。① 只不过,到了唐代,一部分传记的叙事更加婉转,更加注重对人物个性的刻画、细节的铺叙与想象,辞藻也更加华丽而已,这部分传记被后人称作"传奇"。罗宁、武丽霞认为,"传奇"在唐代主要为一种以"作意"和"幻设"为特点的美学风格和表现手法(而非一种文类的指称)。② 陈文新将此概括为"传记的辞章化"。③ 这种风格在中晚唐的一部分传记和小说中有所体现,并成为一时之美学风气。流风所及,中晚唐时期已经出现了一些与传奇故事相配合的诗作,如白居易《长恨歌》与陈鸿《长恨歌传》,元稹《莺莺传》与《会真诗》,白行简《李娃传》与元稹《李娃行》④,等等。在这些诗作中,也呈现出了叙事婉转、辞藻华丽、情节曲折、情感绮靡等传奇的风格。晚唐诗人更善于在诗中化用小说、传奇之典故,来营造画面、演绎情节,这在李商隐笔下体现尤为明显。⑤ 不过在晚唐的咏史组诗中,这种倾向尚不显著。有学者已经指出,晚唐之咏史诗多有较强的"史论"性质,理性色彩浓厚。⑥ 莫砺锋曾以胡曾的《咏史诗》为例,总结出其四种套式,并指出晚唐咏史组诗套路化严重的倾向。⑦ 论者谓,晚唐咏史组诗与蒙训类书之间有密切关系,其诗多为了训育童蒙而作。⑧ 笔者认为,晚唐七绝咏史组诗程序化的缺点或许可以从中找到一些解释。然而,王涣的《惆怅诗》却与此不同。其诗以刻画人物和营造画面为长,而并不以议论为重,往往抓取某个富于传奇性的情节或画面加以表现和刻画,极富表现力。如其二咏李夫人,抓住了汉武帝探望李夫人时,李夫人以被蒙头,不愿相见的情节,表现其对"色衰而爱弛"之命运的惶恐与担忧。其四咏乐昌公主,着重刻画陈之将亡时,乐昌夫妇诀别时的场景,富有冲击力。其六咏霍小玉,着重刻画小玉在李益离去后离奇的梦境,来表达其对李益爱恨交加的心情。其九咏张丽华,悬想陈亡之后,江总独来重访旧地之情形,表达兴亡之慨。

另外,唐人传奇多在实事的基础上,对细节加以虚构和发挥。王涣的《惆怅诗》中的一

---

① 较早对此提出不同意见者,为王运熙《简论唐传奇和汉魏六朝杂传的关系》,《汉魏六朝唐代文学论丛》,复旦大学出版社2002年版。其后有孙逊、潘建国《唐传奇文体考辨》,《文学遗产》1999年第6期。郝敬《唐传奇名实辨》,《文学评论》2015年第4期。罗宁《古小说之名义、界限及其文类特征——兼谈中国古代小说研究中存在的问题》亦持此见,并进一步认为传奇本不属于小说之文类范畴:"传奇在唐宋人那里一般称为传记和杂传记,它和小说一样都是一种著述形式。但是,前者一般置于书目的史部传记类(或杂传记类、杂传类),后者一般置于子部的小说家类(或小说类)。这一事实表明,古人并未将小说和传奇视作一类。"其见甚谛。见《汉唐小说与传记论考》,巴蜀书社2016年版,第35页。

② 武丽霞:《论唐传奇的杂传实质》,《西南师范大学学报》(人文社会科学版)2004年第3期。罗宁《古小说之名义、界限及其文类特征——兼谈中国古代小说研究中存在的问题》,见《汉唐小说与传记论考》,第36页。

③ 陈文新:《"传记辞章化":一个学术判断的历史维度与阐释效应——三论唐人传奇的文体特征》,《上海师范大学学报》(哲学社会科学版)2015年第3期。又参考《"唐人始有意为小说"这一命题不能成立》,《中国文化研究》2017年冬之卷。

④ 元稹《李娃行》不见其本集。《彦周诗话》云:"诗人写人物态度,至不可移易。元微之《李娃行》云:'髻鬟峨峨高一尺,门前立地看春风。'此定为娼妇。"见何文焕《历代诗话》,中华书局1981年版,第379页。

⑤ 余恕诚:《论小说对李商隐诗歌创作的影响》,《文学遗产》2009年第3期。

⑥ 查屏球:《唐学与唐诗》,商务印书馆2000年版,第277—309页。

⑦ 莫砺锋:《论晚唐的咏史组诗》,《唐宋诗歌论集》,凤凰出版社2007年版,第168—174页。

⑧ 张晨:《传统诗体的文化透析——〈咏史〉组诗与类书编纂及蒙学的关系》,《上海社会科学院学术季刊》1994年第4期。

些作品不拘泥于原来的故事,自出心裁,对一些传说人物进行重新演绎,也体现了这一特点。如其一咏崔莺莺。在元稹的《莺莺传》中,张生在受到莺莺赠物后,"发其书于所知",竟将莺莺给他写的书信公示于人,可谓薄情而寡幸。但王涣却写张生在看到莺莺赠物后,如何对其思念而落泪,这可以说是不拘旧说,对张生形象的重新演绎。其三疑为用王肃妻谢氏,悬想其夜半酒醒,古寺青灯之下,对丈夫的切切思念。其十咏王昭君,亦从空处着笔,悬想王昭君梦回汉宫,觉来倍觉凄凉的情景,当从杜甫"环佩空归月夜魂"之句化出。这些都溢出了原始故事文本的范围,可以说是"故事新说"。这种对传说人物进行创造的重新演绎,可谓其传奇风格之另一表现。在这个意义上,王涣的《惆怅诗》以传奇之美学风格和表现手法入于咏史诗,可以说是晚唐七绝咏史组诗的一个新变。

晚唐人中,以《惆怅诗》为题的,尚有顾甄远《惆怅诗》九首。然此一组作品仅见《万首唐人绝句》卷三十九(《全唐诗》卷七七八所载顾甄远诗仅此九首,当从《万首唐人绝句》录来),关于顾甄远其人,找不到其他相关的记载。此组诗亦是七言组诗的形式,然多不能确定每首诗具体所咏的对象。只有其五写到"陌上行人漫举头",乃是对《陌上桑》中"行者见罗敷,下担捋髭须"的化用,此诗当是咏秦罗敷之事。此外,胡应麟《少室山房集》卷七十五《岩镇遇雨宿汪士能斋头櫽栝唐人绝句作续惆怅诗十二章(止成二首而止)》亦声称是续写王涣《惆怅诗》的作品。其一云:"那曾一觉扬州梦,赢得青楼薄幸名。"反用杜牧成句。其二云:"莫怪桃花贪结子,芳菲元不为刘郎。"则用王建"自是桃花贪结子,错教人恨五更风"之句。这种剪裁、化用前人语句的做法,与王涣《惆怅诗》相似。综上,王涣的《惆怅诗》无论是在诗歌题材还是表现手法上,均有独到之处,并在后世产生一定影响。这组作品在中国古典诗歌史上占有独特的地位,值得进一步研究。

"燕行录"对古代沈阳文学之意义探析

赵 旭[*]

摘 要:"燕行录"广义上泛指从高丽到朝鲜这七百多年间朝鲜人在中国的见闻所形成的文献,狭义上则专指朝鲜时代使臣们来往北京过程中的见闻所形成的文献。对于沈阳文坛而言,"燕行录"具有重要意义。朝鲜人来中国,一般情况下都会经过沈阳,甚至以沈阳为目的地。在沈阳期间,朝鲜人积极创作,或与当地文人唱和,或细致记录见闻,其作品成为古代沈阳文学的重要组成部分;同时,朝鲜人也主动地考察沈阳的文化环境,其相关记述,从域外角度审视沈阳文坛的发展状况,客观地反映了当时沈阳的文化氛围和文人的精神风貌,丰富了古代沈阳文学史料,这无疑是值得重视的。

关键词:朝鲜;燕行录;域外;沈阳;文坛

从广义上看,"燕行录"泛指从高丽到朝鲜这七百多年间朝鲜人在中国见闻所形成的文献;从狭义上看,则是专指"朝鲜时代使臣们来往燕京(北京)时根据所听所见而记录下来的纪行录"[①]。

"燕行录"对古代沈阳文坛有着重要意义。朝鲜人来中国,一般情况下都会经过沈阳,有时甚至以沈阳为目的地。在沈阳期间,一些汉语写作水平较高的朝鲜人,或出于个人爱好,在和当地文人交往的时候,写下了不少唱和诗文;或为了向本国政府汇报沿途见闻,细致地观察沈阳的社会政治、文化状况,将所见所闻纳入笔端,其作品多为日记体实录,看似琐碎,却是形式自由,内容丰富,从而构成了沈阳古代文坛的重要部分。同时,外国人的身份使其具有相对独立性,顾忌较少,能够客观地反映当时的情况,如金毓黻对朝鲜人柳得恭《燕台再游录》所评价的那样:

此为异国人纪中朝事迹之书,不参利害之见,颇能得真,故可贵也。[②]

---

[*] 作者简介:赵旭,沈阳大学文法学院教授,主要研究方向为元明清文学。本文系辽宁省社科规划基金一般项目"古近代文献中的辽宁形象研究"(编号:L18BZWOO6)阶段性成果。

[①] 林中基:《领导朝鲜朝的知识人的背景纪行见闻录》,转引自张杰《韩国史料三种与盛京满族研究》,辽宁民族出版社2009年版,第4页。

[②] 金毓黻:《辽海丛书总目提要》,《辽海丛书》,辽沈书社1985年版,第3640页。

"燕行录"有的侧重于记述在沈阳地区的交游见闻,如柳得恭《燕台再游录》和李田秀、李晚秀《入沈记》;有的侧重于进行文化比较和对沈阳地区文坛特点的思考,如柳得恭《滦阳录》。"燕行录"从域外视角所记录的沈阳文坛情况无疑能够大大丰富沈阳古代文学的研究资料。当下学界对"燕行录"与古代沈阳文坛的关系关注不多,笔者不揣冒昧,试对此问题进行探究,以就正于方家。

一、朝鲜人积极创作,构成了沈阳古代文学重要的部分

地方文献,除了当地人的著述外,还应该包括非本地人在该地创作以及表现该地内容的作品。从这个角度看,朝鲜人在沈阳创作或表现沈阳的"燕行录"当然也属于沈阳古代文学范畴。如《辽海丛书》中就收录了多部朝鲜人表现辽沈的著作,如柳得恭《沈阳录》、《燕台再游录》,宣若海《沈阳日记》以及不知撰者姓名而表现朝鲜世子在沈阳作人质情形的《沈馆录》等。

自古以来,朝鲜人中具有较高汉文写作水平的大有人在。《全唐诗》中就收有朝鲜诗人王巨仁、高元裕、金真德、薛瑶、金地藏和金可纪等人的作品,而"在其后的上千年时间里,半岛所出现的汉诗诗人到底有多少,实在是无法统计"①。许多来到沈阳的朝鲜人都喜欢中国文学,并能够用汉语创作,他们在沈阳期间创作的和以沈阳为表现对象的文学作品本身就是沈阳古代文学的重要组成部分。这些作品中,有许多是单纯地描述眼中的沈阳景物,表现出较高的汉语运用能力。如金种正《沈阳日录》中记载乾隆二十九年(1764)四月十九日观沈阳行宫:

> 宫南向外无正门,由旁小门而入,少进有两牌楼,左曰"文德坊",右曰"武功坊"。文德坊内有景佑宫,奉三清神像。少进有一座门,门内有崇政殿,纵五间,横二间,当中设坐榻,以黄金刻龙,辉煌夺目。榻上作彩楣,横扁(按:匾)"正大光明"四金字。门户皆饰以金,墙青瓦,殿青黄瓦,两头以彩磁作龙狮,势若飞动。栋樑、壁砌及瓦头皆作雕龙,奇巧异常。月台不甚高,而石色青莹,左右设香炉石日影台。殿左飞龙阁,殿右翔凤阁,皆层楼。殿后新构三层凤凰楼,钜丽甚,闻一柱之费至千缗。楼下有层阶,凡二十二级。由楼后左折,有皇帝寝殿,顺治生于此云。其南太后宫,其西皇后宫,其下太子宫,内外诸庭,皆铺砖石,密密无罅隙。殿北左右阁贮祭器、床卓(按:桌)。中有永宁宫,即其先庙也。其北墙外有十八仓云。②

这段文字对景物的描述,层层铺开而丝毫不乱,表现出极高的汉语写作能力,通过文字表述,不仅能够让我们一窥当时沈阳故宫的风貌,而且在今天也可以当作一篇精彩的导游词来看。再如李田秀和李晚秀完稿于乾隆五十一年的《入沈记》,其下卷"沿道赋咏"中所收录的52首诗(《纪行百首》可视为一首长诗)中有17首是在沈阳创作的,此外还有一篇《裕昆

---

① 刘顺利:《半岛唐风:朝韩诗人与中国文化》,宁夏人民出版社2004年版,第87页。
② 张杰:《韩国史料三种与盛京满族研究》,辽宁民族出版社2009年版,第376页。

真赞并序》。在沈阳文人张裕昆给他们的书信里,表现了沈阳文士们对其诗文的高度赞扬:

> 去秋拜别后,友人宣作谋及弊[敝]处士人竟来索观二君留赠诗文,无不啧啧赞羡,允称杰作,可以远追青邱(著者按:"邱"当为"丘"),近比渔洋,叹为得未曾有。①

将两人的诗文比作高启和王士禛,虽有溢美之嫌,但也证明其作品还是有一定水平的。而《纪行百首》是一首记述出使全过程的叙事诗,娓娓道来,有叙有论,次序井然,很见功力。

《入沈记》的上卷和中卷日记正文也颇具文采,运用活泼的语言,尤其是口语,生动再现了当时的情态。如记八月十一日使团众人想要进盛京皇宫游赏而守门人因职责所在不愿放行的场面:

> 姜同请作汉儿声诱开,我辈三人贴身墙边以望。姜同叩门大叫:"开门阿!"里人曰:"高丽么?"曰:"不也,我也。"一人即来开门,我辈齐笑,渠亦大笑,急关而去。②

这段被作者认为就是"直书其时话头"的文字,的确"看似不成文理"③,却令朝鲜人的活泼戏谑、守宫门者对这群外国人无可奈何的情态跃然纸上。再如九月二十二日记朝鲜使团送驾的场面,内阁学士松筠奉权臣和珅之命,"谓皇上之待朝鲜人者既逾格例,朝鲜人之所以仰答者亦不可循例而止,必往老边城近处送驾为可云",于是一行人出发:

> 前此则一行皆从边道行,或涉中路,则彼人呵斥犯御道矣。松均[筠]来后,则一行人上下使入中道,人莫敢问者。行数里,有一人自后跑马来曰:"大人以为朝鲜使臣误为前进,可速回云云。"松均[筠]急回马问曰:"甚么大人叫?"回答曰:"宜大人也。"松均[筠]即回马曰:"连你所谓宜大人,而使之来可也。"催马前进,俄而宜兴果为跟来。④

原来礼部侍郎宜兴不知道和珅的命令,因此派人来追。而松筠以为是和珅又下了新命令,便"急回马问",弄清对象后,则傲慢地"即回马曰",这"急"和"即"两个字生动地表现出松筠在不同对象面前的小心和霸气,进而衬托出和珅的威势,其人虽未出场而神气毕现。

作者塑造人物形象时善于抓住细节来表现其神采。如写张裕昆醉酒的场面:

> 裕昆数巡后渐露本相,坐侧有唾壶,裕昆唾壶欲碎之,又揎拳遽呼曰:"你们将酒杯、果碟都碎了无妨。"仲兄书"老骥伏枥,志在千里。烈士暮年,壮心未已"句,裕昆曰:"此非曹孟德之言乎?"仍激仰久之。又曰:"先生一蹴龙门,便当奉使我邦。"裕昆书曰:

---

① 张杰:《韩国史料三种与盛京满族研究》,辽宁民族出版社 2009 年版,第 318 页。
② 张杰:《韩国史料三种与盛京满族研究》,辽宁民族出版社 2009 年版,第 214—215 页。
③ 张杰:《韩国史料三种与盛京满族研究》,辽宁民族出版社 2009 年版,第 215 页。
④ 张杰:《韩国史料三种与盛京满族研究》,辽宁民族出版社 2009 年版,第 271 页。

"明岁当应童子试。"又相与绝倒。①

寥寥数言便将沈阳文士张裕昆的狂放表现得淋漓尽致。一向严谨且轻视功名的张裕昆竟有此狂态,甚至以"明岁当应童子试"相戏,更是将其内心世界的丰富性进一步展示出来,增加了人物形象的表现张力。短小精干的日记体式,自由活泼的表达方式,在某些章节中很有些魏晋小品文的风采,这为清代沈阳文坛散文随笔的创作增色不少。

朝鲜文人作品表现最多的内容是与沈阳文士的交往情况。如柳得恭(1748—1807),他是"东人之赡于文学者也"②。其所著《滦阳录》乃"乾隆五十五年随其国使臣赴热河行宫贺高宗万寿咏其所见而成书,一称《热河纪行诗注》,盖以诗为主而又自为注也"③。其中表现与沈阳文士交往的就有两首。卷一《沈阳书院》曰:

> 不见江南张秀才,讲堂深处独徘徊。
> 当年别语工凄楚,沈水东流可再来。④

他于乾隆四十三年(1778)秋天在沈阳书院与诸文友分别,十二年后旧地重游,此为回忆当时情景所作。"讲堂深处独徘徊"一句,将作者面对旧游之地物是人非的惆怅与心中对友人的怀念之情形象地展现出来。由其自注可知,分别时诸文友还进行了唱和,"临别赠诗者凡十七人"⑤,其中不乏金科豫这样的著名诗人。而柳得恭自己的和诗也在注中记录下来:

> 悠悠小别仅堪哀,沈水东流可再来。
> 记取今秋书院里,淡黄纸上笔谈回。⑥

此外,李海应在《蓟山纪程》中也记载了嘉庆八年十二月在沈阳和程伟元见面唱和的诗:

> 郢下歌成白雪春,主人情致谙怡神。
> 逢迎诗席匆匆话,莫辨浮生梦与真。⑦

沈阳文人与朝鲜文人的交流频繁,彼此唱和很多,如缪公恩《梦鹤轩梅澥诗钞》卷三就有《送朝鲜使臣李鲁山、高兼之、金清山诸君》《得李鲁山、金清山见和之作却答》《怀朝鲜李鲁山、金清山诸君》,卷四有《寄朝鲜李鲁山、金清山、高兼之诸君》等诗作;金朝觐《三槐书屋诗钞》卷一有《和洪樗庵渡浑河望见沈阳元韵》《赠朝鲜使臣高二首》《送李学山一首》《赠金

---

① 张杰:《韩国史料三种与盛京满族研究》,辽宁民族出版社2009年版,第254页。
② 金毓黻:《辽海丛书总目提要》,《辽海丛书》,辽沈书社1985年版,第3639页。
③ 金毓黻:《辽海丛书总目提要》,《辽海丛书》,辽沈书社1985年版,第3639页。
④ 柳得恭:《滦阳录》,见金毓黻《辽海丛书》,辽沈书社1985年版,第315页。
⑤ 柳得恭:《滦阳录》,见金毓黻《辽海丛书》,辽沈书社1985年版,第315页。
⑥ 柳得恭:《滦阳录》,见金毓黻《辽海丛书》,辽沈书社1985年版,第315页。
⑦ 赵建忠:《新发现的程伟元佚诗及相关红学史料的考辨》,《红楼梦学刊》2007年第6期。

清山一首》《送朴慈庵二首》《送洪樗庵回朝鲜》《怀朝鲜奉使诸公》《答梦鹤轩主人并呈怀朝鲜使臣诗》等诗作。

朝鲜文人的作品中还有一些思古感怀之作。如柳得恭《滦阳录》卷二《沈阳》曰：

> 呜呼崇德二年春,牢记干支是甲辰。
> 归到沈阳城外路,断烟秋草吊三臣。①

所谓"三臣"又称"朝鲜三学士",指的是三位抗清的朝鲜大臣。后金天聪十年(明崇祯九年)四月十一日(1636年5月15日),皇太极在沈阳称帝,改国号为大清,改元崇德。事先,遣使通报朝鲜,并要求其断绝与明朝的关系。这引起了朝鲜君臣的反对,认为此行为是对明朝的叛逆。皇太极称帝后,率军征朝鲜。崇德二年正月,朝鲜战败,被迫让世子做人质,并交出抗清主张最坚决的三位大臣:司宪府掌令洪翼汉、弘文馆校理尹集和修撰吴达济,朝鲜史料上称之为"丙子虏乱"。三位大臣被带回沈阳后,毫不屈服,最终以"倡议沮明,败盟构兵"的罪名先后被处死。柳得恭在北京得到《皇清开国方略》一书,看到书中关于三学士的事迹,非常感动,同伴"以小纸钞来,剔灯共读,为之发竖",而对书中所言"倡议沮明,败盟构兵"的罪名也是大加赞赏:"呜呼! 其所书八个字即无愧乎天下万世!"回到沈阳后,面对三学士遇难之地,情难自已,"益不禁竹如意击石之思",赞美其"卓然大节,今又得信史矣"②。其中洪翼汉死于三月初五,正是甲辰日,故其诗中有"牢记干支是甲辰"之语。朝鲜人对三学士的敬仰和怀念是发自内心的,如朴来谦于道光九年所作的《沈槎日记》中有九月初十日的记载:

> 早发入城,出外攮门外通街,即三学士丁丑成仁处也,即地怀古,不觉裂眦。③

虽然"丁丑"与柳得恭所记"甲辰"不符,但"即地怀古,不觉裂眦"的感情则与柳得恭是一致的,即使已经过去了近两百年,这种敬仰之情依然强烈。

朝鲜文人的作品中还有一些具有文化评论性质的内容。朝鲜向来崇尚中华文化,在明朝的时候,朝鲜使臣"尊奉明朝为'天朝',所以将出使北京视为'朝天'",所以"凡是冠有'朝天'二字的,都是明代前往北京的朝鲜使臣的作品"。④ 而到了清代,"朝鲜使臣的'燕行录'的名称中,再也没有出现'朝天'的字样,这是因为在清朝统一中国后的很长时间内,朝鲜方面始终不承认清朝统治合法性的缘故"⑤。即使在崇德二年朝鲜世子被迫到沈阳做了人质,《昭显世子沈阳日记》中对皇太极的称呼也还是前后不一致的。直到清军通过锦宁大战消灭了明军在山海关外的主力,《昭显世子沈阳日记》才彻底以"帝"称之,此前则称之为"汗"

---

① 柳得恭:《滦阳录》,见金毓黻《辽海丛书》,辽沈书社1985年版,第330页。
② 柳得恭:《滦阳录》,见金毓黻《辽海丛书》,辽沈书社1985年版,第330页。
③ 张杰:《韩国史料三种与盛京满族研究》,辽宁民族出版社2009年版,第354页。
④ 张杰:《韩国史料三种与盛京满族研究》,辽宁民族出版社2009年版,第148页。
⑤ 张杰:《韩国史料三种与盛京满族研究》,辽宁民族出版社2009年版,第148页。

或者"清主"。甚至在崇德三年正月初一,朝鲜世子陪同皇太极出游后,还不顾清廷的猜忌,专程去拜访了被俘的明臣张春,并表示"高仰无缘奉接,天与其便,获觇清仪,幸甚!幸甚!天时人事到此地头,今见大人,使人大惭"①。甚至当天朝鲜的大君使臣在参加清廷的宴会时,"是日杂陈百戏,我国之女乐俳优交进于前,触目酸骨,不忍正视。女队中亦有收泪而歌者"②。"有清一代,朝鲜士人当中有一大批人不承认满清政权,著文纪年用崇祯后若干干支"③。乾隆二十三年金种正也在《沈阳日录》中记载自己三月十九日刚到沈阳时,"窃念今年今日,即崇祯皇帝殉社之回甲也,余适以今日入沈,益不胜俯仰悲慨,赋一律寄怀"④。金种正所作的"一律"尚不得见,但其倾向于明朝的态度则是非常明显的。而这种情绪在前面所引柳得恭和朴来谦等人对三学士的敬仰中也可见一斑,尤其是柳得恭在赞美三学士后,又将清太祖曾为明朝宁远伯家童的身世传说写在后面,并强调"传闻宜不误"⑤,两相对照,显然有讽刺清太祖的意思。甚至在一些朝鲜人的认识里,作为使臣到清朝也是很不舒服的事,如先后于顺治六年(1649)和康熙元年(1662)作为朝鲜使团正使的郑太和,将其"日录"分别命名为《乙丑饮冰录》和《壬寅饮冰录》,其出使时间与冰雪毫无关系,但"在他的心目中,出使清朝是一件十分痛苦的事情,所以他即使在阳春三月前往北京,在心中却认为是如同行走在冰雪世界般不幸,所以以此作为两部燕行录的名字"⑥。乾隆二十九年(1764),出使沈阳的金种正在《沈阳日录》中也写到自己启程回国时的感受:"发沈阳。稍脱樊笼,喜可知矣。"⑦而道光九年(1829)出使沈阳的朴来谦也在《沈槎日记》中写到离开沈阳回国时的心态:"出土城南门,胸次爽豁如出笼之鸟、脱钩之鱼矣。"⑧这种态度的形成,很重要的一点是在这些朝鲜人看来,清朝只是"胡风",不能代表中华文化;明朝灭亡后,朝鲜才是中华文化的继承人,所谓"今天下中华制度独存于我国"⑨。这种文化上的优越感在清代"燕行录"的文字中常有流露。例如金种正在《沈阳日录》结尾部分曰:

  盖勤力役、耻游食,固是胡人之所长,而生利之外,更不知有他。饮食寝处,相混犬豕,言语动作全没模样,上下无章,男女无别,穿庐本种,固宜其如此。而独怪夫中华旧民薰染腥羯,不但化其身,并与其心而化焉,可胜痛恨。岂以天下之大,百年之久,而英雄豪杰不一作于其间乎?虽或有循发扼腕、饮泣慷慨者,而天醉未醒,只手难容,遂不能以自见耶。抑天地东南已有真人消息,而余未及闻知耶。思之及此,发为之竖云。⑩

---

① 不著撰人:《沈馆录》,见金毓黻《辽海丛书》,辽沈书社1985年版,第2768页。
② 不著撰人:《沈馆录》,见金毓黻《辽海丛书》,辽沈书社1985年版,第2768页。
③ 邱瑞中:《燕行录研究》,广西师范大学出版社2010年版,第44页。
④ 张杰:《韩国史料三种与盛京满族研究》,辽宁民族出版社2009年版,第372页。
⑤ 柳得恭:《滦阳录》,见金毓黻《辽海丛书》,辽沈书社1985年版,第330页。
⑥ 张杰:《韩国史料三种与盛京满族研究》,辽宁民族出版社2009年版,第148页。
⑦ 张杰:《韩国史料三种与盛京满族研究》,辽宁民族出版社2009年版,第377页。
⑧ 张杰:《韩国史料三种与盛京满族研究》,辽宁民族出版社2009年版,第355页。
⑨ 吴晗:《朝鲜李朝实录中的中国史料》,中华书局1980年版,第4397页。
⑩ 张杰:《韩国史料三种与盛京满族研究》,辽宁民族出版社2009年版,第382页。

他不仅蔑视"胡人"风气,甚至对"中华旧民薰染腥羯,不但化其身,并与其心而化"的民族融合现象表示出极大的愤怒。而其对"天地东南已有真人消息"的期盼更是富有深意的。

这样的观念,使得朝鲜文人能够通过自己的作品对当时的文化现象做出直率的评论。例如,乾隆五十九年,洪良浩作《沈阳》:

> 云飞黑水降神人,风拂红旗扫八垠。
> 天子不知何姓氏,地方未有自生民。
> 祖孙二代百余岁,臣仆万邦六十春。
> 叔季繁文天所厌,养成真气返醇真。①

这首诗语涉康熙、乾隆皇帝,甚至直指其祖先"不知何姓氏",批评"爱新觉罗"姓氏之谬误。关于努尔哈赤的姓氏问题,现在有许多学者提出了不同的看法,本文在此不做考辨,只是要证明当时朝鲜文人在文化评论上毫无顾忌的态度。康熙五十一年,清帝要求朝鲜呈送本国之诗赋文章,但朝鲜当代诗文多有触犯忌讳之作,只能选取久远文集中不违忌讳的内容刊印成书,共两函十五册,称之为《东文选》。这也从侧面证明了朝鲜文人在文化批评上的大胆。

二、朝鲜人主动交流,保存了沈阳古代文学丰富的史料

许多朝鲜人出于对中国文化的兴趣,主动搜集了诸多沈阳文人的名号、作品及其文学活动情况。柳得恭在《滦阳录》卷一《沈阳书院》中记载了乾隆四十三年自己在沈阳书院与诸文士的交往唱和,并列举了孙镐、张燮、裴振、沈暎宸和沈暎枫兄弟、金科豫、王瑷和王志骐共八个人的姓名,但实际上有十七个人赠给他诗歌,而且他在十二年后旧地重游所作诗篇中,似乎更推重张燮,而金科豫在乾隆四十三年的聚会中诗名似乎并不算显著,这对我们了解乾隆后期的沈阳文坛显然很有价值。而当柳得恭在《燕台再游录》中记载嘉庆六年再游沈阳书院时,在记载的诸生十三人中,特意提到"金尚絅者,字美舍,旧交金科豫笠庵从子,年二十,美貌,恭执后生之礼。问其伯父安,信知射洪县,系川省,距此八千里"②。可知这个时候金科豫名声响亮,柳得恭对这个老朋友也更加关切了。不过,文中却没有提到金朝觐,这是值得注意的。因为金朝觐是金科豫的从弟,而且也是名士,即使当时没有在场,也应该为柳得恭所关注提及。其不提金朝觐的原因只能是当时金朝觐还没有来沈阳书院读书。按照缪公恩在"嘉庆十一年岁次丙寅九月二十有三日"为金朝觐《三槐书屋诗钞》所作序:"銮坡,字西侯,锦州镶黄旗汉军人,倜傥士也。肄业沈阳书院,天资颖迈,雄视文坛。与余订交四年矣。"③缪公恩和金朝觐是在嘉庆七年九月之前订交的,可见金朝觐刚在沈阳书院读书一年多的时间就表现出极高的文学天赋,得到了缪公恩的赞赏。

---

① 邱瑞中:《燕行录研究》,广西师范大学出版社2010年版,第142页。
② 柳得恭:《燕台再游录》,见金毓黻《辽海丛书》,辽沈书社1985年版,第333页。
③ 缪公恩:《〈三槐书屋诗钞〉序》,见金毓黻《辽海丛书》,辽沈书社1985年版,第1359页。

《入沈记》的作者李田秀和李晚秀兄弟来沈阳的一个重要目的就是进行文化交流。其亲友所馈赠诗文中清楚地表明了这一点。如其弟大羽《申监役书》曰:"大抵中华文采自有渊源,诚不可以少觑也";其从弟李旭秀《又呈从兄》则希望其"上国江山看尽后,满囊诗句好归来";持世则在《送成仲、君稷陪大爷相公沈阳使行》中明确指出"沈阳去我疆,曾容衣带隙。土俗与事情,宜可指掌获"。李氏兄弟到沈阳后,最热衷的就是对当地文人名士的拜访。在《入沈记》中,李氏兄弟忠实记录下沈阳能做诗文,姓名完整,却因为地位低下而不为正史所载的文人8位,收录诗歌4首、文3篇。这些文人身居下僚,没有显赫的社会地位,也没有作品的广泛流传,他们的身世、作品、文学活动和文学观念都随着时代而被埋没了,幸亏有《入沈记》的记录后人才能得以窥其一斑,知道在当时沈阳文坛还有这样一些文学人物。同时,李氏兄弟积极推动文化交流,如对被朝廷所禁毁的函可《剩人和尚语录》,主动提出"使传之东方,以保片玉于昆仑之火如何?千载之后,若欲求文献于海外,亦岂不为其人之幸耶"[①]。后来张裕昆又应李氏兄弟之请,送给他们六册《潘梅轩遗稿》,"欲为流传之意"[②],在中朝文学交流史上写下了有意义的一笔。

再如李海应在《蓟山纪程》卷之二《程伟元书斋》中记载嘉庆八年十二月在沈阳和程伟元见面的场景:

> 号小,能诗文字画,家在城内西胡同。因沉教习仕临,往见之。程出,肃延座。题一绝句:"国语难传色见春,雅材宏度尽精神。贱生何幸逢青顾,片刻言情尽有真。"程本系河南籍,伊川先生三十一世孙,见授沈阳学掌院。[③]

其中,"号小"显然是"号小泉"之误。这段文字不仅详细记载了程伟元的出身和职业,而且收入了他创作的一首诗,使我们对这位《红楼梦》的重要传播者有了更全面的认识。

朴来谦《沈槎日记》中也记述了许多沈阳文坛的情况。如他在九月初一日记载:

> 曾闻沈阳多文士,谓当于留馆之时过从消遣矣。来闻程小泉伟元作古已久,潘果茹元钺、金朝觐俱游宦在外云。[④]

结合《沈槎日记》的其他记载和相关史料,从中可以得出这样几个信息:其一,在道光九年之前,沈阳被朝鲜人认为是"多文士"之地,绝非文化不发达之区,著名者是程伟元、潘元钺和金朝觐。其二,在道光九年的时候,缪公恩的文名已经不如金朝觐了。虽然缪公恩在朝鲜享有极高的声誉,"朝鲜使臣有过沈阳者以不识兰皋为恨"[⑤],而且朴来谦早就听"石崖赵台万永曾盛称其名"[⑥],知道缪公恩"能诗工画,文章士也","故到此后即拟相逢",但朴来

---

① 张杰:《韩国史料三种与盛京满族研究》,辽宁民族出版社2009年版,第256页。
② 张杰:《韩国史料三种与盛京满族研究》,辽宁民族出版社2009年版,第269页。
③ 赵建忠:《新发现的程伟元佚诗及相关红学史料的考辨》,《红楼梦学刊》2007年第6期。
④ 张杰:《韩国史料三种与盛京满族研究》,辽宁民族出版社2009年版,第342页。
⑤ 王树楠、吴廷燮、金毓黻等:《奉天通志》,东北文史丛书编辑委员会,1983年,第4596页。
⑥ 张杰:《韩国史料三种与盛京满族研究》,辽宁民族出版社2009年版,第342页。

谦在谈到"沈阳多文士"时却并没有将缪公恩的名字与程伟元、金朝觐并列。其三,道光九年,金朝觐不在沈阳,朴来谦与金朝觐未能见面。《沈槎日记》九月二十日载朴来谦赴缪公恩宴请,席间遇见两个人,"一是符芝号寿潜,一是金□号富锡,皆为沈阳文士云"①。符芝是缪公恩的友人,缪公恩曾委托他校理自己的诗集,并"委寄予诗云'但祈直笔不求宽'";符芝曾为其《梦鹤轩梅澥诗钞》题词,作四首七律,称缪公恩为"诗坛老将","留都多少能吟客,总让公才一着先"②,可见两人交情极为密切。而另一个人名字不详,有学者认为这个姓金的人就是"满族人金朝觐"③。虽然金朝觐与缪公恩也是交情莫逆,但在这里显然是一个错误的判断,因为九月初一日金朝觐"游宦在外",朴来谦未能探访得到,那么如果此时在缪公恩的家里遇到,一定会详加介绍并在此后的日子里有所交往,但在《沈槎日记》中根本没有记载这些,这个姓金的人只是被一笔带过了。而且,在金朝觐的《三槐书屋诗钞》中也没有发现与朴来谦的唱和之作。

《沈槎日记》记述较多的是关于缪公恩及其家人的内容。缪公恩是沈阳文坛的著名人物,他在嘉庆十年(1805)考取了盛京右翼官学助教官。朴来谦在沈期间,时年七十四岁的缪公恩与其子缪图箕一起担任朝鲜使臣的馆伴,负责接待工作,当时缪图箕担任盛京礼部左翼官学助教官,所以朴来谦称"楳澥父子皆官助教,而俱为朝鲜使臣馆伴"④。朴来谦《沈槎日记》记录了自己和缪公恩及其家人的多次交往。道光九年(1829),道光帝出关谒陵,朝鲜派出以李相璜为正使、朴来谦为书状官的使团来沈阳接驾。朴来谦一行于八月二十九日来到沈阳,三十日缪公恩来访,并与使团成员有诗歌唱和:

> 促膝笔谈,如旧相识,即席书示一绝,故余与上使亦皆即席和之。⑤

大家相处融洽,当缪公恩离去后,朴来谦还有怅然之感。九月初四日,缪图箕来访,朴来谦的印象是"文笔俱佳,亦可谓称其家儿也"⑥。九月初七日,朴来谦见到了缪公恩的侄子缪联奎,此后缪图箕又带着两个儿子缪景文和缪景昌来访,缪景昌带来了两幅扇面,朴来谦的印象是"画法、题字俱为奇妙,文学种子不可诬也"⑦。十三日、十五日朴来谦与缪公恩相会,"笔谈以终日",十五日的会面缪公恩还带来了"其婿刘生书绅号谨斋"者。九月二十日,朴来谦去缪公恩家中赴宴,遇见了沈阳文士符芝和金富锡。九月二十一日,缪公恩送给朴来谦"印刻《感应篇》一帖",因为此前曾向朴来谦借抄《兰溪集》"以示子孙",此次当为答谢。九月二十六日,缪公恩父子与文士陈敬宣一起来访。九月二十七日,因朝鲜使团归期临近,缪公恩向朴来谦赠送了绘兰扇面、柱联和送别诗。九月三十日,缪公恩再次来朝鲜使团送别。

---

① 张杰:《韩国史料三种与盛京满族研究》,辽宁民族出版社2009年版,第349页。
② 符芝:《〈梦鹤轩梅澥诗钞〉题词》,见金毓黻《辽海丛书》,辽沈书社1985年版,第3193页。
③ 张杰:《韩国史料三种与盛京满族研究》,辽宁民族出版社2009年版,第85页。
④ 张杰:《韩国史料三种与盛京满族研究》,辽宁民族出版社2009年版,第344页。
⑤ 张杰:《韩国史料三种与盛京满族研究》,辽宁民族出版社2009年版,第342页。
⑥ 张杰:《韩国史料三种与盛京满族研究》,辽宁民族出版社2009年版,第344页。
⑦ 张杰:《韩国史料三种与盛京满族研究》,辽宁民族出版社2009年版,第345页。

通过这些描写，可以对沈阳文坛名士缪公恩的家世、交游、造诣有更全面的理解。

朴来谦笔下还有多位沈阳文士的行踪，如九月初一日午后来访的"文士张多赐欢者，文笔俱妙，可爱者也"①；九月初三日在沈阳书院遇见教授生徒的"湖南长沙人陈亮号庚楼者"，"面目清雅，文笔烂熟，书籍笔研亦甚整楚，一见可知为佳士也"②，而且在九月初五日陈亮还带着两个儿子陈洪京、陈洪宽一起来访，"二妙皆风仪秀朗，玉雪如也，文翰夙就，已成巨儒"，而且陈亮还与朴来谦进行了唱和，"和赠昨日诗韵二首亦佳作也"；九月初五日还有"刘教授承谦号溪南、彭秀才兆棣、郭秀才清鉴并随来，皆湖南文士"。就在这一天，朴来谦与诸位湖南文士"对坐笔谈，水涌山出，可知湖南人士并不以北也"③。九月初七日穆明禄来访，"时年十七而眉目清秀，文华夙成，袖其所制科体诗，又即席致示七绝二首，而才情清敏真可爱"④。当天又通过张多赐欢的介绍认识了陈敬宣，"其为人颇奇杰，酒后高谈，旁若无人，见我国衣冠显有钦羡之意，而惜其文识少短"⑤。九月十八日，"陈庚楼及彭兆棣联访，陈袖柱联、彭袖诗章见赠"⑥，当天还对中国妇女缠足问题提出了批评，称之为"足厄"。

此外，朝鲜文人在和沈阳文人进行交流过程中，经常进行文学讨论，如《入沈记》中李田秀和李晚秀在与沈阳文士尤其是张裕昆的交往中，主动发起对明清两代文学创作的讨论，其中不乏卓识妙论。如八月二十六日与张裕昆就"方今天下，谁为第一文章"进行讨论：

> 书问曰："天朝以来，朱彝尊为文宗，果然否？毛西河淹博不减古之学者，而所论多与宋儒相反，今之君子以为何如哉？"书答曰："国初作者，咸推魏叔子禧、侯方域朝宗、施愚山闰章、王渔洋士祯、汪钝翁琬，竹垞著作虽多，实不逮此数公……钱受之握明末文柄，颐气涕唾，亦足以升沈天下士，后之尚论者果何如？"书答曰："牧翁有才无行。"……仲兄书曰："弇山力追秦汉，意未尝在欧、苏以下，而无论他文，即其碑版、传纪，未免琐琐冗复，有依样嶪栝之病。六一用退之，子瞻喜贾陆，而一语未尝犯古人。以此之，恐非偷狐白手，未知如何？"书答曰："此评风洲虽在，定当首肯，而亦自是明朝一大家矣。"⑦

此段评论堪称对明末清初文坛的一次大规模扫描。八月二十七日李氏兄弟又去拜访张裕昆，其间谈到钱谦益对李攀龙和王世贞的批评，李田秀认为王世贞"虽在唐、宋，必不寂寥"的观点。九月初二日，李氏兄弟在读完张裕昆所借《施愚山集》后，认为施闰章不如朱彝尊，"诗胜于文，而大抵气格缓弱，无足警眼，比之竹垞恐落数级"⑧；九月初三日，张裕昆与李氏兄弟见面后，认同他们对施闰章的评价。这些都是在沈阳期间中朝文人的文学理论交流之

---

① 张杰：《韩国史料三种与盛京满族研究》，辽宁民族出版社2009年版，第342页。
② 张杰：《韩国史料三种与盛京满族研究》，辽宁民族出版社2009年版，第343页。
③ 张杰：《韩国史料三种与盛京满族研究》，辽宁民族出版社2009年版，第343页。
④ 张杰：《韩国史料三种与盛京满族研究》，辽宁民族出版社2009年版，第344页。
⑤ 张杰：《韩国史料三种与盛京满族研究》，辽宁民族出版社2009年版，第345页。
⑥ 张杰：《韩国史料三种与盛京满族研究》，辽宁民族出版社2009年版，第348页。
⑦ 张杰：《韩国史料三种与盛京满族研究》，辽宁民族出版社2009年版，第232—233页。
⑧ 张杰：《韩国史料三种与盛京满族研究》，辽宁民族出版社2009年版，第244页。

表现。

朝鲜文人来到沈阳后,除了和当地文人主动交流外,还主动考察当地的文化环境,并时常与本国文化进行比较,在体现出朝鲜人对当时中国文化的心态变化的同时,也客观展示了当时沈阳文坛的文化氛围。

柳得恭在《燕台再游录》中记载嘉庆六年(1801)再游沈阳书院的情景:

> 沈阳书院,旧所游也。旋车历造,见诸生森集。有曰八十太,曰吞多布,曰明文,曰雅隆阿,满洲人也;曰觉罗富坤兴祖,直皇帝之后孙,云于溁、王开绪,汉军也;吴化鹏,承德县人也;温岱、徐祥霖,复州人也;董理、冯天良、王洁儒,宁海县人也。有金尚绚者,字美含,旧交金科豫笠庵从子,年二十,美貌,恭执后生之礼。问其伯父安,信知射洪县,系川省,距此八千里。问诸生,此处文溯阁可登否?答:禁地,非有功名人不能也。六月六日晒书,学院大人率僚属始得一登。①

此段文字不仅详细记述了沈阳书院诸生十三人的姓名,而且能看出当时沈阳书院的学生是旗汉并收,其中还有宗室子弟。此外,还介绍了六月六日登文溯阁晒书的情况。而缪润绂《陪京杂述》"盛典"栏"晾书"条曾记载:"殿阙西为文溯阁……每年九月,学政派教授率书吏至阁,恭晾一次,并放潮脑。"②而"圣容"条则曰:"大内凤凰楼上设金龙柜十五顶,供奉太祖以下九帝圣容并高宗行乐图十三分,仁宗、宣宗行乐图各一分。每年六月,将军、府尹及各侍郎,上楼恭晾一次。"③两者参证可知,柳得恭所记"六月六日晒书"当为"九月"之误。

再如朴来谦《沈槎日记》中所载道光九年九月初三:

> 饭后诣太学,外门扁(按:匾)曰"儒学"。下马入门改服青袍、幅巾、黑靴入殿庭,四拜讫,入室奉审,则殿内奉五圣、十哲及朱夫子。盖康熙以来并黜陆王之学,专尚朱夫子,至于独享圣哲之列者,可见其尊慕之笃也。……东西庑奉七十二弟子及汉唐宋元明清诸儒。庭有乾隆辛亥重修碑,而无一人守直者,蒿蓬芜于庭中,尘埃满于殿内,明伦堂上牛马践踏,大成殿内杂人横行。呜呼!孔子万世之师,而崇奉之节若是其亵耶?④

儒家文化精神的沉沦引起他极大的震撼。当他来到"西北隅十字街,访数三处册肆",在书店看到"所储者半是小说稗史,无足观者",不满之情显而易见。在"闻见事件"中,他由"自前驾幸盛京时,盛京文士竞献词赋歌颂圣德,使成已例。而今番则预下特旨,勿许来呈"得出"皇帝尚武不尚文"的结论,而"右文之治逊于尚武"⑤显然是与以儒家精神为核心的中

---

① 柳得恭:《燕台再游录》,见金毓黻《辽海丛书》,辽沈书社1985年版,第333页。
② 缪润绂:《陪京杂述》,沈阳出版社2009年版,第22页。
③ 缪润绂:《陪京杂述》,沈阳出版社2009年版,第19页。
④ 张杰:《韩国史料三种与盛京满族研究》,辽宁民族出版社2009年版,第342页。
⑤ 张杰:《韩国史料三种与盛京满族研究》,辽宁民族出版社2009年版,第363页。

华文化相悖的,作者对此表达了不满。

《入沈记》中的文化考察比较意识更加明显。李氏兄弟对中华文化极为热爱,其归国时,除"来时衣服外,亦有书二百余册"。也正因为这样,他们到沈阳本是满怀期待来进行文化交流的,可是,沈阳的文化氛围却令两人失望了。《入沈记》下卷从宫室、衣服、器用、饮食、财货、鸟兽、言语、杂俗八个方面对中朝两国文化进行了比较全面的比较,认为中国的文化传统缺失严重,在此基础上对本国能够保留中华传统文化底蕴而自豪。如指责中国"言语虽从文字,而话头轻佻,少无重厚雅典之意"①,"喜淫祀十倍于我","礼数甚简"②,"习俗但知有银钱,不知其他","虽以华胄世胄,亦不耻为商贾"③。对当时社会传统礼制的沦丧深为不满,觉得"所遇皆异制,宁不骇我瞻"④,在与张裕昆相识的第四天就对他说:"我东则专尚朱学,而近见本朝文集,或有讥訾之论,未知中国学者多用陆氏否?"⑤俨然以正统自居。这种态度虽然在遇到张裕昆等有才华的文人后有所改变,但像张裕昆这样全面的文人实在不多,所以难以从根本上改变朝鲜文人对沈阳文坛的看法。

总的来看,"燕行录"的作者都具有较高的汉语写作水平,在沈阳期间积极创作,多为与当地文人唱和之作,或为对当地风俗人情之细致描述,而且因为是外国人,没有太多的忌讳,有较大的独立表述空间,能够真实表达自己的观点,故其作品成为古代沈阳文学颇具特色的重要组成部分;同时,因为沈阳古代文学史料相对缺乏,正史的"文苑传"、"艺文志"中关于当时沈阳文坛的表述寥寥无几,而"燕行录"从异域的角度来关注沈阳文坛的发展情况,客观描述了沈阳的文化氛围和文人的精神风貌,这样的资料无疑是弥足珍贵的。

---

① 张杰:《韩国史料三种与盛京满族研究》,辽宁民族出版社 2009 年版,第 289 页。
② 张杰:《韩国史料三种与盛京满族研究》,辽宁民族出版社 2009 年版,第 291 页。
③ 张杰:《韩国史料三种与盛京满族研究》,辽宁民族出版社 2009 年版,第 292 页。
④ 张杰:《韩国史料三种与盛京满族研究》,辽宁民族出版社 2009 年版,第 319 页。
⑤ 张杰:《韩国史料三种与盛京满族研究》,辽宁民族出版社 2009 年版,第 233—234 页。

变与不变:蚕花戏的原初面貌及其变异

王 昊[*]

摘 要:蚕花戏与蚕神信仰密切相关,发轫于明代中叶,盛行于清代,主要在嘉湖杭地区传播。两名非职业演员在露天载歌载舞的表演是其原初面貌,属于有简单伴奏和道具的民间小戏。其后,海宁一带移植皮影戏作蚕花戏,吴江盛泽嫁接小满戏为蚕花戏,两者均有固定的表演程式,演出整本大戏,形态丰富。在外在演出形式、表演内容上,它们与原初面貌的蚕花戏面目迥异,在祭蚕神、祈丰收、娱神娱人等内在精神方面,却存在一脉相承的血肉联系。

关键词:蚕花 蚕花戏 原初面貌 变异

蚕花戏即便对于戏曲研究者也是一个比较陌生的名字。然而,在嘉湖杭一带丝绸之乡,兼具酬神意味和娱人色彩的蚕花戏曾经家喻户晓,非常风行,它寄寓着蚕农祈祷丰收的美好愿景,富有浓郁的地域色彩,影响深远,成为蚕乡民俗的重要组成部分。在其诞生之初,蚕花戏通过艺术手段再现、模仿蚕桑生产过程,呈现出思想明确、结构单纯、脚色简单、语言俚俗等特点,是一种典型的载歌载舞的乡村民间小戏。此时,它与蚕桑生产关系密切、水乳交融。不知始于何时,在演进中蚕花戏发生了重大变异,变异之后的蚕花戏与其原初面貌之差别彰明较著。对变异之后的蚕花戏晚近文献有所记载,其说有二:一种意见认为它是海宁一带的皮影戏(羊皮戏),另一种意见以为它是吴江盛泽镇一带的小满戏。据笔者所知,学界迄今未见专文提及蚕花戏的原初面貌,更遑论对蚕花戏比较全面的探究。有鉴于此,笔者不揣谫陋,拟从蚕花释义补正、蚕花戏的原初面貌、蚕花戏的变异面貌三个方面入手,对这一论题加以初步阐述,期待引起方家关注。

一、"蚕花"释义补正

蚕花戏既然以蚕花为名,两者之间必然有着极其密切之联系。因此,准确把握蚕花的具体所指是理解蚕花戏的基本前提。然而,权威工具书《汉语大词典》收录蚕花的义项并不

---

[*] 作者简介:王昊,安徽师范大学中国诗学研究中心教授,主要研究方向为中国古代叙事文学。本文系国家社会科学基金项目"中国古代咏剧诗歌整理与研究"(编号:13BZW103)阶段性成果。

全面,需要补充。《汉语大词典》胪举了蚕花的4个义项:1.指蚁蚕。清沈公练《广蚕桑说辑补》卷下:"子之初出者名蚕花,亦名蚁,又名乌。"2.方言。指蚕茧。《中国歌谣资料·官员专欺湖州人》:"百姓养蚕日夜做,蚕花收成七八分。"3.养蚕期间,蚕农为讨吉利,称一般野花为蚕花。茅盾《春蚕》二:"四大娘又拔下发髻上那朵蚕花,跟鹅毛一块插在蚕箪的边儿上。"4.蚕忙季节上市的一种小虾。明谢肇淛《西吴枝乘》:"吴兴以四月为蚕月……又有小虾,亦以蚕时出市,民谓之蚕花,蚕熟则绝无矣。"①据我们所知,蚕花至少有8个义项,下面对其他4个义项分别予以补充。

5. 指纸花。清徐豫贞《己卯元旦村居即事》其二:"阮道相连南北家,草堂团拜笑言哗。久叨行辈尊殊忝,便饮屠苏后亦嘉。村妇挡弦分盎粟,乞儿剪纸送蚕花。年年一度催头白,且办青鞋踏草芽。"②由"乞儿剪纸送蚕花"可知,此处蚕花乃以纸剪成,系乞丐在元旦乞讨的工具。《湖蚕述》卷二:"俗于腊月十二日、二月十二日礼拜经忏,谓之蚕花忏。僧人亦以五色纸花施送,谓之送蚕花。(《吴兴蚕书》)"③蚕花亦为纸花,只不过是五色而已。

6. 指蚕神。清钱载《清明》:"早起篱门卵色天,犬声落落鹊声传。踏青人出村无雨,上冢船回树有烟。海上远山看此屋,城南新火伴今年。蚕花祭后忙催剧,豆荚桑枝遍野田。"诗后注云:"禾俗,蚕家谓蚕神曰蚕花,祭必以清明夜。"④禾指嘉兴,禾俗即嘉兴的风俗,嘉兴蚕户称蚕神为蚕花,必须在清明之夜对其加以祭祀。这一义项对理解蚕花戏的功能相当重要。

7. 指蚕。清高铨《蚕桑辑要》卷上"百花水浴"条:"二月十二日取清水一盆,采各草木花揉水浴之。盖湖俗以蚕为蚕花。是日谓之百花生日,用花浴蚕即是物以类聚之意。又此时离谷雨不远,蚕将生发,百花皆具生气,故乘其气以浴之。"⑤明确指出湖州一带把蚕称作蚕花,以花浴蚕乃取花有生气及物以类聚之意。

8. 指花蚕。清程岱葊《蚕家乐》之《蚕花戏》:"家家养蚕蚕起家,花蚕颠倒呼蚕花。"⑥湖州一带还将花蚕两字颠倒称之为蚕花。花蚕是蚕的一个品种,何石安、魏默深《蚕桑说略》"说蚕十条"之"蚕种"说:"蚕有咸种、淡种、金种、花蚕,有三眠者,有四眠者。三眠种,三眠三起;四眠种,多一眠,亦相同。金种身小而茧实,花蚕遍体斑斓,咸淡各随其本质。"⑦据称为沈周所作的《田家乐》:"春养花蚕供衣服,夏日焚香检道书。秋畜黄鸡肥啄黍,冬春白米有盈余。"⑧汪日桢《题蚕事图十首次韵》之《花蚕》:"秋儿秋母尽堪珍,别有花蚕种更新。岂独文章辉五色,请看他日布经纶。"⑨由上引文献可知,相对而言,花蚕是一种比较新的蚕的

---

① 罗竹风主编:《汉语大词典》,汉语大词典出版社1993年版,第12160页。按:该词条义项1沿袭了丛书集成初编本《广蚕桑说辑补》之误,《广蚕桑说辑补》的作者实为沈练而非沈公练。
② 徐豫贞:《逃荐诗草》卷四,清康熙杨昆思诚堂刻本。
③ 汪日桢著,蒋猷注释:《湖蚕述注释》,农业出版社1987年版,第35页。
④ 赵杏根选编:《历代风俗诗选》,岳麓书社1990年版,第225页。该选本中"蚕花祭后忙催剧"原误作"蚕花祭后忙催着",此据清乾隆刻本《萚石斋诗集》改。
⑤ 高铨:《蚕桑辑要》卷上,清道光遵义王青莲刻本。
⑥ 程岱葊:《西吴蚕略》,《续修四库全书》978册,子部·农家类,上海古籍出版社2002年版,第166页。
⑦ 何石安、魏默深:《蚕桑说略》,《四库未收书辑刊》4辑·23册,北京出版社2000年版,第462页。
⑧ 褚人获辑撰:《李梦生校点:《坚瓠集(二)》,上海古籍出版社2012年版,第457页。
⑨ 汪曰桢:《玉鉴堂诗集》卷四,民国吴兴丛书本。

品种,得名之由应是其浑身色彩斑斓,可谓名实相符。

综上所述,《汉语大词典》对蚕花释义仅包括蚁蚕、蚕茧、野花、小虾等 4 个义项,而未涉及纸花、蚕神、蚕、花蚕等 4 个义项。概括而言,8 个义项又可以分为 4 类:一是蚕的不同名称及阶段,如蚕、花蚕、蚁蚕、蚕茧,涉及蚕桑生产过程;二是蚕神,涉及蚕桑民间信仰;三是花,包括真花与纸花,涉及蚕桑民间风俗;四是小虾,涉及与蚕桑相关时令产品。从相关文献看,与蚕花戏关系最疏远的是第三类小虾义项,其次是第四类花义项,相比较而言,一、二两类义项和蚕花戏的关系非常密切,尤其是蚕神义项,而这些在《汉语大词典》中都有不同程度的缺失,正因如此,我们对蚕花之释义不惮辞费地予以补正就显示出其必要性了。

二、蚕花戏的原初面貌

蚕花戏或亦称为唱蚕花,最早提到它的是明朝沈周。沈周(1427—1509),字启南,号石田,晚号白石翁,长洲(今江苏苏州)人。《水乡孥子十首有序》是他成化己亥年(1479)创作的,其序曰:"吾乡以水为害者接岁,民多委沟壑,否亦转徙,牧民者不之加恤,而以户佣井税,概于膏腴之乡,故其害益甚。为孥子者固无苦,为父母者固有爱,今者反是,因举孥子所历言之,则孥子之父之母,不言而可知已,亦犹诵《麟趾》以识文王子孙之善也。"①由此观之,这组诗记载了沈周家乡长洲一带农民的困苦生活,表达了其关心民瘼的情怀。组诗其十云:"水乡孥子最堪嗟,自小离乡不恋家。终日趁娘求活去,傍人门户唱蚕花。"②据此,唱蚕花是由男女(母与子)两人表演的,时间上并不固定,从早到晚均可,地点是人家门户前,这是典型的走街串巷的演出,以赚钱糊口为目的。明代的长洲蚕桑养殖业非常发达,唱蚕花在此地成为卖艺乞讨的一种方式,表明它与蚕桑养殖密切相关。

吴锡麒(1746—1818),字圣征,号谷人,钱塘(今浙江杭州)人。以诗和骈文著称,亦能词,擅戏曲,《藤花曲话》称其所作南北曲"亦复妙墨淋漓",曾撰《渔家傲传奇》(已佚)。其《满江红·长田村观蚕花戏》:

> 田野春闲,问谁试、随身竿木。渐打彻、声声腰鼓,看场人簇。大妇惯为乌爨弄,小姑才过油花卜。赛马头、弦索一般清,迎神曲。　食几叶,红蚕熟。收几箔,银丝足。早郎当舞罢,日斜茅屋。图画宛然田戏好,流连那得秋歌续。听余音、缥缈竹枝遗,波摇绿。③

此词蕴含信息比沈周诗作丰富得多,对我们认识蚕花戏具有重要意义,弥足珍贵。由词题可知,这是作者在浙江海宁长田村观赏蚕花戏之后所作。按其所述,蚕花戏由姑嫂二人即"大妇""小姑"表演,嫂子表演歌舞,小姑用油花占卜蚕桑之兆。时间是春季农闲期间,地点是田间地头临时的"看场"。欢快的腰鼓声吸引来大批观众,他们簇拥着观看演出。弦

---

① 沈周著,张修龄、韩星婴点校:《沈周集》(上),上海古籍出版社 2013 年版,第 137 页。
② 沈周著,张修龄、韩星婴点校:《沈周集》(上),上海古籍出版社 2013 年版,第 138 页。
③ 张宏生主编:《全清词·雍乾卷》(第 12 册),南京大学出版社 2012 年版,第 6614 页。

索乐器弹奏出清远悠扬的迎神曲,赛马头娘活动在乐曲中虔诚地开展。① 表演模拟了幼蚕养成红蚕(老熟的蚕)的过程,以及养殖户收茧变卖获取足丝纹银的喜悦。蚕花戏结束已是日落时分,观众沉浸在图画般美丽的田园景象中,流连忘返,久久不忍离去。这首词透露了蚕花戏的如下信息:(1)与蚕桑业密切相关,内容涉及其生产过程;(2)和祭祀蚕神紧密相关,穿插了赛马头娘活动;(3)演员是两个女性,属于载歌载舞的民间小戏;(4)表演地点是田野,时间是农闲,以腰鼓和弦索乐器伴奏;(5)感染力强,为民众喜闻乐见。

戴纯(生卒年不详),一名福震,字羹叔,号秋忆、味秋,浙江德清人,著有《红蕉庵诗集》。其《湖州乐府》之《唱蚕花》:"一夫持钲一妇偶,以钲节鼓互前后。儿童开户纷相呼,出入嘻嘻开笑口。曼声相和低复扬,杂以俚语取吉祥。但祝蚕花岁岁茂且盛,终以收茧始采桑。同是男耕妇织身,胡为入市趋歌尘。唱随未必具真乐,廉耻鲜矣风非淳。有人摇手戒勿语,何必高谈尤泥古,君不见村落舣船击花鼓。"②诗的前八句是对唱蚕花过程的描述,后七句是作者表达对唱蚕花的态度。据诗描述,唱蚕花的演员为夫妇两人,丈夫持"钲",妻子拿"鼓",在钲、鼓合奏声中,一前一后上门表演。演出颇受儿童欢迎,他们闻钲鼓之声即知将有唱蚕花表演,纷纷开门,呼朋引伴,喜笑颜开,这表明当时以钲鼓之声招揽观众比较常见。两人舒缓的歌声忽高忽低,相互应和,形成美妙的和声,唱词之中夹杂着表达吉祥之意的俚俗之语。演唱以采桑开始,以收茧结束,最后是"但祝蚕花岁岁茂且盛",即祝福蚕桑年年获得大丰收。诗人认为夫妻的本分应是男耕女织,两人唱蚕花是不务正业,这种"夫唱妇随"其实并非真快乐,而是寡廉鲜耻、伤风败俗之举。尽管如此,他也无奈地意识到自己的观点是落伍的,根本无法阻挡民众对唱蚕花的喜爱。③

程岱葊(生卒年不详),字星甫,号道场山人,浙江湖州人。④ 其《蚕家乐》之《蚕花戏》云:"家家养蚕蚕起家,花蚕颠倒呼蚕花。花信风番二十四,蚕花比之演为戏。夫随妇唱东南来,儿童相逐笑口开。绿裳红袄群相催,本地风光试一回。手持箕帚堂前绕,声容謦折花枝袅。先唱蚕生继蚕老,分茧称丝等珍宝。曲终奏雅作谀词,主妇听之喜且嗤。半生辛苦天公知,何日真当富贵时。"⑤诗中所写与戴纯《唱蚕花》所述高度契合,可以互相印证。湖州每家每户以养蚕为业,将花蚕颠倒之后称为蚕花。蚕花戏是比拟于"二十四番花信风"节令时序的,用以表达期盼"蚕花二十四分"的美好愿望。"夫随妇唱东南来,儿童相逐笑口开",可视为"一夫持钲一妇偶,以钲节鼓互前后。儿童开户纷相呼,出入嘻嘻开笑口"的精简化。两者所描述的夫妻表演深受儿童欢迎之情形如出一辙。尤其难得的是,程氏与戴氏所写形成互补,合而观之,蚕花戏的表演程式、服饰装扮得以呈现。表演者身着绿裳红裙,色彩浓丽,颇具丰收的喜庆色彩。演员先赞美一番湖州本地秀美风光,继而手持簸箕、扫帚两种道

---

① 马头娘是民间信仰的蚕神,亦称马明王菩萨。
② 潘衍桐:《两浙輶轩续录》卷三十八,《续修四库全书》1686 册,集部·总集类,上海古籍出版社 2002 年版,第 454 页。
③ 与吴锡麒的记载相比,唱蚕花除了没有赛马头娘、演员不是两个女性之外,其他均极相似,因此,可以认定唱蚕花即蚕花戏。
④ 程岱葊的字号是根据《西吴蚕略》的作者署名,里籍是根据卷首之《引》所称"惟吾湖沈东甫……盖自鸣土音之操……"等语加以判断。
⑤ 程岱葊:《西吴蚕略》,《续修四库全书》978 册,子部·农家类,上海古籍出版社 2002 年版,第 166 页。

具,在房屋正厅之前一边转圈一边歌唱,女子身段袅娜,舞容歌声相当动人。演唱内容涉及从蚕出生到蚕老再到结茧缫丝的全部生产过程。在戏将结束之时,演员说一些迎合雇主的"谀词",以《唱蚕花》衡之,无外乎"但祝蚕花岁岁茂且盛",愿雇主大富大贵之类的吉祥话。

这种原初面貌的蚕花戏在1910年前后还不断上演,1910年3月6日的《新闻报》"示禁蚕花戏"云:"湖州德清县所辖中管白表一带地方,每遇新年,各家男女均出外演唱蚕花戏,或夫妇或兄妹或翁媳均可串演。一月之中,获利甚厚。届时若不出外演唱,是年田蚕定占不利。迷信已久,未易破除。兹闻德清县姚大令以男女合串,攸关风化,业已出示严禁,如违提究。未识能破迷信而挽颓风否。"①这对前引蚕花戏文献有几点补充:(1)除了母子、姑嫂、夫妻之外,演员配置还可以是兄妹、翁媳;(2)演出一个月的报酬相当丰厚;(3)几乎每家都有人演蚕花戏,因其迷信不演出会对收成不利。

综上所述,蚕花戏与蚕桑养殖及蚕神马头娘信仰息息相关,可能出现于明朝中叶,清代盛行于以湖州为代表的嘉湖杭等蚕桑之乡,深受民众喜爱。原初面貌的蚕花戏是载歌载舞的民间小戏,演员多由一男一女组成(少数情况亦有两个女性的),他们以务农为主业,特定时间靠演出获益,都不是职业演员,可以称为半职业化演员。其演出场所并不固定,但均在室外露天,或为田间地头,或为门厅之前,以腰鼓、弦索、钲等为伴奏乐器,还有以扫帚、簸箕为道具的。这一脉络的蚕花戏演出形态比较单一,一直没有发生什么实质性改变,但生命力相当顽强,直至20世纪初还在上演。

三、蚕花戏的变异面貌

上述原初面貌的蚕花戏在现代戏曲书目及著作中均已失载,当我们在晚近文献中再次发现"蚕花戏"这一概念时,对它有两种解释:一种认为蚕花戏是皮影戏,另一种以为蚕花戏是小满戏。无论是两种说法中的哪一种均与原初面貌的蚕花戏有巨大差异,因此我们并未称它们之间的关系为演变或衍变,而是称之为变异。变异之后的两种"蚕花戏"均不再是半职业演员表演的民间歌舞小戏,而是职业戏班的专业表演,只不过皮影戏是以羊皮影为物质媒介,小满戏是以真人为物质媒介。虽然两者皆同为职业戏班演出,但是,后者的演出规模比前者要宏大得多,演出酬金也要丰厚得多。下面分别述之。

先看皮影戏说。根据顾希佳的调查:"海宁一带的'蚕花戏'也是颇具特色的。当地旧时有很多羊皮戏(皮影戏)艺人的戏班子。每年清明前后,蚕农往往全村凑钱,合资雇请羊皮戏艺人到村里来唱一台'蚕花戏'。届时,在某一家的正厅里,关上大门,供起一张八仙桌,桌脚下各衬长凳,将它垫得与戏台一般高,作为祭桌。祭桌的对面则是羊皮戏的戏台(一个长方形的绵纸框作为屏幕,幕后一盏油灯照明)。祭桌上供蚕神像、腊②、香、祭品(一般是猪头一个、全鸡一只、生鲢鱼一条、厨刀一把、筷子一把、盐一撮,爵加若干水果、糕饼)。在香烟缭绕中,村中老幼则聚集在祭台和戏台之间,饶有兴味地观看,既娱神,又娱人。演完整本羊皮戏之后,此时必加演一段《马鸣王菩萨》,屏幕上出现一个女子骑在马上,

---

① 傅谨主编:《京剧历史文献汇编(清代卷)伍》,凤凰出版社2011年版,第163页。
② 笔者按:"腊"应为"蜡"之误。

来回驰骋,同时唱起这首民歌。羊皮戏艺人临走时,他们刚才演出用的绵纸(即屏幕),则必定是要被主人们要了去的,珍藏起来,届时用来贴在蚕匾里衬幼蚕,据说是可以兆丰收的。这张纸俗称'蚕花纸'。这一习俗延续至六十年代初。"①

皮影戏在海宁一带具体何时被移植作蚕花戏,由于文献资料匮乏已不可考。与原初面貌的蚕花戏不同,这里演蚕花戏的是当地职业皮影戏班,演出时间已经固定为清明节前后,演出地点已由室外转入蚕农家的正厅。戏班所演主体已不再是小戏,而是整本大戏,在大戏结束之后,必须加演《马鸣王菩萨》作为饶头戏,可见,演戏之时祭祀的蚕神是蚕花娘娘。职业皮影戏班演出酬金较高,已非一户蚕农能够承担,因而,由全村蚕农凑钱雇请戏班上门表演。蚕花戏的主体内容与蚕桑生产不再有什么直接的关系。从环境布置、祭品摆放、表演程式、珍藏蚕花纸等方面看,这种蚕花戏已经是蚕乡民间信仰习俗的重要组成部分,成为蚕俗风尚仪式的一部分,例如用演出的屏幕(蚕花纸)贴在蚕匾里衬幼蚕以预兆丰收的习俗。其实,在这里,皮影戏之所以被称为"蚕花戏",盖因其演出的目的是庆祝蚕茧丰收进而娱蚕神也娱蚕农。惟其如此,剧目相同、程式相同的皮影戏基于演出目的之不同而有不同之称谓。如"皮影戏班上农家演出,以家堂戏、蚕花戏、周岁戏(婴、幼儿生日)、暖房戏(做亲戏)、庆寿戏等吉庆戏为主。每次演出,都有一套相同的程式,成为习俗。一般次序为:敲闹台锣鼓,演开台(武打折子)戏,随后是《跳八仙》、《开天门(敬神)》、《城隍启奏、麒麟送子》、《魁星踢斗》、《跳加官》、《灶司送元宝》、《礼官祈福》等吉庆过场戏,此后便上演正本(统本)文戏。演出结束收场拆台时,唱《马鸣王》,祝东家蚕花茂盛"②。

再看小满戏说。据《苏州戏曲志》记载:"蚕花戏又称'小满戏'。这是流行在吴江盛泽镇一带的风俗……每年'小满'时节,以庆贺蚕花娘娘生日,保佑百姓养蚕兴旺,盛泽镇上几百家丝行,共同出资请戏班在蚕皇殿演剧。《盛湖志》记载:'四月……乡村各家闭户,官府停征收,里闬往来庆吊皆罢,谓之小满戏。'此俗延至民国。"③小满是夏季的第二个节气,也是民间传说中的蚕神诞日,蚕结茧即在小满前后。《清嘉录》卷四记载:"小满乍来,蚕妇煮茧,治车缫丝,昼夜操作。"④在盛泽一带,小满戏何时被称为蚕花戏亦因文献缺失而不可考。与海宁皮影戏相比,演小满戏的是更为专业的戏班,演出时间固定在小满节气,演出地点在蚕皇殿里专门的戏台,所演的是剧种大戏。由于受邀戏班人员更多、所演剧目更为丰富,演出酬金亦更高昂,所以由盛泽镇几百家丝行共同出资邀请戏班商演,其排场更为奢华,其花费更加不菲。

先蚕祠内戏台前的广场相当宽广,可以容纳几千名观众看戏,场面十分壮观。演出期间,丝行业学徒、店员全体放假三日,节日氛围浓郁。小满戏所演之剧种及观众之热情见于《盛泽镇志》的记载:

> 每逢此节,在先蚕祠演祥瑞戏,以取吉利。由盛泽丝业公所出资延请戏班演戏三

---

① 顾希佳:《杭嘉湖蚕乡信仰习俗查考》,《民间文艺季刊》1986年第3期。
② 崔金华主编:《海宁皮影戏》,山西古籍出版社2007年版,第40页。
③ 《苏州戏曲志》编辑委员会:《苏州戏曲志》,古吴轩出版社1998年版,第389页。
④ 顾禄撰,王湜华、王文修注释:《清嘉录》,中国商业出版社1989年版,第105页。

日,演昆剧与京剧,俗称"小满戏"……《盛湖竹枝词》云:"先蚕祠里剧登场,男释耕耘女罢桑。只为今朝逢小满,万人空巷新斗妆。"①

据说,在酬神演戏的接连三天里,形成了一定的惯例:第一天演昆剧,第二、三天演京剧,登台献艺的均为名班名角,戏文内容皆取祥瑞、吉利之意。届时江浙一带乡民近趋远赴,观者如潮。② 小满戏能够连演三天,其所演剧目一定非常丰富,受邀者均为名班名伶,其戏资必定价格不菲。其名为小满戏是因为表演时间在小满节气,其名为蚕花戏是因为演出目的是祭神祈愿蚕茧丰收,两者的交叉在于在小满时节上演戏曲以酬蚕神,所以此处的蚕花戏不是一个剧种概念,而是具有相当的开放性和包容性。惟其如此,它可以是昆剧与京剧的混搭,甚至还不局限于此,如今的小满戏已经不再上演昆剧,而是上演锡剧、越剧、京剧、沪剧,且以越剧为主。③ 因而其地方色彩更加突出,所演剧种剧目更加丰富。

四、结语

概而言之,蚕花戏最迟在明代中期即已诞生,它产生并盛行于嘉湖杭一带蚕乡,与蚕桑生产、蚕桑文化、蚕神信仰等密切相关,这种物质与精神的土壤既决定了其地域性色彩,也限制了其更为广泛的传播。原初面貌的蚕花戏是形式简单、载歌载舞的民间小戏,其表演的主体内容和蚕桑生产直接相关,它模拟了从养蚕之始到丰收获利的蚕桑生产全过程,表演者通过娱神、娱人及祝福蚕桑丰收的方式达到谋利谋生之目的。其演出时间并不固定,均在露天演出,表演者仅两人且非职业演员,伴奏亦较简单。随着社会的发展,有的蚕乡地区需要形态更丰富、娱乐性更强的形式来替代这种形态的蚕花戏。于是,海宁地区直接将皮影戏移植来作为蚕花戏,而盛泽地区则直接嫁接昆剧、京剧等来作为蚕花戏。尽管存在着规格、层次的不同,但两者均由职业戏班来表演吉祥、喜庆的剧目,表演的主体内容已与蚕桑生产无关,但演出时间是固定的,前者在清明前后,后者在小满节气,只因其沿袭了酬谢蚕神祈愿蚕桑丰收的功能,所以因袭了蚕花戏之名。两者均与原初面貌的蚕花戏迥异,应该说,不是由后者一脉直接发展而来的,其间经历了较大的变异,或可称之为蚕花戏的变异面貌。当然,这里所谓的变异是指外在表演形式上的,若从祭蚕神、祈丰收、娱神娱人的内在精神而言,它们反而是基因的传承与复归。至于说其间变异的具体过程考索,只有期待新文献资料的出现。

---

① 盛泽地方志委员会:《盛泽镇志》,江苏古籍出版社1991年版,第431页。
② 蒋猷龙主编:《浙江省蚕桑志》,浙江大学出版社2004年版,第364页。
③ 阳昕:《变迁中的民俗——从吴江小满戏看"非遗"整体性的重要意义》,《文化遗产研究集刊7》,复旦大学出版社2015年版。

明清世情题材小说中人伦关系的跨越与淆乱

朱锐泉*

摘　要：世情题材小说人物身上的伦常兼类乃是一个带有普遍性的现象。不同于单纯担任一种伦理身份的情形，现实的社会与家庭结构中，人们很可能扮演多种角色，同时，个体在他人的眼中，也可能处在原有伦理关系规定以外的别种位置。此外，古代小说的作者评论者津津乐道于小说移风易俗维持伦理秩序的功用，却不得不迎来小说中伦理关系淆乱的实际描写。"家反宅乱"的《金瓶梅》诚然是个中代表，明清世情小说还有数量可观的作品展露了婆媳、叔嫂、兄弟、主仆等伦理关系中的"乱伦"问题。这既揭示了世相的复杂性，更引导读者思考人情与礼法的稳固性。

关键词：世情题材小说；伦理叙事；人伦兼类；乱伦

世情题材小说的伦理研究常见的是对诸如父子、母子、妻妾这样一组组人伦关系，展开表现形态与文学意义的探讨。但这一研究思路，无形中遮蔽了小说对于多种人伦关系的跨越与综合。其次，已有人伦秩序在纷繁世相之下可能受到的冲击，易言之，人伦关系的畸形生长，也无从蒙受关注目光。本文以明清世情题材小说中人伦关系的跨越与淆乱为主题，就是基于以上两点考虑而来。

一、人伦兼类

不同于单纯担任一种伦理身份的情形，现实的社会与家庭结构中，人们很可能扮演多种角色，同时，个体在他人的眼中，也可能处在原有伦理关系规定以外的别种位置。《太平御览》卷二一二引谢承《后汉书》记载魏朗"动有礼序，室家相待如宾，子孙如事严君焉"[①]。而《世说新语·德行》也说"华歆遇子弟甚整，虽间室之内，严若朝典"[②]。对于相当一些六朝贵族来说，"在家庭教育的规章礼仪中，面对祖父时，犹如君臣那样严格，按照朝政大典来操

---

* 作者简介：朱锐泉，天津师范大学文学院讲师，主要研究方向为中国古代小说。
① 李昉等：《太平御览》卷二一二引谢承《后汉书》，中华书局1960年版，第1014页。
② 余嘉锡笺疏：《世说新语笺疏》，中华书局2011年版，第11页。

作执行,被视为是义不容辞的职责"①。就连家庭中的女性也不例外,裴植之母就"性甚刚峻,于诸子皆如严君"②。

承继古人遗风的,有清代拟"齐家"于"治国"的颜元——"待妻如君,抚子如师"③。在师徒伦理的层面,张履祥说孔子门下之于其师,"虽孝子之于慈父,或未之有及也",而孔子对弟子,"其亲爱之情,实有过于父之与子者"。④

同样,世情题材小说人物身上的人伦兼类也成为一个带有普遍性的现象。《说岳全传》第三回《岳院君闭门课子　周先生设帐授徒》说的是王员外要请训蒙先生,教授儿子王贵和岳飞,连请数位先生,都无计管教。此时周侗主动担任先生,他还认岳飞为螟蛉之子,以便尽心传授平生本事。对于岳飞的下跪八拜,作者点评:"这不是岳飞不遵母命,就肯草草的拜认别人为父。只因久慕周先生的才学,要他教训诗书、传授武艺,故此拜他。"⑤这是"师徒结父子"之例,再看"师徒变翁婿"的情况。《荡寇志》第八十七回先述祝永清倒戈后拜陈希真为师,执弟子礼,后陈希真将女儿丽卿许配给祝永清,并做丽卿的思想工作道:"如今他又无家舍,招赘在此,同我的儿女一般。你两个都孝顺我,我无子而有子,你无夫而有夫,岂不是两全其美!"⑥

出于学佛的意向,黄复仁与童小姐婚后"结拜做兄姊,一同双修"⑦,是之谓夫妻变兄妹。而姊妹变婆媳的例子,则如《娱目醒心编》卷三公公马元美年已六十七岁,媳妇长姑考虑子嗣,回娘家让妹妹幼姑嫁给公公,这必将会给这个家庭平日里的人伦关系造成新的变化。

为更多人所知的例子,是《三国志演义》第二十六回《袁本初败兵折将　关云长挂印封金》中,曹操派张辽试探被擒的关羽心志:"兄与玄德交,比弟与兄交何如?"关公则坦然回答:"我与兄,朋友之交也;我与玄德,是朋友而兄弟、兄弟而主臣者也:岂可共论乎?"对此毛宗岗评曰:"看他轻重较然,只二语中,已备五伦之三矣。"⑧确如论者所分析,"朋友而兄弟、兄弟而主臣""这种三伦一体的主臣观不同于理学的'君君臣臣',多少含有平等意识和情本位基因,它是顺应时代潮流的,进步的。"⑨这种所谓理想的君臣关系,已得到学者较为充分的论述⑩。

以上这些例证都一改常见的人伦关系,促进了庸常的伦理叙事发生新变。当然,人伦兼类现象的突出还另有其事。

---

① 谷川道雄:《六朝贵族的家庭生活及在社会政治上的作用》,载张国刚主编《家庭史研究的新视野》,生活·读书·新知三联书店2004年版,第41页。
② 魏收:《魏书》卷七十一《裴叔业传》,中华书局1974年版,第1571页。
③ 李塨撰,王源订,陈祖武点校:《颜元年谱》,中华书局1992年版,第105页。
④ 《与李石友》,张履祥著,陈祖武点校:《杨圆先生全集》卷九,中华书局2002年版,第250页。
⑤ 钱彩编次,金丰增订,竺青校点:《说岳全传》,人民文学出版社2007年版,第20页。
⑥ 俞万春著,戴鸿森校点:《荡寇志》,人民文学出版社2006年版,第268页。
⑦ 《喻世明言》第三十七卷《梁武帝累修归极乐》,冯梦龙编刊,陈曦钟校注《喻世明言》,北京十月文艺出版社1995年版,第638页。
⑧ 陈曦钟、宋祥瑞、鲁玉川辑校:《三国演义(会评本)》,北京大学出版社1986年版,第324页。
⑨ 张锦池:《〈水浒传〉考论》,人民出版社2014年版,第199页。
⑩ 熊笃:《中国封建君臣关系的沿革演变——〈三国演义〉伦理观纵横谈之一》,见谭洛非主编《〈三国演义〉与中国文化》,巴蜀书社1992年版,第41—44页。

1. 夫妇而兼朋友

《八洞天》卷三写"聪明胜过男子"的晁七襄爱慕穷秀才莫豪,"才女爱才子,就如才子爱才子一般;夫妻相爱,竟象朋友相识"①。这其实反映着传统文化对于男女相敬如宾、举案齐眉的推崇之外,还看重另一种叫作"夫妇而兼朋友"的人伦关系形态。

刘向《列女传·贤明》列举先秦时期有为君主的妻妾、卿大夫妻妾、著名隐士的妻子三类女性,表彰她们匡正丈夫错误的作用。妻子陈芸(1763—1803)为沈复(1763—?)"披衣整袖,必连声道'得罪!'或递巾授扇,必起身来接"。起初三白以芸"若腐儒,迂拘多礼",后则"年愈久而情愈密"②。又一清人张金吾(1787—1829)之妻季景和对丈夫屡有规箴,曾言"君之学问,能博览,而不能精专。君知为人谋,而不知自为谋"。金吾闻此,以为"足以尽予之一生矣"③。而在为金吾撰《言旧录》所作序中,季氏更详述金吾之"失",表达了自身的期许。或以礼相待,或堪为畏友,这些都鲜明印证着"古风妻似友,佳话母为师"④的诗句。

归庄的诗句借自赵园的新著《家人父子》。该书《夫妇一伦》章"古风妻似友"节⑤,由士人文集出发,重点探讨了这个在"古代中国士大夫生活中较为诗意的方面"。除了列举明清之际文人儒者以妇为友的例子,作者还着力描绘柳如是、顾媚、董小宛这类以名妓身份进入士大夫家庭的情况,同时落笔较多提供夫妻日常生活描写的祁彪佳。尤其值得重视的,是提醒读者"对所谓'妻似友',不宜作过度的想象与诠释",缘于精英才媛在当时"属于极小的排他的女性圈子"。与之相较,本文此处论述的取材范围则为明清文人小说。

《聊斋志异》多处表现了"夫妇而兼朋友"的情思。卷四《辛十四娘》中辛十四娘以友道相诫冯生,远离"猿睛鹰准"之相、豺狼之性的楚公子。颜氏"朝夕劝生研读,严如师友。敛昏,先挑烛据案自哦,为丈夫率,听漏三下,乃已"⑥。卷九《凤仙》写凤仙幻化为镜中人戒夫废学。卷九《张鸿渐》则写妻子方氏试图以"今势力世界,曲直难以理定"⑦等语阻止张鸿渐写状词参与讼事。这些女子或以对世事的洞察远见,展现出不让须眉的飒爽英姿;或在承恩泽的情感、主中馈的职任以外,鞭策、劝导男子励学向善,不愧人生路上风雨同舟的良伴。

在蒲松龄(1640—1715)看来,"夫妇而兼朋友"型关系的形成,有赖于男女之间"知己之爱"的酝酿。推崇男女之间一种"色授魂与"的情爱,本来就是《聊斋志异》负有盛名的地方。卷三《连城》中,史孝廉以女儿连城的刺绣《倦绣图》,征少年题咏,意在择婿。连城得到乔生的诗作大喜,"对父称赏,父贫之。女逢人辄称道,又遣媪娇父命,赠金以助灯火。生叹曰:'连城我知己也!'倾怀结想,如饥思啖"⑧。卷十《瑞云》更把这种知己之爱发挥到极致。面

---

① 五色石主人著,陈翔华、萧欣桥点校:《八洞天》,书目文献出版社1985年版,第44页。
② 沈复著,俞平伯校点:《浮生六记》卷一·《闺房记乐》,人民文学出版社1980年版,第5页。
③ 张金吾:《言旧录》,南林刘氏嘉业堂1913年刻本,第5页。
④ 归庄:《兄子》,《归庄集》卷一,上海古籍出版社1984年版,第100页。
⑤ 赵园:《家人父子——由人伦探访明清之际士大夫的生活世界》,北京大学出版社2015年版,第54—63页。
⑥ 蒲松龄著,张友鹤辑校:《聊斋志异(会校会注会评本)》,上海古籍出版社2011年版,第767页。
⑦ 蒲松龄著,张友鹤辑校:《聊斋志异(会校会注会评本)》,上海古籍出版社2011年版,第1227页。
⑧ 蒲松龄著,张友鹤辑校:《聊斋志异(会校会注会评本)》,上海古籍出版社2011年版,第362页。

对妓女瑞云的一片"怜才"之心，贺生从心底发出"穷蹴之士，惟有痴情可献知己"①的呼声。后来，瑞云遭逢不幸毁容，也丝毫没有动摇他的情愫。

《红楼梦》中贾宝玉被警幻仙子视为闺阁中良友。薛宝钗、史湘云多次规劝他顺从仕途经济，却得到以之为"混账话"的回应，是没有抓住他本人的性格特点。相较起来，《林兰香》重点渲染了二娘燕梦卿对耿朗有针对性的劝诫。诚如第十六回《聆游歌良朋劝友　宴夜饮淑女规夫》的回前诗所言：

> 友道于今可拊膺，琢磨切磋说谁能？
> 果然士德无三二，闺阁淑媛即我朋。②

作者秉持"闺阁淑媛即我朋"的信念，首先描写燕梦卿区分"道义朋友"、"势利朋友"、"酒肉朋友"、不是朋友四类人，劝勉丈夫与小人绝交而远害，支持他亲近正人君子季狸、公明达，由此得到"友直友谅友多闻"的益处。其次第三十二回《温柔乡里疏良朋　冷淡场中显淑女》又交代耿朗不顾季狸、公明达二人的邀请，终日在家与香儿、彩云谑浪狎游。对此寄旅散人有批点，"此回与第十八回对看，彼以贤妻款良朋，良朋近而贤妻之贤益著。此以艳妾远良朋，良朋远而淑女之淑益贞。"③这就体现了章法结构上的照应，以及人物塑造中反面衬托的特点。

散人还说"良友贤妻，人异而事同。未有亲良友而不礼贤妻者，亦未有礼贤妻而不亲良友者"④。不过，与其说"礼贤妻"与"亲良友"的关系是互为因果，不如说"夫妻亦闺中朋友"。《白虎通》上说，"六纪者为三纲之纪者也。师长君臣之纪也，以其皆成己也；诸父兄弟父子之纪也，以其有亲恩连也；诸舅朋友夫妇之纪也，以其皆有同志为纪助也。"⑤后句就体现了这个道理。

世人皆晓"晴有黛影，袭为钗副"，《林兰香》里受燕梦卿临终嘱托的春畹，在她故去后担任起匡夫贤妻的职责，两相对比，可说是人物塑造中的正面映衬作用。春畹还成功让耿朗与季狸、公明达成为儿女亲家，相较梦卿所为，这也实现了情节结构方面的顺承。

从《玉娇梨》作者笔下女扮男装的卢梦梨与才子苏友白初遇时坦诚谈心，到《林兰香》中贤妇燕梦卿对丈夫耿朗的多次良友式规劝，再到《红楼梦》《聊斋志异》表现的知己之爱，夫妇（情侣）而兼朋友被推举为男女关系的理想状态之一⑥，发挥了女性在经营家庭、匡助夫君等方面的主动性和重要性，而非停留在侍奉翁姑、服侍丈夫、生育儿女的固定角色上，也反映多种伦理身份的水乳交融，令夫妻关系在相互尊重、爱敬的和谐氛围中健康成长。正所

---

① 蒲松龄著，张友鹤辑校：《聊斋志异（会校会注会评本）》，上海古籍出版社2011年版，第1387页。
② 随缘下士编辑，于植元校点：《林兰香》，春风文艺出版社1985年版，第122页。
③ 随缘下士编辑，于植元校点：《林兰香》，春风文艺出版社1985年版，第251页。
④ 随缘下士编辑，于植元校点：《林兰香》，春风文艺出版社1985年版，第142页。
⑤ 班固：《白虎通德论》，上海古籍出版社1990年版，第58—59页。
⑥ 不同于潘金莲为西门庆喝溺所代表的一味顺从讨好，如《金瓶梅》作者批评的，"大抵妾妇之道，鼓惑其夫，无所不至，虽屈身忍辱，殆不为耻。若夫正室之妻，光明正大，岂肯为也！"兰陵笑笑生著，清张道深评，王汝梅等校点：《金瓶梅》，齐鲁书社1991年版，第1110页。

谓"夫唱妇随,容德相感,缘分相投,男慕乎女,女慕乎男,庶可以保其无咎"①。

这一人伦关系形态的营建,成功塑造出一位位富于德行、智慧与才华的女性形象,它来源于浸淫文人文化日久的作家对于理想配偶的渴求,以及个人志向趣味的发抒。

雍正、乾隆年间成书的小说《醒名花》第十六回里,湛国瑛与众妻妾把酒言欢时,见妻子梅杏娘愀然不发一言,便说道:"夫妇之间,有过相规,有善相长,乐则同之,忧则分之。夫人面有忧色,不与下官明言其故,非妇道也。"②这颇能代表开明丈夫一方对妻子的期待。杏娘于是坦然劝谏其不可贪位慕禄,应在加官晋爵之际急流勇退,免遭灾祸,国瑛亦最终信从其说。当如胶似漆的浓情蜜意,得到了平等相处、坦诚以待的催化剂,男女关系和家庭命运也会因之大大巩固。

2. 卖身为奴而主动求偶

《汉书》卷三十七《季布传》记载项羽覆灭后,刘邦曾悬赏千金捉拿季布。季布出于无奈,卖身投靠当时的豪侠朱家。从法律和制度上,明清社会一般严禁买卖良民作为奴婢。例如康熙八年六月六日谕户部:"近闻奉差官员及督抚提镇等大小文武各官,不思各尽乃职,反图利己,买良民为奴,甚至多买馈送亲友。此等违法妄行,好生可恶!以后,着永行严禁。若仍前恣买良民者,从重治罪,绝不饶恕。"③

不过,世情小说中卖身为奴的情况蔚为景观。早在唐传奇时代,李公佐《谢小娥传》就记叙了谢小娥女扮男装,庸保于江湖间,遍访仇家的故事(同时也入正史记载)。

古代的孝女有愿为官婢而赎其父死者,亦有鬻其身而葬其父母者。且不说女儿们主动卖身救父④,单看才子书生屈身为佣仆甚至扮为婢女,就带来一系列的伦理问题,可以引发我们对于人伦关系的新思考。

不同小说中卖身的缘由并非一致。《清平山堂话本·董永遇仙传》则讲述董永丧父,卖身为佣工还债,后被傅长者招赘。这是为生计所逼,还有躲避政治迫害的情况。乾隆年间惜阴堂主人编辑的才子佳人小说《二度梅》述唐肃宗时,吏部都给事梅魁因忤奸相卢杞被斩抄家,其子梅璧匿名逃往吏部尚书陈日昇家为仆,后梅璧与陈女杏元一见钟情。至于《生绡剪》第十四回《清廉能使民无讼 忠勇何妨权作奴》则与忠臣劝谏君王的主题联结在一起。当上吏科给事的吉水元,见上奏章给风流失德的正德皇帝如石沉大海,就干脆跑到皇帝寻欢作乐的教坊仙郎院,临时充任一个篦头修脚的小厮,由此得到接近正德皇帝直陈其过的机会。

当然,最主要的卖身动机与追求情爱有关。康熙九年或稍前成书的《绣屏缘》中,赵云客为接近王玉环,卖身王家为奴。与之类似,乾嘉间人吴贻棠作《风月鉴》第六回《假佣 真骗》里,男主角新科解元常嫣娘看中大户人家丫鬟娉婷,更名入其家为佣。周竹安作于嘉庆二十五年(1820)《载阳堂意外缘》第一回"邱玉坛卖身图主母",说邱树业自鬻为邝家家奴以

---

① 《金瓶梅词话》第十四回,明兰陵笑笑生著,陶慕宁校注,宁宗一审定:《金瓶梅词话》(上),人民文学出版社2000年版,第155页。
② 墨憨斋新编,张联荣校点:《醒名花》,见殷国光、叶君远主编《明清言情小说大观》(中),华夏出版社1993年版,第638页。
③ 《康熙帝御制文集》(第一册),学生书局1966年版,第53—54页。
④ 王苗:《明清通俗小说中的"父女关系"与文学书写》,北京大学硕士学位论文,2010年,第70—73页。

私尤环环①。显然,末一种卖身动机与小说叙事的虚构性特征紧紧联系在一起。

卖身后的身份不一,常见的是书童。另外,乾隆间弹词《双玉镯》里杭州秀才陈凤仪充当了罗府的管园僮。《双珠凤》才子文必正做了霍府书记。至于卖身情节的结局,自然多为男子重拾旧日身份,昔时主家或出于怜才之意,或心生势利,让有情人终成眷属。

在这些叙事中形成典范的,当然要属唐伯虎为华学士府丫鬟秋香屈身为书童的故事。《警世通言》卷二十六《唐解元一笑姻缘》就是著名的文本。小说通过阊门游船上的"一笑"之缘,突出了秋香如红拂一般识名士于流俗的眼光,以及唐寅"不能忘情"而"从权相就"②、扮为奴仆的才子风流。二人之潜出华府,正打破了主仆家法的人身限制。

静恬主人作《金玉缘》序曾批评卖身为女奴的现象:"堂堂男子,乔扮妇女,卖人作婢,天下有是理乎?"这可以看作对《玉楼春》中邵十洲男扮女装,入黄尚书家为丫鬟的不满。同样,清代弹词《八美图》写唐伯虎见翰林陆扶仲之女昭容,闻陆府正在物色婢女,遂冒充田氏女。这里卖身为婢成为谋妻、偷情的惯用手段,因而站在作家的立场上,属于即便事之所无,亦理之必有的情节。

值得注意的是,一方面,奴仆的身份为书生窃玉偷香提供了掩人耳目的伪装、近水楼台的便利;另一方面,主人位置的暂时失去又会对书生的心理和行事产生制约性影响,从而带来其假扮之际意料不到的阻碍。姑举成书于顺治、康熙年间的蕙水安阳酒民《情梦柝》为例加以说明。

书叙河南秀士胡楚卿到兵备官沈长卿为仆(改名喜新),以追求其女沈若素之事。值得提起的,是小说真实反映了胡楚卿做书童过程中有时会产生羞惭之心。一次,他奉沈夫人之命去侯家,免不了要与侯家的下人打交道,作者于此提示,"看官,你道楚卿在沈家做书童,是为小姐面上,还是甘心的到侯家与这些书房大叔,哥哥、弟弟起来?好不惭愧。又想到:不吃些亏,那有妻子这般容易的?"③并且,一度被打发走的仆人回来求见,又在书生卖身觅偶过程中不时提醒他回归"主人"身份。"我这样一个身段,怎么去见他?"——为此他决不能半途而废,只有拒绝接见仆人。

更大的考验是,等到他得到面见小姐的机会,忽然发现自己一方面要解释足以成立的卖身原因,另一方面还要在口头上维系自己的优越"硬件"来吸引小姐:

> 若素问道:"你是那里人?为甚么到此?"楚卿道:"归德府鹿邑县人。因父母双亡,要寻一个好妻子,故来到此。"若素道:"标致的,近处怕没有,特费许多路?"楚卿道:"好妻子原是千中检一,有才未必有貌,有貌未必有才。比如小姐一般,天下能有几个?"若素笑道:"你这痴子,好妄想。那佳人配的,第一要才学出众,第二要门楣宦族,第三要人物风流。若有佳人,焉肯配你?"楚卿道:"小姐有所不知。论才学,喜新也将就来;论

---

① 潮州歌册中陈三和五娘的故事也是这方面的例证。陈伯卿装扮成磨镜工匠来到黄五娘家中,故意失手打破一面镜子,凭此卖身为奴抵销债务。参见孙康宜、宇文所安主编《剑桥中国文学史》(下册),刘倩等译,生活·读书·新知三联书店 2013 年版,第 444 页。

② 冯梦龙编刊,吴书荫校注:《警世通言》,北京十月文艺出版社 1994 年版,第 421 页。

③ 赵景云校点:《情梦柝》,见殷国光、叶君远主编《明清言情小说大观》(中),华夏出版社 1993 年版,第 396 页。

门楣,喜新原是旧族;论人物,喜新也不为丑。"

楚卿对自己才华、人物的显扬,正好加重了小姐对其仆人身份的怀疑。第五回小姐言谈中用卫青先奴后主娶得平阳公主的典故,正合书生"卖身为奴"以求偶的主题。小说叙事中,书生/家奴的学问才情与低贱身份形成冲突,给人以反常之感,因此他不得不以求偶作为含混托词。

> 若素见说"下次不作",心上又爱他的诗,便沉吟道:"且再处。我要问你,你既有此才,何不读书,图个士进?"楚卿即道:"书都读过,没有什么奇书。"若素道:"既是饱学,何不去求功名,却在人门下?你若有志气,就在我这里读书,我对老爷说,另眼看你。"楚卿道:"功名易,妻子难,若不聘个佳人,要功名何用?"若素道:"衾儿甚有姿色,我把他配你。"楚卿道:"小姐美意,自不敢却。但书中自有女颜如玉。若单标致如衾姐,没有才情如小姐,喜新也不必在这里。"

直到小姐处在半知半解,意识到书生/家奴项庄舞剑意在自己,却同时深感主仆地位的鸿沟令这段姻缘须成泡影。沈夫人通过楚卿诗咏权宜卖身为奴的一句"微服不知堪解佩",也察觉其本非下人。至此,小说不得不宕开一笔,叙述楚卿离开沈家,暂别小姐。

需要指出一点,"卖身"情节还导致行文称呼出现调整。第十六回楚卿与若素偶然相逢时,作者特地交代:"看官,要晓得:此处楚卿两字改做喜新,不然,若称楚卿,恐难明白。"随后他独上京城,又写道:"看官,此处仍改喜新为楚卿了。"这都是青年男女未成眷属前碍于主仆身份距离的体现。实际上,在另一部康熙年间小说《醒风流奇传》里,梅干受奸臣韩侂胄捉拿,隐姓埋名当上冯乐天府上灌园芝草、添香换水的小童木荣,被冯乐天识破行藏,问明真相,欲招为婿。后梅干立功拜为丞相,冯乐天之女闺英得知其原为自家小童,因主仆有名位之分,又有瓜田李下之嫌,两人都不愿意成就这有碍名教的婚姻,直至皇帝下旨完婚。

乾隆间吴航野客有言,"至于屈身奴隶如《情梦柝》、《绣屏缘》、《一笑姻缘》诸本,无非蝶恋花丛,从未有假道于其邻者,迹愈幻,而想愈奇。"① 《驻春园小史》这部小说的特色,是出于亭阁相傍的地理空间特点,让书生黄玠到曾浣雪字云娥居所的隔壁人家做仆人。小说增设了云娥女伴黄生未婚妻绿筠,以及黄生主家公子周之元两角。前者在误会中得到黄生本欲掷给云娥的书笺信物,黄生又受制后者之花朝节去云谷寺赏牡丹的命令而错过一次难得的独留周府见佳人的机会。更有甚者,小说叙事中横生波折,由于长辈议婚,周公子险些娶走黄生的意中人。这直接促使云娥听从绿筠之计答应与黄生私奔出逃——当然是在周公子再赴云谷寺不在场的前提下。

由于黄生在卖身前早与云娥相识,第七回写道小姐对他颠倒为奴产生同情心,"原来黄公子单为我受此屈辱,比昔日在驻春园时,可怜又加百倍矣"。在同类型小说中,"卖身"真相的揭示,无一例外地成为男女爱情的催化剂。

---

① 《驻春园小史·开宗明义》,吴航野客编次,赵霞校点:《驻春园小史》,见殷国光、叶君远主编《明清言情小说大观》(中),华夏出版社1993年版,第838页。

总之,世情小说频繁出现的"卖身为奴"现象,既造成了故事的新奇,也引发主人公的身份意识与伦理顾虑,加强了情节的曲折性与人物关系的动态演变特点。而推究其产生的依据,包含考虑生计、追求情爱、躲避迫害等多种缘由,具备一定的现实基础,例如可能与现实生活中每有平民主动投靠新晋的官宦人家为仆有关,又离不开小说家作意好奇,表现出充分的想象,运用文士真实身份从消隐到彰显的情节结构,以及着力敷演出文士的才华痴情、放浪不羁,特别是其跨入家法严明的闺门、抛开身份等第的区隔的觅偶择妻的过程。因而总体上是一种乐见乃至创造传奇佳话、风流话柄的文化心理的具体体现。

二、人伦乱治

《论语·微子》中子路批评孔子"不仕无义",忽视了君臣之间的必要关系,所谓"长幼之节,不可废也;君臣之义,如之何其废之? 欲洁其身,而乱大伦"①。这道出了先贤对于伦常秩序的看重。对此还可以由"六逆"说到"八经"说的演进作说明:

> 贱防贵,少陵长,远间亲,新间旧,小加大,淫破义,所谓天逆也。
> 下不倍上,臣不杀君,贱不踰贵,少不陵长,远不间亲,新不间旧,小不加大,淫不破义。凡此八者,礼之经也。②

任何危及伦常稳定性的行为都被视作逆天,违背礼之大经,由此被痛心疾首地提出。本节试图讨论古代世情题材小说中伦常关系出现的紊乱状况,尤其是与性爱相关的乱伦现象,并从情节类型、母题的角度探究其叙事意义。

1. 伦常失序

《颜氏家训·治家第五》有言:

> 夫风化者,自上而行于下者也,自先而施于后者也。是以父不慈则子不孝,兄不友则弟不恭,夫不义则妇不顺矣。父慈而子逆,兄友而弟傲,夫义而妇陵,则天之凶民,乃刑戮之所摄,非训导之所移也。③

而在以宣扬风教为主要基调的世情小说中,所谓的"天之凶民"也得到逼真的刻画。如果说《型世言》第三十七回记载的李良雨男子化女事件,使兄弟变姊弟、夫妇作姊妹属于特出情况④,那么《二刻拍案惊奇》卷三十五、《型世言》第六回、《清夜钟》第二回所述,奸妇怂恿奸夫调戏儿媳,逼得儿媳自杀的故事就常常得到小说家演绎。《喻世明言》第三十八卷,儿

---

① 朱熹:《四书集注》,凤凰出版社2005年版,第201页。
② 分别出自《左传》隐公三年,杨伯峻:《春秋左传注》,中华书局1990年版,第31—33页;《管子·五辅》,黎翔凤撰,梁运华整理《管子校注》,中华书局2004年版,第198页。
③ 颜之推撰,王利器集解:《颜氏家训集解》,中华书局1993年版,第41页。
④ 陆人龙编撰,陈庆浩校点:《型世言》,江苏古籍出版社1993年版,第611—625页。

媳梁圣金在奸夫的唆使下,以下犯上,污蔑公公逼奸。《拍案惊奇》卷十七上演亲母告子不孝的案件,原来是与之类似,母亲吴氏与人通奸,嫌儿子刘达生碍手碍脚。反过来是子媳忤逆不孝的情况。《拍案惊奇》卷十三写赵聪虐待父母,甚至误杀亲父。《生绡剪》第十七回则叙述观保以引狼入室打劫、恶语咒骂直至亲手杀死其母……晚明国家法度废弛,传统的礼法制度荡然无存,"在朝廷,小臣貌视大臣,下吏不惮上官,新进不推前辈;在边疆,军士轻视主帅;在家里,子妇蔑视父母;在学校,弟子不事师长,后进凌辱先进;在乡里,卑幼倾轧尊长,部民不畏有司"①。儒家文化向来警惕,"上下乱,贵贱争,长幼倍,贫富失,而国不乱者,未之尝闻也"②。不难看出,在商品经济发展和个性得到伸张背景下的情欲涌动,会对固有的亲情造成显著冲击,引发社会舆论的压制。《石点头》第四卷《瞿凤奴情愆死盖》中,瞿凤奴因母亲寡妇方氏的引诱,与方氏情人孙三郎结为夫妻,就为街坊族人不容,以败坏风俗罪告上公堂。

这里再以"家奴欺主"与"婢作主人"两个情节类型的叙事,考察主仆关系的淆乱和颠倒。

古代实际生活中,主仆关系的面貌并不总是主人颐指气使、仆人惟命是从,有时仆人也会凌驾于主子之上,全然不将其放在眼里。陈宝良《明代社会生活史》就介绍了晚明江南多地,奴仆之子突破制度规定参加科举,在高中显贵后欺凌原先主人。③ 在文学叙事的天地里,《红楼梦》渲染了焦大醉骂宁国府主子的场面,茗烟闹学堂,也侮辱了一位偏远族裔的"主子"。当然更加著名的,是袭人等大丫鬟,所谓"吃穿和主子一样,又不朝打暮骂"④。如澳大利亚汉学家李木兰(Louise Edwards)指出,"宝玉在大观园中处理自己与丫鬟的关系时也同样无视适当的规矩。在完全逆转的主仆关系中,宝玉伺候自己的丫鬟"⑤。例如第三十一回,宝玉给袭人斟茶,袭人"待要不叫他服侍,他又必不依"⑥,第三十六回说他"每每甘心为诸丫鬟充役,竟也得十分消闲日月"⑦,第三十五回,两位大观园的女性访客则直接批评宝玉,"连一点刚性也没有,连那些毛丫头的气都受的"⑧。

李木兰教授更进一步谈到,"小说有时显示出宝玉随心所欲地调用或忘记等级制度的理想会导致混乱"。在第二十六回中,宝玉的丫鬟晴雯把黛玉当作别的丫鬟,拒绝给她开门。职是之故,"宝玉对家庭内部的等级制度相对马虎的态度使得伺候他的丫鬟履行职责时不勤勉,却并不感到愧疚"。

所谓势败奴欺主,时衰鬼弄人。主仆关系紊乱加剧的情形,体现在逆奴胡阿虎,因故被

---

① 陈宝良:《明代社会生活史》,中国社会科学出版社2004年版,第3页。
② 《管子·五辅》,黎翔凤撰,梁运华整理《管子校注》,中华书局2004年版,第198页。
③ 陈宝良:《明代社会生活史》,中国社会科学出版社2004年版,第4页。
④ 曹雪芹、高鹗著,中国艺术研究院红楼梦研究所校注《红楼梦》,人民文学出版社1982年版,第269页。
⑤ 李木兰:《清代中国的男性与女性——〈红楼梦〉中的性别》,聂友军译,北京大学出版社2014年版,第89页。
⑥ 曹雪芹、高鹗著,中国艺术研究院红楼梦研究所校注《红楼梦》,人民文学出版社1982年版,第429页。
⑦ 曹雪芹、高鹗著,中国艺术研究院红楼梦研究所校注《红楼梦》,人民文学出版社1982年版,第486页。
⑧ 曹雪芹、高鹗著,中国艺术研究院红楼梦研究所校注《红楼梦》,人民文学出版社1982年版,第482—483页。

主人王杰责打后,怀恨在心,背恩忘义,到官府首告王杰犯有谋害人命之罪,致其无辜饱受痛棒拷掠①。又体现在类似《金瓶梅》第四十七回与水贼勾结的"苗青贪财害主",以及第八十一回"汤来保欺主背恩",私吞主子八百两货款,甚至有如下的行径:

> (来保)一日晚夕,外边吃的醉醺儿,走进月娘房中,搭伏着护炕,说念月娘:"你老人家青春少小,没了爹,你自家守着这点孩子儿,不害孤另么?"月娘一声儿没言语。②

除此之外,西门庆原来的伙计吴典恩,靠西门庆的关系当了官,还借了一百两银子应付门面,西门庆连文书也没有收。但他后来做了巡检,一日抓住偷盗西门家财物的奴仆平安,在审问时他反逼平安诬陷吴月娘与玳安有奸,要提吴氏审问。这真是"忘恩负义","反恩将仇报起来"。③

《红楼梦》第五十五回《辱亲女愚妾争闲气 欺幼主刁奴蓄险心》也透露了大家族中主仆关系的一个真实面相:

> 吴新登的媳妇心中已有主意,若是凤姐前,他便早已献勤说出许多主意,又查出许多旧例来任凤姐儿拣择施行。如今他藐视李纨老实,探春是青年的姑娘,所以只说出这一句话来,试他二人有何主见。④

戚序本有评点,"噫!事有难易哉?探春以姑娘之尊、贾母之爱、以王夫人之付托、以凤姐之未谢事,暂代数月。而奸奴蜂起,内外欺侮,珠玑小事,突动风波,不亦难乎?"⑤于此一斑,可见贾府江河日下、内外交困。《金瓶梅》和《红楼梦》的例子启示我们,主仆伦理的剧变,仆婢忠诚的倒退,实与家族风光不再离心离德的现实密不可分。反过来,它也成为"树倒猢狲散"的一个显著特征。

如果说宝玉对大丫鬟的厚待抬爱是出自主人一方主动而温情的表示,那么苗青、来保和吴新登家的之言语行径,就反映了家仆一方源自贪财好利、忘恩负义、摆谱拿大的道德缺失,是对主慈仆顺的人伦秩序的公然违抗。相较《醒世恒言》卷三十五《徐老仆义愤成家》、《型世言》卷十五《灵台山老仆守义 合溪县败子回头》等明清小说中著名的"义仆"形象⑥,这些"恶仆"必然会招致读者满腔义愤的声讨控诉。

---

① 《拍案惊奇》卷十一《恶船家计赚假尸银 狠仆人误投真命状》,凌濛初著,陈迩冬、郭隽杰校注《拍案惊奇》,人民文学出版社1991年版,第174—193页。而这个故事到了清代的《今古奇观》卷二十九,回目径作《怀私怨狠仆告主》。
② 《金瓶梅词话》,第1138页。赵兴勤的文章也将"尊卑失序,伦常紊乱""夫纲不正,妇道不修"作为"家反宅乱"现象产生的部分原因。参看赵兴勤《传统家庭伦理与〈金瓶梅〉的"家反宅乱"》,《徐州师范学院学报》(哲学社会科学版)1992年第1期。
③ 明兰陵笑笑生著,陶慕宁校注,宁宗一审定:《金瓶梅词话》(下),人民文学出版社2000年版,第1294页。
④ 曹雪芹、高鹗著,中国艺术研究院红楼梦研究所校注《红楼梦》,人民文学出版社1982年版,第771页。
⑤ 曹雪芹著,脂砚斋评,岳仁整理辑校:《红楼梦脂评汇本》,岳麓书社2011年版,第607页。
⑥ 详见段江丽所论"忠仆形象的文化观照",见其著《礼法与人情——明清家庭小说的家庭主题研究》,中华书局2006年版,第169—172页。

主仆关系调整的另一表现，是一些家仆苦尽甘来，或跻身员外担当门户——如《金瓶梅》中的玳安，或被扶为姨娘甚至夫人，教子治家——如《林兰香》中的田春畹。又如《无声戏》第十二回《妻妾抱琵琶梅香守节》里，通房丫头碧莲在家主马麟如出外而传回已死之讹言，正妻罗氏、妾莫氏纷纷改嫁的情形下，一人守节并抚养孤儿。等到马麟如回乡，深感门风维持不易，升碧莲为正室。通过"婢作主人"这一情节类型的展开，小说实现了对于评者杜濬（1611—1687）所说，无事时自矜"忠臣孝子义夫节妇"，有事时则沦落为"乱臣贼子奸夫淫妇"①之流的批判。

《二刻拍案惊奇》卷十五"韩侍郎婢作夫人"所述妾氏晋升正房，并非严格意义上的"婢作夫人"。庞春梅的命运变迁则属佳例。《金瓶梅》第八十九回《清明节寡妇上新坟　永福寺夫人逢故主》和第九十回《来旺偷拐孙雪娥　雪娥受辱守备府》接连写她从西门家卖出后摇身变为周守备的小夫人，而与昔日主子吴月娘、孙雪娥再次相见的情景：

> 吴月娘与孟玉楼、吴大妗子推阻不过，只得出来，春梅一见便道："原来是二位娘与大妗子。"于是先让大妗子转上，花枝招飐磕下头去。慌的大妗子还礼不迭，说道："姐姐，今非昔日比，折杀老身。"春梅道："好大妗子，如何说这话？奴不是那样人。尊卑上下，自然之理。"拜了大妗子，然后向月娘、孟玉楼插烛也似磕下头去。月娘、玉楼亦欲还礼。春梅那里肯，扶起，磕了四个头。②

这段文字中，张竹坡的两处夹批"人情如此"，道出了世态炎凉。张氏对吴月娘之奉承春梅，"是作者深恶月娘之阴毒权诈，奸险刻薄，而故用此等笔以丑之也"③，类似的说法有失诛心。而春梅显然并不完全依循"尊卑上下，自然之礼"，对于同样流出西门家而堕落为仆的孙雪娥，她就满怀仇视敌意。她因鸡尖汤借题发挥虐打雪娥，完全是一副"君子报仇，十年不晚"的派头，体现了女主人的赫赫威严和雷霆手段。这不同于《通天乐》第九种《下为上》的叙事。后者先叙徐寡妇虐打婢女黑丫头，后清兵攻入扬州城。黑婢被一将军选中成婚，并令徐妇时刻服侍，黑婢以德报怨，宽厚待之。"这徐妇也知趣，分为遵敬"④作品的主题诚如所言，"婢女转做了上人，主婆反做了下人，可见世事那里定得。要知黑婢有此大量，方有此大福也"。应该说，作者以理想化的笔触，掩盖或美化了"婢作主人"所引发的人物矛盾冲突。

可以认为，"家奴欺主"代表着主仆伦理的崩毁，而"婢作主人"则开启了这一秩序的重建，人物关系的戏剧性变化因之发生。事实上，世情题材小说的作者所津津乐道的，也是其读者群喜闻乐见的，正是通过对主仆关系淆乱甚至颠倒的拨乱反正，实现有关正常人伦关系的吁求，通过彰善惩恶来正本清源，在情节与人物关系变化的欣赏中，满足自身的道德感需要。

---

① 李渔著，杜濬批评，丁锡根校点：《无声戏》，人民文学出版社1989年版，第210页。
② 明兰陵笑笑生著，陶慕宁校注，宁宗一审定：《金瓶梅词话》（下），人民文学出版社2000年版，第1222页。
③ 兰陵笑笑生著，张道深评，王汝梅等校点：《金瓶梅》，齐鲁书社1991年版，第1493页。
④ 石成金编，钟林斌校点：《通天乐》，《中国古代珍稀本小说》（1），春风文艺出版社1994年版，263页。

2. 乱伦

《红楼梦》第七回写"焦大又恃贾珍不在家,即在家亦不好怎样他,更可以任意洒落洒落",遂趁醉酒大骂宁国府"每日家偷狗戏鸡,爬灰的爬灰,养小叔子的养小叔子"①。这是由主仆关系的紊乱,引发读者对于小说中"乱伦"母题②的注意。

早在《诗经》时代,卫宣公强占儿媳、齐襄公兄妹淫乱的宫廷丑闻就受到诗人的揭发。而古代小说的作者评论者津津乐道于小说移风易俗维持伦理秩序的功用,却不得不迎来小说中秩序受创伦理关系淆乱的实际描写。"家反宅乱"的《金瓶梅》诚然是个中代表,不过,明清世情小说还有数量可观的作品展露了公媳、叔嫂、主仆等伦理关系中的"乱伦"问题。这既揭示了世相的复杂性,更引导读者思考人情与礼法的稳固性。冯军《等级落差与性别差异演绎的乱伦关系——"三言""二拍"中一个社会性别的视角》③,是目前仅有的讨论世情小说乱伦现象的单篇文章,无疑预示着此项研究还有较大空间。而美国汉学家浦安迪(Andrew H. Plaks)曾以《金瓶梅》《红楼梦》为例,认为"白话叙事传统中最伟大的两部作品……为乱伦行为的暗指,留出了相当触目的位置,明显得难以忽视,所以尤为引人注目"。其中更以兰陵笑笑生的作品"昭示出了乱伦主题在小说整体结构中的中心地位"④。此外,耶鲁大学吕立亭(Tina Lu)教授在其著作中引用了卢梭(Rousseau)所谓婚姻与有关乱伦的知识同时产生的名言,她把 incest 界定为"乱伦"或者"规范人际关系的混乱",讨论了易代之际家庭经历离析与重聚背景下出现的文本,如《醒世恒言》第二十五卷《独孤生归途闹梦》和《拍案惊奇》卷之二《姚滴珠避羞惹羞 郑月娥将错就错》,又恰当指出"西门庆家庭内的每一个成员都有某种形式的乱伦之举"⑤。

"乱伦"一词起源于拉丁文 incestus(意为不纯洁和不忠贞),英语 incest 就是从拉丁文 incestus 演变而来,并用来表示"乱伦"这个概念。"乱伦"严格意义的定义是指生物学意义上的具有近亲关系的男女发生性关系,或者指社会学意义上相当于近亲关系的人(从姻亲、干亲到教亲)之间发生的为当地风俗与法律所不允许的性行为。除上述内涵外,有人提出"乱伦"叙事还包含生物学或社会学意义上的具有近亲关系的男女之间精神层面的乱伦欲望或意念⑥。

乱伦情结反映出人类早期社会集体无意识的遗留,而乱伦禁忌则是古代人类伦理秩序形成的基础,也是伦理秩序的保障。民俗学家、神话学家、文学家、心理学家、文化人类学

---

① 曹雪芹、高鹗著,中国艺术研究院红楼梦研究所校注《红楼梦》,人民文学出版社 1982 年版,第 118—119 页。
② 主题学中的母题,通常指的是文学作品中反复出现的人类的基本行为、精神现象以及人类关于周围世界的概念。参见陈惇、孙景尧、谢天振《比较文学》,高等教育出版社 2007 年版,第 90 页。而乱伦这一禁忌行为同样具有此特点,所以可以将"乱伦"作为一个母题(motif)来展开研究。
③ 文载《牡丹江教育学院学报》2005 年第 2 期。
④ 浦安迪:《〈金瓶梅〉与〈红楼梦〉中的乱伦问题》,收入氏著《浦安迪自选集》,刘倩等译,生活·读书·新知三联书店 2011 年版,第 164—165、172 页。
⑤ 吕立亭(Tina Lu):《明清文学中的意外乱伦、割骨疗亲以及其它奇遇》(*Accidental Incest, Filial Cannibalism, and Other Peculiar Encounters in Late Imperial Chinese Literature*, Harvard University Asia Center, 2008),第 184 页。
⑥ 参看耿群芳《英国叙事文学中的"乱伦"母题》,河南大学硕士学位论文,2011 年,第 1 页。

家、历史学家都对乱伦禁忌这一问题有深入的研究。例如心理学家弗洛伊德(Sigmund Freud)提出了"俄狄浦斯情结"又译作"恋母情结"(Oedipus Complex)这一概念,为"乱伦"母题的研究打开了一个新的视角。他在1913年出版的《图腾与禁忌》一书中,从心理学角度分析了乱伦畏惧这一行为。社会学家涂尔干(Emile Durkheim)则在其著作《乱伦禁忌及其起源》中,从宗教的角度解释了乱伦禁忌的起源。他认为,原始社会中,人们对同一氏族成员之间的性禁忌竟然与他们对血的敬畏有关。

作为世界文学作品中反复出现的母题[①],"乱伦"模仿的是人类早期血婚制时期血缘混杂的关系。1932年美国学者史蒂斯·汤普森(Stith Thompsom)编成6大卷权威的《民间文学母题索引》,其中涉及乱伦母题的可谓洋洋大观,仅在"T"类中,就从"T400—499"设立了几十个条目,如T410乱伦、T441父女乱伦、T412母子乱伦、T415兄弟姐妹乱伦、T421与婶娘姨母结婚的男人,等等,里面著录的资料遍布世界许多地区。

古代世情小说中的乱伦,如果参照学界已有的分类成果,大致都可以归入"性虐取型"和"性爱型"。[②] "性虐取型"乱伦指的是乱伦的根源和罪责仅仅来自一方,完全是靠一方的强权和铁血手段所得来的,是一种绝对不平等的"乱伦"。"性爱型"指乱伦双方的结合或者是因为情欲的驱使,或者是因为达到对除了情欲之外的其他欲望的贪婪追求(比如权力、财产等)的目的而发生的性行为,乱伦双方往往因"欲"而生"情"。

若举具体作品,《痴婆子传》的女主人公"当处闺中时,惑少妇之言而私慧敏,不姐也;又私奴,不主也;既为妇,私盈郎,又为大徒所劫,亦不主也;私翁、私伯,不妇也;私饕,不嫂也;私费,不姨也;私优,复私僧,不尊也;私谷,不主人也。一夫之外,所私者十有二人,罪应莫赎,宜乎夫不以我为室,子不以我为母,茕茕至今,又谁怨焉!"[③]。《聊斋志异·韦公子》刻画因"淫婢宿妓"而先后与自己的儿子、女儿淫乱的韦公子,这两篇已为研究者较多关注。

除此,《红楼梦》为人所熟知的,侧笔写了贾珍、贾蓉父子聚麀占有秦氏,以及贾琏、贾蓉叔侄勾结共私尤二姐。《金瓶梅》第三十三回里,韩道国的妻子王六儿与小叔韩二叔嫂通奸。这违背了尊卑长幼之序,令人联系到古代一些地区的宗族要加以严惩的"兄弟转房"的行为。

亲生兄弟如此,结拜兄弟又当如何相处呢?《欢喜冤家》第一回,任三官口口声声"自古说得好,朋友妻,不可嬉",实际上却与结义的花林妻室徐氏勾搭。该书聚焦明末社会青年男女非正常婚恋的各个侧面,乱伦描写同中见异。其中,第三回写章必英勾引义兄王文甫妻李月仙时,怀着"叔嫂通情,世间尽有"[④]的心理。后章必为做长久夫妻,行船时将王文甫推入水中。第八回中铁念三盗嫂香姐,后以其对兄薄情而杀死。第十三回中同伴朱芳卿

[①] 参看楚云《乱伦与禁忌》第九章《文学中的乱伦情结》,上海文艺出版社2002年版,第130—144页。
[②] 杨经建《"乱伦"母题与中外叙事文学》(《外国文学评论》2000年第4期)把中外叙事文学作品分为两种四类:第一种是"天契型"或"命定型乱伦";第二种包括三类,分别是"性虐取型"、"性爱型"、"情爱型"。魏安娜《中西方文学乱伦母题比较研究》(辽宁大学硕士学位论文,2012年),按照乱伦主体对己乱伦行为的知情与不知情,将其首先划分为被动型乱伦和主动型乱伦两大类,而在主动类型里,又根据乱伦主体双方之间的情感与肉体关系将之细分为强取型乱伦、情欲型乱伦、情爱型乱伦和精神型乱伦。
[③] 《痴婆子传》,京都大学藏日本木活字本,第18页b面。
[④] 西湖渔隐撰,周有德等校点:《欢喜冤家》,春风文艺出版社1989年版,第45页。

与龙天生的独特之处是所谓"相交骨肉兄弟,兑换柴米夫妻"①。此外,《载花船》第五回至第八回敷演的事迹则是,茹文芳、仇大奎、廖天显为通家子弟,世代交好,他三人对神立誓,歃血订盟而结拜,合开酒店。后茹、仇都与对方妻子通奸。

除了与友人妻和叔嫂之间的乱伦,《欢喜冤家》还写了西宾与主人妾的私情。第十七回《孔良宗负义薄东翁》说的是嘉兴秀水江五常,年过半百而无子嗣,从余姚请先生孔良宗教授过继来的儿子,谁想良宗勾引江之妾侍楚楚后生子。后来二人魂魄被淞江李王判为转生江家为畜,以见报应。与之形成对比的,是《禅真后史》里隋末秀才瞿天民,为耿寡妇子耿宪馆师。一夜天民拒纳欲火冲动的耿寡妇,保全了其节操。

"世上先有家奴与主母通奸,然后以卢俊义之贾氏、李固实之"②——这是怀林《水浒传一百回文字优劣》的文字。从《水浒》脱胎的《金瓶梅》无疑在主仆乱伦这一点上有过之而无不及。且不说西门庆的淫行,潘金莲与玉楼的小厮琴童勾搭成奸,孙雪娥与来旺儿暗有首尾都是显例。第十二回"潘金莲私仆受辱"一节,作者借一篇韵文加以抨击:

> 一个不顾纲常贵贱,一个那分上下高低。一个色胆歪邪,管甚丈夫利害;一个淫心荡漾,从他律犯明条。(略)百花园内,翻为快活排场;主母房中,变作行乐世界。霎时一滴驴精髓,倾在金莲玉体中。③

第二十二回又苦口婆心地规劝道,"看官听说:凡家主,切不可与奴仆并家人之妇苟且私狎,久后必紊乱上下,窃弄奸欺,败坏风俗,殆不可制。"④其实书中的风俗败坏、伦常颠倒何止一二,譬如西门庆既与义子王三官之母招宣府林太太勾搭成奸,而王三官与西门庆干女儿兼情人李银儿又有奸情⑤。所谓"不论亲疏,不分长幼,不别尊卑,不问僧俗,惟知云雨绸缪,罔顾纲常廉耻,岂非情之痴也乎哉"⑥,男女健旺的情欲以一种危害人伦包藏祸事的方式表现出来,必然会走向自我毁灭的悲剧结局。

这里还要重点分析曹去晶创作于雍正初年的家庭小说《姑妄言》⑦。注意到这一出现大量"乱伦"母题的作品中,除了书生钟情与瞽妓钱贵深挚感人的婚恋故事,书中另几位主角身上也没有乱伦劣迹。这一点,如林钝翁的总评,"若以宦萼之恶,贾文物之假,童自大之臭,尚不使其妻子淫于人者,因宦萼贾童未曾淫人之妻女,故此妻不淫人。"而为读者熟悉的历史人物阮大铖、马士英等,在文学想象之中,无不深陷"乱伦"的泥沼。第八回上说,"阮大铖做了一生坏人,子烝其妻,兄淫其妹,女私其仆,娘宠其奴,也就是天公暗暗的报应他了。尚不止此,因他害了多少忠良,作恶太甚,后来还有恶报。人生何不学好?"刘勇强先生认

---

① 西湖渔隐撰,周有德等校点:《欢喜冤家》,春风文艺出版社1989年版,第220页。
② 陈曦钟、侯忠义、鲁玉川辑校:《水浒传》(会评本),北京大学出版社1981年版,第26页。
③ 明兰陵笑笑生著,陶慕宁校注,宁宗一审定:《金瓶梅词话》(上),人民文学出版社2000年版,第125页。
④ 明兰陵笑笑生著,陶慕宁校注,宁宗一审定:《金瓶梅词话》(上),人民文学出版社2000年版,第254页。
⑤ 用吕立亭的话说,那就是西门庆同时是李桂姐的父亲、继父与情人。参见 Accidental Incest, Filial Cannibalism, and Other Peculiar Encounters in Late Imperial Chinese Literature,第185页。
⑥ 《痴婆子传》乾隆二十九年(1764)挑浪月序,京都大学藏日本木活字本。
⑦ 曹去晶:《姑妄言》,中国文联出版公司1999年版。引文皆出此本,不注。

为,"这种简单的因果报应,实不足以揭示人物复杂的心理与情节内在的发展动力"①,此说大致不差。不过本文认为,细究起来,书中有些乱伦的发生自有一定的情理逻辑,并非肉欲的一味堆砌。有的出于淫人被淫一类的因果报应,但也有因为家庭内部人伦关系中的争宠夺爱的缘故。② 当然历览全书,最重要的叙事逻辑是与政治挂钩,在明天启以后或南明弘光帝的政治格局中扮演奸臣宵小者,小说每竭力铺陈这些"伦常之贼"的家庭乱象。

例如小说叙述阮大铖以"肥水不落外人田"为口号,通过小妾马氏勾搭上大儿媳郏氏(也没有放过其丫鬟),接着写二人关系的加厚,其中有云:

> 阮大铖疼这媳妇真不啻活宝,好头面衣服,瞒着毛氏,无样不给,每日吩咐厨上,收拾上好饮食供给。又怕人动疑,向毛氏道:"媳妇青年守寡,替我家争气,理该分外待他。"

行文中充满着反讽。而由于大媳妇与二儿子叔嫂乱伦,结果都被与大媳妇勾搭在先因而怀恨的家仆爱奴杀死,叙述及此,作者开始追溯郏氏之生,是缘于其父郏铤上烝父妾姬氏。郏铤的身份地位也得到突出,"他拜在魏进忠门下。仗魏珰之力,骤升显职,官至大理少卿。虽不曾如阮大铖诸人依附作恶,免不得也是个阉门鹰犬。他与阮大铖都是同类,故当年结了亲家,图彼此扶持。后来魏珰伏诛,他罪在三等,革职而已"。所谓臭味相投,政治同党也是乱伦同类,作者借此塑造人物、编织情节,以及尤其重要的,展开人伦关系的叙事,其用意昭然。

需要指出的是,二十四回的小说中对于乱伦母题的表现,主要集中在第二、五、八、十一、十三、十四回,后半部一般避免乱伦,典型者如童自大醉酒被动沾染本来性淫的嫂子火氏,过后就良心不安,有一番自责。

古今中外文学中的乱伦叙事是一个需要辩证看待的问题。一方面,出于生物本能的欲望如果不加以引导限制,通过文学笔墨的渲染夸张,就真的会变成洪水猛兽,很容易导致读者的沉溺甚至效仿,从而产生极其消极的社会效果。而另一方面,应当看到,部分乱伦描写让男女主人公冲破了身份等级的鸿沟,三纲五常的桎梏和父权社会的压制,反映出人类对于情感归宿与人生幸福艰苦卓绝的追求精神,是故能唤起百代之下普通读者的共鸣与赞赏。只是在中国文化的语境中,主要须等到新文化运动如火如荼地展开,在新道德观念影响下掀起个性自由与人性解放的潮流以后,所谓情爱型乱伦小说才形成创作上的声势效应。对于古代家庭小说、世情题材小说而言,借"乱伦"有的放矢,收以儆效尤之功,才是作家最大的关切。

---

① 刘勇强:《中国古代小说史叙论》,北京大学出版社2008年版,第357页。
② 例如二儿子阮优死后阮大铖偷上二儿媳花氏,仍由号称马泊六的马氏从中牵线。作者刻画马氏巧舌如簧:"二奶奶,不要呆了。青春年少,落得受用。你不看当日大奶奶在那时同老爷相好,老爷何等疼他,吃好的,穿好的。你二相公又不在了,你不靠老爷靠谁?且落得享福。有老爷做主,还怕人说甚么不成?我劝你是好话,快不要戆。"这番说辞就很能切中寡妇儿媳的心理,因此体现乱伦情节的逻辑性。

三、结语

探讨世情题材小说中人伦关系的兼类与淆乱状况,目的是展现其综合杂糅特质与动态演变特点,改变人们认为其各自为政且一成不变的固有印象。除了对人物伦理身份内涵与伦理关系变迁的发掘,这一研究还与"卖身为奴""家奴欺主""婢作主人"等情节类型,与"乱伦"等母题联结起来,有助于读者认知相关伦理叙事的深层意义。

通过承担多种伦理身份,人物的活动空间得以拓展,而正是出于对伦理规范挑战乃至复归的描写,小说的道德教化主题才能避免图解,获致血肉饱满的传达。

论明清曲谱对犯调曲牌名的整改

许莉莉[*]

摘　要：为曲调正名，是制谱者的基本任务。历来制谱者都称得上悉心考辨。就犯调曲牌名而言，早期曲谱主要整改坊本中的舛谬；后期曲谱则更热衷于对前人之谱已定犯调名的重定。后期曲谱惯按"章句"擅拟犯曲中的成分，并随之修改总名，这与前期曲谱的考辨相比，似过于简单化。此种整改原则，使得后期曲谱中重定犯调名的情况过滥。明清曲谱对犯调曲牌名的整改现象，使某些曲文在曲谱中不断以新名称出现，客观上造成了新曲牌辈出的假象。

关键词：明清；曲谱；犯调；曲牌

曲牌名，本为某曲调在民间的习称。它们在一定时间、一定区域内，有一定的稳定性。然而即便如此，经过百口之传的曲牌，其间或存在着混杂、遗漏、张冠李戴，也是时有的事。于是，考证名实，一直以来就是曲谱制作者无法回避的事。他们会考查坊间流通的曲本，判断其是否将曲文之名误标。倘有此况，则在曲谱中予以辨析并改正。

为曲调正名，是制谱者的基本任务。历来制谱者都称得上悉心考辨，谨慎为之。但后来的制谱者，其理念与早期制谱者相比有所转移，这导致他们在正名方面，呈现出不同的做派。如果站在前期制谱者的角度，则后来的制谱者，可谓擅作主张、强为规定。这突出地反映在犯调曲牌名的整改方面。

本文以犯调曲牌名为观察点，探讨制谱者们对它们整改的传统，突出后来的制谱者与早期制谱者们风格的不同，并指出制谱诸家各自整改犯调曲牌名的结果——导致曲谱中不断出现貌似的新名目。比如同为《金印记》"万里长空"一段曲文，在沈璟《增定南九宫曲谱》里叫【二犯朝天子】，在《寒山曲谱》里叫【福红儿】，在《十二律昆腔谱》里叫【朝天阙】，在《南词定律》里叫【朝天红】，在《九宫大成南北词宫谱》里叫【朝天子】。如此同段曲文，却在诸曲谱中以五种牌名出现。这种现象是曲谱研究中不可忽略的问题。对于认知曲谱及其发展的历程，是重要的角度。

---

[*] 作者简介：许莉莉，南京大学文学院副教授，主要研究方向为中国古典戏曲、昆曲。本文系国家社科基金青年项目"元明清曲谱形态与文化研究"（编号：13CZW041）阶段性成果。

一、曲谱对坊本犯调名的整改

从较早的曲谱中,就可以看到,制谱者对坊本中不恰当的犯调题名会作改正。这样的传统一直保留到清代中期的曲谱。

坊间流通的曲本,往往是民间书坊刻印的曲本,它们通常影响着甚至引领着曲子在民间流通时的状态:某段曲文以何样的名称、何样的字句流传。虽然坊本所刻未必尽确,各色坊本之间也未必统一,但这就是流通中的曲本的真实面貌。

曲谱在坊本中搜集曲文时,不仅要对曲词字面进行甄别,对牌名也是要核准的,尤其是犯调曲牌名,往往最需要考析订正。

(1) 先看沈璟的曲谱。

此谱中有【五供养犯】、【梁州新郎】、【掉角望乡】、【孝顺儿】、【莺莺儿】等,都是直接对坊本误名的整改。沈璟在这几个曲牌名下俱注有"新增"二字。这说明,这些曲牌,并非沈璟继承蒋孝曲谱而来,而是他"新增"出来的。此"新增"过程当为:首先,将这些有一定传唱度的曲子,自坊间曲本搜录其曲文。其次,发现坊本所标的曲名不甚恰当——常误标为本调牌名,而事实上它们是犯调。于是沈璟作出了改正,改为相应的犯调曲牌名,同时增录入谱。

比如《琵琶记》"公公可怜"一曲,在《琵琶记》陆抄本(清人陆贻典据明代嘉靖间书坊刻本抄录)、《六十种曲》本、《词林逸响》中,都题作【五供养】。沈璟录之入谱时,则改名为【五供养犯】[①],因他知其合头部分乃为【月上海棠】。他在该曲后的批注中,辨析甚详。

《琵琶记》"新篁池阁"一曲,《琵琶记》陆抄本、《乐府遏云编》、《六十种曲》本、《词林逸响》中,均作【梁州序】。而沈璟录之入谱时,更名为【梁州新郎】[②],因他知其合头部分乃为【贺新郎】。

《琵琶记》"糠和米本是两倚依"一曲,《琵琶记》陆抄本、《六十种曲》本中,均作【孝顺歌】。沈璟录之入谱时,更名为【孝顺儿】[③],因他知其后半段乃为【江儿水】。

再如《白兔记》"随车缟带逐队飞"一曲,《六十种曲》作【莺啼序】。沈璟录之入谱时,更名为【莺莺儿】,又给了一个备用名"或作【啼莺儿】"[④]。因他知道其合头部分乃为【黄莺儿】。

《白兔记》中"望芦葭"一曲,直到传留至今的各种昆曲谱《白兔记·出猎》一折中,都依然作【锦缠道】。而沈璟早在其谱中已更名为【锦缠乐】[⑤]。因为他知其后半段犯【普天乐】。

又如散曲"野梅开桥边水傍"一曲,在《雍熙乐府》中作【调角儿序】,在《词林摘艳》中叫【调角序】。但沈璟录之入谱时,更名为【掉角望乡】[⑥]。因他知道后段是【望吾乡】,与陈大声"一任他浮踪浪迹"一曲同调。《群英类选》中陈大声此曲题为【调角儿序犯】。可见"掉角望

---

① 《增定南九宫曲谱》,见王秋桂《善本戏曲丛刊》,台湾学生书局1984年版,第706页。
② 《增定南九宫曲谱》,见王秋桂《善本戏曲丛刊》,台湾学生书局1984年版,第364页。
③ 《增定南九宫曲谱》,见王秋桂《善本戏曲丛刊》,台湾学生书局1984年版,第636页。
④ 《增定南九宫曲谱》,见王秋桂《善本戏曲丛刊》,台湾学生书局1984年版,第597页。
⑤ 《增定南九宫曲谱》,见王秋桂《善本戏曲丛刊》,台湾学生书局1984年版,第204页。
⑥ 《增定南九宫曲谱》,见王秋桂《善本戏曲丛刊》,台湾学生书局1984年版,第155页。

乡"之名,是沈璟的定名——它比仅仅加一"犯"字更能点明成分。

坊间曲本中,常常存在这样的错误:犯调误题本调名——以开头几句所属的曲牌之名,谬指整支犯调。这可能是曲子在流传中,很自然就会发生的情况。正如今唱昆曲,也有类似情况。如昆曲《牡丹亭·游园》中的【皂罗袍】、【好姐姐】二支,唱者则常常只会说成"唱一支【皂罗袍】",而将【好姐姐】省称。此虽非犯调之例,但不妨借此一比,以见相传中的省称、误名,有时是自然发生的。或是发生于口耳之间,或是"混刻"于曲本之中——明代的《吴骚合编》中有相关总结:

"风月两无功"一体,原犯【普天乐】、【刷子序】者,而时本单刻【泣颜回】,不注二犯调。亦尤"新篁池阁"之混刻为【梁州序】,而不知犯【贺新郎】,"糠和米"之混刻为【孝顺歌】,而不知犯【江儿水】也。①

可见,此类舛错非属个别。熟谙曲牌的制谱家们,一定不难把握其规律,并循着这种常见讹误路径,进行名实考辨。

（2）再看沈自晋的《南词新谱》。

沈自晋曲谱中也有相当多的"新入"之犯调曲牌。其中也有一些曲牌名,是经他更定。比如汤显祖的作品,常常受到他的更定。

比如《牡丹亭》"生小事依从"一曲,在此剧各刻本、《六十种曲》、《乐府遏云编》等各种选本、改本中,都作【玉莺儿】②。而《南词新谱》更为【黄莺玉肚儿】③（成分为:黄莺儿＋玉胞肚＋黄莺儿）,这与后来的钮少雅《格正还魂记》、《吟香堂曲谱》、《纳书楹曲谱》中的此曲之名都不同。

《牡丹亭》"种园家世"一曲,在很多版本中,都是【桂花锁南枝】,冯梦龙的改本是【桂花遍南枝】④。而《南词新谱》更作【桂月锁南枝】⑤（其注成分为:桂枝香＋月上海棠＋锁南枝）,因为其中间析出了【月上海棠】数句。

《南柯梦》"光景一时新"一曲,本作【傍妆台】。《南词新谱》更名为【妆台带甘歌】⑥,因为其后面部分被定作了【八声甘州】与【排歌】各几句。

再如散曲燕仲义的"怪石似剑"一曲,《群英类选》中名为【马鞍儿】。《南词新谱》更名为【马鞍带皂罗】⑦,因其后半部分被识为【皂罗袍】。

以上几例中,前几例实为对汤显祖原作中曲词不合调之处的整改——通过整改其曲牌归属,以达到名实相合。虽然汤翁之作的各种刻本仍可称作坊本,但其舛错的重心并不在传播中的讹误,而在原作自身。由于汤显祖为近时名家,其作当中的曲牌名并不易出现失

---

① 《吴骚合编》,《历代曲话汇编》,浙江古籍出版社1998年版,第657页。
② 参见赵天为《〈牡丹亭〉改本研究》,吉林人民出版社2007年版,第75页。
③ 《南词新谱》,见王秋桂《善本戏曲丛刊》,台湾学生书局1984年版,第690页。
④ 参见赵天为《〈牡丹亭〉改本研究》,吉林人民出版社2007年版,第73页。
⑤ 《南词新谱》,见王秋桂《善本戏曲丛刊》,台湾学生书局1984年版,第755页。
⑥ 《南词新谱》,见王秋桂《善本戏曲丛刊》,台湾学生书局1984年版,第156页。
⑦ 《南词新谱》,见王秋桂《善本戏曲丛刊》,台湾学生书局1984年版,第206页。

传、讹误;反倒是其"不妨拗折天下人嗓子"①是时人皆知的。

（3）《南曲九宫正始》，依然会直接对坊本中的牌名，加以更定。

此谱的编制者推崇元本，大量使用元代曲本，常常以元本中的旧名（不知其言是否属实）来更正蒋、沈二谱中某些曲牌定名。明人的曲文，却不是它所推崇的，而只是在无法获得"元词"的情况下才选录一二。于是，它有时就会根据自己的看法，更定其名。

比如"明传奇"《宝剑记》"你一身何苦"一曲，坊本原作【五更月】，此谱更名为【五更马】。其依据是，对照章句，发现其中有六句与【上马踢】相合。此谱自述其更名的思路：

> 此调坊本作【五更月】，"月"字无谓，今勘得下六句确与仙吕宫【上马踢】恰合，故易其题为【五更马】。有古词云"五更朝罢马嘶寒"。②

再如"明传奇"《千金记》"设宴割鸿沟"一曲，查明代富春堂刻本，与《六十种曲》本，俱题为【锦堂犯画眉序】，但此谱更名为【画眉啄木】③（成分为：画眉序＋啄木儿）。

更明显的擅自更名，还可见张凤翼小令"一从他春丝牵挂"一曲。此曲是"声情俱妙"、"最协情"的经典之作④，早有俗名"九回肠"（成分为：解三酲＋三学士＋急三枪）。但是《南曲九宫正始》不顾此名已为时俗所习知的事实，而强更改为【六花衮风前】⑤。此曲后有大段批注，讲述其更名之理由。观其大意，乃为对其中【急三枪】成分之名有异议——"不知元谱何曾有【急三枪】?"于是它自行对犯调成分另作一番解析，继而自定总名。

自此可以看到，此时的曲谱，虽然依旧对坊本作考证、整改，但与前期的制谱者已经很不同了。它按照曲文"章句"⑥（句格字格），强为解析犯调成分的做法，已经非常明显。

（4）直到《九宫大成南北词宫谱》，仍然会直接对坊本中的牌名，加以更定。

比如康熙间的新传奇《长生殿》的《窥浴》一出中，有两个新制犯调曲牌【凤钗花络索】与【二犯掉角儿】。《九宫大成南北词宫谱》做主将这两个犯调曲牌，合并改为一个集曲曲牌，总名【金凤钗集】，述其理由如下：

> 此【金凤钗集】，旧无此体，自此曲创始。考原本，前段名曰【金凤花络索】，至【桂枝香尾】作结。后段另为【二犯掉角儿】。既成集曲，割裂何为？今并为一阕，统名【金凤

---

① 王骥德：《曲律·杂论第三十九下》，《中国古典戏曲论著集成》（四），中国戏剧出版社1959年版，第165页。

② 《南曲九宫正始》，《续修四库全书》，第1749册，第223页。

③ 《南曲九宫正始》，《续修四库全书》，第1748册，第401页。

④ 《九宫谱定》在总论和凡例中多次提到此作。《郑振铎藏珍本戏曲文献丛刊》，刘祯、程鲁洁编，国家图书馆出版社2017年版，第61册，第358、341页。

⑤ 《南曲九宫正始》，《续修四库全书》，第1748册，第675页。

⑥ 《南曲九宫正始》中常常提到"章句"二字，并可见该谱通常据此判断曲牌来源。如【四国朝】有注："按此章句似仙吕宫【醉扶归】，但争第三句之煞字。"（第1750册，第160页）【太平歌】有注："及检其章句，直是南吕宫之【东瓯令】也，所争者止几衬字耳。"（第1748册，第443页）【秋夜雨】有注："此调之章句平仄与本调王焕引无异。"（第1750册，第10页）【花心动序】有注："今推此本曲之规律章句无不与彼吻合，始信此二调必为【花心动】全调过曲无疑也。"（第1749册，第643页）

钗集】。其原集牌名,或有不协者,稍为更改。①

此谱不仅合二为一,并改了总名,还对其中的成分标注也作了修改。比如将【傍妆台】部分,改为【天下乐】。

此谱中还有一些例子可以说明,某些直接来自坊本的犯调曲牌,其中不少被作了或多或少的修改。比如《紫钗记》里的【啄木公子】被改成【啄木二仙哥】,《明珠记》里的【啄木公子】被改成【啄木梁州】等。

通过以上对几部曲谱中新增犯调名的观察,可以看到,制谱者更定坊间传播之牌名是有其传统的。最初乃因坊间所传之名,时有舛错,需要制谱者的拨正。后来,则人为整顿的色彩更浓。后期曲谱往往将各曲牌之一定的"章句"奉为曲牌曲句的识别标志,按"章句"重新整顿犯曲中的成分——所谓"按律推之"②,并随之修改总名。如果说前期曲谱中,还常常见得到阙疑之语——有的犯调成分无法考得,只能阙疑;那么后期的曲谱,则绝少见到对犯调成分的阙疑了。它们总是能据其"章句",找出句法完全相合的某曲牌当中的某几句来。

二、曲谱对前人之谱已定犯调名的重定

由上文知,曲谱更改坊本中的曲名,是一种工作传统。其初衷是辨正曲名。既为"辨正",则曲谱与曲谱之间自然会有不同的意见。后代曲谱有时会对前代曲谱之已定犯调名进行重定。这样便出现了同段曲文在不同曲谱中有不同名称的情形。

(1) 从较早的曲谱中,未尝不可以看到,制谱者对前代曲谱中犯调名称的再次更定。但它们所做的,往往是对疑点的再探索、继续考证。

比如沈璟曲谱,就将蒋谱中的【金水梧桐花皂罗】更名为【梧蓼金罗】。他说这番更改是依据自己的考证:

此调,旧谱作【金水梧桐花皂罗】,俗作【金井水红花】,皆未当。余考明各调,定其名。③

蒋孝曲谱中此曲,虽然有明确的总名"金水梧桐花皂罗",又有确切的成分标注(江儿水+水红花+皂罗袍);但是其总名所显示的,似乎与已注成分多不相配——"金"字、"梧桐"二字皆无着落。于是沈璟继续考证,定夺新的成分组合(梧叶儿+柳摇金+皂罗袍)后,更改了总名。沈璟既未按旧谱,也不从俗,而是通过自己"考明",自定名称。事实上,他定的【梧蓼金罗】此名,后来也未传开。后来的大多曲谱,如《南词定律》、《十二律京腔谱》、《九宫大成南北词宫谱》等,都仍用俗名"金井水红花"。由此例可见,制谱者的新定名字,未必

---

① 《九宫大成南北词宫谱》,《续修四库全书》,第1756册,第166页。
② 《南曲九宫正始》述及其推测来源曲牌的方法:"今按律推之,似乎南吕宫之缠枝花第三四五句,恰相同。"(第1749册,第29页)
③ 《增定南九宫曲谱》,见王秋桂《善本戏曲丛刊》,台湾学生书局1984年版,第571页。

能够存留下来,并传播开去。

再如《南词新谱》,把沈璟曲谱中的【五更转犯】更名为【五更香】。这也是基于对前人遗留疑问的继续考索。沈璟对此调(《白兔记》"我献灯"一曲)后段之来历存疑:"前半是五更转本调,后不知犯何调。俟再查明。"①然而,冯梦龙继续考证,得出是【香柳娘】的结论。沈自晋便采用了冯梦龙的这个结论,并相应地更改总名为"五更香"②。

再如冯梦龙曲谱、《南曲九宫正始》,二者曾围绕沈璟曲谱中的【二犯五更转】展开讨论,都提出了自己的新看法,给出了新名称。沈璟对于《琵琶记》"土泥独抱"一曲,虽知其非为本调③,而犯二调,但并不确信是哪二调:"前五句似犯【香遍满】,末后二句似犯【贺新郎】后六字。此二调余自查出,未敢明注也。"④冯梦龙继续考查,似乎同意前五句为【香遍满】的结论,又发现"末二句,亦系香遍满无疑"⑤。鉴于前后都是【香遍满】,于是冯梦龙总定其名为【香绕五更】。沈自晋《南词新谱》中,仍然沿袭沈璟的定名作【二犯五更转】,但把冯梦龙的考证结论附在批注中。《南曲九宫正始》也进行了一番考证,它的结论和冯梦龙一样,提供的证据则更充足:"末二句仍即香遍满,乃犯元传《瓦窑记》'须记取,吁叮语'元句也。"⑥虽然《南曲九宫正始》与冯梦龙的考证结论一样,但定名却有一字之差,为【香五更】。

以上都是这些曲谱对前代之谱已更定犯调名的重定。可以明显地看到,它们在对前期遗留疑点进行再探索、继续考证。因而,它们探讨的焦点比较集中而有限。而其更主要的精力,仍放在对坊本误名的更定方面。

(2)后期的曲谱,在犯调名称的更定方面,表现得越来越肆意,干预面越来越泛。它们常常对前代沿用已久、很成熟的犯调名,又进行更改——揣其出发点主要是求得"章句"原则的整一。

比如,后期的曲谱已经不能容忍犯调成分尚自阙疑,它们要么硬性加注——无论如何也要为来历阙疑的曲句寻个归宿,要么将之升为本调。在蒋孝、沈璟、沈自晋等的曲谱里,犯调成分阙疑,是较常见的事,这并不影响这些犯调存在的合法性。但是后来的曲谱,都变得事事无疑,成竹在胸。如【四换头】曲牌,沈璟曲谱只能辨出其中四句的来历,其余都存疑:"所犯四调,但知前四句似【一封书】,其余未敢妄注。"⑦但后来的曲谱,都根据"章句"自行拟出来源曲牌。由于局部"章句"有所类同的曲牌往往有多种,所以各制谱家所拟的来源曲牌,常常不一。就此曲而言,它曾被"谭谱"定为"一封书+望吾乡+皂罗袍+望吾乡",被"张谱"定为"一封书+大影戏+皂罗袍+黄莺儿",又被"钮谱"定为"一封书+望吾乡+皂罗袍+胜葫芦+一封书"。尽管这三谱所拟的成分方案,在"章句"上都说得通,但《南词定

---

① 《增定南九宫曲谱》,见王秋桂《善本戏曲丛刊》,台湾学生书局1984年版,第415页。
② 《南词新谱》在【五更香】此曲作页眉批注:"前半是五更转本调,后本原未查明,今从冯作香柳娘末段。"(第477页)
③ 参拙文《明清曲论中的"本调"考释》,《兰州大学学报》2008年第3期。
④ 《增定南九宫曲谱》,见王秋桂《善本戏曲丛刊》,台湾学生书局1984年版,第416页。
⑤ 此据《南词新谱》,见王秋桂《善本戏曲丛刊》,台湾学生书局1984年版,第478页。
⑥ 《南曲九宫正始》,《续修四库全书》,第1749册,第201页。
⑦ 《增定南九宫曲谱》,见王秋桂《善本戏曲丛刊》,台湾学生书局1984年版,第58页。

律》评这三谱都"必欲扭捏",且"钮谱则穿凿犹甚",都不如肯阙疑的沈璟有"操持"①。《南词定律》对此曲不加妄注,但亦不能任其无注,于是主张其"宜归正体"——不再作为犯调而作为本调收录。这个例子虽然未牵涉到更名问题,但反映了后来的制谱者对犯调的普遍做法——干预性整理。

比如《十二律京腔谱》、《十二律昆腔谱》,对一些原本无甚疑问,且久为传颂的犯调名曲、经典名称,做了步伐很大的修改。

比如将【风云会四朝元】改为【水柳围桥江风令】。《琵琶记》"春闱催赴"一曲,陆抄本、《乐府遏云编》、《南音三籁》、《六十种曲》、《词林逸响》中都作【风云会四朝元】。沈璟的曲谱亦遵此名,成分注为"五马江儿水＋桂枝香＋柳摇金＋驻云飞＋一江风＋朝元令"②。《南词新谱》补注此名的来历为:"'风云会',取'一江风'、'驻云飞'。尚余四调,故云'四朝元'。"③可见,此犯调以此名行世已久,本无甚阙疑。但《十二律京腔谱》更名作【水柳围桥江风令】——从题目上已看不出与【风云会四朝元】有什么联系了。它自述更名的原因,乃为发现"音调未协",于是重加"审度"。④ 它更改了部分曲句的归属,重定成分为"五马江儿水＋柳摇金＋灞陵桥＋一江风＋朝元令"。

再比如将【醉归花月渡】改为【醉花天】。沈璟曲谱中【醉归花月渡】一曲,乃为沈璟自己的犯调作品。沈自晋《南词新谱》题此曲出处为"沈伯英,出《情痴瘭语》"⑤。既为制谱者自创犯调,则制谱者自行标注的曲牌成分——"醉扶归＋四时花＋月儿高＋渡江云"——定毫无可议之处。但《十二律京腔谱》还是做主改了,其原因有二:①谱中既无【渡江云】本调,则犯调成分中就不宜出现此调;②此二句既不能归于【渡江云】,又与【驻云飞】末二句相似,便归为【驻云飞】了。"银烛催归二句,诸曲中多有相似,然较之【驻云飞】末二句,乃为确当。"⑥难道王正祥会比作者沈璟自己更清楚吗?显然不是。王正祥只是为了使自己的曲谱达到整饬统一,每个犯调成分都有其本调可查,每段曲句都与其来源本调在形式上严丝合缝,这样曲谱才自成一体,堪称为"谱"。为此,他不惜更改事实。

《十二律京腔谱》中此类更名还有很多,王正祥自己也在《凡例》中对此般举措作了说明:

> 查《九宫》犯调曲内,所注犯及某曲之某句,尽有并无本曲者。如【月云高】末二句,注为犯及【渡江云】,而《九宫》全部,并无【渡江云】之曲。予则核其字句,实与【驻云飞】末二句相合,今注为犯及【驻云飞】可也。又如【锦庭乐】所注第五六七句,注为犯及【满庭芳】,而《九宫》全部,止有【满庭芳】之引子。则辨其无,本归为整曲而叙可也。又如【金络索】末三句,注为犯及【寄生子】,而《九宫》全部,并无【寄生子】之曲。【三换头】第四五六七句注为犯及【蜡梅花】,而细查本曲,并无相似句头。予则各归为整曲,以类而

---

① 《南词定律》,《续修四库全书》,第1751册,第542页。
② 《增定南九宫曲谱》,见王秋桂《善本戏曲丛刊》,台湾学生书局1984年版,第661页。
③ 《南词新谱》,见王秋桂《善本戏曲丛刊》,台湾学生书局1984年版,第778页。
④ 《十二律京腔谱》,《续修四库全书》,第1753册,第460页。
⑤ 《南词新谱》,见王秋桂《善本戏曲丛刊》,台湾学生书局1984年版,第148页。
⑥ 《十二律京腔谱》,《续修四库全书》,第1753册,第461页。

叙可也。又如【风云会四朝元】以及【渔家灯】等曲，据《九宫》小注所犯，与各曲句头比对，甚不贴切。予乃考较允协，改其名为【水柳围桥江风令】者有之，改名【两红灯】者有之。盖核实其所犯某曲句头，而不得不改其名也。诸如此类，《九宫》概名犯调，予所以改正之。①

《九宫大成南北词宫谱》中的重新更名现象也非常多见。它时常更改《南词定律》中已存的犯调名。试举数例（见下表）。

《南词定律》中犯调之名	《九宫大成》更名为	《九宫大成》中的宫调归属
芍药挂雁灯	**红雁过**	中吕宫集曲
孩儿带芍药	两儿带芍药	中吕宫集曲
尾犯锦	尾锦缠	中吕宫集曲
两渔听雁	渔灯雁	中吕宫集曲
马蹄花	**驻马枪**	中吕宫集曲
桂香转红马	桂发转佳期	仙吕宫集曲
桂花罗袍歌	桂花罗醉歌	仙吕宫集曲
好不尽	好有余	仙吕宫集曲
天香满罗袖	**皂罗香**	仙吕宫集曲
罗江怨	楚江情	南吕宫集曲
滴罗歌	**滴溜皂莺歌**	黄钟宫集曲
黄龙捧灯月	龙衔春灯朝天	黄钟宫集曲
金衣插宫花	公子簪花	商调集曲
水红梧叶	**红罗带**	商调集曲
黄莺啄山虎	黄老虎	商调集曲
金衣芙蓉	**黄猫宿芙蓉坡**	商调集曲
四犯黄莺儿	黄莺四序	商调集曲
六宫春	**桐树东溪刘大娘**	商调集曲
梧蓼摇金风	梧蓼照金江	商调集曲
梧桐秋月上寒窗	梧桐秋夜寒	商调集曲
莺啄罗	莺啄花	商调集曲
林莺泣榴红	啭调近榴红	商调集曲

---

① 《十二律京腔谱·凡例》，见蔡毅编著《中国古典戏曲序跋汇编》（一），齐鲁书社1989年版，第112页。

由上表可见，《九宫大成南北词宫谱》对犯调牌名的更改也非常多。且某些更改的尺度也非常大（如表中黑体字所标），几乎看不出与原来的牌名是同一犯调、同一曲词，而更像另外一个曲牌。

此谱同样不忌改动经典。比如将历来以【梁溪刘大香】牌名行世的散曲"荚囊羞佩"一曲，改名为【梁州四集】。"荚囊羞佩"此曲，《太霞新奏》题作者为"沈伯英"。沈璟的曲谱中收录了自己这支犯调，注其成分为"梁州序＋浣溪沙＋刘泼帽＋大迓鼓＋香柳娘"①。此曲后来《南词新谱》、《南曲九宫正始》、《寒山曲谱》、《南词定律》、《十二律京腔谱》等俱予收录，牌名或略有小异——比如"香"字改作"娘"字，但这种变化皆不牵涉其组合成分的修改（"香"字或作"娘"字，是因为【香柳娘】名字里二字皆有）。如此堪称经典的作品，到了《九宫大成》这里，被改变了组合成分。把原来五调之组合改为四调之组合："梁州序＋贺新郎＋大迓鼓＋香柳娘"，故名【梁州四集】。其所述理由是：原注"未免蹈三头二尾之弊，故将集【浣溪沙】处，改作【贺新郎】第七句，为双头双尾之体。"②

再如经典犯调【二犯江儿水】，自蒋孝曲谱开始，就一直以此名存于各谱。沈璟称"前辈陈大声诸公，作此调者甚多"③。但《九宫大成南北词宫谱》仍然要改它。此调在《旧编南九宫谱》、《增定南九宫曲谱》、《南词新谱》以及《南曲九宫正始》中，都以散曲"闷把围屏来靠"为曲例；在《十二律京腔谱》、《南词定律》中，换成了《红拂记》"恰离了重门朱户"一曲为曲例。此调到底由哪些曲牌组合而成，各谱的意见历来不一。沈璟对各段曲句的来源，多做阙疑；其他曲谱也都提出了自己的判断。但尽管如此，其总名【二犯江儿水】一直未曾变过。直到《九宫大成》曲谱，不仅对成分提出了新的组合，还改其总名为【双令江儿水】。

《九宫大成南北词宫谱·凡例》就此谱更改犯调牌名之举，直陈不讳，并介绍了一些修改原则：

> ……今以《曲谱大成》、《南词定律》、蒋、沈诸谱，择而用之，未善者稍为更改。起句必用首句，中用中句，末用末句……

> 集曲命名，初无一定。往往有名义可取而声律失调者，亦有节奏克谐而名义欠雅者，今则悉为厘正。或曲则犹是也，而中间所集之句，其旧注小牌名句段，庸有与本体不合，则另择别曲句段相对者易之。如《梅花楼》之【桂香转红马】，曲中所集【红叶儿】、【上马踢】，今易以【误佳期】，其总名是当另改。夫既换去【红】【马】二曲之集句，使仍存其旧，名义何居？阅者不得谓旧曲而立新名，诚所贵乎累累如贯珠耳。抑命名原取合义，倘一曲有两名者，不妨各自取裁。如【好事近】，一名【杏坛三操】。若集曲曰【好银灯】、【好事有四美】，则当注【好事近】；若集曲曰【榴花三和】，则当注【杏坛三操】。否则，名义不贯。由此类推，莫能枚举……④

---

① 《增定南九宫曲谱》，见王秋桂《善本戏曲丛刊》，台湾学生书局1984年版，第428页。
② 《九宫大成南北词宫谱》，《续修四库全书》，第1755册，第195页。
③ 《增定南九宫曲谱》，见王秋桂《善本戏曲丛刊》，台湾学生书局1984年版，第647页。
④ 《〈新定九宫大成南词宫谱〉凡例》，《中国古典戏曲序跋汇编》（一），第133页。

此段文字中所提到的取名规则、成分派属规则,尽管可以视为新总结出的犯调理论;但用后出之理论,去整改古已有之的事实,总是不妥的。

综上来看,曲谱中尽管历来都有对坊本犯调名的整改,也都有对前人之谱已定犯调名的重新更定,但前期、后期曲谱的倾向明显有别。前期曲谱改动谨慎,出发点主要在释疑;后期曲谱的改动则堪称肆意,对事实的干预度很大。在判断犯调成分方面,前期曲谱所考尚不离"曲调",后期曲谱围绕的中心则成了"章句"。后期曲谱惯按"章句"擅拟犯曲中的成分,并随之修改总名,这与前期曲谱的考辨相比,变得简单化了。此种整改原则,也使得后期曲谱中重定犯调名的情况过滥。由于后期曲谱围绕的中心是"章句",所以绝无考证不出成分的犯调。早年那些成分阙疑的犯调,到了后期,无不被"考析精详";甚至那些流传已久、确凿无疑的经典犯调,也被重拟成分,更改总名。"乐体之曲",渐成"文体之曲",这在曲谱中犯调牌名的改动方面被体现得淋漓尽致。

明代戏曲命名再探

李 奎 吴美玲[*]

摘 要：明代戏曲以明杂剧由盛转衰和明传奇概念确立、体制成熟为发展走向，展现时代风貌和大众审美的变化。明杂剧和明传奇作为两种不同的戏曲形态，在命名上也呈现着较大的差异：主要体现在命名的组合方式及其与主题的关联之上。杂剧与传奇地位的交替兴盛伴随着明代政治经济的风向转变，戏曲命名在宏观上反映了明代政治政策的逐渐松动和个性解放思潮在文学创作中的渗透；微观上则展现着戏曲源流与题材和命名方式的密切联系。同时，创作主体与市民文化双向选择和读者的审美倾向也在潜移默化地影响着戏曲命名。明代繁盛的商业出版则以市场为导向、以商业出版者为操作者，影响着戏曲出版成品的命名。

关键词：明杂剧；明传奇；戏曲命名；社会思潮

一代有一代之文学，明代戏曲以逐渐成熟繁荣的姿态占据着中国文学史一大版块，展现戏曲的时代烙印和特色。探究明代戏曲的命名，能够窥见命名与内容的有机联系，剖析其命名特征背后隐含的社会文化因素：一方面反映了政治经济的风向和社会思潮的变迁、文化出版业的状况和文化话语权的下移；另一方面折射出戏曲发展的动态特征、杂剧和传奇这两种不同戏曲样式的特征，以及作者和读者的审美心理。

关于明代戏曲命名的研究在学界引起关注甚少，目前有一文《明代戏曲命名初探》[①]刊载于《戏剧文学》，该文主要从明代戏曲命名的特点与方式、明代戏曲命名反映的戏曲观念、明代戏曲命名的广告效应三个部分探究，对明代戏曲命名进行规律总结和分析，但未关注到戏曲剧本的全名。杂剧和传奇作为两种不同的戏曲形态，呈现出迥异的体制特征和戏曲创作者及读者个人倾向等因素对于命名的影响也不容忽视。另有一文《论戏曲之"记"的文体特性与文化内涵》[②]刊载于《戏曲研究》，文中梳理了"记"这一文体的发展，分析在戏曲中以"记"命名传奇的原因和清代以"记"命名现象的消解。文章以"记"命名的传奇为主要研究对象，涉及这种命名现象背后的文人创作者身份及文体改革意识，等等。关于明代戏曲

---

[*] 作者简介：李奎，山西师范大学文学院副教授，主要研究方向为中国古代小说戏曲、域外汉文学；吴美玲，山西师范大学文学院硕士研究生，主要研究方向为中国古代小说戏曲。
① 廖华：《明代戏曲命名初探》，《戏剧文学》2011年第8期。
② 李文胜：《论戏曲之"记"的文体特性与文化内涵》，《戏曲研究》2018年第1期。

命名现象有诸多问题尚待讨论,本文以明杂剧及明传奇的全名为主要考察对象,旨在探讨明代戏曲命名的特点和规律,分析其背后复杂的主导因素,以期达到对明代戏曲命名较为全面的研究。

一、明杂剧的主要命名方式

首先从整体来看,明杂剧名称命名呈现的显著特征是以七字句或八字句为主,杂以少量二字或三字句。① 以七字句命名的有《汉相如献赋题桥》、《许真人拔宅飞升》、《边洞玄慕道升仙》、《灌口二郎斩健蛟》、《观音菩萨鱼篮记》、《吕纯阳化度黄龙》、《卓文君私奔相如》、《关云长义勇辞金》等。八字句命名的有《吕洞宾桃柳升仙梦》、《太乙仙夜断桃符记》、《王文秀渭塘奇遇记》、《奉天命三宝下南洋》、《庆丰门苏九淫奔记》、《孙真人南极登仙会》、《时真人四圣锁白猿》、《甄月娥春风庆朔堂》等。

其次,从明杂剧名称的组合元素来看,这些命名大多是对故事内容的概括。从具体的名称结构来看,主要有以下几种组合方式:

(一)以角色和情节组合命名。一是角色加情节的命名方式,如《关云长义勇辞金》主要叙述曹、刘交战后,刘备战败,关羽为保护嫂嫂不得已投降曹操,并在曹操军中多次委婉拒绝曹操的重用和赏赐,最终得以带嫂嫂会见刘备的故事。如《豹子和尚自还俗》讲述宋宣和年间,宋江同一众兄弟聚集梁山泊,鲁智深因擅杀良家妇女被宋江罚四十大棍,因而到清净寺当和尚,宋江分别派出李逵、鲁智深的妻子孩儿、鲁智深的母亲去劝,都无功而返,最终使出一计,派两个小喽啰下山惹事,诱使鲁智深出手相救破戒,最终重返梁山的故事。

(二)以角色、时间、故事情节组合命名。例如《黄廷道夜走流星马》写黄廷道受命取野驴万户的流星马,却被其选中,将女儿茶茶嫁之。三年后,黄廷道原配满堂娇赴关外寻夫,经一番波折,黄廷道劝得茶茶归服中原。最后野驴万户投降唐朝,进贡千里流星马。《红线女夜窃黄金盒》叙述唐魏博节度使田承嗣意图发兵潞州,潞州节度使薛嵩账下红线女孤身夜入田营,避开数万精兵壮士至田承嗣寝室,取走枕侧黄金盒。薛嵩听其计,差人持金盒与书信还于田承嗣,并声称他人盗后所送。田承嗣因而恐惧,免致两军交战。《晋庾亮月夜登南楼》叙述殷浩、褚裒、王述诸人于南楼赏月,庾亮随后至,一行人宴饮至深夜的故事。

(三)以角色、地点、情节组合命名。例如《楚襄王高唐入梦》叙述楚襄王游高唐梦与神女相会之事;《桓元帅龙山会僚友》写晋驸马都尉桓温与王珣、郗超、孙盛、孟嘉等人于龙山宴会的故事。此类故事情节紧凑,多为讲述集中在一处所发生之事。

(四)以宗教词语命名。例如《吕洞宾桃柳升仙梦》、《李云卿得道悟升真》、《边洞玄慕道升仙》、《释迦佛双林坐化》、《吕洞宾三度城南柳》、《洛阳风月牡丹仙》、《紫阳仙三度常椿寿》等。这类故事主要宣扬得道成仙的人生追求,描写神仙的生活,表达对现实生活中追名逐利的否定,以及悟道的意义等,在命名中较为明显地体现出对于度化的赞颂和渴望。据李

---

① 本文对明代戏曲名称的统计主要来源于李修生主编《古本戏曲剧目提要》及郭英德《明清传奇综录》。

修生主编《古本戏曲剧目提要》[①]所载,明杂剧中以"仙"、"圣"、"佛"、"玄"、"度"、"化"等此类宗教色彩词语命名的剧目约有46种,其中包括佛道人物等具有宗教色彩的故事命名。

二、明传奇的主要命名方式

明传奇的命名在总体上呈现简短特征,多是三字构成。组成名称的元素均为摘取长篇内容中某一方面,例如以人物、地点、物件等进行命名。故事情节在命名中的作用被弱化或者未涉及。

(一)以记命名。明传奇呈现的显著特征是大量以记命名,例如《浣纱记》、《双珠记》、《坠钗记》等,笔者据《古本戏曲剧目提要》所载剧目统计,明传奇以记命名的数量约有136种,而此本载有明传奇剧目共199种,可见以记命名的明传奇所占比重之大。

(二)以人物命名。例如《金花记》、《苏六娘》、《金花女》等,以此命名的戏曲故事情节围绕主人公展开。除此之外还有多个角色合称,例如《双雄记》,叙述青年丹信父亲早亡,叔父丹三木因财产陷害丹信及其友刘双入狱。恰逢倭寇日甚,刘双叔父为二人白于官,使得他们得以从军抗倭。丹三木欲娶钟情于刘双的黄素,遭到拒绝。黄素逃出妓院与丹信之妻魏二娘相遇。最后丹信、刘双二人立功得返,与魏二娘、黄素团聚。

(三)以主题命名。例如《义侠记》、《义烈记》、《节侠记》等。这类命名以"义"、"侠"、"忠"等道德色彩词语组成,体现了作家创作这类故事传达的情感倾向和说教目的。《义侠记》通过讲述武松的故事,传达出作者对于侠的理解和肯定。作品的命名上明确表现出作者支持的人性品质和道德观念。

(四)以地点命名。例如《鹦鹉洲》、《弄珠楼》、《景园记》等。《弄珠楼》的故事引发于弄珠楼之上:吴民旷士在枫桥下筑有一所园子,他的女儿霏烟月夜入园登弄珠楼,作诗一联,诗笺不慎落到楼下,进京赶考的阮翰泊舟于此,恰巧拾到此笺,应邀续诗。并由此牵出一段曲折的故事。又如《西园记》讲述男子张继华、女子玉英、玉真三人在西园相遇并且产生误会的一段错综爱情故事。

(五)以物件命名。例如《胭脂记》、《樱桃记》、《双鱼记》、《红杏记》、《红梅记》等。这些物件在剧中处在情节转变的关键位置,激发矛盾冲突,或者作为全剧的线索,引导着故事由始至终发展。《胭脂记》写郭华与王月英的爱情故事。王月英开胭脂铺,郭华每日借口买胭脂,以求一睹芳容。胭脂这一物件就成为情节发展的一个诱导因素。

此外,随着明代商业出版的繁荣,无论是明杂剧还是明传奇,应市场需求和出版商的宣传目的,戏曲命名均有改头换面现象,主要有以下几种情况:以"新镌"、"新刻"、"新编"、"重校"等前缀命名方式,突出内容上的更新,例如《重校绣襦记》、《重校锦笺记》等;以"出像"、"音注"、"绘像"、"全像"等词语突出版本优化,例如《新刻出像音注司马相如琴心记》、《新刻出像音注商辂三元记》、《新刻出像音注唐朝张巡许远双忠记》、《新刻全像古城记》等;以名人点评宣传作品,例如《李卓吾先生批评浣纱记》、《李卓吾先生批评玉簪记》等。

[①] 李修生主编:《古本戏曲剧目提要》,文化艺术出版社1997年版。以下出现均同此,不再另注。

三、明代戏曲命名特点

（一）时代特征

明代戏曲命名呈现不同的特点，其背后蕴藏着时代文化因素的影响。元代的宗教政策宽松，大力推崇全真教。加之文人备受打压，生存的社会条件恶劣，甚至只能依附于道观生存，大量文人产生遁世的思想倾向。在这种文化氛围中，宗教精神生活占据重要地位，佛教和道教的兴盛影响着文化活动。元杂剧中很多剧目以宗教思想为主题，例如《猿听经》，讲述龙济山中得道猿猴，闻经听法之后返本归真的故事。明初朱元璋为了加强中央集权，采取了一系列监管政策。在文化政策上，大兴文字狱，许多文人因此获罪。在完备的科举制度基础上，规定考试内容，限制读书人的思想。明杂剧承袭元杂剧神仙道化剧的余韵，创作了大量的宗教题材戏曲，例如无名氏《升仙梦》，讲述吕洞宾度化有仙风道骨的桃、柳二树，经过梦中点化转世为人的桃、柳，使其经历人世荣华的幻灭，最终抛弃名利钱财，悟道成仙。这类剧弥漫着对人生在世追求功名利禄的否定，宣扬得道成仙的终极意义。除此之外，还有无名氏《雷泽遇仙记》，表达对神仙形象的幻想和仙境的向往；无名氏《洞玄升仙》，全名《边洞玄慕道成仙》即反映出道士对成仙的渴望。反映宗教思想的戏曲命名主要集中在明初杂剧中。同时，明初朱元璋也肯定了宗教对于治理国家的积极作用，"若时人知修持之道，以道佐人主，利济众生，其得也广，若量后世子孙，其福其博"①。统治者的推崇和文人创作者的创伤心理导致明初剧坛创作依然倾向表达求仙访道的心理诉求。或者应统治者需要，在戏曲命名中为封建纲常伦理作宣传，戏曲名称中充斥着"孝"、"贞烈"、"忠"等词语。此时期上层建筑有意引导文学思潮的发展走向，戏曲创作不可避免地成为教化民风的有效手段。到了明中后期，思想管控出现了松动，资本主义生产关系萌芽，手工业者增多，市民阶层壮大，生活风貌发生了崭新的变化。剧作家的笔触伸向了广袤的社会现状，题材也渐趋丰富，真实的市民生活状态成为重点关注的对象。"重大的政治事件，悲欢离合的动人故事，发人深省的伦理新事，通都大邑的新闻，穷荒绝徼和海外奇遇。这些事都是伴随资本主义萌芽俱来的，是人们迫切希望知道的。"②这类题材颇受作家欢迎，在戏曲名称中反映出对离奇梦幻、爱恨情仇题材的描写，例如《奇梦记》、《异梦记》、《红情言》等。同时，这一时期戏曲的描写重点由虚无转向现实、由说教转向抒情，命名上减少了对"度化"、"升仙"、"忠孝"的宣扬，更多反映大众生活面貌和人性欲望。

（二）审美趋向

元末明初以来，杂剧日趋宫廷化，受众面狭窄，而南曲诸声腔演变发展，自魏良辅等人改造昆山腔，南曲呈现风靡之势，逐渐占据剧坛主导地位。戏曲的题材也发生了明显的转变。从明杂剧中大量的神仙道化剧到明传奇中取材于当时的现实生活的趋势，背后有多重主导因素：一方面是剧作家的审美发生了变化，他们开始有意迎合时代主题；另一方面是社会风气的转变，实用主义和享乐主义弥漫，关注民众生活真实面貌，反映市民审美趣味的戏

---

① 朱元璋：《佛教利济说》，载石峻等编《中国佛教思想资料选编》（第8册），中华书局2014年版，第245页。
② 缪咏禾：《明代出版史稿》，江苏人民出版社2000年版，第459页。

曲作品越来越受欢迎。据郭英德《明清传奇综录》①所载明传奇统计，明成化初至万历十四年传奇剧本创作共计约 58 种。此时期传奇的命名主要呈现政治功能化的特征，例如邱濬《伍伦全备记》、郑之珍《劝善记》、姚茂良《双忠记》、张四维《双烈记》、高濂《节孝记》等。笔者据郭英德《明清传奇综录》所载统计，明万历十五年至泰昌元年传奇共计约 106 种，明天启元年至清顺治八年中摘取明代传奇共计约 103 种。此两时期命名集中在物件、地点上，这些物件多数透露出女性色彩，反映生活情趣，例如沈璟《坠钗记》、单本《蕉帕记》、郑之文《芍药记》、邓志谟《玛瑙簪记》、月榭主人《钗钏记》，王元寿《石榴花》、张琦《金钿盒》等。以及以"情"、"梦"命名，例如冯梦龙《楚江情》、王翃《红情言》、陈与郊《樱桃梦》、汤显祖《南柯梦》、冯梦龙《风流梦》、王元寿《异梦记》、孙钟龄《醉乡梦》、陈一球《蝴蝶梦》等。这些命名共同反映了明中后期剧坛创作重心由"教化论"逐渐转向"言情说"转变，戏曲所承载的不仅仅是娱乐大众的需求，增加了创作者的个人创作倾向。

此外，通过名称可以看出明传奇倾向于爱情剧和才子佳人模式的主题。明中后期戏剧创作和理论批评大量呈现出重情观念，潘之恒的戏曲批评思想的核心之一是"情"，他评价《牡丹亭》"夫结情于梦，犹可回死生、结良缘，而况其拘而离，离而合以神者乎！自《牡丹亭》传奇出，而无情者隔世可通。此一窦也，义仍开之。而天下始有以无情死者矣"②。无论是戏曲理论还是戏曲创作，都着重表现情感的真实、自然，通过情的主题打动人心。

（三）简单化

与明杂剧相比，明传奇的命名更为简单。由于传奇和南曲戏文本源上的联系，使得传奇在命名上也承袭了南戏的特点，并在此基础上有逐步简化的趋势。李修生《古本戏曲剧目提要》中所载宋元明间南戏共 46 种，以所载南戏全名为观照对象，其中以三字命名的约 15 种，其余名称字数以四字至八字不等，就全称而言以七字或八字命名约有 19 种。至明传奇，以三字命名已成趋势。

四、命名背后的影响因素

（一）体例特征

传奇与杂剧，在剧本体制上有着明确的区分。传奇改良自南曲戏文，在南曲戏文 30 出至 50 出的长篇幅上，做了结构优化。"相对于杂剧，传奇是一种长篇戏曲剧本（通例由 20 出至 50 出）；相对于戏文，传奇具有文学体制的规范化和音乐体制的格律化的长篇戏剧剧本。"③相较于四折一楔子的北曲杂剧，传奇的长篇体制意味着其具有更为宏大的叙事结构和纷繁复杂的情节演变。传奇中脚色众多，故事的叙述时间线延长，描写笔墨增加，故事情节不再单一化。篇幅的长短差异使得传奇的命名不同于杂剧的故事情节的概括式命名。要想通过简单的故事情节为传奇命名相对困难，因而出现了大量的以物件、地点命名的传奇。传奇体制的成熟在命名方式上体现为作者有意安排故事情节的联系，在命名中着意构

---

① 郭英德：《明清传奇综录》，河北教育出版社 1997 年版。
② 潘之恒：《潘之恒曲话》，中国戏剧出版社 1988 年版，第 70 页。
③ 郭英德：《明清传奇戏曲文体研究》，商务印书馆 2010 年版，第 56 页。

成故事的完整性。而杂剧短小精悍的体制使得故事情节紧凑集中,用人物和情节命名往往能够较为精准地点出故事核心。对比明杂剧和明传奇命名组合分析,能够发现以故事情节命名在篇目数量上的显著差异。

传奇的前身和南戏存在密切关联,起源于市井乡里的南戏具有浓厚质朴的生活气息,南戏有着漫长的扎根市井的进化过程,选择家庭伦理和才子佳人爱情故事吸引观众,尤以爱情婚姻自由主题居多。这种母题渊源在明代戏曲创作和接受中被选择,影响着传奇的题材,并且表现在命名中。

"传奇"一词起初是唐人小说的概称,元人用"传奇"指称杂剧剧本或者南戏剧本,至明代南戏创作鼎盛,将其作为南戏剧本的通称。以"传奇"称南戏剧本,"其外在原因是戏曲多取材于唐代传奇小说,故而借传奇以为名"①。"其内在原因,则是在古人的文学观念中,戏曲文学作为一种叙事性文学在本质上同小说相通,都具有'尽设幻语''作意好奇,假小说以寄笔端'的寓言性特征。"②戏曲与小说都有虚构特性,这种虚构性是建立在一定的史实基础上的。一方面,明代戏曲中事有所考的故事情节或者主要人物占据很大的比重。从小说和戏曲的发展脉络之一唐宋传奇来看,唐代小说的很多题材被改编在戏曲作品中,以程国赋《唐代小说嬗变研究》统计为例:"嬗变作品中,确定为明清时期的杂剧共有48篇,其中,明代21篇,佚10篇,存11篇;清代27篇,佚5篇,存22篇。"③"共有48篇唐传奇被改编成83篇明清传奇,其中,明代传奇52篇,存29篇,佚23篇;清代共有26篇,存21篇,佚5篇;明清佚名传奇5篇,存2篇。"④改编后的明传奇多以"传"、"记"、"录"来命名,其命名与史传意识有紧密联系。明传奇中以"记"命名的剧目占了最大的比重,这是戏曲有意向记史靠拢。另一方面,无论是为普通人物立传还是记载奇闻逸事,创作的理念大都反映出"尚实"倾向,以此增强故事的说服性。

(二)作家群体与读者接受

元杂剧作者多是"书会才人",文人社会地位低下,因而他们的创作扎根于社会底层生活的土壤。进入明代以来,戏曲作者遍布社会不同阶层,有相当数量的较高社会地位和文化修养者参与其中。"明初朱元璋以《大学》治国,严厉的思想管制,促成了洪武一朝重道轻文的主流文学思潮。"⑤上层文人官员为了宣扬封建礼教、歌颂太平,发挥戏曲的宣传教化功能,相继加入戏曲创作的队伍。在"教化论"的创作原则指导下,戏曲的命名表现出浓厚的封建道德色彩,例如元末明初高明作《琵琶记》宣称"不关风化体,纵好也徒然"⑥,因其宣扬戏曲的教化功能,迎合了明初统治者的需求,朱元璋甚至将其与"四书""五经"并提。明成化年间朝廷官员邱濬作《伍伦全备忠孝记》,叙述了伍伦全、伍伦备、安克和兄弟三人在母亲的教导下恪守封建道德,忠君孝亲的故事。在《伍伦全备忠孝记·副末开场》中阐述"使世上为子的看了便孝,为臣的看了便忠,为兄的看了友其弟,为夫妇的看了相和顺……善者可

---

① 郭英德:《明清传奇综录》,河北教育出版社1997年版,第1页。
② 郭英德:《明清传奇综录》,河北教育出版社1997年版,第1页。
③ 程国赋:《唐代小说嬗变研究》,广东人民出版社1997年版,第261页。
④ 程国赋:《唐代小说嬗变研究》,广东人民出版社1997年版,第263页。
⑤ 罗宗强:《明代文学思想史》,中华书局2013年版,第871页。
⑥ 蔡运长:《琵琶记通俗注释》,云南人民出版社1989年版,第2页。

以感发人之善心,恶者可以惩创人之逸志,劝化世人,使他有则改之,无则加勉"①。除此之外,还有姚茂良《双忠记》将唐天宝年间安禄山造反,张巡、许远守城而死后化为厉鬼杀凶的故事归结到封建伦理纲常的主题,康海《王兰卿贞烈传》对"三贞九烈女"的褒扬等,这些作品在命名上突出"忠孝"、"贞烈"的主题。教化论也在一定程度上提高了戏曲地位,促进创作繁荣。作家的身份地位提升,进行杂剧创作的多为朝廷官员,文化话语权的掌握重新回到文人的手里。明代长久以来复古的文学思潮陷入桎梏,文人开始寻求新的关注点。他们对于通俗文学推崇之至,李贽反对将戏曲视为末技,许多官员士大夫对戏曲小说等通俗文学持以肯定态度。创作者们重视戏曲,力求提高戏曲的地位。由明初统治阶层和官员参与到创作活动中为发端,他们希望通过寄情于创作逃避现实,或者宣扬道德伦理观念,这一转变推动了戏曲地位的提升。明中后期文人自我意识觉醒,并且走出狭隘的士大夫生活圈子,接触市民阶层真实生活面貌,并在戏曲创作中融入个人创作理念和情感倾向。"诗不如词,词不如曲,故是渐近人情"②,戏曲的形式更为灵活自由,被认为更加适合宣泄感情。剧坛的创作主力提出"言情说",将戏曲的表情达意和以"情"为主旨的特点明确推举出来,汤显祖言其作曲"为情所使,劬于伎剧"③,明确主张在戏曲作品中讲述"情"的主题。

明中后期商业繁荣带来生活方式的转变,商人地位提高,士商互动现象普遍,"以往士人把一切心思都放在功名上,道德修持则重义而轻利,甚至讳言利,以言利为低俗。至此,利亦名正言顺的放在了世俗生活的谋生上了"④。明代有很多文人通过戏曲创作谋生,例如张凤翼、梅鼎祚等人,创作戏曲获得利润成为他们主要的经济来源。为了获得读者的接受和欢迎,在戏曲命名上多贴近市民欣赏趣味,借此吸引读者注意。

新的读者阶层的出现为戏曲文化产业的开拓奠定了基础。明中后期,随着商品经济的发展,衍生出庞大的市民阶层。这些市民阶层主要由手工业者及个体商户组成,他们逐渐脱离了农业生产关系,也减轻了生存压力。市民群体的个人时间更为自由,闲暇时间增多,产生了娱乐消费的欲望。但是他们对文化的接受程度受到阶层和生活体验的限制,因而区别于文人士大夫的审美情趣,偏向反映自身生活经验的通俗文学。通俗文学成为沟通文人和市民阶层的桥梁,同时,这个阶层作为重要的文化娱乐消费群体,其审美趋向引导着文化产业。为了迎合消费者的需求,戏曲创作不再做教化的演说,而是力求贴合市民阶层的心理诉求。反映在戏曲命名上是宣扬封建道德的作品逐渐减少,"言情说"在剧坛占据一席之地。明中后期的商业营利性书坊争相刊刻婚姻爱情题材的戏曲,"传奇十部九相思"⑤,作家创作的题材偏好和出版倾向都反映出这一潮流。明中后期,商品经济繁荣,随之而来的是消费主义和享乐主义在普通民众中盛行,在衣食住行等方面追求奢靡之风。戏曲命名也在此方面反映了市民生活面貌,例如《玉簪记》、《玉钗记》、《玛瑙簪》、《金钿盒》等。

---

① 邱濬:《伍伦全备忠孝记·副末开场》,载隗芾、吴毓华编《古典戏曲美学资料集》,文化艺术出版社 1992 年版,第 87 页。
② 王骥德著,陈多、叶长海注释:《曲律注释》,上海古籍出版社 1983 年版,第 160 页。
③ 汤显祖:《续栖贤莲社求友文》,载《汤显祖诗文集》(第 47 卷),上海古籍出版社 1982 年版,第 1161 页。
④ 罗宗强:《明代后期士人心态研究》,南开大学出版社 2012 年版,第 287 页。
⑤ 李渔:《李渔全集》(第 4 卷),浙江古籍出版社 1992 年版,第 110 页。

(三) 社会思潮

明初施行政治高压和对思想严格把控,此时期的文人一部分走向歌颂皇权和太平盛世,一部分隐居山林以求自保。此时期统治者利用程朱理学实现对民众言行思想的控制,科举取士制度的确立和对于考试内容的严格规定,限制了文学艺术的发展。明初,朱元璋以文字狱对文人施压,传统的诗文失去了创作活力,也在此时陷入发展的僵局,诗文创作一味专注于复古和歌颂升平之治。"直至宣德,近七十年间,政局之影响文学思潮,一是政策的强力推行,一是思想之管制,一是帝王与重臣的导引。此时体制内之文学思想潮流,与政权的利益若合符契。"①这种状况一直延续到嘉靖之后。嘉靖末至万历前期,士人之中张扬自我的思想潮流之风日渐靡盛。统治者怠于朝政,对思想文化和意识形态的控制出现松缓。嘉靖前后,阳明心学产生并广泛传播,加之明嘉靖前后,文学解放思潮推进,讲学之风兴盛。王阳明及其门下追随者致力于讲学,宣传阳明思想,其讲学活动集中在嘉靖年间,所涉及地理范围颇为广泛,参与人数众多,罗洪先记录青原集会:"四方及同郡之士先后至者百六十人,僧舍不能容。每日升堂,诸君发明良知与意见之害,退则各就寝所商榷,俱夜分乃罢。"②阳明心学至此打破了程朱理学一统天下的格局。王阳明心学主张回归自我,为善去恶,提出"致良知"说,通过探求人内心深处生来即有的"良知"达到重新建立道德体系的目标。泰州学派在阳明心学的基础上宣扬"百姓日用即道",进一步肯定了人的欲望需求。明后期"异端"代表人物及其思想对整个社会产生了翻天覆地的变化:王艮把"人欲"也视为百姓的日用之道;何心隐认为任得物质欲望应该得到满足;晚明李贽"童心说"形成风潮,"穿衣吃饭即是人伦物理,除却穿衣吃饭无伦物矣"③等说法标举人的物欲、私欲、情感,并把这些解释为自然天性,承认情感欲望存在的合理性。这种人性思潮波及戏曲创作领域,汤显祖、屠隆、梅鼎祚等一大批戏曲作家均受到人性解放思潮的影响,人文主义和个性解放体现在戏曲创作中。明传奇命名中大量涌现以生活场景命名、以故事发生地点命名、以女性色彩物件命名的作品。与此同时,女性在文化产业中发挥着重要作用,有的是作为戏曲文学的消费者,有的是作为创作者活跃其中。戏曲作品中男女爱情关系的展示,女性色彩的物件作为命名,以及为"奇女子"作传等丰富了戏曲作品的内容。这些在戏曲命名中突出表现之一是以女性命名,例如《女丈夫》、《苏六娘》、《金花女》等。

(四) 商业出版

明代商业出版空前繁盛,商业出版的性质决定了其出版种类以市场为导向。市民阶层作为新的读者群体,他们的文化消费兴趣在于小说、戏曲、唱本,以及日用图书等。"嘉靖、隆庆年间,书坊刻书种类发生了比较大的变化,除经典图书外,书坊还刊刻了大量戏曲、小说以及科技和日用类图书。"④通俗文学和实用类图书市场开拓,"万历年间,以戏曲、小说为代表的通俗文学达至鼎盛,这类图书的刊刻也达到了高潮"⑤。由此可见,通俗文学成为商

---

① 罗宗强:《明代文学思想史》,中华书局2013年版,第871页。
② 罗洪先:《夏游记》,载《念庵先生文集》卷五,转引自罗宗强《明代后期士人心态研究》,南开大学出版社2006年版,第75页。
③ 李贽:《答邓石阳书》,《焚书》卷一,岳麓书社1990年版,第4页。
④ 张献忠:《从精英文化到大众传播》,广西师范大学出版社2015年版,第49页。
⑤ 张献忠:《从精英文化到大众传播》,广西师范大学出版社2015年版,第49页。

业出版的重要分支。明代的商业出版主要集中在建阳、南京、苏州、杭州等地,到明后期,南京、苏州、杭州占据了商业出版的主要地位。同时,以这些地区为中心涌现了大批以盈利为目的的书坊,张献忠《从精英文化到大众传播》认为明代南京书坊总数当在150家以上,明代杭州可考的书坊至少有89家,明代苏州的书坊当在160家左右。[①] 这些书坊所刊刻的图书种类集中在经史子集、戏曲小说、日用类图书和科举应试几类,其中戏曲小说占有很大的比重。在繁盛的商业出版下,书坊之间为了提高竞争优势,为戏曲名称翻新。主要通过为书名增加"新镌"、"新刻"、"重校"、"出像"、"注释"、"定本"等词语以突出版本特点,或者通过具有影响力的名人点评注解版本借以宣传。以《红拂记》版本为例,明万历二十九年金陵继志斋刻本书名标作《重校红拂记》,明万历金陵文林阁刻本,卷首书名标作《重校注释红拂记》;明万历杭州荣兴堂刻本,首载李卓吾序,书名标作《李卓吾先生批评红拂记》;明万历年间萧腾鸿刻本,书名为《鼎镌红拂记》。又如汤显祖《还魂记》,明万历年间金陵文林阁刻本《新刻牡丹亭还魂记》,版心题作《全像牡丹亭记》;明末汲古阁原刻初印本,封面标《还魂记定本》。这类命名出于宣传作品、促进商品消费的目的,对戏曲原本名称或者内容稍加改造,以此区别于原本。这是在众多出版商相互竞争之下应运而生的一种命名方式。

五、结语

杂剧和传奇两种样式呈现着明代戏曲的发展演变历程,其命名也展现出了显著的差异。考察明代戏曲命名,一方面,有助于厘清明传奇体制成熟的过程;另一方面,有利于探究在资本主义经济生产关系萌芽的明代,戏曲作为通俗文学,如何在雅与俗的交替中传达出人性解放的诉求。研究明代戏曲的命名方式,也能够透视背后隐藏的时代文化背景和大众审美趋向的转变。

---

① 参见张献忠《从精英文化到大众传播》,广西师范大学出版社2015年版,第96—126页。

清初小说书坊"课花书屋"考

文革红[*]

摘　要：本文是对清初才子佳人小说《快心编》的刊刻者——"课花书屋"的考证。本文根据课花书屋刊书年代考证出"课花书屋"主要活动于康熙、雍正年间，又据上海图书馆藏芥子园刊本《绘像第七才子书琵琶记》尤侗序后"悔庵""课花书屋"两枚印章和卷一末"雍正乙卯春日七旬灌叟程自莘氏较刊于吴门之课花书屋""苏州阊门外上津桥下塘西山庙前藏板"[①]之题署，考证出"课花书屋"位于苏州阊门外上津桥下塘西山庙附近。我们根据《重刻绣像第七才子书》的刊刻年代，否定了尤侗、烟波钓徒为课花书屋主人的可能性；课花书屋主人是否是程士任亦值得怀疑。由于在阊门之西、运河之上、下塘地区合计有四桥，由此推测"课花书屋"主人可能即"四桥居士"。"课花书屋"刊刻的小说作品主要有《快心编》和《隔廉花影》。如果"天花才子"与"四桥居士"为同一个人，则《绣像传奇后西游记》也是课花书屋在苏州刊刻的。

关键词：课花书屋；《快心编》；《绘像第七才子书琵琶记》；苏州

清初著名的才子佳人小说《快心编》初集五卷十回、二集五卷十回、三集六卷十二回，国图、上图等处藏，内封题"课花书屋藏板"，卷端题"天花才子编辑""四桥居士评点"。关于课花书屋，胡士莹"按成裕堂刊小本《琵琶记》卷一末题'雍正乙卯春日七旬灌叟程自莘氏校刊于吴门之课花书屋'"[②]指出课花书屋在苏州，为雍正年间书坊。下面我们就课花书屋的刊书情况，对其活动年代、所在地点及主人进行一番考证。

一、课花书屋的活动年代

课花书屋的活动年代根据其刊书情况大致可以定为康熙到雍正年间。经查课花书屋刊刻的书主要有以下几种：

---

[*] 作者简介：文革红，江西财经大学人文学院教授，主要研究方向为元、明、清文学。本文系"江西省普通本科高校中青年教师发展计划访问学者专项资金项目"（批准号：赣教办函【2016】169号）、2012年度国家社会科学基金项目"明清通俗小说书坊考辨与综录"（批准号：12BZW054）阶段性成果。

① 《绘像第七才子书》六册，雍正十三年芥子园刊本，上海图书馆藏。

② 《隔廉花影·前言》，古本小说集成委员会编《古本小说集成》，上海古籍出版社1990年版。

1.《字学心传》一卷,《笔法源流》一卷,国图及中山大学藏。国图藏本目录题"雍正间",中大藏本目录题为"清雍正五年程士任课花书屋"。

2.《快心编》初集五卷十回、二集五卷十回、三集六卷十二回,国图、上图等处藏。据曾垂超、刘嘉逸《〈快心编〉成书年代与刊印考论》:"而课花书屋本《快心编》则避'玄''炫'与'丘'等字讳,可见《快心编》课花书屋本最早刊刻应不早于雍正三年","可以推测《快心编》约成书于康熙五十四年前后"。

3.《弦雪居重订遵生八牋》十九卷,明高濂撰,课花书屋藏板,北京大学、北京师范大学、香港中文大学等处藏。不讳"玄"字,清初刊。

4.《敢嘤堂选苏长公尺牍》二卷,《敢嘤堂选黄山谷尺牍》二卷,人大藏,封面镌"课花书屋藏版",目录题"讳'玄','宁'俗写,'淳'不讳;疑为康熙间前后印本"。

5.《绘像第七才子书琵琶记》六卷。上海图书馆藏有芥子园本《绘像第七才子书琵琶记》,尤侗序后有"课花书屋"印章。卷一末镌"雍正乙卯春日七旬灌叟程自莘氏校刊于吴门之课花书屋""苏州阊门外上津桥下塘西山庙前藏板"。"雍正乙卯春日七旬灌叟程自莘氏较刊于吴门之课花书屋"的题署亦见于国图和郑州大学藏成裕堂刊本《绘像第七才子书琵琶记》。据此题署可知课花书屋曾经刊刻过《琵琶记》。据查,成裕堂本是对芥子园本的翻刻,内容、序全同芥子园本,但字体和版式不同,成裕堂本末行地址"苏州阊门外上津桥下塘西山庙前藏板"未见。黄仕忠《日本所见〈琵琶记〉版本叙录[一]》认为成裕堂本为修板后印本:"成裕堂绘像第七才子书(绣像第七才子书)六卷 六册 141×90 匡 99×70 清毛宗岗评 程自莘较刊 清金陵文盛堂刊袖珍本 八行十六字夹评小双行 四周双边白口 有图 东洋文化研究所-苍石文库-集- 41532 内封:升山先生评点/绣像第七才/子书/金陵文盛堂藏板。卷一末有牌记:雍正乙卯春日七旬灌叟于吴门之课花书屋;当为原刊时间;此实为修板后印本。"①又有云林四美堂藏板《芥子园绘像第七才子书琵琶记》六卷,亦为乙卯原板修板印本②。《芸经堂绣像七才子书》,上海图书馆藏,正文卷首的题署把"芥子园"三字挖改成"芸经堂",或直接挖掉"芥子园"三字,而卷终的"芥子园绘像第七才子书卷之×终"仍作"芥子园",版心的"芥子园"三字则没有了,其余的内容、序言、版式都相同,而图则比芥子园本拙劣,一看而知是用芥子园的旧板翻刻的。因而小本《琵琶记》实际始自雍正元年课花书屋刊本,其余皆为课花书屋的翻刻本或修板后印本。

据以上课花书屋刊书的情况,大致可以判定课花书屋活动于康熙及雍正年间。

二、课花书屋所在地点

在确定了"课花书屋"的活动时间之后,我们再进一步探讨"课花书屋"的具体地点。

据课花书屋刊书的情况,我们大致可以判定课花书屋位于苏州。这一判断主要是依据芥子园本《琵琶记》卷一末"雍正乙卯春日七旬灌叟程自莘氏校刊于吴门之课花书屋""苏州阊门外上津桥下塘西山庙前藏板"的题署,"吴门"也即苏州,说明课花书屋位于苏州。

---

① 参见黄仕忠《日本所见〈琵琶记〉版本叙录[一]》。
② 参见黄仕忠《日本所见〈琵琶记〉版本叙录[一]》。

下面我们详细介绍上海图书馆藏《芥子园绘像第七才子书琵琶记》的情况。该本为巾箱本，图像24叶，末叶正面题"程致远写"，反面题"黄中秀刻"，版心皆作"芥子园"。首有程士任《重刻绣像七才子书序》，题"雍正乙卯元旦日耕野程士任自莘甫题于芥子园"，印章二枚："程士任印""自莘"。

次为浮云客子《第七才子书序》，题"康熙丙午（康熙五年）孟秋望日蓺溪浮云客子题于衣言堂之南轩"，印："浮云客子""将就轩"。

次为尤侗《第七才子书序》，题"康熙乙巳（康熙四年）秋七夕后五日吴侬悔庵题于看云草堂"。有印章两枚：一为"悔庵"，一为"课花书屋"。

"课花书屋"的题署尚见于"总论、前贤评语、参论"之后，题"康熙丙午日"，下面另起一行接"雍正乙卯春日七旬灌叟程自莘氏较刊于吴门之课花书屋"①，下又另起一行接"苏州阊门外上津桥下塘西山庙前藏板"②。

按，芥子园本为毛声山康熙间评本《绘风亭评第七才子书琵琶记》的翻刻本。下面我们再看一下毛声山康熙间评本的情况。

《言言斋古籍丛谈》记载《琵琶记》的版本，第六种为："清康熙中刊本，六卷四十二出，题《绘风亭评第七才子书琵琶记》，白口，单鱼尾，上题'第七才子书'，左右双栏，半叶十八行，行大小十九字，前有康熙丙午浮云客子序，康熙乙巳吴侬悔庵序，目录，释义。"③此本现藏中国国家图书馆。内封题"绘风亭评第七才子书琵琶记正本"，版心题"金阊古香楼梓行"。有浮云客子《第七才子书序》，题署同于芥子园本，印："浮云客子""衣言堂"。此处"衣言堂"的印章芥子园本作"将就轩"；次为尤侗《第七才子书序》，题署同于芥子园本，有印章两枚：一为"悔庵"，一为"看云草堂"。此处"看云草堂"的印章芥子园本作"课花书屋"。

此本和芥子园本的区别在于，有释义，没有插图，大小是芥子园本的一倍，字体不同。芥子园本有程士任《重刻绣像七才子书序》，序中交代了重刻的由来，可见，芥子园本是后出的翻刻本。

芥子园本中"课花书屋"出现了两处，一处是尤侗序后面的印章，另一处接在"总论、前贤评语、参论"之后，这几处题署未见于《琵琶记》康熙间的版本古香楼毛评本，可见，是芥子园《重刻绣像第七才子书》后加的。以上题署表明"课花书屋"曾经刊刻过《绣像第七才子书》。那么，《重刻绣像第七才子书》最早是芥子园刻的还是"课花书屋"刻的？我们根据书中的种种迹象可以判断芥子园本是据"课花书屋"本的翻刻本，尽管"课花书屋"《绣像第七才子书》的本子目前并没有见到，这些题署均刻于芥子园本上，但我们不能否认课花书屋曾经刊刻过《琵琶记》。下面我们就这一问题进行详细的考证。

第一，我们知道，芥子园为李渔开设于金陵的书坊，于康熙八年正式成立，芥子园既为金陵书坊，则末行地址"苏州阊门外上津桥下塘西山庙前藏板"自然不可能是芥子园所在地，而只能是作校刊的"吴门之课花书屋"所在地。

第二，"苏州阊门外上津桥下塘西山庙前藏板"的题署既云"藏板"，自然就是刊刻者。

---

① 《绘像第七才子书》六册，雍正十三年芥子园刊本，上海图书馆藏。
② 《绘像第七才子书》六册，雍正十三年芥子园刊本，上海图书馆藏。
③ 周越然著，周炳辉辑，周退密校：《言言斋古籍丛谈》，辽宁教育出版社2001年版。

因为自己刻的书,自然是自己收藏,不可能放到别人家里去收藏,因此,刊刻此书者必然是位于苏州的书坊,即吴门之课花书屋,而非金陵芥子园。

第三,校刊工作作于"吴门之课花书屋",而非芥子园。一般来说出版者有做校刊工作的义务,校刊工作由"吴门之课花书屋"完成,进一步说明了书当然也为"课花书屋"所刊刻。

第四,从写工来看,程致远为康熙间活动于苏州地区的画工,康熙间致和堂重刻《增补笺注绘像第六才子西厢释解》八卷,吴吴山三妇合评,上海图书馆藏。此本前附插图,上诗下图,用的郁郁堂旧板,因为版心作"郁郁堂",第十一叶图上有"程致远写"字样。"郁郁堂"为苏州地区有名的书坊,万历间刻李延撰《编注医学入门》,封面题"古吴郁郁堂藏板"①,以此可知郁郁堂在苏州,则程致远为活动于苏州地区的写工。此本卷四第一叶版心作"郁郁堂",有题署"吴吴山三妇合笺",即作笺的人是苏州吴山家里的三位妻妾。"考《牡丹亭》刊行后,一些才女对剧本进行评注,康熙三十三年有所谓'吴吴山三妇合评本'行世,时间与此相差不远。"②以此知郁郁堂刊本出现的时间在康熙三十四年左右。这就说明图的创作是在康熙中后期的苏州,这就从侧面旁证了芥子园本插图上的题署很可能是来自课花书屋。

因此,芥子园本《琵琶记》当是课花书屋本的翻刻本,则末行所刊地址有可能是芥子园本照课花书屋原本而刻的,末行地址不可能是指芥子园,只能是指"吴门之课花书屋",也即"吴门之课花书屋"的具体地点是在苏州阊门外上津桥下塘西山庙前。

三、课花书屋主人考

那么,课花书屋的主人究竟是谁?据课花书屋刊书情况看,有四种可能性,下面分别予以阐述。

(一)程士任。一般图书馆藏书目录上记载为"程氏课花书屋"或"程士任课花书屋",认为课花书屋的主人即是为上海图书馆藏《芥子园绘像第七才子书琵琶记》作序的程士任。该书卷末有"七旬灌叟程自莘氏较刊于吴门之课花书屋"的题署,这一题署也是大家判定课花书屋为程士任所有的重要依据。

程士任何许人也?《芥子园绘像第七才子书琵琶记》第十六叶图有"程士任字引季"字样,表明程氏的字为引季。《芥子园绣像第七才子书》起首有程士任《重刻绣像七才子书序》,题"雍正乙卯元旦日耕野程士任自莘甫题于芥子园",印章二枚:"程士任印""自莘",说明程氏又字自莘,主要活动于雍正年间,上推其出生年或在康熙年间。那么,这个序的题署是否说明程士任是芥子园的主人?本文认为这个题署很可能是芥子园假冒的,程士任《重刻绣像七才子书序》中云:"任老而闲居优游一室,适有声山评本,怦然寓目,玩前人之品题,拟抽思于绳墨,视彼妖淫纤丽之词,致不同也。方诸猖狂跋扈之作,岂不远哉。爰为授梓,裁作袖珍,别出绘工,另开生面,展玩周环,岂惟备填词之美、擅骚赋之长,即谓三百篇在我掌握也可。"③从序的语气看,作序者就是刊刻者,序虽题程士任作,但如果序是程士任自己

---

① 王重民:《中国善本书提要》,上海古籍出版社1983年版。
② 《中国古籍文献拍卖图录》,北京图书馆出版社2002年版,第808页。
③ 《绘像第七才子书·重刻序》六册,清芥子园刊本,上海图书馆藏。

所作,序中似乎不太可能称自己为"任老"。因此,《重刻绣像七才子书序》应为书坊主人所写,任老只是编辑及写定者。写序的地点当然也不是芥子园,从"七旬灌叟程自莘氏较刊于吴门之课花书屋"的题署可知这个序当是课花书屋主人所写。有可能芥子园将课花书屋刊本的《重刻序》整个重刻了一遍,并加上了程氏"雍正乙卯元旦日耕野程士任自莘甫题于芥子园"的题署。这样一来,芥子园与程氏挂上了钩。芥子园本重刻序后题署之所以冒用程氏的名,是因为利用校刊者的名义来写重刻序,使得芥子园重刻七才子书的事情显得令人信服。芥子园这样做的目的很明显,就是将《重刻绣像第七才子书》"课花书屋"的版权变成芥子园的版权。

程氏为课花书屋作校刊的书尚有雍正五年的《字学心传》一卷,《笔法源流》一卷,国图及中山大学藏。另据黄仕忠《日本所藏〈西厢记〉版本知见录[一]》记载日本京都大学文学部藏有[元]王德信撰、[清]金圣叹批评、雍正十一年序袖珍本《第六才子书》,署"雍正癸丑岁仲春耕埜堂程士任自莘甫题于舟山堂";次为"舟山堂绘像第六才子书西厢记目录",末作"成裕堂绘像第六才子书西厢记目录终"。卷三作"有怀堂绘像第六才子书卷之三"。又一本"重刻绣像六才子书序"题"雍正癸丑岁仲春耕野堂程士任自莘甫题于成裕堂"①,据以上版本,程士任校订《西厢记》的地点有舟山堂、成裕堂、耕野堂等,当然这些堂号是否确为程氏所有是值得怀疑的。

那么,"课花书屋"的主人可不可能是程士任?"七旬灌叟程自莘氏校刊于吴门之课花书屋"的题署表明程氏是在课花书屋作校刊工作,至于他是不是课花书屋的主人,尚缺乏有力的证据。首先,《重刻序》中已经交代了书不是程自莘刻的,是另有人替他刻的。其次,"程自莘氏校刊于吴门之课花书屋"清楚地说明了程自莘是校刊者,非刊刻者。程自莘的这行题署后面没有盖上"课花书屋"的图章,也说明他并非"课花书屋"主人。如果书是他本人刻的,他为什么不将"课花书屋"的图章盖在自己的题署上,反而盖在尤侗的题署上?因此,"课花书屋"的主人是否为程士任是值得怀疑的。

(二)尤侗。"课花书屋"的题署还出现在上海图书馆藏《芥子园绘像第七才子书琵琶记》的尤侗序后,其中一枚印章为"课花书屋"。那么,课花书屋的主人是否就是尤侗?

"悔庵""课花书屋"两枚印章同时出现于尤侗序后,有两种可能:这一种,印章是写序的人自己加上去的,也即这一印章是尤侗自己所镌;第二种,可能是书坊"课花书屋"加上去的。

如上所述,毛声山康熙间评本浮云客子序后印章为"浮云客子""衣言堂",芥子园本将"衣言堂"改作"将就轩"。《吴侬悔庵序》后印章一作"悔庵",一作"看云草堂",芥子园本将"看云草堂"改作"课花书屋"。浮云客子序我们不去管,尤侗这个序是否是真实的呢?

"吴侬悔庵"即尤侗(1618—1704),字同人、展成,号悔庵、西堂,生于明万历四十六年,卒于清康熙四十三年,有《尤太史西堂全集》《尤太史西堂余集》等作品。长洲人,故序中自称"吴侬"。"看云草堂"是尤侗的书斋名,尤侗有《看云草堂集》,收录自丁酉(顺治四年)至戊午(康熙十七年)共三十一年所作诗文。关于"看云草堂"的来历,《看云草堂集》自序云:

---

① 参见黄仕忠《日本所藏〈西厢记〉版本知见录[一]》,《日本所藏中国戏曲文献研究》,高等教育出版社2011年版。

"予自丙申秋(顺治三年)北平罢官,归卜筑先人敞庐之侧,草堂始成。因咏少陵看云仗藜之句,取以名之,计居草堂者二十一年。"①

据自序可知,"看云草堂"成于顺治三年北平罢官以后,地点是在尤侗祖居附近,即斜塘。乾隆《长洲县志》卷二十五·人物四·第十页·尤侗条记载:"徙居长洲之斜塘。"②斜塘在葑门之外,为尤侗祖居所在地。尤侗《西堂杂组》三集卷七第二十二页云:"府东南城门曰葑门,门以外尽大泽也。波涛森然,帆樯相望……渡湖里许即斜塘,聚族而居者皆尤氏,其傍村落非亲戚则故旧也。"③

因此,尤侗看云草堂位于祖居之侧,尤侗共计在草堂居住二十一年之久,即从顺治四年至康熙六年止。为《第七才子书》作序的康熙四年,尤侗确实是居住在草堂中,所以,此序的写作地点与时间均是真实无误的。

从写作的可能性看,《第七才子书》是毛声山对高明《琵琶记》的评论之作,尤侗序中云:"(毛子)于是取而评定之,授管与郎君序始氏,使加校订,参赞其成焉。予受而读之……"④尤侗称毛声山所评《琵琶记》由其子毛宗岗执笔,并由毛宗岗完成,之后交给他写序,这是极有可能的事。尤侗在序中交代与毛声山相交多年,与其子毛宗岗为同学,毛宗岗生于崇祯五年,卒年疑当在康熙四十八年春后或次年以后。毛宗岗为尤侗写序,自称"同学弟",可见他们是同学。毛声山父子与尤侗的交往是比较频繁的。因此,尤侗为毛宗岗的《第七才子书》写序是有可能的。

其次,尤侗颇通音律,对戏曲创作极为热心,康熙四年作戏曲《均天乐》,获得好评,尤侗自己家里即有梨园,《均天乐自记》云:"家有梨园,归则授使演焉。"⑤因此,毛宗岗选择尤侗为《第七才子书》作序,完全是有理由的。

根据以上分析,我们完全可以确定《第七才子书》悔庵序就是尤侗所写,而不是后人伪造,"悔庵"和"看云草堂"的印章为尤侗所有当然是没有疑问的,但在芥子园本中"看云草堂"印章为何会变成"课花书屋"?"课花书屋"印章是谁加上去的?由于此本的刊刻在雍正十三年或以后,尤侗于康熙四十三年已然作古,故此"课花书屋"的印章当不是尤侗所加,那么,只能是另一种可能性,是书坊课花书屋所加。因而,"课花书屋"主人基本可以排除为尤侗的可能性。

(三)烟波钓徒。《快心编》评者自称"烟波钓徒",初集第十回末云:"作者实有一种隽思曲笔,斗成异彩,详具二集,续出呈教。烟波钓徒评阅至此,系以诗曰……""烟波钓徒"是谁?据曾垂超,刘嘉逸《〈快心编〉成书年代与刊印考论》:"烟波钓徒"即查慎行。查慎行(1650—1727),杭州府海宁花溪人,清代翰林,著名诗人、藏书家。雍正四年因弟查嗣庭犯讪谤案而被逮入京,次年放归,旋即去世。因课花书屋雍正十三年尚刊刻了《第七才子书琵琶记》,故去世于雍正五年的查慎行不可能是课花书屋的主人。

---

① 尤侗:《看云草堂集·自序》,康熙甲子三十年刊本,上海图书馆藏。
② 乾隆《长洲县志》卷二十五·人物四·第十页·尤侗,《中国地方志集成》,江苏古籍出版社1991年版。
③ 尤侗《西堂杂组》,三集卷七,康熙乙未十八年刊本,上海图书馆藏。
④ 《绘像第七才子书·悔庵序》六册,雍正十三年芥子园刊本,上海图书馆藏。
⑤ 尤侗:《均天乐》,康熙乙巳四年刊本,上海图书馆藏。

(四)四桥居士。《快心编》内封题"醒世奇观/四桥居士评点/课花书屋藏板"①。这位"四桥居士"是谁呢?显然,他居住在桥梁四通八达的水乡。碰巧的是课花书屋所在地"上津桥"附近就有四座桥。据《民国吴县志》,知上津桥位于阊门外西面,运河之上。阊门外运河上由东向西合计共有四桥,分别是渡僧桥、上津桥、通津桥和来凤桥。渡僧桥"在阊门西,跨运河"②。上津桥"在渡僧桥西,跨运河"③。通津桥"俗名下津桥,在上津桥西,跨运河"④。来凤桥"在下津桥西,跨运河"⑤。再往西,运河即朝西南方向拐弯,有枫桥。由此,我们不难发现其中暗含的信息——"课花书屋"位于四桥附近,因此,课花书屋主人自然可以称自己为"四桥居士",四桥居士自己评点的书由自己所开书坊刊刻是普遍的事,因此,我们不能排除"课花书屋主人"就是"四桥居士"的可能性。

至此,我们对"课花书屋"的主人作了一番考证。课花书屋主人不可能是尤侗或"烟波钓徒"查慎行,是否是程士任亦不能确定。其主人很可能是《快心编》评点者之一的"四桥居士",由于缺乏相应的材料,目前还未能了解四桥居士的具体情况。

四、课花书屋所刻小说

最后,我们谈一下"课花书屋"所刻小说的情况。

第一,《快心编》。书中有句云"话说前朝浙江绍兴府",为清朝人说话口吻,故书当作于清朝。此书有几处不避"玄"讳,如初集第二回第二十叶"此事大不玅"、第三回第三叶"此计极玅""弓上弦刀出鞘"、二集第七回第十二叶"如弩箭离弦"、第十九叶"早听得弓绚"、三集第一回第二十七叶评语"入情入玅之笔"、第五回第二叶"玅论"、第四叶"岂非玅事""绝玅"、第十回第二十一叶"替我算计个玅法"等句中,"玄"字皆不避康熙帝讳,但第七回二十叶反面"此等做作皆是蠢僧人,以为奇特,夸炫于人"、二十一叶正面"每每自以为是,夸炫于人"、第二十五叶反面"裂裟乐器,炫胜增华""炫"字均缺末笔,故知此书的刊刻约在康熙中期避讳尚不严时期。

第二,四桥居士又有《新镌古本批评三世报隔廉花影》四十八回,不题撰人,内封题"古本三世报/隔廉花影/本衙藏板",首有四桥居士序,题"四桥居士谨题"。既云"本衙藏板",即自己家中收藏的板子,则此本为四桥居士所刻无疑。此本避"玄",不避"弘"讳,则成书时间当在康熙中后期。日本《舶载书目》著录:"安永己亥年(乾隆四十四年)《隔廉花影》一部一套",成书当在此年之前。此书同《快心编》一样,亦当是四桥居士在苏州刊刻的。

第三,《绣像传奇后西游记》。《快心编》的作者题"天花才子编辑""四桥居士评点",有人怀疑"天花才子"即"四桥居士",这种可能性当然是存在的,但两人也有可能不是同一个人。由于缺乏直接的证据,我们尚不能将两者贸然画上等号。天花才子尚评点《绣像传奇

---

① 《快心编》初集五卷十回、二集五卷十回、三集六卷十二回,课花书屋藏板,清初刊本,上海图书馆藏。
② 《民国吴县志》,见《中国地方志集成》,江苏古籍出版社1991年版。
③ 《民国吴县志》,见《中国地方志集成》,江苏古籍出版社1991年版。
④ 《民国吴县志》,见《中国地方志集成》,江苏古籍出版社1991年版。
⑤ 《民国吴县志》,见《中国地方志集成》,江苏古籍出版社1991年版。

后西游记》四十回,题"本衙藏板",表明刊刻者即作者本人,因此,此书是天花才子刊刻的。康熙五十一年刘廷玑《在园杂志》卷三引,故其作最迟不晚于康熙五十一年,则作者清初人也。

综上所述,我们根据课花书屋刊书情况,可知其活动时间大致在康熙、雍正年间。我们再根据《芥子园重刻绣像第七才子书》序后题署,可知"课花书屋"的地点在"苏州阊门外上津桥下塘西山庙前";据《重刻绣像第七才子书》的刊刻年代,否定了尤侗、烟波钓徒为课花书屋的主人的可能性;课花书屋主人是否是程士任亦值得怀疑。由于在阊门之西、运河之上、下塘地区合计有四座桥,由此推测"课花书屋"主人可能即"四桥居士"。"课花书屋"刊刻的小说作品主要有《快心编》和《隔廉花影》,如果"天花才子"与"四桥居士"为同一个人,则《绣像传奇后西游记》也是课花书屋在苏州刊刻的。

《金瓶梅》袭用《水浒传》部分版本考论

邓 雷*

摘 要：关于《金瓶梅》中袭用《水浒传》部分所用底本的讨论，数十年来学界有过不同说法。本文通过对诸种《金瓶梅》以及《水浒传》文本进行细致的校勘与分析，发现《金瓶梅》中存在不少的缺文，以及其他一些地方与简本《水浒传》相似，进而得出《金瓶梅》的底本是简本《水浒传》，此种简本是一种文字删节不多，类似于京本忠义传的简本，此简本大致刊刻时间为隆庆年间。

关键词：《金瓶梅》；《水浒传》；底本；版本

《金瓶梅》中西门庆与潘金莲的故事是由《水浒传》中生发出来的，这些故事主要集中于《水浒传》的第二十三回至第二十五回，与《水浒传》故事相对应的是《金瓶梅》的前五回。在这些故事内容中，《金瓶梅》出现一定程度的改写与增添，如改写了潘金莲的出生来历、增添迎儿这个人物、增添了西门庆与潘金莲更为香艳细致的调情过程，等等。当然《金瓶梅》更多的是大片大段袭用《水浒传》的文字，《水浒传》现今所存版本甚多，有繁本与简本之别，繁本系统与简本系统又存在诸多本子，那么《金瓶梅》中袭用的《水浒传》部分，是《水浒传》的繁本还是简本，又是怎样的繁本或简本？

关于这一个问题，已有学者进行过研究，主要的文章有四篇：黄霖师《〈忠义水浒传〉与〈金瓶梅词话〉》（以下简称为黄文）[①]、刘世德《〈金瓶梅〉与〈水浒传〉：文字的比勘》（以下简称为刘文）[②]、谈蓓芳《从〈金瓶梅词话〉与〈水浒〉版本的关系看其成书时间》（以下简称为谈文）[③]、张石川《从〈金瓶梅〉袭用部分推测〈水浒〉原本面貌》（以下简称为张文）[④]，其间似有可商榷之处，故而特撰此文对《金瓶梅》中所用《水浒传》版本进行进一步的考辨。

---

* **作者简介**：邓雷，福建师范大学文学院讲师，主要研究方向为中国古代小说研究。本文系教育部青年基金项目"海外藏《水浒传》稀见刊本整理与研究"（编号 20YJC751003）阶段性成果。
① 黄霖：《〈忠义水浒传〉与〈金瓶梅词话〉》，《水浒争鸣》1982 年第 1 辑。
② 刘世德：《〈金瓶梅〉与〈水浒传〉：文字的比勘》，《上海师范大学学报》（社会科学版）2001 年第 5 期。
③ 谈蓓芳：《从〈金瓶梅词话〉与〈水浒〉版本的关系看其成书时间》，《复旦学报》（社会科学版）2009 年第 3 期。
④ 张石川、刘玉：《从〈金瓶梅〉袭用部分推测〈水浒〉原本面貌》，《南京师范大学文学院学报》2010 年第 3 期。

一、前人关于《金瓶梅》底本考

国内学界较早对《金瓶梅》所用《水浒传》底本进行考述的是黄霖先生。黄文认为《金瓶梅》所用《水浒传》的底本为天都外臣序本。其考述过程基本如下：首先，《金瓶梅》与简本系统的《水浒志传评林》文字出入太大，其底本不可能是评林本一类的简本。其次，与百二十回本文字相比，百二十回本亦非《金瓶梅》所参考的本子。因为百二十回本相对于百回本来说，有一些地方有增删与修改，而这些增删与修改之处，在《金瓶梅》中均不见踪影。再次，根据袁宏道写给董其昌的信件，可知《金瓶梅》成书在万历二十四年(1596)以前，容与堂本刊刻于万历三十年(1602)，所以容与堂本不可能是《金瓶梅》的底本，《金瓶梅》的底本虽然不能完全肯定，但基本可以推定是万历十七年(1589)所刊的天都外臣序本。

黄先生的这个观点在海外同样有支持者，如日本学者上野惠司与大内田三郎均认为《金瓶梅》所据底本为天都外臣序本。① 关于这个观点刘世德先生撰文有所商榷，刘文列举七种《水浒传》繁简本，其中两种为残本无法对照。其他剩下的五种，首先刘文同样排除了两种简本评林本、插增本以及百二十回袁无涯本。其次，刘文比对容与堂本与天都外臣序本的文字，列举了 18 例《金瓶梅》的文字同于天都外臣序本而异于容与堂本、20 例《金瓶梅》的文字同于容与堂本而异于天都外臣序本。其中又存在容甲本、天都外臣序本同于《金瓶梅》，容乙本不同的情况，以及容乙本同于《金瓶梅》，容甲本、天都外臣序本不同的情况。这样就基本推翻了《金瓶梅》仅与天都外臣序本为底本的结论。最终刘文认为《金瓶梅》袭用《水浒传》文字时，既参考了天都外臣序本，又参考了容与堂本。

刘文的结论从版本的角度来说，确实具有很大的可能性，但实际上并不符合情理，与事实所展现出来的也有所不符。首先，小说在古代本身就不太受重视，何况还是《金瓶梅》这一类带有淫秽色彩的书籍，如此严密的版本校对情况对于创作者来说，似乎没有必要。而且《金瓶梅》的创作者对于版本之事并不怎么在意，虽然《金瓶梅》与《水浒传》的重叠部分，《金瓶梅》不少文字与《水浒传》相同，但是更多的地方《金瓶梅》与《水浒传》的文字存在小的异处，这些异处也说明《金瓶梅》的创作者似乎并没有太多忠实于原著或者底本的想法，文字都是随笔改去，削高补低。若是如此，拿两个版本去进行校对也没有什么意义。其次，《金瓶梅》与《水浒传》的重叠部分，《金瓶梅》的文字存在一些漏洞，黄文中举了四个例子，②这些例子都说明《金瓶梅》的创作者并没有拿任何两种本子进行对校，如若不然，也不会出现这些低级的错误。再次，刘文中所举的那些二本不同的例子，有些意思基本相同，改与不改并没有什么太大的差别，如果说是一本参校另一本进行修改的文字，也过于牵强。

刘文中对于出现《金瓶梅》文字同于天都外臣序本，不同于容与堂本，以及同于容与堂本，不同于天都外臣序本的情况，做出了四种可能的解释，刘文排除了第三、第四种可能性，而选择了第二种可能性。其实刘文中的第一种可能性是最大的，即有一种本子，它的文字

---

① 上野惠司：《从〈水浒传〉到〈金瓶梅〉——重复部分的语言比较》，《关西大学中国文学会纪要》1970 年第 3 期；大内田三郎：《〈水浒传〉与〈金瓶梅〉》，《天理大学学报》1973 年第 5 期。

② 黄霖：《〈忠义水浒传〉与〈金瓶梅词话〉》，《水浒争鸣》1982 年第 1 辑。

有的地方同于天都外臣序本,有的地方同于容与堂本,只是此种本子我们尚未发现或者已经湮灭了。刘文认为这是一种假想的本子,其实不然,像现在所知的钟伯敬本,此本乃是翻刻容与堂本而成,但是现今所存诸种容与堂本皆非钟伯敬本的底本,钟伯敬本中有的文字同于容甲本,有的文字同于容乙本,这不是说钟伯敬本参照了多种容与堂本,而只能是钟伯敬本所参照的某种容与堂本尚未发现或湮灭不存了。

此外,刘文在最后得出结论,认为《金瓶梅》袭用了容乙本的文字,容乙本的刊刻时间晚于容甲本的万历三十八年(1610)一两年,所以推知《金瓶梅》的创作年代为万历四十年(1612)至四十五年(1617)年左右。这种说法是比较成问题的,因为早在万历二十四年(1596)之时,袁宏道就已经看过了《金瓶梅》的上半部分。①

刘文之后,比较有开创性的是谈文,一直以来在考虑《金瓶梅》底本问题之时,简本都首先被排除在外,这一点其实也能理解,因为现今所存简本的文字比之《金瓶梅》的文字差异太大,删节过多,一眼望去就不可能是《金瓶梅》的底本。但有一点需要注意的是,现今所存的简本并不是所出现过的简本的全部,甚至可能连其中的十分之一都不到。所以通过与现存简本一些特殊之处的比对,可以看出《金瓶梅》与简本之间是否存在渊源。

谈文正是如此,通过三个特殊的例证得出《金瓶梅》所依据的应该是残缺不全的繁本《水浒传》,其缺失的部分则依据简本《水浒传》改写。其中第一个例证是武松打虎之时,老虎的伤人动作"扑、掀、剪"却少了"剪"的动作。第二个例证是《金瓶梅》的开头写到四大寇中王庆、田虎、方腊杀人放火、僭称王号。现今繁本中除了刊刻较后的百二十回本有田、王故事外,其余的本子皆无田、王故事,而简本中则皆有田虎、王庆僭称王号之事。第三个例证是《金瓶梅》中改写武松上景阳冈文句出现了前言不搭后语之处,且"浪浪沧沧"与简本"沧沧浪浪"相同,而与繁本"浪浪跄跄"不同。

谈文所举之例,足以引起《金瓶梅》与简本关系的思考,但是谈文的最终结论还有待商榷。尤其是认为《金瓶梅》的底本是残缺的繁本《水浒传》,此残本残缺了武松打虎这一回,同时其他的部分也有缺叶,而且残缺得相当厉害,残缺的部分《金瓶梅》以简本《水浒传》补足。此结论与刘文一样,从版本学上来讲,确实能够说得过去,但是于情理以及事实不合。

其一,繁本《水浒传》的参校似无必要。是否存在这么一种残缺甚为严重的繁本《水浒传》,此点尚且存疑。因为这一残本既无阅读的作用,也乏校对的作用。更为重要的是,即使是谈文确定为以简本所补的武松打虎部分,其文字也没有过于不堪。若不是现在因学术研究的需求,作为娱乐的小说,谁会去计较一些文辞以及情节的漏洞,这些漏洞在《金瓶梅》的其他部分以及其他的名著当中都存在不少。其二,除谈文所举之例外,《金瓶梅》中尚有不少地方与简本《水浒传》有所牵扯,此点下文会叙及,这些地方可以看出《金瓶梅》所用底本即为简本,而非以繁本为底本,残缺之处再用简本补足。

张文的意图是想通过比勘《金瓶梅》与《水浒传》相关文字,推测《水浒传》的原貌,同时得出《金瓶梅》所用底本《水浒传》为一种经过拼凑的文本,刊刻者所据早期版本不全,配以当时流行的晚近版本补足。张文推测《水浒传》原貌的证据有值得商榷的地方。像第一例"何九验尸相关问题",张文将繁本回末描写何九叔晕倒的套语文字当作描述文字进行阐

---

① 袁宏道著,钱伯城笺校:《袁宏道集笺校》,上海古籍出版社1981年版,第289页。

释,解读并不恰切,此套语文字在《水浒传》第九十二回回末宋江晕倒时也曾出现。第二例"王婆实施挨光计的时间问题",张文将容与堂本出现的时间问题也当作原本问题,此处应是过度解读,对于《水浒传》来说,情节文字出现漏洞乃十分平常之事,不能因为情节文字出现漏洞,就理解为发生了修改或是祖本的不同。① 正因为张文的证据以及解读存在一些问题,所以其结论将版本问题复杂化了,认为《金瓶梅》所据底本是一种早期本与晚期本拼凑的本子。

二、《金瓶梅》所用底本是否为简本

虽然谈文与张文最终的结论有值得商榷的地方,但是文章中所考察出的《金瓶梅》与简本之间的关系值得重视。本文将在此基础上,对《金瓶梅》与《水浒传》重叠的部分进行全面的校勘比对,试图考察《金瓶梅》与简本《水浒传》之间的关系。其间涉及的版本,繁本《水浒传》选取容与堂本,参校天都外臣序本;简本《水浒传》选取插增本与评林本,参校其他简本;《金瓶梅》选取万历本(日本大安株式会社影印本),参校崇祯本与张评本。

通过比勘发现《金瓶梅》不少地方由于缺文,使得情节、细节、语句方面出现了一些问题,以下举数例观之。从这些例子当中可以看出《金瓶梅》与简本之间的关系。

例一:

> 容与堂本:大虫见掀他不着,吼一声,却似半天里起个霹雳,振得那山冈也动。把这铁棒也似虎尾倒竖起来,只一剪,武松却又闪在一边。(23.8b)②
> 金瓶梅:大虫见掀他不着,吼了一声,把山岗也振动。武松却又闪过一边。(1.5b)

此例是谈文着重介绍的一例,不再赘述,仅从语句上来看,《金瓶梅》相比容与堂本而言,前面少了一小句修饰语,后面少了老虎一剪的动作,正因为少了此动作导致人物行动与情理不合。《金瓶梅》中武松听到老虎一声吼就闪到一边,于人物行动来说太不合理,容与堂本中知悉老虎其实还有一个剪的动作,所以武松此时才会闪避。

例二:

> 容与堂本:武松见那大虫复翻身回来,双手轮起梢棒,尽平生气力,只一棒,从半空劈将下来。只听得一声响,簌簌地将那树连枝带叶劈脸打将下来。(23.8b-9a)
> 金瓶梅:武松见虎没力,翻身回来,双手轮起梢棒,尽平生气力,只一棒,只听得一声响,簌簌地将那树枝带叶打将下来。(1.5b)

此例《金瓶梅》一句中有两个"只"字,很明显句式不顺,相比于容与堂本来说,原来中间少了一句,以致出现这样的问题。

---

① 阳建雄:《〈水浒传〉情节指瑕》,《社会科学辑刊》2010年第3期。
② "23.8b",即第二十三回,叶八、后半叶。下诸本皆同。

例三：

  容与堂本：两只手就势把大虎顶花皮胳膊地揪住，一按按将下来。（23.9a）
  金瓶梅：两只手挝在大虫顶花皮，使力只一按。（1.5b）
  插增本：两手就势把大虫花皮揪住，按将下来。（5.12a）
  评林本：两手就势把大虫拿定。（5.11b）

  容与堂本中武松揪住的是老虎顶花皮上的疙瘩，这样才好发力，动物的皮毛毕竟顺滑，如果没有抓住疙瘩处很容易脱手或者不好发力，容与堂本此描写很符合常情，而《金瓶梅》与插增本中省去三字则细节处不如，评林本的细节则更为简略。

例四：

  容与堂本：那大虫咆哮起来，把身底下扒起两堆黄泥，做了一个土炕。武松把那大虫嘴直按下黄泥坑里去。（23.9a）
  金瓶梅：那虎咆哮，把身底下扒起两堆黄泥，做了一个土炕里。武松按在坑里。（1.6a）
  插增本：那大虫咆哮起来，扒起两堆黄泥，做一土炕。武松把大虫按下坑里去。（5.12b）
  评林本：那大虫咆哮起来，扒起两堆黄泥，做一土炕。武松把大虫一直按下坑里去。（5.11a）

  插增本与评林本中少了一个词"大虫嘴"，很明显少了此词后，插增本与评林本的文字不怎么合理，因为老虎再怎么挖坑也不可能挖一个能把自己身躯埋下的大坑，如果仅是把老虎的嘴巴按到坑里，那是非常符合情理的。而《金瓶梅》中则更甚，直接把老虎这个宾语都省去了。

例五：

  容与堂本：偷出右手来，提起铁锤般大小拳头，尽平生之力，只顾打。打得五七十拳，那大虫眼里、口里、鼻子里、耳朵里都迸出鲜血来。那武松尽平昔神威，仗胸中武艺，半歇儿把大虫打做一块。（23.9b）
  金瓶梅：腾出右手，提起拳头来，尽平生气力，只顾狠打，不消半歇儿时辰，把那大虫打死。（1.6a）
  插增本：提起拳头，打那大虫口鼻迸出鲜血来，打做一堆。（5.12a）
  评林本：提起拳头，打那大虫口鼻迸出鲜血来，打做一堆。（5.11b）

  插增本、评林本、《金瓶梅》将文中细节以及一些修饰语给删除了，而这也是简本的特征之一。

例六：

  容与堂本：先把死大虫抬在前面，将一乘兜轿，抬了武松，径投本处一个上户家来。

那上户、里正都在庄前迎接。把这大虫抬到草厅上。却有本乡上户、本乡猎户三二十人,都来相探武松。(23.12a)

金瓶梅:先把死大虫抬在前面,将一个兜轿抬了武松,径投本处一个土户家。那户里正都在庄前迎接。把这大虫扛在草庭上。却有本县里老都来相探。(1.7b-8a)

插增本:却请武松径投里正家来。(5.13a)

评林本:却请武松径投里正家来。(5.13b)

此段话中要弄清楚几个概念,上户是有钱的人家,土户是当地的人家,里正与里老其实是一个意思,即里长之意,负责乡里事务的小吏。在这段话中,容与堂本武松投的是本处的一个有钱人家,而《金瓶梅》中武松投的开始说是普通人家,后来说是里正家。那么问题来了,《金瓶梅》中"那户里正"应该是一个人,何以用"都"字,而且后面竟然有本县的里长都来相探,要知道武松打虎归来后,时间已晚,消息何以能够一下子传遍本县,又何以能让本县的里长都来相探,实在是不合情理。相反,看容与堂本则颇为合理,先是上户与里正等人相迎,其后才有本乡其他上户和猎户来相探,合情合理。《金瓶梅》之所以出现这样的问题,看一下插增本与评林本可略知一二,此二本武松直接投到里正家,有可能《金瓶梅》所用本子亦是如此,所以一连串的人物均有所变动。

例七:

容与堂本:众猎户先把野味将来与武松把杯。武松因打大虫困乏了要睡。大户便教庄客打并客房,且教武松歇息。(23.12ab)

金瓶梅:那众猎户先把野味将来与武松把盏,吃得大醉。打扫客房,武松歇息。(1.8a)

插增本:先来与武松把杯。武松困倦,便将歇息。(5.13a)

此例《金瓶梅》"吃得大醉"与"打扫客房"二句均缺少主语,插增本则完全删除,容与堂本则颇为清楚。由于删节,使得文句缺少主语,这也是简本的几大特征之一。

例八:

容与堂本:那妇人道:"叔叔是必搬来家里住,若是叔叔不搬来时,教我两口儿也吃别人笑话。亲兄弟,难比别人。大哥,你便打点一间房屋,请叔叔来家里过活,休教邻舍街坊道个不是。"武大道:"大嫂说的是。二哥你便搬来,也教我争口气。"(24.5b)

金瓶梅:妇人便道:"叔叔是必上心,搬来家里住,若是不搬来,俺两口儿也吃别人笑话;亲兄弟,难比别人,与我们争口气,也是好处。"(1.15ab)

插增本:那妇人道:"搬来我家里住,亲兄弟,难比别人。打点一间房,请叔叔来家过活。"武大道:"大嫂说得是。二弟你便搬来,与我争口气。"(5.15b)

评林本:那妇人曰:"大哥,你打点一间房,请叔叔来家里同住,可不尽你兄弟之情。"武大曰:"说得是。二弟你便搬来,与我争口气。"(5.15a)

《金瓶梅》删节文字后,将两个的对话合并为一人,这是简本惯用的伎俩。很明显《金瓶梅》中潘金莲此话合并后,前后有些重复,而且这话也不是潘金莲应该说的。

例九:

  容与堂本:那妇人常把些言语来撩拨他,武松是个硬心直汉,却不见怪。有话即长,无话即短。(24.7ab)
  金瓶梅:那妇人时常把些言语来拨他。武松是个硬心的直汉,有话即长,无话即短。(1.16b)
  插增本:武松是知礼好汉,却不见怪。(5.16a)
  评林本:武松是知礼好汉,却不见怪。(5.15a)

此例《金瓶梅》的句子未完,缺少一小句"却不见怪",使人感觉整个句子没头没尾的。

例十:

  容与堂本:若是肯来我这里做时,却要安排些酒食点心请他。第一日,你也不要来。第二日,他若说不便当时,定要将家去做,此事便休了。他若依前肯过我家做时,这光便有三分了。这一日,你也不要来。到第三日晌午前后,你整整齐齐打扮了来,咳嗽为号。(24.22ab)
  金瓶梅:他若来做时,午间我却安排些酒食点心,请他吃。他若说不便当,定要将去家中做,此事便休了。他不言语吃了时,这光便有三分了。这一日你也莫来。直到第三日晌午前后,你整整齐齐打扮了来,以咳嗽为号。(3.2b)
  插增本:请他来我家,代我缝衣,你可整一酒,齐整打扮了来,咳嗽为号。(5.19b)
  评林本:我便请得他来我家。整一席酒食请他。你到第二日,齐整打扮了来,咳嗽为号。(5.18a)

此例便是谈文、张文所提及之例,《金瓶梅》中缺少了"第一日,你也不要来。第二日"这十一个字,使得王婆所言与之后实施的计策时间对应不上。插增本中没有时间,评林本中将容与堂本中"第三日晌午"改为"第二日",似乎是看到了底本没有第二日就到了第三日,于是便进行了修改。

从上面十例已经可以看出《金瓶梅》所用底本与简本《水浒传》之间的关系,《金瓶梅》这些例子当中的缺文,有缺细节的,有缺修饰语的,有缺情节的,有缺主语的,有合并对话的,等等,而这些都是简本《水浒传》删节文字的一些常用手段。[①] 尤其是这些例子当中有一些《金瓶梅》同于评林本、插增本而不同于容与堂本之处,更可见《金瓶梅》所用底本很可能是简本《水浒传》。当然如果仅仅是通过这些例子就断定《金瓶梅》所用底本为简本《水浒传》则略显草率,因为这些缺文可能是创作者在抄写的时候有所遗漏,也有可能是刊刻的时候有所脱漏,虽然这种可能性非常小,但同样存在,所以还要寻找其他一些证据。接下来就只能找某些异文,《金瓶梅》同于评林本、插增本而异于容与堂本,以下举数例观之。

[①] 邓雷:《简本〈水浒传〉版本研究》,福建师范大学博士学位论文,2017年,第95—108页。

例一：

　　容与堂本：我见他大雪里归来,连忙安排酒请他吃,他见前后没人,便把言语来调戏我。(24.10b)
　　金瓶梅：我见他大雪里归来,好意安排些酒饭与他吃,他见前后没人,便把言语来调戏我。(1.19ab)
　　插增本：今日武二我见他大雪归来,安排酒与他吃,他便把言语调戏我。(5.17a)
　　评林本：今日武二我见他大雪归来,安排酒与他吃,他便把言语来调戏我。(5.16b)

例二：

　　容与堂本：武松只不则声。(24.10b)
　　金瓶梅：武松只不做声。(1.19b)
　　插增本：武松只不做声。(5.17a)
　　评林本：武松只不做声。(5.16b)

例三：

　　容与堂本：自是老娘晦气了……(24.14a)
　　金瓶梅：自是老娘悔气了……(2.3a)
　　插增本：自是老娘悔气……(5.18a)

例四：

　　容与堂本：因此满县人都饶让他些个。那人覆姓西门,单讳一个庆字……(24.16ab)
　　金瓶梅：因此满县人都惧怕他。那人覆姓西门,单名一个庆字……(2.6b)
　　插增本：满县人都怕他。覆姓西门,名庆……(5.18b)
　　评林本：满县人都怕他。覆姓西门,名庆……(5.17b)

例五：

　　容与堂本：那妇人应道："奴家虚度二十三岁。"(24.30a)
　　金瓶梅：妇人应道："奴家虚度二十五岁。"(3.11a)
　　插增本：妇人道："奴家虚度二十五岁。"(5.21a)
　　评林本：妇人曰："奴家虚度二十五岁。"(5.19b)

例六：

容与堂本：若捉他不着，干吃他一顿拳头。(25.2b)
　　金瓶梅：若捉他不着，反吃他一顿好拳头。(5.2b)
　　插增本：捉他不得，反吃顿拳头。(5.22b)
　　评林本：捉他不着，反吃顿拳。(5.21b)

例七：

　　容与堂本：我便先去惹那老狗，必然打我时，我先将篮儿丢出街来。(25.3a)
　　金瓶梅：我先去惹那老狗，他必然来打我。我先把篮儿丢在街心来。(5.3a)
　　插增本：我先去惹那王婆，他必然来打我。(5.22b)
　　评林本：我先去惹王婆，他必来打我。(5.21b)

例八：

　　容与堂本：我有数贯钱，与你把去籴米。明日早早来紫石街巷口等我。郓哥得了数贯钱、几个炊饼，自去了。(25.3a)
　　金瓶梅：我有数十贯钱，我把与你去。你可明日早早来紫石街巷口等我。郓哥得了几贯钱并几个炊饼，自去了。(5.3a)
　　插增本：我有数十贯钱，把送你。明日莫误。郓哥得钱自去。(5.23a)

　　以上所举八个例子，天都外臣序本均同于容与堂本，其余繁本如大涤余人序本、百二十回本、三大寇本亦同于容与堂本。从这些例子的异文中可以再次发现《金瓶梅》的底本很有可能是简本《水浒传》。尤其像例四《金瓶梅》与容与堂本的文字差异颇大，却与简本文字基本相同，再如例八《金瓶梅》前后钱的数字不一，出现矛盾，从情理的角度来说，明显是前面的数字错误，但这错误的数字《金瓶梅》却与简本相同。

　　此外，还有谈文说到的《金瓶梅》第一回中"浪浪沧沧"一词，简本的插增本作"沧沧浪浪"，而繁本作"浪浪跄跄"，但谈文没有提及的是，在与《水浒传》不交汇的情节里，《金瓶梅》第三十九回此词作"踉踉跄跄"。《金瓶梅》第一回将"愬律心"误作成了"總律心"，"忽律"一词也是简本典型的一处误词，因为不理解其含义，简本常将此词误作成"葱律"。

　　以上的这些例子已足以说明《金瓶梅》的底本是简本《水浒传》，不仅如此，从诸多例子的分布来看，《金瓶梅》所用的底本应该只有简本一种，而不是打虎部分用简本，其他的部分用繁本。此点从另一个例子也可得见，简本《水浒传》后期为了节省刊刻时间，经常将字进行简化，其中最明显的就是将"道"简化为"曰"字，《金瓶梅》中这个字没有简化。但是却对另外两个字进行了简化，便是将"教"与"叫"简化为"交"，这也是简本经常简化的字。①

　　教，其中有一种含义是动词，使、令、让、教的意思；叫，亦有使令之意；交的意思中则无"教""叫"之意，而是简本中"教""叫"的简化字。下面将对前15回"教""叫""交"具有使令之

————————
① 邓雷：《简本〈水浒传〉版本研究》，福建师范大学博士学位论文，2017年，第94页。

意的出现次数进行统计,并统计"教"改"叫"、"叫"改"交"的次数。

表1 教、叫、交的出现次数

	第一回	第二回	第三回	第四回	第五回	第六回	第七回	第八回	第九回	第十回	第十一回	第十二回	第十三回	第十四回	第十五回
教	5	0	0	1	1	1	3	5	6	1	3	16	10	14	8
叫	2	1	0	0	0	1	1	4	0	6	4	11	9	8	4
交	8	9	8	4	7	0	0	0	0	0	2	0	0	0	0
教改交	5	4	2	1	4										
叫改交	2	4	2	2	2										

从表1中可以看出,《金瓶梅》带有"使令"意思的"交"字主要集中于前5回,"教"改"叫"、"叫"改"交"的情况也只出现于前5回,前5回也是《金瓶梅》袭用《水浒传》的主要回数。而接下来的10回有使令之意的"交"字仅仅在第11回出现了两次。这其中一点反映了《金瓶梅》来自简本《水浒传》,如若不然也不可能前5回出现了36次使令意思的交,而之后的10回才出现了寥寥的2次。另外也反映了,《金瓶梅》的底本不可能又是简本又是繁本,因为"教"改"叫"、"叫"改"交"在这5回中都有出现,而且次数还不算低。由此已经可以知悉,《金瓶梅》的底本为简本《水浒传》。

三、《金瓶梅》所用底本为简本中的哪一种

虽然上文的各种例证已经证明《金瓶梅》的底本为简本《水浒传》,但是这一说法还是比较让人难以接受,就像黄文以及刘文在探寻底本之时,首先就排除了简本。之所以如此,正是因为简本在文字上与《金瓶梅》差异巨大,现今所存简本的文字基本上删节较多,即便是文字删节相对较少的种德书堂本相对于繁本容与堂本来说,也删节了45%以上,而其他的本子像评林本、插增本则删节更多。很明显这些本子都不可能成为《金瓶梅》的底本。

从《金瓶梅》的正文来看,其所用的底本应该是一种文字删节比较少的本子,现今所存16种简本中恰好有一种简本属于这种本子,即京本忠义传,此本仅存两纸残叶,所以无法以《金瓶梅》中西门庆、潘金莲故事进行比对。此本的文字从残存的两纸残叶来计算,大致删节了10%左右。[①] 这个本子文字删节的程度比较符合《金瓶梅》所用底本的情况,而且京本忠义传中所删除的一些文字如果仅仅从通读的角度来说,对小说并没有太大的影响,但是细较起来却还是存在一些问题。[②] 此点与《金瓶梅》中的缺文情况也十分的相近,若仅仅从通读角度来说,《金瓶梅》中的缺文并不会造成太大的影响,不至于像简本《水浒传》一样,由于文字删节过多,使得小说不堪卒读,但《金瓶梅》中的缺文若细较起来,同样在情节、细节、

[①] 邓雷:《简本〈水浒传〉版本研究》,福建师范大学博士学位论文,2017年,第60—65页。
[②] 李永祜:《〈京本忠义传〉的断代断性与版本研究》,《水浒争鸣》2009年第11辑。

语句等方面存在一些问题。

由此也可见,《金瓶梅》所用底本的简本应该是类似于京本忠义传这种删节程度比较小的本子。这种本子与其他大多数简本一样,是由福建建阳所刊刻。① 比较可惜的是,谈文虽然推知有这样一种本子的存在,但是并未以京本忠义传为例。

其实从早期《水浒传》的传播也可以知悉建阳确实有刊刻这种《水浒传》的可能性。现今所存比较早的《水浒传》材料,成书于嘉靖十九年高儒的《百川书志》载录的"忠义水浒传"②,大致成书于嘉靖三十三年(1554)至嘉靖三十九年(1560)晁瑮的《宝文堂书目》载录的"忠义水浒传"与"水浒传武定板"③,成书于万历元年(1573)至万历十三年(1585)周弘祖《古今书刻》载录的都察院本"水浒传"④,《词谑》中提到的嘉靖八年(1529)李开先等人所见到的二十册本《水浒传》⑤,《西湖游览志余》中田汝成提到的《水浒传》⑥,从这些书目的作者以及文人的经历来看,嘉靖年间的《水浒传》刊刻与传播是从政治与文化的中心北京开始⑦,此时刊行的《水浒传》为繁本,这时候社会上已经不止有一种本子,有百卷本《忠义水浒传》、二十卷本《水浒传》,还有郭勋刊本《水浒传》。

之后由于上层文人对《水浒传》的重视以及高度评价,《水浒传》逐渐声名鹊起,开始向南传播。尤其是最开始被福建建阳的商人嗅到商机,对《水浒传》进行翻刻,而其所翻刻的底本即北京所刊刻的本子。这点从现今诸多简本中所署"京本"字样可看出一二,京本忠义传的版心有"京本忠义传"字样;种德书堂本中"新刻京本全像忠义水浒传"的题名;插增本中有"京本全像插增田虎王庆忠义水浒全传"的题名;评林本有"京本增补校正全像忠义水浒志传评林"的题名。

建阳书坊将繁本《水浒传》改造为简本《水浒传》以满足下层读者的需求,这期间建阳书坊应该经过不少文字删节的尝试,进而形成中后期文字删节较多的本子,并逐步引入插图以及插增田虎、王庆故事以吸引读者,十几年间逐渐在市场上占据着统治地位。但是这些删节的过程,以及多次删节的本子如今已经看不到了,只能从余象斗的《水浒辨》中窥见当时建阳刊刻《水浒传》的盛况,"《水浒》一书,坊间梓者纷纷,偏像者十余副"⑧,这还仅仅是带有偏像插图的建阳《水浒传》刊本就有十余家,而不带插图的刊本究竟有多少,现今已经不可得知,只能从后人的记述中了解一二。

> 予见建阳书坊中所刻诸书,节缩纸板,求其易售,诸书多被刊落。此书⑨亦建阳书坊翻刻时删落者,六十年前,白下、吴门、虎林三地书未盛行,世所传者,独建阳本耳。

---

① 刘世德:《论〈京本忠义传〉的时代、性质和地位》,《明清小说研究》1993年第2期。
② 高儒:《百川书志》,叶德辉《观古堂书目丛刻》本,1919年,卷六叶三上。
③ 晁瑮:《宝文堂书目》,《四库全书存目丛书》(史部·第277册),齐鲁书社1996年版,第128、132页。
④ 周弘祖:《古今书刻》,叶德辉《观古堂书目丛刻》本,1906年,叶二下。
⑤ 李　先:《词谑》,中国国家图书馆藏本,索书号04460,叶十八下~叶十九上。
⑥ 田汝成:《西湖游览志余》(卷二十五),中国国家图书馆藏本,索书号12170,叶三十二上。
⑦ 王丽娟:《〈水浒传〉的早期传播》,《华南农业大学学报》(社会科学版)2005年第3期。
⑧ 《水浒志传评林》,《古本小说丛刊》第12辑,中华书局1991年版,第1页。
⑨ 笔者按:《水浒传》。

即今童子所习经书,亦尚是彼地本子,其中错讹颇多。近己亥闱中麟经题讹,至形之白简。①

上面一段是周亮工《因树屋书影》(卷一)载录的文字,此书草创于顺治十六年(1659),完成于顺治十七年(1660)春。②而此条则写于顺治十六年(1659),此点从"己亥闱中"也可以看出,己亥即顺治己亥年,顺治十六年。六十年前,即万历二十七年(1599),周亮工此段话的意思是万历二十七年(1599)的时候,南京(白下)、苏州(吴门)、杭州(虎林)这几个地方刊刻《水浒传》还没有兴盛,市面上所流传的基本上是建阳刊本《水浒传》。虽然此则消息应该是周亮工听他人所言,因为周亮工出生于万历四十年(1612),万历二十七年(1599)的时候他还没有出生,但是此言大体不差。

早在万历十六年(1588)、十七年(1589),张凤翼的《水浒传序》就提到一种《水浒传》,"坊间杂以王庆、田虎,便成添足,赏音者当辨之",此种有田虎、王庆故事的《水浒传》即为建阳所刊本,在万历十六年、十七年的时候,建阳所刊的《水浒传》就已经相当盛行了,以至于张凤翼得提醒读者加以辨别。而比张凤翼稍后的胡应麟更是在《少室山房笔丛·庄岳委谈(下)》中记载:

> 此书③所载四六语甚厌观,盖主为俗人说,不得不尔。余二十年前所见《水浒传》本,尚极足寻味,十数载来,为闽中坊贾刊落,止录事实,中间游词余韵,神情寄寓处,一概删之,遂几不堪覆瓿。复数十年,无原本印证,此书将永废。余因叹是编初出之日,不知当更何如也。④

胡应麟生于嘉靖三十年(1551),《少室山房笔丛》中共有十二种书,大致成书于万历十二年(1584)至万历二十年(1592)之间,其中《庄岳委谈》据《庄岳委谈引》末署"己丑阳月朔日识"可知写于万历己丑年,即万历十七年(1589)。那么按此则材料来看,二十年前即隆庆三年(1569),胡应麟二十岁左右的时候曾经读过《水浒传》,而据胡应麟生平行迹来看,胡应麟从嘉靖三十八年(1559)九岁至隆庆六年(1572)二十二岁之间有相当长的时间随父亲胡僖居住在北京⑤,其所见"极足寻味"的《水浒传》应该就是在北京居住之时所见,此点也符合嘉靖年间《水浒传》刊本主要在北京流传的情形。

之后胡应麟便回老家浙江兰溪居住,万历十七年(1589)写作《庄岳委谈》时亦居住于兰溪。本来简居在家的胡应麟应当不太熟悉出版界的事情,但由于胡应麟嗜书如命,倾尽家

---

① 周亮工:《因树屋书影》,《续修四库全书》(1134·子部·杂家类),上海古籍出版社1996年版,第285页。
② 按:以前学界一般依据《赖古堂集》中周亮工长子所编撰的《年谱》认为《因书屋书影》成书于顺治十六年(1659),但据孟晗《周亮工年谱》中考订(广西师范大学硕士学位论文,2007年),此书应成于顺治十七年(1660)。
③ 笔者按:《水浒传》。
④ 胡应麟:《少室山房笔丛》(辛部·庄岳委谈下),国家图书馆藏本,索书号64659,叶三十一下。
⑤ 吴晗:《胡应麟年谱》,《清华学报》1934年第1期。

财访求书籍,致有藏书六万卷,成为有明一代著名的藏书家。① 且胡应麟交游广泛,经常游走于北京、杭州、南京、绍兴等地,访亲寻友,所以对于书籍出版一事应当了然于胸。而正是这样好书如命的胡应麟竟然在万历十七年(1589)的时候写到,如果再过几十年,没有《水浒传》原本对照的话,那么《水浒传》这本书可能就要永远消亡了。由此可见,简本《水浒传》在当时的影响力,以及市场上的销售份额应该占据着绝对的统治地位,以至于胡应麟都担心再过几十年繁本《水浒传》不传了,《水浒传》也就等于消亡了。

同时,从胡应麟的记载中可以看出简本《水浒传》的删节是有一个过程的,刚开始删节得不多,后来逐渐增多,越删越简,也越删越烂。这也比较符合书坊刊刻的规律,最开始拿到繁本可能翻刻的是原本,后来动了心思,删节了一些,发现销路一样很好,之后便越发不可收拾,越删越多。从现存简本来看,事实也确实是如此,京本忠义传还没有删节多少,中间应该还有多次删节,到了种德书堂本差不多删节了一半,再到插增本、评林本删节了一半以上,之后清代的八卷本和百二十四回本还有删节。

四、《金瓶梅》所用底本的刊刻时间与小结

上文已经说到《金瓶梅》所用的底本应该是一种类似于京本忠义传的本子,此种本子文字删节较少。那么能否确定这种本子大致的刊刻时间?笔者认为可以的。这得先从京本忠义传的刊行时间着手,关于京本忠义传的刊刻时间众说纷纭,大致有三种说法:正德、嘉靖说②,嘉靖初期说③,以及嘉靖之后说④。近年来王齐洲、王丽娟二位先生针对早期《水浒传》的传播写了一系列的考辨文章,发现在嘉靖之前没有史料提及《水浒传》,进而得出嘉靖之前并未出现《水浒传》的观点。⑤ 由此来看,正德、嘉靖说当误,嘉靖初期说也不太合理,因为这个时间段是《水浒传》在北京刊刻传播的时候,比较合理的是嘉靖之后说。

至于嘉靖之后的什么时候,《三国志演义》刊本中有一种夏振宇本,有的学者认为此本为建阳所刊,此本版式与京本忠义传类似,同样是每半叶文字的上端有一个小的标题,同一版式应该是在同一时期流行,夏振宇本《三国志演义》的刊行时间据研究当在隆庆或万历初年,这个时间点也差不多应该是京本忠义传的刊行时间。此点从其他的一些简本刊刻时间也可以看出,其中余象斗本刊行于万历二十二年(1594),插增本刊行于万历二十二年

---

① 吕斌:《"二酉山房"藏书考论》,《图书馆杂志》2008年第3期。
② 顾廷龙、沈津:《关于新发现的〈京本忠义传〉残页》,《学习与批判》1975年第12期。
③ 李永祜:《〈京本忠义传〉的断代断性与版本研究》,《水浒争鸣》2009年第11辑。
④ 张国光:《评〈忠义传〉残页发现"意义非常重大"论》,《武汉师范学院学报》(哲学社会科学版)1984年第1期。
⑤ 参详王齐洲、王丽娟《钱希言〈戏瑕〉所记〈水浒传〉传播史料辨析》,《北京师范大学学报》(社会科学版)2010年第4期;王丽娟、王齐洲《〈水浒传〉早期传播史料辨析——以〈南沙先生文集•故相国石斋杨公墓表〉为中心》,《中山大学学报》(社会科学版)2010年第5期;王齐洲《论〈水浒传〉的早期传播——以张丑著录文徵明小楷古本〈水浒传〉为中心》,《社会科学研究》2010年第3期;王齐洲、王丽娟《从〈菽园杂记〉、〈叶子谱〉所记"叶子戏"看〈水浒传〉成书时间》,《南开学报》(哲学社会科学版)2011年第3期;王丽娟《〈水浒传〉早期传播史料考辨——以杜堇〈水浒全图〉为中心》,《明清小说研究》2012年第3期。

(1594)之前,种德书堂本现今所存本为重刊本,万历年间重刊,这几种删节较多的简本基本刊行于万历中期,而从京本忠义传到种德书堂本,这中间尚经过了几次删节不得而知,可以肯定的是,这绝对不是一蹴而就的事情,所以也不会是一个短时间能够完成的工作,京本忠义传刊行于隆庆年间是比较合理的推断。《金瓶梅》所用的底本的刊刻时间也差不多当在隆庆年间。

综上所述,可以得出以下结论:

1. 《金瓶梅》所用底本为简本《水浒传》。
2. 此简本《水浒传》是一种文字删节不多的简本,类似于京本忠义传。
3. 此简本《水浒传》当刊刻于隆庆年间。

阵前出生的孩子
——穆桂英和陈靖姑

(日)大塚秀高撰 王子成译*

摘　要：以杨业为始祖的男女武将为主人公的杨家将物语在经过了长期的扩充、变更后，物语的主人公及时代背景一面在不断地变更，一面又通过传颂、书写而传承了下来。虽然在两本"小说杨家将"中皆存在杨六郎的妻子柴郡主在天门阵中生孩子的情节描写（阵前出生），但是在《北宋志传》中那个孩子被设定为与宗保年齿相距甚远的弟弟文广，而在《杨家府世代忠勇演义志传》中却没有载明他的身份，简单地把他设定为宗保和穆桂英晚年生育的初子。而且，两本小说所共有的"十二寡妇征西"这一设定，其具体细节也存在着差异。本论一边设想早于小说杨家将出现的杨家将物语为旧本、原本杨家将，一边以在福建至今仍被信仰的有关陈靖姑的物语为线索，来尝试解析"阵前出生""十二寡妇征西"所蕴含的本意。

关键词：《北宋志传》；《杨家府世代忠勇演义志传》；阵前出生；十二寡妇征西；穆桂英；陈靖姑

前　言

Claudia Brinker-von der Heyde 的《写本的文化志》①（副标题为《欧洲中世纪的文学与媒体》）被翻译（译者注：成日文）出版了。作者在书中第二章"定制"中做了"中世纪的作者自己不去构想物语②，他们的工作是用新的解释来重新进行叙述、优化叙事表现、扩充插话情节，或者通过变更顺序、省略等方式来对'古代物语'（译者注：日语原文为'原典'）进行改

---

*　**作者简介**：大塚秀高，埼玉大学名誉教授，主要研究方向为中国古代小说与文化。译者王子成，日本神奈川大学文学博士、南京大学文学院博士后，主要研究方向为中国古典文学研究、中日比较文化研究。本论曾公开发表于2018年的《埼玉大学纪要（教养学部）》第53卷第2号，原文内容后经作者数次修订并加入了新的章节，因此译者按作者的要求依据修订稿进行本文的翻译。

①　原著为 Claudia Brinker-von der Heyde 的 *Die literarische Welt des Mittelalters*（Darmstadt，2007）。引用以一条麻美子的翻译（白水社，2017年8月）为依据。

②　译者注：日语中的'物语'中文翻译为'故事''传说'等名词，但是日文的'物语'是从动词形变而成的名词，其意义包含并强调了故事、传说等的说唱性。因此译者按照论文作者要求对全文中的'物语'一词不做翻译，特此说明。

编(104p)"这样的表述。此外,在第四章"作者和文本"中还有"英雄叙事诗的作者在一般情况下不会透露自己的名字,这是因为他们讲述的是横跨了几个世纪还在继续被传颂的'古代物语',据传颂不断这一事实,说明物语的权威性已经被人们所认可了(197p)","中世纪的诗人……消极于表达自身的世界观,比起作为一个有创造力的个人,他们更愿意去扮演并发挥传统的中介者的这一角色。所以记录者、编纂者、注释者与作者,角色上可流动变换,其中的差异在中世纪的人们看来也是比较模糊的。但随着用俗语书写的以世俗题材为主的文学的盛行,不但作者的自我意识也开始发生了变化,而且接受方对文本或诗人的看法也发生了变化。想来,似乎人们对中世纪诗人的评价,不是基于该诗人自身创作的一成不变的文本来进行的。其实倒不如说实际情况正好相反,只有以'各色各样'的文本(换言之,写本中的差异多的文本)之存在为据,才可以认为该歌曲、物语是广受欢迎的。这样一来'作品'的概念就开始变得不可靠了。那种概念虽然在后现代的理论中已饱受批评,但是如果用'单一的''已完结的''不可变更的'来理解'作品'的话,是无法套用于所有的中世纪文本的。因此沿用过去的文献学方法来寻找原创文本再进行重构的这种做法是错误的,而且已经没有谁想继续再去这么做了。只不过,关于是否要去非难文本是不许进行变更的这一问题,还是有继续讨论的余地。为判断其适当与否,必须慎重地斟酌该版本是否经过作者本人的修订、是否经过对作品有改编意图的人物的加工,抑或传抄、刻印过程中出现了文本的差异。每一次都需要充分地探讨能否从眼前的作品中领会作者的意识、制作者和文本在文学场面中要赋予怎样的地位、围绕文本的整体环境对接受者的理解与认识产生了怎样程度的影响(226p～227p)","中世纪的文学不追求原创性,而是提取既有的素材并进行翻新,用与以前不同的形式来讲述,于是思考出新就不重要了(238p)"等记述,笔者读后感觉正合我意①。

现存的宋代以后的中国俗文学的文本几乎都是刻本而不是写本。除了《永乐大典》《四库全书》这类以备皇帝阅览为主要目的的、收藏于宫廷的大部书的写本以外,可以说在刻本产生后的中国至近年为止,都没有人把写本作为文本研究的对象。并不夸张地说这意味着中国通俗文学研究中文本研究的对象(除了《红楼梦》等少数个例以外)局限于刻本。但是从另一面思考,制作刻本时不得不利用刻木板的草稿,而这草稿就是写本,那么 Heyde 的想法岂止不仅可以没有任何妨碍地援用于宋代以后的通俗文学研究领域中,而且可以说这难道不是一种更加规范的思考方式吗? 接下来的叙述,笔者基于这一认识把 Heyde 所说的欧洲中世纪的"英雄叙事诗"援用于宋元以后包含历史小说的历史物语,尤其以最具人气的以杨家将为主人公的杨家将物语②为例,来考察"文本的变更"这一情况以及导致这一情况的主因。

---

① 关于这一问题,在拙论《历史物语的生成与发展——以高家将物语为中心》(《埼玉大学纪要 教养学部》第52卷第2号,2017年3月)中阐释了笔者的初步见解。

② 关于历史小说、历史物语、杨家将物语以及可见论述于下文的家将物语等的含义,请参考前注提及的拙论。

一、杨文广是谁的儿子?

论及讲述杨门武将大显身手的家将类物语,我们可以列举出《南北宋志传》的《北宋志传》以及《杨家府世代忠勇演义志传》(以下简称两者为"小说杨家将")这两部小说。关于两者之间差异以及成书的先后问题,至今进行了很多的讨论,而这些问题也许还会一直讨论下去。虽然本论也是其中之一没有错,但是如前所述,笔者想用稍微不同的观点来讨论这一问题。因此,笔者先简单地梳理关于两者成书先后问题论争中广受争议的杨文广双亲的差异这一问题,再提出个人的一点粗陋的意见来展开对这一问题的讨论。

杨家将是对宋朝时以北汉降将杨业为初祖的一族(男女)武将的总称。在《宋史·列传》三十一中有杨家将初祖杨业(约925—986)的传记,其中还附录了被契丹人看作六郎(目为六郎)的杨家第二代延昭(初名延朗)及其子,也就是杨业之孙文广的传记。[其中提到的杨业的父亲杨信本来应该作为初祖,但他在小说杨家将中没有登场,因此本论把杨业当作初祖。顺带一提,在杨家将的戏曲中虽有把杨衮或杨衮作为杨业的父亲的,但本文对杨衮(或杨衮)这一人物也不做讨论。]在小说杨家将中,杨延昭作为杨继业(杨业)的第六个儿子,被称为六郎延昭,而史实中的延昭似乎不是第六子而是长子。六郎归根到底是契丹人对他的称呼,似乎并不是表示兄弟间的长幼排序。那么契丹人为什么把杨延昭称为六郎呢?有人说源自南斗或者北斗的第六星①,但这一说法似乎还没有形成定论。关于这一问题由于笔者也没有新的见解,因此本文不再做深入讨论。

在小说杨家将中,包含在兄弟中排行第六的六郎延昭在内,一共有七兄弟两姐妹大显身手,他们是小说杨家将中杨家的第二代人。这九个人的母亲是佘太君,因为杨继业被称为令公,所以她被称为令婆,但是在本传中却没有提及她。依据《关中金石记》等的记载,佘太君被认为是永安军节度使折德扆(917—964)的女儿,但这一说法的可信度较低②。本来一个女人生育九个子女是有可能的(没有记载证明他们皆为亲生子),但在小说杨家将中,于杨继业死后的杨家中,像灵魂母亲(god mother)似的整顿一家,并长寿过百(?),且让读者丝毫感受不到死之阴影的杨令婆,与受天帝命令下凡帮助孝子董永偿债的织女一样,居于忠心义胆杨继业(及其子孙)的守护女神地位。不尽如此,不仅是杨令婆,就算说所有的杨门女将都可以看成女神或者女神的女儿们也不算为过。③

说起来,(除了杨令婆以外的)嫁到杨家后没有生育孩子的女将们也都很长寿,在小说杨家将中找不到关于她们死亡的记述。虽然这一事情本身不足为异,由此而使得"十二寡妇征西"这种破天荒的物语编造出来(但是无法确定哪一个是前因哪一个是后果)的这件事,却值得受到关注。虽说如此,为了能继续把这种代代延续的武将家族的物语传颂下去,

---

① 参考林岷《历史与戏剧舞台上的杨家将》(《历史月刊》1993年第3期)、沈起炜《燕云遗恨杨家将》(龙云出版社1991年版)等研究。
② 参考常征《杨家将史事考》(天津人民出版社1980年版)第八章"佘太君与折家军"等。顺便"佘"还与"折"同音。
③ 参考拙论《西王母的女儿们——从"遇仙"到"阵前比武招亲"—》(埼玉大学大学院文化科学研究科博士后期课程纪要《日本亚洲研究》第8号,2011年3月)。

能承担起杨家下一代家业的男将以及生育他的杨家女性（女将）显得很必要。在小说杨家将中，继承杨继业、杨六郎家业的是虚构的人物杨宗保，而承继杨宗保的是史有其人的杨文广。但是，文广的生母这一关键人物在两本小说杨家将中却不相同。

史书中找不到任何记述的杨宗保是小说杨家将中的杨家第三代，他的父母是六郎和柴郡主，这在所有的杨家将物语里是一致的。但是说到文广，在《北宋志传》中，他被设定为宗保的弟弟，而且其年齿和宗保差距很大，也就是说他被当作六郎和柴郡主的儿子，而在《杨家府世代忠勇演义志传》中却被写成宗保与穆桂英的儿子。考虑到《南北宋志传》的编者熊大木是嘉靖时期的人，于是现已不存的该小说的原刊本可认为是刊行于嘉靖年间，而且还有万历二十一年序刊本存世，由此基本可以确定它的刊刻时间比起现存最早的万历三十四年序刊本《杨家府世代忠勇演义志传》还要早。由此，《杨家府世代忠勇演义志传》看起来像在接受了早于它刊行的《北宋志传》中登场的虚构人物宗保的存在，进而又接受了男将每代一人的原则上，明知宗保不是历史上存在过的人物却故意变更了人物之间的关系图谱，把文广从延昭的儿子替换成了宗保的儿子；《北宋志传》就是虽然容纳并承认了宗保的存在，却要彻底遵从《宋史》中文广作为六郎儿子的记述（关于其中具体的经过，后文会做详细的讨论）。那么虚构的宗保（以及他的妻子穆桂英）是什么时候开始成为杨家将中不可或缺的一员的呢，那个时候文广又是处于怎样的地位呢？

二、杨文广是何时、怎样出生的？

接下来，先要确认在两本小说杨家将中，文广是于何时、在怎样的情况下出生的。首先看《北宋志传》，文广是柴郡主在攻打七十二座天门阵之一的青龙阵战斗中生下来的。相关情节如下：

> 面对妻子穆桂英以及母亲柴郡主被宋朝军师钟道士请求出阵，宗保反对道："桂英可行，吾母柴太郡有孕在身，如何破得此坚阵？"但钟道士以"以孕气胜之。管取无事"主张他的忧虑是多余的，并以正因为怀着孕才要求她出阵为由，说服了宗保。后柴郡主果如其所想，在战斗中有了产兆而陷入险境（霎时间，育孩子，遂昏倒阵中），穆桂英打破铁门金锁阵后赶到婆婆身边把她救了出来。守卫青龙阵的铁头太岁化为金光正欲夺路而逃时，被"血气"给"冲破"而成为穆桂英的刀下之鬼，由此青龙阵全线崩溃。

以上是《北宋志传》第三十七回《黄琼女反投宋营　穆桂英破阵救姑》的梗概，依照这里的眉批："按一统志，文广杨延昭所生。小说作宗保之子，误差尤甚"，可想定围绕杨家将物语生成和发展的经过，至今进行过各种各样的讨论。

依此可知在《北宋志传》以前的"小说"（在后文中称之为旧本杨家将物语，简称旧本。不称之为旧本小说杨家将是因为在广义上也不能决定它是否是小说，并且已形成文字文本与否也无法得以确定）中，文广的父亲是宗保。虽然没有言及其母，既然他作为宗保的儿子，那么母亲就不可能是柴郡主，而较可能是在小说杨家将中被设定为宗保妻子的穆桂英。《北宋志传》在描述青龙阵战斗时，叙述穆桂英把郡主生产的孩子放入自己的怀中（以所生孩儿纳在怀中）来战斗，后人用诗"战阵才交已势危，桂英于此显雄威。飞刀斩落妖元首，夺得英雄得胜归"来称赞穆桂英的功绩。战斗结束后令婆看到出生的婴儿说"此儿面貌与兄宗保无异"。已昏倒的柴郡主不能把所生孩儿纳入怀中来战斗,是可以理解的,但笔者认为这一部分的原始叙述有可能是"与父宗保无异",至于在其前面的"桂英可行,吾母柴太郡有孕在身"这一段,其原文则有可能是"桂英不可行,吾妻有孕在身"。

也就是说可以认为《北宋志传》的这一部分情节,在旧本中是属于穆桂英一个人大显身手的舞台,但熊大木把青龙阵产子的角色分配给了柴郡主,连同那个孩子也一并改成了文广。但是,如若在旧本中有青龙阵战斗、穆桂英于其中生下婴儿的情节,那个婴儿是否就是文广这一问题,则必须要稍加慎重地进行讨论了。

那么在《杨家府世代忠勇演义志传》中是怎样讲述关于文广的出生的呢?在其卷六"侬王攻破长净关"中,木(穆)夫人在听到圣旨任命宗保作为元帅、文广为先锋的消息后,担心地说道:"夫君老矣。妾年五十始生文广,儿又幼小,倘有疏失,怎生区处?"依此记述读者才好不容易明晰了文广作为宗保与桂英晚年生下的初子的这一设定。附带说起在卷五"黄琼女反辽投宋"中,与《北宋志传》一样,有柴郡主于青龙阵产子的场面,当然那个孩子没有被设定为文广。

笔者认为:在《杨家府世代忠勇演义志传》之中把文广设定为桂英(即宗保)晚年的孩子(或可说是重新进行了设定),难道不是为了让文广讨伐侬智高之乱的物语合理化吗(以下称为侬智高物语)?六郎(和宗保)活跃于太宗在位的时期(976—997年),这与侬智高之乱(1052)之间存在50多年的时空隔阂。要填补这一隔阂,《北宋志传》中把文广作为六郎之子的设定显得不合理而这一问题亟须得到解决,大概因此才一边按照旧本中文广是宗保(和穆桂英)的儿子的这一原始设定,同时又增加了他为夫妇俩晚年生育的初子这一新的要素吧。这样一来虽可以无视前述的时空隔阂,但柴郡主(旧本应是穆桂英)在青龙阵中生出的婴儿究竟是谁,那个婴儿后来又如何这些问题还是没有得到解决。

无论这个阵前出生的婴儿是六郎与柴郡主的孩子,还是宗保与穆桂英的孩子,如果把他当作文广的话,即使在杨家将的人物关系图谱中,有把第三代的作为哥哥的宗保和与其年齿差距很大的弟弟文广连上双线,还是第三代宗保与第四代文广连上单线的差异,也不会产生上述的问题。但是,若想仿照《杨家府世代忠勇演义志传》一样要讲述侬智高物语的话,把能在之后的情节里大有作为的这个阵前出生的婴儿听之无名弭于无形的话,这么做实在是不划算的。

三、阵前生产真的是必要的吗?

在前节笔者论述到文广作为宗保与穆桂英晚年的初子这一追加的设定,是为了让在历史上没有记载的侬智高物语稍显合理化。在考察阵前出生的婴儿之前,本节将再一次对杨家将物语中文广的双亲的问题进行一番梳理。

如前所述,《北宋志传》在阵前生产的场面中加入了眉批,既说旧本中文广的父亲是宗保,那么在旧本中这个阵前出生的孩子作为文广、母亲看作穆桂英的看法大概是较为妥当的。但是若在阵前生产这一母题被编入杨家将物语的当时,杨文广大显身手的物语(即侬智高物语)还没加入其中的话,以上所做的推论和考察不一定是妥当的。若杨宗保与穆桂英的物语是在后来才被编入原始的杨家将物语中的话,那个孩子是否是文广这个问题,恐怕就没有必要进行考虑了。

从另一面来思考,仅把注意力集中在文广的双亲之上的话,《杨家府世代忠勇演义志传》与《北宋志传》相比,明显更接近旧本。但《杨家府世代忠勇演义志传》应该是以旧本和先行刊行的《北宋志传》中的物语为基础,同时还对当时流播于坊间而没有编入这两者之中的杨家将物语,或是与杨家将物语原来没有任何关系的物语等进行了大大小小各色各样的修订、变更。因此突然就跳到前述的结论还是很危险的。如笔者曾经论述过"物语是有生命的东西,常常会有变化"①。因此,关于在旧本中有没有文广的物语这一问题,还必须要按照顺序来进行思考。

笔者以为在杨家将物语刚开始被讲述的当初,虚构的宗保还没以文广的兄长或父亲的角色登场。为了区别旧本,没有宗保(和穆桂英)登场的杨家将物语本论称为原本杨家将物语,略称为"原本"。在这一原本中能让人认为文广已经登场的记述,在两本小说杨家将中都找不出来。即便文广在"原本"中已经登场了的话,大概他就是六郎(和柴郡主?)的孩子,并且侬智高物语就应该没有被讲述。

如果是这样的话,杨家将物语的成立和发展至少经历了以下四个阶段:"杨宗保(和穆桂英)没有登场,杨文广也没有登场"的原本阶段→"宗保(和穆桂英)有登场,并且有桂英于天门阵攻防战中在青龙阵中生产情节"的旧本阶段→有"阵前生产的女将是柴郡主,所生婴儿作为文广、让宗保和十二寡妇征西(但是文广没有活跃其中)"情节的《北宋志传》阶段→有"文广是宗保(与桂英)晚生的初子、柴郡主在阵前生产的是与宗保的年齿差距很大的虚构弟弟、让文广平定侬智高之乱、文广虚构的儿子怀玉与十二寡妇远征新罗,继续让怀玉去太行山退隐作为杨家将物语的结局"的《杨家府世代忠勇演义志传》阶段(附带提起原本与旧本,特别是原本还有较高可能性停留在口头讲述的物语或写本的阶段,而并未进入出版阶段)。虽说如此,如上的整理还是有一些问题,那就是无法确定在旧本中穆桂英于青龙阵中产下的婴儿是否在当初就已经被称为文广了。穆桂英在青龙阵中生下的婴儿在旧本中就作为文广了呢,还是对这个婴儿的名字没有明确记载(或明确说出)的情况下,熊大木误解他为文广,而对此进行了修改并附加了前述的眉批呢?还是说旧本有好几个发展阶段,熊大木所看的旧本,并非早期的没提婴儿名字的旧本呢?

在考察这一问题时不能疏忽的,就是青龙阵攻略战中必不可少孕气这一点。也就是说,宋军为了打破青龙阵,需要有怀孕中的女将出阵,而且还需要她即将分娩。因此,暂时需要从对旧本的孩子父母的考察(若仅认定是柴郡主的话,就没有讨论下去的必要)中抽离出来,先探讨在旧本中是否存在过某一位女将于阵中(是否青龙阵无关)生产的情节,若存在的话那个女将又是谁,杨家将物语中补上设定阵前生产物语有怎样的意义、起到怎样的作用呢?

---

① 关于这一点,请参考拙论《历史物语的生成与发展——以高家将物语为中心》(埼玉大学纪要 教养学部)第52卷2号,2017年3月)、《薛家将物语的生成和发展—以其与清朝宫廷演剧的关系为中心—》(埼玉大学大学院文化科学研究科博士后期课程纪要《日本亚洲研究》第14号,2017年3月)。

四、阵前出生的孩子有过名字吗？

青龙阵是天门阵中的一个阵，宗保依擎天圣母所授的兵书来攻阵。擎天圣母是穆桂英的师父，她唆使桂英在阵前招亲了宗保。这样一来天门阵与宗保（以及桂英）之间原有密不可分的联系的事实是无可置疑的。因此（青龙）阵前生产的物语很有可能也是与天门阵、杨宗保（以及穆桂英）一起被编入杨家将物语之中的。依此可以认为在宗保还未登场的原本之中没有阵前生产这一主题（换而言之，没有阵前生产物语的杨家将物语就是原本），而在宗保登场的旧本中毋庸置疑是存在阵前生产的物语，至于青龙阵中生产的人当然也就是穆桂英了。那么为什么把宗保（以及桂英）这样的历史上不存在的人物插进六郎与文广之间呢？当然如《水浒传》中的田虎与王庆，不，应是如同"武十回"一般，是为了进一步展开宗保（与桂英）纵横无尽大展身手的物语，特别是为了展开有关天门阵的物语所做的情节铺陈。

在旧本中，说到宋军女将于青龙阵（假设这么称呼）攻略战时有可能怀有身孕的，首先能想到的大概除了穆桂英以外就没有其人了。不仅桂英，她的丈夫宗保的母亲柴郡主，因宗保是年轻的武将，据当时的结婚年龄来考虑，她大概还是有生育能力的。除这二人以外虽还有很多女将登场，而她们皆为未婚者（包含未被明确记下已婚者）、寡妇或者新婚宴尔，因此也没有已怀孕乃至快要临产的人。加之天门阵攻略战中从军的男将只剩六郎和宗保，因此非寡妇的杨家怀孕中的女将则不可能抛下丈夫跑去参军。

《北宋志传》中，杨宗保西征西夏达达国，受困金山笼城，最终被十二寡妇救出凯旋作为全篇的终结，其中没有任何关于文广活跃场面的描写（但是由于在卷头《古风长篇》中有相关提及，卷末也做了些许透露，所以侬智高物语毋庸置疑在坊间有过流传）。笔者由此思考到，如果早已存在讲述文广出生于青龙阵中的杨家将物语的话，理所应当其中会有关于文广活跃的情节，因此笔者觉得《北宋志传》的眉批有些不谐调感。与之相对，在《杨家府世代忠勇演义志传》中，不仅安排了文广在仁宗朝平定侬智高之乱和其后化鹤匿隐的情节（第41—49则），又有他于神宗朝西番新罗国犯宋时再次登场，带着第四个儿子怀玉征西以及十二寡妇大显身手的情节，尤其还有文广的姐姐宣娘（宜娘）平定侬智高之乱并在其后之活跃的情节（第50—57则），并以怀玉主导的太行山退隐作为全篇的终结（第59则）[在讲述姐姐宣娘大显身手时，弟弟文广必须得登场。因此在仅有文广名字存在的《北宋志传》中宣娘就没有登场的余地了。但如前提及的《古风长篇》中提到了会运用法术的姨娘这一角色，大概就是宣娘（宜）娘了，所以这一物语无疑也在坊间流传过]。也就是说，关于天门阵战役以后的设定，在两本小说杨家将中除了十二寡妇征西这个大的框架是相同的，而其外的，不仅是侬智高物语的有无，甚至当时的皇帝以及敌对国、杨家当时的家主以及十二寡妇的阵容等细节基本上都不同。

附带提到，在宋朝勾栏瓦肆的"小说"中，征服西夏物语的主人公曾是狄青①。那么狄青

---

① 《醉翁谈录》甲集卷1《舌耕叙引》的《小说开辟》记述"收西夏说狄青大略"，有小说《五虎平西前传（狄青演义，五虎平西珍珠旗演艺狄青前传）》。

成为发生于这之后的侬智高物语的主人公，大概会比较符合常理。① 于是从另一面，即于侬智高物语被编入杨家将物语之前的时期来思考的话，穆桂英于阵前生产的孩子则没有作为文广的必要了，于是对旧本的编者（讲述者）来说，也许那个孩子是谁都无所谓了。但是对后世的编者（以及出版者）来说，这是无法放任不管的严重问题。既为杨门女将的孩子，又平安无事地出生下来的话，就有必要说明他是谁了。熊大木难道不正是为了要摆脱这一困境，才把阵前生产的女将从穆桂英变更成了柴郡主，并把婴儿设定成了文广的吗？

五、十二寡妇征西是什么？

至此，笔者再把前面多次提到的有关十二寡妇的问题总括起来进行梳理。在这之前必须要先说明一事，就是两本小说杨家将中杨家的第二代男子，也就是杨继业和佘太君的七个儿子的名讳不尽相同，直接拿来比较会产生混乱，因此本论不按照七个人的名讳，而是按照大郎到七郎这种弟兄排序来称呼他们（不仅是名讳，他们各自的行动等也不尽相同，但这些与本论的旨趣无关就不再讨论）。

大郎、二郎、三郎三人在救援囚禁于幽州的太宗（幽州救驾）之时战死于乱军之中，成为俘虏的四郎虽然把自己的姓进行拆解自称为木易，但被辽国萧太后相中成为公主的驸马，后携公主归国。五郎逃到五台山出家为僧。七郎在雍熙之役中和父亲杨继业一起受困陈家谷，逃脱陈家谷后向潘仁美请求派援兵，却中了仁美的奸计被乱箭射死（继业也头撞李陵碑而死）。剩下的六郎也就是宗保的父亲，就成了杨家第二代男儿中唯一以后仕宋的人了。在上述的七兄弟之下还有两名女子，被称为八娘和九妹。以上是杨家的第二代，七兄弟每个人都至少有过一位妻子。这些是两本小说杨家将的共通设定。

接下来再次确认"十二寡妇征西"的具体内容以及参与征西的女将。《北宋志传》中"十二寡妇征西"情节是这么设定的：真宗在位之时，为了救出因禁于金山的杨宗保，如下杨门女将，即周夫人（大郎的妻子）、黄琼女（六郎的妻子）、单阳公主（萧太后的女儿）②、杨七姐（六郎的女儿）、杜夫人（七郎的妻子）、马赛英（五郎的妻子）、耿金花（二郎的妻子）、董月娥（三郎的妻子）、邹秀兰（二郎的妻子）、孟四娘（大郎的次妻）、重阳女（六郎的妻子）以及木（穆）桂英、八娘、九妹共十四名出征西夏达达国。虽然其中有"十二员女将"的表述，但前去救出丈夫宗保的木（穆）桂英不是寡妇，原注标示为"尚未纳婚"的杨七姐也不是寡妇（在"纳婚"前婚约者死了的情况下被当作寡妇是有可能的），那么"十二寡妇"也许就是除了她俩以外的剩下的十二个人吧。至于文中有"令将单阳公主押出斩之，木桂英劝曰：看此女容貌端严，且是萧后亲生，不如留他以为帐下号召。宗保允言，遂放了公主"③的单阳公主是四郎之

---

① 小说有《五虎平南后传》（五虎平南狄青演传）。
② 在小说杨家将中四郎成为驸马的萧后女儿是琼娥公主，而在《北宋志传》的"十二寡妇"成员里萧后的女儿不是琼娥公主而是单阳公主。但是在《杨家府世代忠勇演义志传》中却都找不到她们的名字。而且在戏曲杨家将的《四郎探母》中，萧后的女儿是铁镜公主，她和四郎之间有了个孩子。
③ 在清朝宫廷连台戏《昭代箫韶》中登场的单阳郡（原文如此）主不是萧后的女儿，也与森罗国王的儿子孟金龙一起行动，在天门阵的通明殿中装扮九天元（玄）女，被木（穆）桂英刺杀。并且在《昭代箫韶》中琼娥公主以及成为八郎妻子的她的妹妹青莲公主有登场。

妻不错,此时四郎和六郎已经死了,而八娘、九妹也已经成了寡妇了吧。

与此对比,在《杨家府世代忠勇演义志传》中先有仁宗朝杨宗保、文广父子在讨伐南蛮王侬智高时陷入困境,被文广的姐姐宣娘解救而脱离险境的前段情节,后有神宗朝文广和他的儿子怀玉在前往征伐西番新罗国时被困白马关,被宣娘等"十二寡妇"解救脱险的后段情节(就是相似的物语改变设定而被重复叙述)。新罗国侵犯宋国始于李王命令西夏人八臂鬼王张奉国率军攻打莫耶关,尽管说起新罗国、李王,这显然是在意识东方的朝鲜没错,而执意说西番、西夏,强调"征西",是在暗示十二寡妇的出征必然是要去西边的。笔者认为因为西边有西王母居住的昆仑山,因此"征西"难道不是正意味着西王母的女儿们,即"十二寡妇"回归了昆仑山吗?

闲话休提,《杨家府世代忠勇演义志传》中参加"十二寡妇征西"的女将有宣娘(文广的姐姐)、满堂春(文广的女儿)、邹夫人、孟四嫂、董夫人、周氏女、杨秋菊、耿氏女、马夫人、白夫人、刘八姐、殷九娘这十二个人。从她们"俱寡妇也"的词句,可以看出校阅者秦淮墨客执意于"十二寡妇"说法的名实相应。这些人中不仅有与《北宋志传》中的"十二寡妇"好似同一的人物,例如刘八姐、殷九娘。她们是八娘、九妹在嫁给刘某、殷某之后成为寡妇的,而且也有新加入队列①的,如白夫人(有关她的身份没有头绪,在此姑且放置不做讨论)。在此需注意到"十二寡妇"的成员,从杨家第二代的六郎的妻子,扩大到第四代文广的姐姐宣娘、第五代的文广的女儿满堂春,如此横跨了几代人,但文广的母亲木(穆)夫人"已死"而没有参加西征。笔者接下来从这一点入手来试着思考"寡妇"的意义。

笔者在前面的论述中提到:杨继业死后统帅杨家,并长寿过百(?),且让读者丝毫未察觉死亡的阴影的杨令婆,她被看作小说杨家将中忠肝义胆杨继业(及其子孙)的守护女神。不尽如此,不仅是杨令婆,所有的杨门女将难道不是都可以被看成女神或者是女神的女儿们吗?

笔者曾大致如下地进行过论述②:当初具有男女两种性别的西王母,因为在后来化身成为女性原则(译者注:日文原文为"女性原理")的体现者,所以需要通过男女交合来更新自己不老不死的能力,因此她决定向人间寻求该对象。虽说如此,已经跻身为道教大神的西王母却不能亲自憧憬人世,因此她把这一任务托付给了她的(分身的)女儿。这正是《新话摭粹》(或《绿窗新话》)的遇仙类中所记载的追求"遇"或者"欢"的仙女们的原形,也在小说杨家将为代表的跨越几代武将家族物语中,在战场上用实力打败并俘虏男将,强迫他们成为自己的丈夫(阵前比武招亲)的,以女仙为师父的女将的原形。而女仙师父,其实就是西王母。

若为了慎重起见而对此做一番补充说明的话,西王母的女儿们要维持长生不死的能力,需要遵从一个原则,就是即使嫁给了男人也不能生孩子。所谓参加"十二寡妇征西"的女将,在《杨家府世代忠勇演义志传》中有明确记载"此十二女俱寡妇也"的词句,而在《北宋志传》中不但没有她们全部都是寡妇的记载,甚至没有她们是已婚者的记载。虽说如此,但

---

① 在清朝宫廷连台戏《昭代萧韶》中,八娘嫁给了代替六郎而死的胡守德的弟弟胡守信。
② 请参考拙论《西王母的女儿们—从"遇仙到阵前比武招亲"—》(埼玉大学大学院文化科学研究科博士后期课程纪要《日本亚洲研究》第8号,2011年3月)。

那些明确记载有子女的女将不被包含其中也是事实。《北宋志传》中穆桂英被列为"十二寡妇征西"中的一员,其原因毋庸置疑是因为在《北宋志传》中柴郡主成为文广的母亲,因而穆桂英会作为未产妇,因此她能确保作为西王母分身的地位。反过来说,西王母的女儿(分身)一旦生育孩子,就会失去她原来的身份和永恒的生命,无法回归昆仑山。因此在两本小说杨家将的无论哪一本中,生产了孩子的柴郡主都是无法参加西征的。让柴郡主来代替穆桂英生产文广,于是穆桂英在《北宋志传》中就有了西征的资格,但在《杨家府世代忠勇演义志传》中不仅丧失了这一资格,而且未被赋予永恒的生命。那么旧本中于青龙阵生产孩子的穆桂英及其孩子后来命运会如何呢?

六、婴儿能平安无事地出生吗?

如果在旧本中不存在"十二寡妇征西"物语的话,就没有必要讨论穆桂英在那个时候有没有"征西"的资格(换而言之,她是否为未产妇皆不需要考虑了)。笔者认为至少在初期的旧本中有穆桂英在阵前生产的情节,而没有"征西"的情节。那么在此似乎可以结束有关这一问题的讨论,然而笔者却继续对这一问题进行考察,是因为笔者认为杨家将物语中登场的女将是西王母的女儿(分身)的想法(即杨家将物语中的女将被认为是西王母女儿的想法)是什么时候被导入故事之中的这一问题,与穆桂英生产的问题之间有着密切的关联。换而言之,在"征西"的构想被导入或者萌芽在杨家将物语中的那时起,也许就不能让穆桂英在青龙阵中生产孩子了。

反过来思考,笔者认为在"十二寡妇征西"物语的原初形态中,于征西之后她们达成了成仙或者行踪不明的其中某一种结局(总之这意味着她们回归了女神师父或者女仙所在的神山、仙山)。虽然不知道穆桂英在旧本中是不是成仙或者行踪不明了,假设是如此的话,恐怕她不能生产孩子。但是青龙阵非得用孕气(血气)才能攻破。很容易就能预见即将待产的女将(穆桂英)参加战斗就会临产,钟军师的意图就在于此。虽然他没有让女将(穆桂英)在阵中阵亡的意思,但孩子的生死却已在考虑之外。

笔者认为:在早期的旧本中青龙阵中触动胎气的穆桂英早产的孩子可能当场就死了,或者可能就是个死胎。若进一步深化这一想象,也不能说桂英为了能轻松战斗自己去堕胎的可能并非没有。若不至自己去堕胎,桂英不顾宗保之陷入早产所带来的母子俱危处境的反对意见而执意出阵的话,按照保护宗室的意思来被命名的宗保,在面对桂英为了打破区区一个阵就不在乎牺牲杨家的血脉之行动时,说不定其后也不能和她维持跟以前一样的关系。这样一定会导致桂英被休,然后回到师父那里的结果(若那个孩子就此死了的话,毋庸置疑那个孩子一定不是文广了)。对如此情节内容觉得怎样都难以接受的某个人,变更了当初的设定,让桂英的出阵改为允许宗保同意的并且孩子平安无事出生,之后(大概是另一人)再把承担生孩子这一责任的角色从桂英变更成了柴郡主,这可能性也是有的。

那么笔者认为在早期的旧本中桂英为了打破青龙阵选择自己堕胎这一可能性的根据何在呢?

七、从男孩到女孩，从姐姐到妹妹

　　本来在此该详述笔者认为桂英为了打破青龙阵而选择自己堕胎这一可能性的理由，但在此之前我们还先需对文广与姨（宜→宣）娘讨伐侬智高之乱的物语是何时导入于某一个阶段的旧本中的这一问题进行思考。这里笔者依据的前提是在前文中也多次提及的，就是包含阵前生产物语在内的宗保与桂英为主人公的物语并不在原本时期，而在旧本时期导入杨家将物语这一设想。

　　若在桂英于阵前生产文广的前提下，再欲铺陈她于侬智高物语中大展身手的情节，其间所存在的时间之隔阂就显得过于明显。倘若只当作物语来看待而不去在意这些细节，或者当作不相干的物语来各自分别讲述也就无可厚非了。但是不然的话，除了如《杨家府世代忠勇演义志传》那样，不把这个阵前出生的孩子作为文广，至于文广的诞生尽可能推延到宗保晚年以外，则无有可采纳的办法了。但是，采纳这个办法的话，不嫌再说而说，阵前出生的孩子是谁这个问题的发生是免不了的。

　　那么旧本对这一问题是如何去解决的呢？原来笔者下给旧本这个词的定义就是存在于原本以及《北宋志传》之间的杨家将物语，理所当然包含了一直延续不断、传承了几百年而至今连其存在过的迹象也都找不到的许许多多杨家将物语的这一整体在内。若要把这些物语一概而论的话，显得过于勉强而且大概也没有意义吧。可能在初期就有没讲述侬智高物语的旧本，但至少熊大木所见的旧本中就确实有这个物语。

　　如此旧本之中，若其中一种有讲述阵前出生的孩子就是前文论述过的姨（宜）娘的文本存在，又会如何呢？进一步说，为了不把阵前出生的孩子消弭于无形，难道不可以认为其中有不但把那个孩子作为文广的姐姐即姨（宜）娘，而且让她大显身手的"幼年时被女仙夺走，在女仙那里修行武术和法术，后获赠某一法宝，在物语所必要的时候回到双亲身边"这种家将小说常见的情节吗？

　　通常"子"意味着男孩，加之既然文本中有"此儿"，若去主张"此儿"不是男孩，那完全是在进行强辩。不过明确叙述这个阵前出生的孩子是男孩的，在《杨家府世代忠勇演义志传》《北宋志传》中都找不到，这也是地地道道的事实。大概这情况在旧本中也是一样的吧。那么也可以容许如下主张。就是熊大木看到（或者听到）的旧本中，阵前出生的孩子叫作姨（宜）娘，即日后帮助文广的他的姐姐。因为物语能捕捉一切机会让自身变貌，从某种意义来说，"阵前出生的孩子"这一奇货可居的情节一旦被加入该物语的改编队列之中，一定会被编者（或讲述者）所彻底利用的。

　　在讨伐侬智高之乱时，若需要有能承担救援陷入危机中的文广这一职责的角色（特别是女将），好的是比已经年老的桂英年轻一代的（而且是未婚）女将（既然桂英已经出场，就没有嫌弃女将的理由。而且救援陷入危机中主人公这个角色，男将毋庸讳言就在考虑的范围之外是不用说的）。事实上杨家将物语中早已存在这样的女将。柳贯（1270—1342）的《待制集》卷六收录了北宋画工黄宗道对《播州杨仪娘独骑图》的题诗，黄宗道《播州杨仪娘独骑图》的播州杨仪娘就是《北宋志传》的姨娘,即《杨家府世代忠勇演义志传》中的宣娘。而且,这个仪娘就是在万历三十一年(1603)刊行的,描述平定于万历二十八年的播州土司杨应龙叛乱始末的小说《征播奏捷传通俗演义》的"柳州城"所附注"宋杨文广征蛮,曾陷入此城,后得妹宜娘用计救出,此载《征蛮传》"中所见的宜娘(仪、宜同音①)。②

笔者认为:难道不是秦淮墨客在注意到了在旧本中已经是大众化角色的"仪(宜)娘",后把她妹妹的身份改成姐姐,并偷偷地赋予了她阵前产子的资格,还让她参与救援文广军事行动的吗?如果姐姐去救陷入危机中的年轻弟弟,比较顺理成章。虽说如此,年轻的男将被上年纪的女将救出来这种主意怎么都显得令人不寒而栗。因此在坊间宜娘依然是文广的妹妹而不是姐姐,其证据可见乾隆二十三年(1758)段汝霖《楚南苗志》卷一中"杨氏城,在靖州南渠江滩头。相传,宋杨文广之妹宜娘子,征侬智高过此,一夜筑城"③的这一段记载。

假设笔者以上的考察正中了问题的要害的话,还需要考察那个孩子为什么被叫作"yiniang"(宣娘是否是故意由宜娘派生出来的角色,在此不做论述)。

"yiniang"的三种不同表记中,最早出现的是仪娘、最晚出现的恐怕就是宜娘了吧。虽说如此,但由于仪娘出现在前述的画题之中,不能否定用吉字来代替原来的字这个可能性。不过由于姨娘是对父亲妾室的称呼,所以不觉得会愿意把它赋给爱女名字。在通俗的出版物中,用容易表记的错别字来代替原文字的例子并不少见,而《北宋志传》的世德堂本中姨娘在三台馆本中改成宜娘这也是事实,因此却无法忽视在最初的表记为姨娘的可能性。所以笔者接下来首先想从这条线索出发进一步展开考察(接下来在称呼文广的女兄弟时用有引号的"姨娘"来表述,在表示父亲之妾的意思时,用没有引号的姨娘来表述)。

需要再次强调,姨娘本来是对父亲之妾的称呼。文广的父亲是宗保,假设"姨娘"是文广的姐姐的话,宗保在与桂英结婚以前就有了与他发生过肉体关系的女人,或者在被桂英招亲以前就已经有妻子了。若该女人(女将)在阵中生产女儿的话,就算把阵前出生的孩子设定为"姨娘"也不会发生矛盾。

在于上述可能性之后者,那个女人应该是宗保的正妻,而桂英是次妻。但是在现存的杨家将物语中(似乎)找不出宗保拥有过这样一个女人的蛛丝马迹,而且还难以解释"姨娘"被称作姨娘的理由。如果是前者的话,那个女人可能是宗保的小妾,那么她的女儿在她死后代替她被称姨娘这个可能性并非没有。"姨娘"的母亲就是六郎延昭的小妾就是宗保的姨娘这个可能性也不是没有。如此一来,"姨娘"不是文广而是宗保的年齿差距很大的异母的妹妹,那么前文所提的《北宋志传》的宗保的台词就成了"桂英可行,吾姨娘有孕在身",若

---

① 尽管利用同一个物语而写,而女主人公的名字用不同的汉字表达的,可举《夷坚丁志》卷九《太原意娘》中的意娘、《鬼董》卷一《张师厚》中的"懿娘"、《古今小说》卷二十四《杨思温燕山逢故人》中的"义娘(以及'意娘')"的例子。

② 柳贯以下的论述,请参考松浦智子《杨门女将"宜娘"考-杨家将物语和播州杨氏-》《东方学》第121辑,2011年1月)。

③ 请参考前注中提到的松浦智子的论文。

作为宗保自己的小妾的话，台词就变成"桂英可行，○○有孕在身（○○中是姨娘的名字）"。在现已失传的旧本中有讲述宗保娶了小妾（次妻）的情节也并不值得大惊小怪，而且尽管娶了小妾却不提及她也是有可能的（有七子二女的杨继业也有如此的可能性）。但就算是这样的情形，也无法认为他在与桂英结婚以前已有了妾室。那么就不失与文广年齿差距较大的同父异母的姐姐或者妹妹存在的这一可能性吧，不过这样就很难再把阵前出生的孩子去充当她了。

言归正传，在结束这个有可能揶揄为没有什么意义的考察之前，笔者把现认为最有可能的阵前出生物语的变迁过程整理如下：阵前出生的孩子，在无论哪个时期的旧本中都未被作为"姨娘"（旧本对杨家将物语做了无休止的扩张，但是没有关心去解决由此产生的矛盾）。大概是由于"姨娘"是宗保之小妾所生下的文广的异母妹妹，所以她被称作姨娘，但秦淮墨客由于挂怀阵前出生的孩子和其未来的前程，就把文广的妹妹改成姐姐，并强行把她与本应是作为男孩的阵前出生的孩子合为了一体。

虽说如此，物语就不断地追求以年轻的美男、美女作为主人公，杨家将物语也不例外。因此，坊间的"姨娘"似乎一直是文广的妹妹，但在"姨娘"作为文广的姐姐的《杨家府世代忠勇演义志传》出现之后的出版界，把她再回归文广的妹妹就更加困难了。于是妹妹的角色被赋予了别的名字。在《五虎平南后传》《杨金花夺印鼓词》中承担救出杨文广职责的是杨金花（在这阶段宜娘从物语的世界中退场）。既然侬智高物语把救出陷入危机的文广的女将作为他的妹妹的话，就无法把她与阵前生产的孩子合为一体，因此熊大木或秦淮墨客所觉得的，阵前产子后完全未被提及的那一不协调感就无法消除了。但是物语在进行变貌、扩张时追求的，不是与过去同系列物语之间的整合性，而是"在那一时刻所讲述的物语中找不到矛盾"这一点，因此受众在欣赏物语小说、演剧之时，可能并没有感觉到什么异常。对这一点很执着的，单单就如熊大木或秦淮墨客这样的，为了把物语（或者说物语小说）升格为演义小说的出版社的老板们了。

八、《海游记传》与陈靖姑

言归正传，笔者之所以认为在早期的旧本杨家将物语中穆桂英为了打破青龙阵而可能自己选择堕胎，是因为知道在福建各地流传着种类丰富的以女神陈靖姑为主人公的物语。接下来先对这些物语的梗概进行介绍。

以陈靖姑为主人公的白话小说，大概首先应该提举的就是文元堂重刊的上图下文两卷本《海游记传》了。《海游记传》上卷本文题为"新刻全集显法白蛇海游记传"，下卷题为"新刻全像显法降蛇海游记传"，上卷卷头第二行记有"海北游人 无根子 集"、第三行记有"建邑书林 忠正堂 刊"的款识，封面下部题为"全像显法降/文元堂梓行/蛇海游记传"，下卷的卷末题为"全像海游记传下卷终/乾隆十八年癸酉岁孟夏月穀旦/文元堂重刊"，由此显示出这本书是乾隆十八年文元堂重刊福建建邑书肆忠正堂的刊本。虽然笔者不清楚有关文元堂以及海北游人无根子的详细情况，而忠正堂可认为与其板式相同（上图下文、每一页十行每行十七个字)并推定为万历刊本的,以与陈靖姑同样在福建有旺盛信仰的女神妈祖为主人公的《天妃济世出身传(天妃娘娘传)》二卷刊刻的忠正堂(熊龙峰)①,以及暂且命名为《熊龙峰四种小说》的四种短篇小说刊刻的熊龙峰②,可视为同一书肆,因此《海游记传》的忠正堂原刊本刊行时可以推定与它们处于同一时期。③

  为了下文论述的开展,笔者需要先简单地介绍一下《海游记传》的内容。

  物语发生在唐敬宗元年。观音大士从玉帝召开的大会返回南海,在途中见闾山法门久不兴旺,于是拔下一根头发投入大海变化成一只大白蟒蛇,并把剪下的指甲送往福州罗源县的陈谏议家投胎化身为陈靖姑,这是为了日后让陈靖姑去闾山学法制伏白蛇来光大闾山法门。如观音菩萨所想,白蛇与乌虎精一起为祸古田县,陈靖姑的兄长雪山法天圣者门生法通,与其义弟海清一起与白蛇相斗。其时由于海清的疏忽,法通被白蛇捉走了。为了救出兄长,陈靖姑赴闾山修行,在途中与李三娘、林九娘义结金兰。受九郎法主指名而成为三人师傅的张大夫人,对靖姑传授给道法、李三娘安胎催生护产法、林九娘收四季瘟疫法。结束修行回到古田的靖姑依靠闾山兵马的驰援以及法宝,成功救出了法通。后来法通前往闾山修行,而靖姑与罗源县的王通判之子王暹结婚了。此后受委托消灭再次为祸古田的白蛇的靖姑,让怀孕七个月的胎儿早产并把他藏在楼上的仓库中,对中庭施展了涌海法,并给予海澄(清)一碗净水(沙水)命他守护,自己则去与白蛇相斗。白蛇察觉到陈靖姑一边流着血一边追过来,于是化身为老婆婆去靖姑家欺骗海澄获得了那个孩子为人质。世尊接受了靖姑的控诉,帮她救回了孩子,给这个孩子命名为吉祥并收之为弟子。白蛇则逃脱了。(上卷)

  白蛇前往毛(茅)山八郎法主处习得"呵毛成剑,撒豆成兵"之法,并在被授予帝钟后回到古田。法通兄弟与靖姑利用闾山沙王的神兵和龙角,并在铜撞、铁撞二神王的援助下打败了白蛇。靖姑与龙女、曾三姐、许五娘一起追击闯入西海龙宫的白蛇,白蛇返回古田与海清比试神通变化,眼看不敌前往福州吃掉了闽粤王的圣后蒋露娘并化身为她,以求治病之药为由向王要求靖姑的心肝。王被靖姑说服并看破了白蛇的真身,白蛇被斩下尾巴逃走了。靖姑则被封为护国慈济天妃崇福顺懿大奶夫人,丈夫王暹被封为泉州海口巡检。靖姑与从世尊处返回的吉祥一起大战白云长老和千虾大圣,在李三娘和龙女的帮助下打败了他们。落入山中听任其腐朽的白蛇尾巴则化为精怪,掳走了粤王的公主。当公主正要被它吃掉时观音庇护了她。樵夫张大名看到布告中说拯救公主者可成为驸马,于是自告奋勇与结拜兄弟秦仲前往救援,后被秦仲背叛困在山洞之中。大名被观音救出,以公主给他的金镯为证,才被证明他是真正的救援者而成为驸马。白蛇恢复后又在古田作祟而不敌靖姑,向

---

① 上下卷的卷头皆有"潭邑书林 熊龙峰"、下卷卷末的莲牌木记有"万历新春之岁忠/正堂熊氏龙峰行"款识。
② 在四种小说中的《张生彩鸾灯传》卷头第二行有"熊龙峰刊行"款识。
③ 有关《海游记》刊本的详细情报,请参照《民俗曲艺丛书》的《海游记》(财团法人施合郑民俗基金会,2000年6月)中收录的文元堂影印本的叶明生《古本陈靖姑小说之发现及研究-〈海游记〉校注引言》。并且同书中还收录了1991年李寿宝依据文元堂重刊本抄写的笔录本以及经叶明生校注的校注本。

观音大士求救。海清向包庇白蛇的观音挑战,被观音轻松应对。观音亲自把白蛇封印入庙中,并揭开了靖姑的前因后果,让靖姑成为巫法之王去救助民间诸般的疾苦、十殇之灾。日后靖姑被天帝下玉旨封为福州古田县灵永(临水)宫都天镇国大奶夫人。(下卷)

以上是《海游记传》的梗概。为了复兴衰颓的闾山巫教,观音用自身的头发变成白蛇,向福建古田要求人身供养,并预先用自己的指甲去投胎化身为陈靖姑,让两者相斗,如此的内容显得十分荒唐无稽,而且下卷中还有民间故事"AT300 龙退治(屠龙者)"的母题,因此《海游记传》是比起被认定为小说,更应把它看作一部集成了福建有关陈靖姑民间传说、民间信仰的作品。

陈靖姑(别名"临水夫人")虽然是中国众多女神中的一位,不过除去一部分研究者以外,至今似乎很少受到人们的关注①。陈靖姑信仰不仅甚笃于现在的海峡两岸②,在道藏本《搜神记》(高 1105·1106)的《顺懿夫人》中也可找到有关她生涯的介绍(卷六),此外从现存的与之同一内容的明刊本金陵(南京)三山对溪唐富春刊的《新刻出像增补搜神记》六卷以及对其增补本《三教搜神大全》七卷的记述来看,亦可得知陈靖姑信仰曾盛行一时。③ 因此,各种各样的以陈靖姑生涯为主题的物语至今还在以福建为中心的地区被讲述着。关于这些物语笔者在下一节先进行简单的介绍,然后来考察它与小说杨家将,尤其是女将阵前生产情节之间的关系。

---

① 过伟《中国女神》(广西教育出版社 2000 年版)、吉田敦彦·松村一男编著《亚洲女神大全》(青土社 2011 年版)中都没有提及陈靖姑。《中国女神》被新岛翠·林雅子翻译成《中国女神の宇宙》出版了(勉诚出版 2009 年版)。

② 中国的陈靖姑研究以叶明生为中心,他作为主编收集了 2014 年于澳门主办的"第二节陈靖姑文化论坛"、2015 年主办的"首届临水夫人陈靖姑文化国际学术研讨会"的主要论文,并出版了论文集《澳门陈靖姑文化论坛——首届澳门临水夫人陈靖姑文化国际学术研讨会文集》(澳门陈靖姑文化研究中心·澳门临水宫值理会编,宗教文化出版社 2016 年版)。日本的相关研究以广田律子和野村伸一为中心,广田作为日本国中国民俗研究会的代表,与浙江省民间文艺家协会、福建省民间文艺家协会、上海民间文艺家协会、上海民俗学会合编刊行了《夫人戏——陈靖姑地方神研究资料之一》(1993)、《夫人词——陈靖姑地方神研究资料之二》(1995),并依次发表了《中国の女性神とその芸能-浙江省説唱芸能鼓詞『陳十四夫人伝』》《歴史と民俗 神奈川大学日本常民文化研究所論集》14,1997)、《『陳十四夫人伝』に唱われた地獄》(同 15,1998)、《説唱芸能《唱南游》の語り》(神奈川大学経営学部十七世紀文学研究会《麒麟》9,2000)、《続編 I～V》(同 10～12,14,15,2001—2006)等论文以及《海游记》的翻译稿。野村著有《東シナ海祭祀芸能史論序説》(风响社,2009),并编辑了收录有徐晓望《福建省における女性の生活と女神信仰の歴史》、叶明生《女神陳靖姑の儀礼と芸能伝承》文章的《東アジアの女神信仰と女性生活》(庆应义塾大学出版会,2004)一文,还亲自发表了《台湾人の儀礼と物語(二)》(《庆应义塾大学日吉纪要言語·文化·コミュニケーション》25,2000)、《福建民俗紀行》(同 27,2001)。此外,道上知弘翻译了叶明生的《福建女神陳靖姑の信仰、宗教、祭祀、儀式と傀儡戯『奶娘伝』》(同 26,2001)、《莆仙傀儡北斗戯と民俗、宗教の研究》(同 30,2003)、《福建女神陳靖姑信仰と閭山夫人教》(研究プロジェクト「危機の共同体-東シナ海周辺 の女神信仰と女性の祭祀活動」) 等多篇论文。

③ 元·无名氏《胡海新闻夷坚续志》后集卷二《神明门·神灵》中收录的《神救产蛇》中介绍了祭祀于福州古田县的陈夫人及其庙宇,但夫人的名字却没有被载入其中。另外在清·姚福均《铸鼎余闻》卷三《顺懿夫人 临水夫人 陈夫人》中可以找到出自《光绪处州府志》、《同治丽水县志》、《闽杂记》的相关记载。另外清·姚东升《释神》卷四的《大奶夫人》,是再引自《新刻出像增补搜神记》。

九、在福建各地讲述的陈靖姑物语

笔者首先简单地介绍一下讲述陈靖姑一生事迹的文艺作品以及文献。第一个是闽北道坛的演唱本，七言长诗体裁的《奶娘宗祖》三卷；第二个是仿此用散文写就的前文概述过其概要的《海游记传》二卷；第三个为闽浙各地演唱的鼓词《夫人词》，包含了在福建各地流播的文本以及在书场中讲述的文本（福州评话《陈靖姑》），还有在浙江丽水等县被称为《陈十四夫人传》的文本；第四个是湘西的傩戏《海游记》；第五个为傀儡戏的《夫人传》，有闽东寿宁梨园教的《奶娘传》三卷、闽西上杭高腔傀儡戏《夫人传》三卷、闽北南平山《夫人传》、三明永安大腔傀儡戏《皇君传》、福清词明戏《临水平妖》、莆仙傀儡戏《北斗戏》、浙江松阳高腔傀儡戏《九龙角》、泰顺傀儡戏《娘娘传》、平阳提线木偶戏《南游记(陈十四娘娘传)》、江西上饶横峰傀儡戏《奶娘传》等，闽剧中还有被称为《陈靖姑》[①]的剧目。

上述这些资料中，李高森等口述、吴大水等记录、华俊校补的松阳高腔《夫人戏》以及歆韵供稿、王仿注校的闽剧《陈靖姑》收录于《夫人戏——陈靖姑地方神研究资料之一》中；刘玉峰唱述、歆韵记录的福州评话的一段《陈靖姑上山》，黄景农唱述、唐宗龙·李蒙惠记录的丽水鼓词《陈十四夫人传》，赵连钦唱述、金崇柳记录的温州鼓词《南游》被收录在《夫人词——陈靖姑地方神研究资料之二》中；郭文华口述、陈运良记录、叶明生·袁洪亮校注的《福建上杭乱弹傀儡戏夫人传》（1996），吴乃宇记述、叶明生校订的《福建寿宁四平傀儡戏奶娘传》（1997），徐宏图校订的《浙江夫人戏——松阳高腔九龙角》（2008）被收录于财团法人施合郑民俗文化基金会刊行的《民俗曲艺丛书》中[②]。附带一提，松阳高腔《夫人戏》与《浙江夫人戏——松阳高腔九龙角》基本上是同一内容。

作为小说，前文介绍的《海游记传》以外还有401回的《闽都别记》、60回的《陈十四全传》、17回的《临水平妖传》、23回的《陈十四奇传》，但笔者能看到的仅限于《闽都别记》。《闽都别记》是清代乾嘉年间福州人"里人何求"编纂的，集成了福州地区的民间传说、历史故事、地方掌故、风俗习惯、名胜古迹、俚谣俗谚、方言土语的章回体小说，因此并不是专门记录陈靖姑事迹的作品。陈靖姑仅在书中第二十一回《洛阳造桥观音显应　鬓发化蛇临水降生》到第八十三回《林九娘设计缚长坑　陈夫人数罪磔妖鬼》之中数次登场。

以上诸文献中的陈靖姑与白蛇之战斗细节是各种各样的，因此详细地介绍起来过于烦琐，以下仅就与本论的旨趣有关的，已经介绍过的《海游记传》中陈靖姑为了与白蛇战斗而让自己孩子早产的情节相对应的部分做一番概述。

首先看《浙江夫人戏——松阳高腔九龙角》（以下简称为《九龙角》），其中的情节有些不同。闽越汀一带三年未雨，法师陈法清因为受请祈雨没有应验，在要被抓起来烧死的时候逃出，跑到妹妹陈靖姑处哭诉。怀孕中的陈靖姑害怕动了胎气，运用"剖腹取胎法"把自己

---

① 参照前页注释中提及的《澳门陈靖姑文化论坛——首届澳门临水夫人陈靖姑文化国际学术研讨会文集》中收录的叶明生《论临水夫人信仰文化在海内外的传播》一文。

② 《民俗曲艺丛书》中还收录有叶明生的《闽西上杭高腔傀儡与夫人戏》（1995），该书附录了《上杭高腔傀儡戏科仪本三种》、《上杭高腔傀儡戏〈夫人传〉请神送神词》等文。

的孩子取出,腾云去汀州祈雨,并斩除了妨碍龙王的五雷神、七雷神,由此这一带三日三夜降雨不停,自此陈十四夫人名动天下。

依据《九龙角》第3本第12出,陈正(靖)姑以"肚中有了十月怀胎在身,焉能上得雨台"为由一度拒绝而被法清恳请后自言"我今提起一把飞刀剑,飞刀剑儿破怀胎。(破肚介)(白)喔唷。(丑白)呀!大姐,你受苦了。(正旦接唱)忙把灵符封刀口,封起刀口便痊愈。再将怀胎来变化,变化金丝鲤鱼,铜皮铁骨一般貌(下略)",说罢自己持刀剖腹产,然后就出阵了。孩子得以平安无事的出生,而靖姑剖腹产的伤痕被灵符给立即治愈了。《夫人戏》与之基本相同,但差异在于不是"十月怀胎"而是"六月怀胎"(第3册第21出)。

由于闽剧《陈靖姑》属于后发的作品,所以没有用飞刀"剖肚"这种粗暴的说法,而是用"待奴入房演法脱胎,(脱胎变化完)诸事布置安稳,谅妖魔难破此机,不免驾云往白龙江演法"(第6本"脱胎祈雨"第16台)这种说法来暧昧地表述这一经过。在第7本《收长坑化灰》中有"待奴进内,脱胎便了。(肚痛)(唱)痛杀我了,都只为普天下大起干旱,我主爷命兄长,把雨来偿,上天爷,他不把大雨来下,我兄长到家来保我来叫,为百姓,救全家,才把胎脱,这一阵狠著心,把胎脱下,(入帐)脱罢胎,我净身去见当今"的场面。再次演唱同样场面显得可疑,可不是因为这一情节很重要的缘故吗。虽然陈靖姑忍着"肚痛神昏"与长坑鬼(相当于《海游记传》中的白蛇)战斗并取胜,但因为不合道理的脱胎行为(人工早产)而死去。胎儿在闾山被"辅助胎炼成人"得以延续了生命,还被命名为灵通。

在丽水鼓词《陈十四夫人传》的第3册第4段"陈十四升天"中描写陈靖姑"金刀一把捏手中 对肚一刀剖的响 取出七月小怀胎 一口法水一遍咒 没疤没缝陈神娘",并在祈雨后有"神娘使得炼丹法 要把骨肉炼成人 七月怀胎炼两个 走马灵通是儿名",陈静(靖)姑自己持刀剖开肚子取出七个月大的孩子,用法水和咒语治疗伤口。静姑用与《九龙角》一样的方法来保护孩子,斩除了妨碍祈雨的雷公给福建福州一带来了慈雨,但其间"七月胎儿"由蛇魂(妖魂)化为血水。这个胎儿被静姑用炼丹法重塑人形,分为走马、灵通这两个三岁半的孩子,而静姑由于"骂父三句、翻天覆地、翻掉江河、私斩雷公"之罪名各减三年,合计减少十二年的寿命,因此二十四岁时就升天了。

温州鼓词《南游》的正篇接近结尾处有这样一段原文:"神娘急忙落经楼,拜过公婆上辈人。离却自家到陈宅,急急忙忙上南云楼,神娘身带棉毡毯,神剑拿来手中擎。胸膛定起用剑分,龙孕请入棉毯中,方斗化钟盖龙孕,五色米化五色云。白头蝇化小白龙,畚斗化作大猛虎。搭扫化作一根海藤,龙角化作摇钱树。"果然女主人公也是靠自己进行剖腹产取出了龙孕(胎儿),再用同样的方法来保护孩子后前去祈雨,于其时得到了龙女的帮助,使龙降下了雨水。陈靖姑在芦(闾)山学习催生术后返回,把前文提及的八个月大的龙孕变成八岁的孩子,命名为走马,而靖姑自身由于此间犯下的各种罪状折寿三十六年,于二十四岁升天了。在《南游》的这一部分中白蛇或长坑鬼虽然没有登场,但是有关于"陈靖姑为了藏匿这一自己主动剖出来的龙孕,而给他施加各种迷彩措施"的情节描写,由此可以推测龙孕原本可能是要被它们杀死或者掳走的吧。

在福州上杭《傀儡戏夫人传》第8段"陈进姑出嫁"的第7场中,陈海清以孩子可以六个月出生的说词说服了进姑,让她用催生符"产出(怀孕七个月的)男孩子"。在福建寿宁四平的《傀儡戏奶娘传》第4本第1拍《乌龙江靖姑祈雨》中,林赛姑面对祈雨时被长坑鬼妨碍落入水中而"血山崩去,一条神裙浸红了"的靖姑,把催生符贴上她的"人门"使得她七个月大的胎儿平安无事地生了出来。

在《闽都别记》第八十二回的《陈夫人祈雨捉蛇首　长坑鬼抱恨害妇胎》中,陈靖姑在"三月怀胎"时得知兄长陷入危机,于是把胎留在娘家"桶樘下"后只身前往白龙江祈雨。得知这一情形的长坑鬼急忙去把被陈靖姑镇压住的白蛇首给解救了出来,然后唆使它去陈靖姑的娘家把刚出生的胎儿给吃掉。靖姑在胎儿被吃掉后突然因为"腹中胎毁血崩,不胜疼痛"而掉入水里,不过她却因此而净化了身体从而降伏了白蛇首。不过,她也因为"堕胎落水,风寒侵入脏腑"而死。其中有一条伏线,就是靖姑下闾山之时,没有听从师傅的去学扶胎救产之法的劝说,也没遵守如果不学它,二十四岁时一定要隐迹,不用法器的劝谏而致此后果。靖姑的被吃掉的胎(三个月还无法说是婴儿)最终也没能复活,可能是作其补偿,后文中有"怀孕七个月"的杨家嫂子在被长坑鬼连整个肠子一起把胎儿拽出之时,陈靖姑的灵体赶来把肠肚收回其腹中而确保了母子平安无事,由此临水夫人"保产救赤"的名声远扬自不必赘述。

小结:陈靖姑和穆桂英

至今在福建各地以各色各样内容流传着的陈靖姑物语,鉴于《胡海新闻夷坚续志》的《神救产蛇》中记述的、祭祀于福州古田县的陈夫人庙中的"救治难产"之女神救助了生下小蛇的徐清叟的难产的儿媳这一传说,因此宗力、刘群《中国民间诸神》(河北人民出版社 1986年版)提起的陈靖姑是女巫而在她死后作为除妖、催生助产的神这一见解是可以被首肯的。白蛇和长坑鬼作为被陈靖姑制伏的各种各样妖魔的代表,两者名称为二但实质为一,若鉴于它们的名称,长坑鬼与蛇其实并没有什么差别。不言而喻,由于蛇是水神,经年累月后具有妖力,也可能会引发洪水和干旱,因此祈雨与同白蛇或长坑鬼的战斗结局是一样的,并且斩蛇和斩妨碍龙神降雨的雷公也是具有同样的意义。为了代替祈雨失败的兄长,虽法力强大而该忌避登坛作法的怀孕中的妹妹不得不接替他前去祈雨,因此才不得已强制把即将临产的胎儿从腹中取出,如此传说般的情节不得不说是太古怪而且荒唐无稽了。盖为把祈雨后因早产而死的女巫(陈靖姑),作为救治难产的神祇来祭祀的这一过程中编造出来的神话无异吧。虽然如此,无论是说剖腹还是脱胎,这一行为的结果就是死亡的话,即使她死后被当作神来祭祀,那也太没救济了吧。也许旧时代的人们容易对这样的物语没有抵抗而接受了,但对此后的那些怀孕产子的当事者,即女性来说难以接受是很自然的一件事。因此为了拯救过于悲惨的结局,如上各种各样的陈靖姑物语开始被讲述,在那些物语中靖姑和胎儿都被改为没死。换言之,陈靖姑物语从最初的大小(母子)都死了,经过活大还是活小的最终的选择,最后演变为大小都活了的结局。

在女将于青龙阵生产的杨家将物语里,临产出阵的女将在阵中有了产兆,其血气(孕气不过是避开直截的说法)不但削减了敌人妖术的威力,而且阻止了敌人从阵中逃脱。在通俗小说中为破敌人的妖术,用狗血浇到敌人身上,或者孕妇裸体尸体倒埋半身的例子不胜枚举。钟道士必定在一开始就打算让女将在青龙阵中有产兆而生产出血。这样的话,讲述者的念头中全然没有腹中孩子的生死,以及他是谁等问题,倒不如说让这个孩子活下去反而是一件让人困扰的事。

笔者认为,在追加侬智高物语以前的杨家将物语中,似乎没有阐明阵前穆桂英生下的孩子是谁的必要(这个孩子是否是文广这一问题,原本就没有阐明的必要)。但是侬智高物语在围绕天门阵的宋辽攻防之后继续被讲述的话,就是另一种情形了。若阵前生产的孩子难以设定为文广的话,文广可以设定为日后出生的与此不同的孩子就解决这个问题了,但如果是那样的话,又该如何对待这一位与文广年齿相距较大的兄弟呢?

如果阵前出生的孩子是男婴的话,此刻起他对杨家来说是非常重要的,因为他成为杨家唯一的后继人,所以不能够没有名字。假设他没能活到成人而早夭的话,也应该对他的死有所言及,倘若他不是幼年死去的话,于人情上至少也应该给他一个轰轰烈烈的最后展现自己的舞台。但是,曾经存在过那样物语的证据至今连蛛丝马迹都找不到,那么阵前生产的孩子若是女儿的话又会怎么样?

如果是女婴的话,则没有必要引用八娘、九妹的例子。她在幼时没有名字,甚至连诞生都没有被提及,也是不足为异的事情。这么思考之时笔者惦记的就是宜娘的存在。宜娘在《杨家府世代忠勇演义志传》中救援了在讨伐侬智高时陷入险境的文广。宣娘大概是从与其字形相类似的宜娘变更而来,宜娘也好似从与之同音的姨娘变更来的。这样的话,这一位姨娘被设定成天门阵中出生的孩子,而她在与其年齿较大差距的弟弟文广初次上阵而陷入险境时出阵相救,如此般情节的杨家将物语曾经存在的可能性,笔者认为未必是没有的。

熊大木对杨家将物语的旧本(物语,抑或是物语小说)进行修正为演义小说,即《北宋志传》时,没有删除杨宗保、穆桂英大显身手的天门阵相关部分,而讨伐侬智高部分则被删除了。若讨伐侬智高的物语没被叙述的话,仅以该处为舞台于其中大显身手的姨娘就没有预先登场的必要了。若有讲述姨娘大显身手的日后部分的话,就算文中未曾述及,也有读者会如此去推测天门阵中出生的孩子可能就是她。但只据没有那个部分的《北宋志传》来试图看出旧本原来的情况,是很困难的,一定会产生这个阵前出生的孩子是谁的疑问。于是熊大木预先于眉批上做了他是文广的新的解释吧。综上所述,笔者认为秦淮墨客依熊大木所为,为了把阵前出生的孩子设定成为文广真正的姨娘,而积极地对旧本进行了修订。

从另一面思考,笔者认为早期的陈靖姑物语恐怕是一个"巫女为了登上祈雨法坛而亲自把胎儿取出,祈雨虽然取得了成功但她也因此而死,并在死后成神"的物语,而当初被导入杨家将物语的穆桂英于阵前生产的物语,或许就是一个"为了战胜敌方的妖人,身怀六甲的女主人公不得不请缨上阵。她在阵中突然有了产兆而进行分娩,妖人被分娩的血气所妨碍而不能使用妖术,由此她幸运地(或者说正如所预料的)获得了胜利"的女将的物语,或者是一个"为了打破敌方的妖术,女主人公在上阵前就用某些方法让自身的出产时期提前"的女将的物语。于是,大概陈靖姑会因此在死后成神获得祭祀,而穆桂英在被休后回归了仙山吧①。这么一比较的话,巫女陈靖姑与仙女穆桂英两者的人物形象就出人意料地相类似了。

---

① 虽然并不是要让胎儿牺牲,但在《征西薛唐三传(异说后唐传三集薛丁山征西樊梨花全传)》中有与薛丁山多次分居的女将樊梨花,在《宋史奇书》中有抛弃丈夫高琼回到她女仙师父所居住之山的女将刘金定。关于后者请参考拙论《历史物语的生成与发展——以高家将物语为中心》(琦玉大学纪要 教养学部)第52卷第2号,2017年3月),其中笔者略微详细地进行了论述。

《光明日报·文学评论》与1950年代初期的文学批评

布莉莉*

摘 要:《光明日报·文学评论》作为一份颇具"同人"色彩的副刊在20世纪50年代初期的报刊场域中显得较为"瞩目"。它不仅以富有个性的批评实践建构出一批"另类"经典(如《关连长》《我们夫妇之间》《母亲和孩子》《柳堡的故事》等),更信笔指点权威、敢于陈一家之言,屡屡向解放区文艺的标杆性人物(如丁玲、赵树理、孙犁等)发起挑战,而这也最终导致了它的停刊。对《文学评论》双周刊进行考察,不仅有助于厘清50年代初期意识形态结构内部的种种矛盾和分歧,同时对还原历史的复杂性以及其中所蕴含的多重语义发展的可能大有帮助。

关键词:《光明日报》;《文学评论》;文学副刊;建国初期文学

1949年后,中国共产党对私营(民营)报纸的收编以及在"全党办报"的基础上确立起来的党报层级结构,使得报纸的阶级性和党性不断被强调,原先被誉为"社会公器"的大众传媒逐步变为宣传主流意志、教育和组织群众的喉舌。共产党对报纸宣传功能的重新定位,对副刊生态产生了重要影响,此举打破了自清末民初所形成的商业报刊、党派报刊、同人报刊鼎足而立的格局,党报副刊一家独大,且逐步居于主导地位。然而,在20世纪50年代初期,党报与非党报、私营与公营报纸仍在一段时间内共存,如《大报》《亦报》《文汇报》《文化报》《大公报》《光明日报》等,这些报纸几乎都办有文艺性副刊,且很多都带有同人色彩,《光明日报·文学评论》(为行文方便,后面简称为《文学评论》)双周刊亦是其中之一。

《文学评论》创刊于1950年2月26日,编辑主要有王淑明、竹可羽等人,是刊载"作品批评、作家研究、文艺理论、专题评论,及苏联、新民主主义国家和各国进步文艺理论介绍"[①]的专业性评论副刊。关于《文学评论》的办刊缘起,主编王淑明曾说道:"《光明日报》的副刊《文学评论》,是我和几个朋友合办的。这刊物一开始,就具有同人性质,是没有什么一定的方针和目的的。我们几个人偶尔谈起,觉得当时的文艺批评空气太沉寂,需要有一个刊物,来把它搅动一下,于是就向报馆方面接洽,办起来了。……我到北京来参加文艺工作,觉得

---

* 作者简介:布莉莉,山东大学国际教育学院助理研究员,山东大学文学院博士后,主要研究方向为中国当代文学批评及文学传媒研究。本文系国家社会科学基金青年项目"中国当代报纸文学副刊研究"(编号:18CZW045)和"山东大学青年学者未来计划"项目阶段性成果。

① 《稿约》,《光明日报》1950年5月17日。

行政职务太小,'名不见重于当时',比起其他同志来,实在是'相形见绌',大有'冠盖满京华,斯人独憔悴'之感。觉得组织上既对我不信任,不另加青睐,就只有靠自己搞出名堂来。办刊物,就是自找出路的一法。当时我还有另外一种想法,那就是不将刊物放在《人民日报》上,而在其他党派的报纸上面办出,为什么这样呢?我觉得《人民日报》是党报,在这上面出刊,我们的文章,就要受到审查,这无疑是一种'束缚',而这种'束缚',我是不能忍受的。……在《光明日报》上附刊,我觉得有几种便利:一、不受审查。想说什么,就说什么,天地辽阔,可以放任而'自由'。二、既然是民主同盟办的报纸,党即使要来干涉或领导,亦有所不便。"①

上述文字明确表达了《文学评论》的"同人性质",十分难得。《光明日报》是中国民主同盟主办的报纸,自创刊始就以知识分子为主要读者对象,被认为是观察中国知识界动向的一个"窗口",编辑部成员大部分也是民主党派成员和党外人士。在当时的时代语境中,大多数报纸基本上是《人民日报》的"复制本",或在此基础上稍加改换的"党报地方版",像《文学评论》这样具有明确办刊意图和鲜明同人色彩的副刊,在20世纪50年代初期报纸副刊逐步整一化的格局中显得颇为独异。当然,笔者无意将这种"独异性"刻意夸大,因为在当时的时代语境中,无论是党报还是非党报都是人民的报纸,都服务于新民主主义历史阶段的需要。但是,由于报纸的经济属性、行政归属、办报传统和理念以及读者对象的不同,在具体的办报实践中,仍存在较大差异,这一点同样值得我们注意。笔者仔细翻检了《文学评论》(第1—45期),发现其在50年代初期的报刊语境中所形构的文学批评观念和审美旨趣的确较为"另类",它不仅以富有个性的批评实践建构出一批"另类"经典(如《关连长》《我们夫妇之间》《母亲和孩子》《柳堡的故事》等),更信笔指点权威、敢于陈一家之言,屡屡向解放区文艺的标杆性人物(如丁玲、赵树理、孙犁等)发起挑战,而这也最终导致了它的停刊。对《文学评论》双周刊进行考察,不仅有助于厘清50年代初期意识形态结构内部的种种矛盾和分歧,同时对还原历史的复杂性以及其中所蕴含的多重语义发展的可能大有帮助。

一、建构"另类"经典

《文学评论》创刊号上共发表了两篇文章,一篇是王淑明的《评〈红旗歌〉》,另一篇是竹可羽的《再谈谈关于〈邪不压正〉》,编者在《编后》中写道:"这期发表的两篇评论,在创作态度上有个相同点,就是要求作者要'善于描写人'。"②从文学批评视角检视《文学评论》,可以发现"人性"的批评尺度一直是其秉持的标准。关于这点,张均曾在《"新现实主义"和文艺界的"华东系统"》一文中做了精彩论述,他仔细考察了《文学评论》在"新现实主义"方面的探索,并提出了文艺界的"华东系统"这一概念。张均认为"华东文人"在文艺观念、审美追求以及对文学批评方法的理解上皆与延安文艺存在整体性差异,他们普遍没有延安经历,从"工农兵文艺"看,新四军文艺工作毋宁存在"自由主义"作风,而如此种种反映到批评话

---

① 王淑明:《从〈文学评论〉编辑工作中检讨我的文艺批评思想》,《人民日报》1952年1月10日。
② 编者:《编后》,《光明日报》1950年2月26日。

语实践上,则表征为对"人性的现实主义"的强调。① 这点为学界提供了有益启发,在此基础上,笔者对45期《文学评论》进行了仔细考察,发现《文学评论》所褒扬的文本很有特点,如石言的《柳堡的故事》、韦蓁的《母亲和孩子》、朱定的《关连长》、萧也牧的《我们夫妇之间》等,这些在当代文学初创时期曾引起广泛争议的文本,《文学评论》却不遗余力地给予了积极肯定。

石言《柳堡的故事》最初刊载在南京《文艺》第一卷第三期上,小说主要讲述了新四军某连年轻的副班长李进与善良俊俏的农村姑娘二妹子的恋爱故事。小说一开头,便提示了"个人/集体""爱情/军队纪律""人性/党性"的冲突,且语言生动、描情细腻,将李进与二妹子之间含蓄的感情波澜和初恋中悸动慌张的心思处理得丝丝入扣。这部小说之所以迷人,很大原因在于它的抒情风格和敢于打破革命英雄禁欲主义叙事惯例的勇气。在主流叙事框架中,恋爱多被认为会亵渎革命意志,个人化的情感只有纳入大公无私的集体情谊中才有存在的合法性。《柳堡的故事》虽然未能彻底摆脱这一叙事成规,但在小说中人性话语屡屡跳脱出来,如李进说:"我不是想腐化,随便腐化当然犯错误。谈恋爱不作兴?'小兵癞子'就不作兴谈恋爱?"② 这种及物的、饱含肉体温热的叙述,从空洞宏阔的阶级话语的压抑机制中逃逸出来,散发着永恒的动人心弦的艺术魅力。

1950年8月,《文学评论》第13期组织了"《柳堡的故事》的评论专辑",刊发了成文英《评〈柳堡的故事〉》、萧枫《〈柳堡的故事〉的思想性和艺术性》、刘秉彦《〈柳堡的故事〉读后》三篇文章,其中成文英认为《柳堡的故事》中李进与二妹子的恋爱违反了军队纪律,即使后来李进和指导员决定从恶霸刘胡子手里救出二妹子,也不是从阶级立场出发,而是缘于私人情感,总体认为《柳堡的故事》是一篇"思想性很差"的小说,"首先是作者在主题的表现方法上,没有从部队的军民关系,军队纪律,革命的整体利益出发,来看待李进与二妹子间的男女关系问题。……对待李进的错误行为与错误观点,作者也不是从无产阶级的立场出发,从上下级关系出发,而是以对部属的偏爱,代替阶级立场;以私人宗派,代替上下级关系。因而在作品里,就缺乏对李进的严正批评。这样的作品,对部队的教育意义,是相反地起了副作用。"③《文学评论》第14期又登载了竹可羽的《关于〈柳堡的故事〉》,则认为《柳堡的故事》虽然有很多缺点,但是算得上"今天中国所能看到的最好的短篇小说中的一篇","作者通过部队生活的具体生动的描写,写出了个人幸福与全体人民的幸福如何相结合的主题思想,这在教育读者上有普遍的大的意义"。④ 有意思的是,成文英其实是《文学评论》主编王淑明的笔名,他与编委竹可羽"一个唱白脸,一个唱红脸",这种类乎《新青年》"双簧信"的编辑策略,指向非常明显——意在引发论争,同时也是对日渐僵化、教条的批评成规的某种反抗。

文艺批评是干预文学创作与阅读,筛选文本、建构经典的最初机制,其秉持的批评观念对经典的确立与存废密切相关。1949年后,阶级话语成为主流的文学评价机制,不断规训

---

① 张均:《"新现实主义"和文艺界的"华东系统"》,《海南师范大学学报》(社会科学版)2014年第4期。
② 石言:《柳堡的故事》,《文艺》1950年第3期。
③ 成文英:《评〈柳堡的故事〉》,《光明日报》1950年8月12日。
④ 竹可羽:《关于〈柳堡的故事〉》,《光明日报》1950年8月27日。

着文学的形式和意义,且在后来的文学论争和批判运动中被反复强调。然而《文学评论》在臧否文本时,却时时高扬着人性尺度,如徐洲《〈关连长〉读后》中写道:"关连长不但是孩子们的父亲,而且是一个连的战士的父亲。"①这就使得其在褒贬文本时与中心、正统、权威的批评话语时常产生一种紧张关系,甚至出现严重的脱榫现象。《文学评论》对韦嫈《母亲和孩子》的高度赞扬中就蛰伏着令人深刻不安的因子。《母亲和孩子》发表于《小说》月刊1950年第4卷第3期,作品的主人公杜慧芝是一个知识分子出身的革命干部,在解放战争期间迫于军事情况,不得已跟随组织将孩子"坚壁"在农村老乡家中。杜慧芝是自小在城市中长大的大学生,对农村肮脏、不讲卫生的野蛮生存状态极为惊恐,小说中这段环境描写颇有丁玲《在医院中》的意味:

> 人一跨进门限,就能闻到一股常年不透空气的怪味儿,屋里靠墙横七竖八的堆了立柜,躺柜,靠窗这边,炕上铺着一床破毯,搁了两架纺车,还有一些布节。杜慧芝抬头一看两头壁上涂满了一小块一小块的臭虫血,许是积了好多年的结果,顶棚上结满了蛛网和灰,有的顶棚纸已破了快掉下来,再看那窗台上,木梳子黑污污的,破镜子灰蒙蒙的,烟叶子堆得乱七八糟的,总之一句话,这屋里,炕上,地上,柜上,墙上,可太脏了。②

这种自然主义的环境描写,携带着具有倾向性的审美感知,不自觉地将农村推向肮脏、污秽、消极、落后的境地。尤其是杜慧芝在得知农妇桂芬的孩子死掉之后,这种无边的恐惧在脑中不断弥散,使她不禁猜测这定是农妇不讲卫生所致。于是,她坚决要把孩子送到敌占区的家中。后来,杜慧芝从邻居口中侧面了解到,自己住的那户农家原来是一个拥军支前的英雄模范家庭:儿子李大来是八路军,父亲李如臣曾掩护伤号穿越鬼子的封锁线,儿媳桂芬在一次鬼子扫荡中,为保全部队的伤病人员,避免暴露目标,竟用棉袄捂住儿子的哭声,不幸使孩子窒息而死。杜慧芝听到这些后,反省自己和农妇桂芬对待孩子的不同情形,不禁愧疚万分,幡然醒悟:"这些天来,我想的是什么,我愁的是什么,都为了自己,为了孩子——当作私有品的自己的孩子,我是参加了革命队伍的革命同志么?桂芬的自我牺牲精神,我有一分一毫么?"③小说的意旨非常明晰,即通过描写知识分子的动摇、软弱、自私和农民高度的阶级觉悟、伟大的牺牲精神,提示出知识分子改造的路径。

然而值得深思的是,小说中桂芬为了掩护伤员竟然活活捂死了自己的孩子,这种超越母性自然本能的牺牲壮举无形中制造了一种混乱、暧昧的意义系统。吊诡之处在于,"杀死孩子"的举动其实将"革命"推向了"恶"的暴力,也就是说,为了确保革命的成功,母亲被迫牺牲孩子。而在以往的叙述中,"革命"天然地居于"善"的位置,与民间伦理诉求和谐无间。在《白毛女》中,革命阶级斗争即与喜儿的个人幸福紧紧相连,也就是孟悦所指出的"民间伦

---

① 徐洲:《〈关连长〉读后》,《光明日报》1950年5月31日。
② 韦嫈:《母亲和孩子》,《小说》月刊1950年第4卷第3期。
③ 韦嫈:《母亲和孩子》,《小说》月刊1950年第4卷第3期。

理秩序的稳定是政治话语合法性的前提"①。换言之,革命(政治)只有是民间伦理的支持者才能获得拥戴,否则就不具有叙事合法性。从这个角度来看,《母亲和孩子》不能不说存在着某种"反价值"的趋向,而《文学评论》却不遗余力地予以推介和褒扬,如齐谷在《也谈〈母亲和孩子〉》中认为:"在描写知识分子的作品中,达到了比较高的思想性和比较高的艺术性的结合的,我还只看到两篇,都是短篇小说。一篇是萧也牧的《我们夫妇之间》……另一篇便是《母亲和孩子》。"②蒙树宏虽然指出《母亲和孩子》在描写人物转变上存在着一些缺点,但仍然肯定小说"人物性格发展的自然,没有空洞的说教和架空的地方,是一篇相当成功的作品,对读者具有深刻的教育意义"③。《母亲和孩子》虽然符合主流意志的要求,但并非完全契合话语规范,为了革命活活捂死孩子的残忍行径,是对民间社会伦理秩序的严重破坏,其所蕴藏的危险,在文本内部形成了一种张力结构——迎合之中存在着悖逆,而这种叙事张力与党向文艺提出的以恰切的故事和论述教育群众的要求还有一段距离。

二、屡屡挑战权威

就批评实践而言,《文学评论》双周刊在中华人民共和国成立初期的文坛屡屡掀起风波,批评矛头直指解放区文艺的标杆作家(如丁玲、赵树理、孙犁、谷峪等),刊载了一批锐意进取、具有虎虎生气的批评文章。创刊号《编后》中写道"希望由此展开讨论",王淑明在检讨中也坦白:"我们刊物批评的主要锋芒,一开始就不是向封建阶级,向资产阶级和小资产阶级的文艺思想作战,而是找一些在新文艺创作上具有显著成绩的作家,如赵树理、丁玲同志……在他们头上开起火来,预备把这些人打下去,好一显自己的身手。"④王淑明此种办刊理路,很大程度上承袭了现代文学时期的办刊经验,以挑战"文坛大佬"引发论争,借此显山露水、扬名文坛。

《文学评论》将第一炮对准了赵树理。1948年10月13日,赵树理《邪不压正》在《人民日报》刊载后,曾引起广泛争论。关于此点,学界已有充分研究,此不赘述。值得注意的是,《文学评论》的编委竹可羽也加入这场论争,他在《评〈邪不压正〉和〈传家宝〉》中对赵树理进行了批评,认为:"作者善于表现落后的一面,不善于表现前进的一面,在作者所集中要表现的一个问题上,没有结合整个历史的动向来得出合理的解决过程,这是《邪不压正》主要的最基本的弱点。"⑤随后,在《文学评论》的创刊号上,竹可羽针对赵树理的辩护和回应⑥,在《再谈谈"关于〈邪不压正〉"》中再次指责《邪不压正》没有创造出新的英雄形象,甚至对"赵树理方向"也提出异议,"我们说'学习赵树理',这是对的……但是,要使这种学习,环绕着创作,更具体更有效起来,就必须有一种工作同时进行,这就是全面地把赵树理的创作提高

---

① 孟悦:《〈白毛女〉演变的启示——兼论延安文艺的历史多质性》,见唐小兵编《再解读——大众文艺与意识形态》(增订版),北京大学出版社2007年版,第57页。
② 齐谷:《也谈〈母亲和孩子〉》,《光明日报》1951年2月24日。
③ 蒙树宏:《从人物的转变说起——〈撞车〉与〈母亲和孩子〉读后》,《光明日报》1951年4月7日。
④ 王淑明:《从〈文学评论〉编辑工作中检讨我的文艺批评思想》,《人民日报》1952年1月10日。
⑤ 竹可羽:《评〈邪不压正〉和〈传家宝〉》,《人民日报》1950年1月15日。
⑥ 指赵树理发表在《人民日报》1950年1月15日第5版的《关于〈邪不压正〉》。

到理论上来,根据社会主义现实主义的创作原则来进行分析研究说明,确定赵树理创作各种特色的应有的意义和前进的道理。否则笼统地说'学习赵树理'固然不很好,仅仅条目式地列出赵树理的创作特色,也不见得会有很大效果。……我想,一个已被大家所确认的成功的作家,该并不希望被当作偶像来看待。"①

赵树理作为解放区文艺的标杆、人民文艺的代表作家,在1947年曾一度被树立为"赵树理方向"②号召全国进行学习。而此时的《文学评论》却逆风而动,不仅对赵树理的文本时不时敲打一番(如第16期的《赵树理的〈登记〉》),而且对赵树理主持的刊物《说说唱唱》上面刊载的小说也多有批评(如第8期刊载的成文英《对〈金锁〉的看法》和第23期刊载的田方《从〈圣诞老人旅行记〉谈起》等)。孟淑池的中篇小说《金锁》发表在《说说唱唱》1950年第3、4期,从人物形象谱系上讲,金锁算得上阿Q的当代翻版,他是一个没有来历、没有姓名、没有固定职业,信奉"有奶便是娘,有钱便是爹——不挨骂、长不大、不丢脸、没人管"生存哲学的流浪难民。金锁并没有明确的革命意识,对地主阶级也心存畏惧,直到后来妻子玉匣被曹五爷设计强奸,才被逼走向反抗的道路。小说发表后曾引起热议,《文艺报》多次刊发评论文章③,指责作者将城市流氓性格硬加到一个农民身上,歪曲了农民形象,等等。《文学评论》第8期成文英在《对〈金锁〉的看法》中,批评孟淑池对农民的自私、保守、落后做了自然主义的消极描写,无视革命的力量,无视他们进步、坚强、斗争的积极一面,"如果作家处于今日这样伟大的新时代,他还不能从新旧事物的斗争中,分别进步与落后的不同面,拥护前者,否定后者,而还抱着纯粹观照的态度,这无疑地是一个错误。而这样反映现实的作品,也绝不能成为表现现实的真实底作品,却也是可以断言的。……我以为作者和编者,对于作品的创作有态度与看法,都不免多少带着些自然主义的倾向,而与新现实主义相距很远。"④

《金锁》这篇小说确实存在不少漫溢出革命话语界线的笔墨,比如小说中描写金锁给干娘"白蝴蝶"揉肚皮、唱淫词小调,以及金锁"有奶便是娘,有钱便是爹"的逆来顺受的生存哲学,这种陈旧的、杂乱无章的、混沌不清的东西偏离了以"讲话"为起点和方向的主流文艺的叙事样态,同时金锁身上怯懦、贪卑的负面品质亦与"新英雄人物"的写作规范存在裂隙。《文学评论》编者对赵树理及其主编刊物《说说唱唱》的屡屡"冒犯"和"敲打",更多是想借文学论争搞出名堂的办刊策略。大众传媒为了吸引尽可能多的读者,"挑战权威""过激之词"等都是必不可少的作料。但是1949年后,自由竞争、多元发展的文化市场已被收编,政治话语成为制约文学生产的重要力量,《文学评论》这种试图沿袭现代文学时期刊物"借挑战大佬引发论争从而为刊物赢得象征资本"的办刊模式已失去了其赖以生存的传媒土壤。如果说《文学评论》对赵树理的批评没有遭到太多反击的话,那么对丁玲和《文艺报》的批评则没有这么顺遂,并最终导致了《文学评论》的停刊。

---

① 竹可羽:《再谈谈"关于〈邪不压正〉"》,《光明日报》1950年2月26日。
② 荒煤:《向赵树理方向迈进》,《人民日报》1947年8月10日。
③ 如1950年第2卷第5期上邓友梅的《评〈金锁〉》、陶君起整理的读者意见《读了〈金锁〉以后》、赵树理的《〈金锁〉发表前后》;1950年第8期有赵树理的《对〈金锁〉问题的再检讨》和常佳东等《读者对于〈金锁〉的看法》等。
④ 成文英:《对〈金锁〉的看法》,《光明日报》1950年5月31日。

1950年，竹可羽将《评〈太阳照在桑干河上〉》一文寄给《人民文学》编辑部，但稿子被退了回来。"他把论文又寄给了在上海的冯雪峰，他似乎更相信冯雪峰会支持他的论点。冯雪峰为此给他写了一封长信，表示不同意他的观点。这封长信是由在北京的陈企霞转交给他的。不久，中国文联理论组召开了关于《太阳照在桑干河上》的座谈会，并通知竹可羽列席参加。作者丁玲首先发言，时间未超过半小时。接着大家要竹可羽发言，他滔滔不绝地讲了三个小时。康濯、严辰、肖殷、黄药眠、杨晦、张天翼、田间、王淑明等名家大都作了简短的发言。大家语气温和，没有对竹可羽的看法表示明确的可否。例外的是陈企霞，他站起来作了较长的发言，严厉地指责竹可羽'不懂政策，没有生活'。"①1956年竹可羽将文章略作修改后，发表在《人民文学》1957年10月号上。囿于材料所限，笔者无法得知竹可羽未经修改的文稿原貌，但竹可羽在"附记"中说"此文重写于一九五六年七月，付印前虽作了一些文字的改动，但整个论点、对小说人物的看法都没有改动"，所以笔者认为1957年版的《评〈太阳照在桑干河上〉》仍具有一定的参考价值。总体来看，竹可羽认为丁玲《太阳照在桑干河上》，"作为一部描写中国土地改革的小说，它没有写出农民的强烈的土地要求，没有写出农民对地主阶级的仇恨，没有写出一个比较成功的新的农民形象，没有写出土改斗争中党的领导形象，这不能不说是一种致命的缺点。而作者所给予明显的同情的两个人物，一个是地主家庭的美丽的少女，一个是在土改斗争中惶惶不安的富裕中农，这不能不说是一种严重的错误。而特别是作为一部描写中国土改斗争的小说，在实际上已成为一部描写农民的落后、动摇和叛变为主的小说，这不能不说是一种最大失败。它是有独特的成就的，但主要是一部失败的作品"②。

竹可羽这篇评论对丁玲《太阳照在桑干河上》提出了尖锐质疑。1949年后，丁玲身居高位、担任要职，是文坛中势头正健的一股力量。《文学评论》以"初生牛犊不怕虎"的无畏将矛锋直指丁玲，不可谓"冒天下之大不韪"，虽然文章没有登载出来（仅以内部研讨会的形式对其做了批评和打压），但《文学评论》并未就此止步，而是依然我行我素地刊载了不少批评丁玲和《文艺报》的文章。如齐谷的《也谈〈太阳照在桑干河上〉》即认为小说"过多地表现了钱文贵家庭的内部矛盾，因而多多少少冲淡了钱文贵作为地主阶级代表的意义"③。值得玩味的是，同期"编者的话"中写道："《也谈〈太阳照在桑干河上〉》这是从江西寄来的，我们未能及时刊出，也望作者原谅。……（它们）不能说是很成熟的作品，但是我们觉得这些来自群众的意见值得重视，只要说得还有道理，还具体，还清楚，我们就愿意刊出来。我们把反映群众的意见作为自己的工作任务。……有时候专家认为很好的作品，群众却表示不满意，相反的情形也有，我们认为意见有分歧的时候，就应该展开讨论。"④1949年后，读者成为规范文学生产的重要力量，但在多数情况下，它是一个可以被任意填充、随意征用的话语装置。这几句"编者的话"可谓意味深长，大有"挟群众以抗权威"的架势，明眼人一眼便可洞穿，这几篇文章条理清晰、引经据典、论证翔实，根本不可能是普通群众所写，绝对是专业读

---

① 周舟：《评论家竹可羽的遭遇》，《新文学史料》1990年第4期。
② 竹可羽：《评〈太阳照在桑干河上〉》，《人民文学》1957年10月号。
③ 齐谷：《也谈〈太阳照在桑干河上〉》，《光明日报》1950年12月23日。
④ 《编者的话》，《光明日报》1950年12月23日。

者所为。果然如此,时隔两个月,齐谷在《也谈〈母亲和孩子〉》中再次对丁玲旁敲侧击,"左的偏向也正存在的,或者是对经过了一定时期的革命锻炼的知识分子身上还残存着的缺点作了不正确的夸大的描写(如《桑干河上》中对文采的描写)"①。

面对《文学评论》的屡次指摘,1951年7月《文艺报》终于按捺不住,决定"出手"了。《文艺报》第4卷第6期发表了陈企霞《不是用词不当的问题》,对《文学评论》上一篇文章②中的用词进行"挑刺",陈企霞揪住"披着民主的外衣"不放,说这种用词是"敌人所惯用的'滥调'……作者竟没有想到这样的问题严重到何种程度,难道新民主主义应当被开除于作者所理解的'民主'这一概念的范围以外吗?"③"披着民主的外衣"在表述上确有不当之处,但陈企霞寻章摘句地从文章中挑毛病、找错误,不可谓用心不深,且其来势汹汹、上纲上线的指责,大有与《文学评论》拉开阵仗的架势。王淑明也不甘示弱,下一期即刊载了尤琴的反击文章《"不是用词不当的问题"——答企霞先生》,指出陈企霞没有注意到把原文全段联系起来看,有"断行取义"、不见全牛之弊。④

如果说这次"用词不当事件"是引起二者正面冲突的导火索的话,那么关于《我们夫妇之间》的批评则直接引爆和激化了《文学评论》与《文艺报》之间的矛盾。《文学评论》对萧也牧的作品登过两次近于捧场的文章,第11期发表了萧枫的《谈谈〈我们夫妇之间〉》,认为《我们夫妇之间》"是一篇具有一定思想内容的作品,情节单纯明显,描写细腻,委宛。尤其在语言上更显得生动朴素,读起来还动人,可以说是一个比较有感染力的短篇"⑤。后来,《文学评论》第29期刊载的白村的《谈"生活平淡"与追求"轰轰烈烈"的故事的创造态度》里面,再次肯定《我们夫妇之间》"虽然写的是一件很平凡的事,但这篇小说中写出了两种思想的斗争和真挚的爱情,农村干部的思想与城市生活的距离,一些从老解放区来的农村干部,对于城市中的一些生活习惯是看不惯的,这是一个很普遍的问题,虽然不是轰轰烈烈的事情但有一定的社会意义,像这样的事情在我们的生活中经常见到的,因为没有认识到它的典型意义,也就马虎过去了"⑥。

随着形势的发展,批评风向渐渐转舵⑦,但《文学评论》却不顾舆论压力顶风而上,第37

---

① 齐谷:《也谈〈母亲和孩子〉》,《光明日报》1951年2月24日。
② 指尤琴发表于《光明日报》1951年6月30日的《中国共产党与"五四"新文学运动》,文章中写道:"在这些思想的伏流里,已显现着某些马列主义的理论光芒。虽说仍然披着民主的外衣,但那已经不是旧民主主义,而是属于新民主主义范畴里的东西了。"
③ 企霞:《不是用词不当的问题》,《文艺报》1951年第4卷第6期。
④ 尤琴:《"不是用词不当的问题"——答企霞先生》,《光明日报》1951年7月14日。
⑤ 萧枫:《谈谈〈我们夫妇之间〉》,《光明日报》1950年7月12日。
⑥ 白村:《谈"生活平淡"与追求"轰轰烈烈"的故事的创造态度》,《光明日报》1951年4月7日。
⑦ 主要指《人民日报》副刊《人民文艺》第104期发表的陈涌的文章《萧也牧创作的一些倾向》,对萧也牧《我们夫妇之间》和《海河边上》进行了批评,认为萧也牧"在文艺思想或者创作方面产生了一些不健康的倾向,这种倾向实质上也就是毛主席《在延安文艺座谈会上的讲话》中已经批判过的小资产阶级的倾向。它在创作上的表现是脱离生活,或根据小资产阶级的观点、趣味来观察生活,表现生活"。1951年6月25日,《文艺报》第4卷第5期刊登了读者李定中的来信《反对玩弄人民的态度,反对新的低级趣味》,将文学问题上升到政治范畴,甚至对作者的人格也进行了否定:"假如作者萧也牧同志真的也是一个小资产阶级分子,那么,他还是一个最坏的小资产阶级分子。"

期发表了大量的逆鳞之论:如裴祖英(王淑明)的《论正确的批评态度》、李家骏的《反对尖酸刻薄的批评态度》等。裴祖英对李定中的文章提出了严正批评,认为其缺乏与人为善的态度,"(李定中)把萧也牧同志与白华作家林语堂相比,与苏联的左琴科相比,在批判态度上,实在是陷于敌我不分,亦是失去立场的批评。……在这次讨论《武训传》中,个别作者的文章里,也还存在着对于'自己队伍'中人流露着措辞'刻薄'的面影,看起来是近于俏皮,实际上是尖酸刻薄。我以为是要不得的。"①李家骏也对李定中杀气腾腾、要置人于死地的批评方式非常反感,认为萧也牧《我们夫妇之间》虽然在描写上犯了严重的客观主义错误,在创作上存有一些不健康的倾向,但是李定中的论述实在太片面、太偏激,其谩骂式的尖酸刻薄的批评态度同样值得批判,认为"在新的人民文艺尚处于萌芽时期,迫需正确的文艺批评辅导的今天,像这种带有几分错误的主观色彩的批评态度是要不得的。于作者,于读者,都无益而有害"②。经过这次正面较量,《文学评论》很快被纳入组织程序,第41期刊发了郭罗的《关于〈我们夫妇之间〉的一点意见》和牧原的《不要把问题庸俗化》,对《我们夫妇之间》和《武训传》提出严正批评;第44期刊载了黄钢的《错误的例证和混乱的论点》,又对《文学评论》上刊载的白村的文章逐条批驳,《光明日报》在刊发时加了《编者按》以示强调突出:"黄钢同志这篇文章的观点,是正确的。编者失察,过去将白村的文章,予以发表,而且还排在第一篇,这是不对的。白村文章里,还举萧也牧《我们夫妇之间》的作品做例,备至推崇,编者亦未能予以删改。又:萧枫同志亦有评《我们夫妇之间》一文,发表于本刊上,对萧也牧的作品评价甚高,编者都未能看出其论点的错误。足见编者理论水平之低下,顺便一并在这里作检讨。"③

1951年11月24日,由全国文联发动的文艺界整风学习运动开始。丁玲提出"提高刊物的政治性、思想性和战斗性"的号召,并点名指出"《光明日报》的'文学评论'和《新民报》的'文艺批评'的编辑态度,也是不严肃的。"④主编王淑明在《人民日报》作出检讨,反思了自己"个人主义"的、"同人性的小集团"⑤的办刊理念。《文学评论》在刊出第45期后,于1951年11月17日被迫停刊。1951年12月1日,《光明日报》创办了配合文艺界学习整风运动的文艺性周刊《收获》。

三、结语

《光明日报·文学评论》作为一份颇具"同人"色彩的副刊在20世纪50年代初期的报刊场域中显得较为"瞩目"。就整体而言,《文学评论》非常善于组织热点讨论,自创刊伊始,先后组织了"赵树理作品的讨论""《红旗歌》的讨论""《柳堡的故事》的讨论""《母亲和孩子》的讨论""孙犁作品的讨论"等,屡屡在文坛掀起风波。在批评实践中,《文学评论》非常强调艺

---

① 裴祖英:《论正确的批评态度》,《光明日报》1951年7月18日。
② 李家骏:《反对尖酸刻薄的批评态度》,《光明日报》1951年7月28日。
③ 《编者按》,《光明日报》1951年11月3日。
④ 丁玲:《为提高我们刊物的思想性、战斗性而斗争——在北京文艺界整风学习动员大会上的讲话》,《人民日报》1951年12月10日。
⑤ 王淑明:《从〈文学评论〉编辑工作中检讨我的文艺批评思想》,《人民日报》1952年1月10日。

术与人性维度,其所秉持的"人性的"艺术标准与主流报刊差异很大,与"讲话"相疏离甚至违背。对这一特定文学场域进行考察,可以照见中国当代文学形成初期的多质性:虽然随着新政权的建立,解放区文艺借由体制的力量居于主导地位,但在"文化领导权"确立的过程中,仍面临诸多文学成分的挑战,且主流文艺内部也依然存在着不同文艺势力的紧张关系以及各种力量交锋与回合的动态博弈。因此,重返《文学评论》,对其场域空间中交织的批评话语进行考察,不仅有助于厘清20世纪50年代初期意识形态结构内部的种种矛盾和分歧,同时对还原历史的复杂性及其中所蕴含的多重语义发展的可能大有帮助。

"技术主义"与新世纪乡土小说的文体实验

朱言坤　李兴阳*

摘　要：新世纪乡土小说在不断开拓叙事新领域的同时，也进行"写作技术"与乡土小说文体的新探索新实验，其表现主要有相互关联的两个方面：一是对乡土小说的传统文体形态及其情节、人物、环境等构成要素进行解构，有的解构突破了乡土小说文体形态必要的底线，使乡土小说不像小说；二是进行"跨文体写作"，引入词典、地方志等非小说文体，将乡土小说破碎变异为"词典体"、"闲聊体"、"纲鉴体"、"地方志"、"絮言体"、"杂糅体"等，在推动乡土小说文体发展变化的同时，又破坏了乡土小说的基本形态。新探索新实验中出现的"技术主义"倾向，有追求表达自由的积极意义，也使一些创作者忽略或钝化对历史的思考与对现实的关注，从而失掉小说创作应有的"精魂"。

关键词：新世纪；乡土小说；写作技术；文体实验；技术主义

新世纪乡土小说最突出的特点是叙事题材领域的拓展，如"农民进城"、"乡镇企业"、"乡土日常生活"、"乡土生态"和"乡土历史"等。在尝试开拓新的乡土叙事领域、深耕传统叙事领域的同时，不少作家对乡土小说的"写作技术"，都或多或少地进行了新的探索与实验，有的甚至对乡土小说的文体实验表现出十分浓厚的兴趣，如阎连科、莫言、韩少功、刘震云、李锐、李洱、孙惠芬、林白等，出现了虽然不太为人们注意但影响颇为广泛的"技术主义"潮流。这一潮流的代表性作品，举其要者有《受活》（阎连科）、《丁庄梦》（阎连科）、《坚硬如水》（阎连科）、《檀香刑》（莫言）、《生死疲劳》（莫言）、《蛙》（莫言）、《一句顶一万句》（刘震云）、《秦腔》（贾平凹）、《高兴》（贾平凹）、《马桥词典》（韩少功）、《山南水北》（韩少功）、《暗示》（韩少功）、《太平风物》（李锐）、《黑山堡纲鉴》（柯云路）、《轻柔之手》（张存学）、《美丽奴羊》（红柯）、《太阳发芽》（红柯）、《石榴树上结樱桃》（李洱）、《上塘书》（孙惠芬）、《枕黄录》（林白）、《妇女闲聊录》（林白）、《额尔古纳河右岸》（迟子建）、《雾落》（姚鄂梅）等。①"技术主

---

* 作者简介：朱言坤，南京大学文学院博士研究生，主要研究方向为戏剧与影视学研究；李兴阳，南京大学中国新文学研究中心教授，主要研究方向为中国现当代文学、戏剧与影视学研究。本文系国家社科基金后期资助项目"新世纪乡土小说与中国农村变革"（编号 16FZW045）阶段性成果。

① 这一列举肯定是不完备的，还有不少其他的作家作品，如阿来《尘埃落定》、韩东《扎根》、毕飞宇《玉米》等，也具有较强的技术化色彩。这充分说明了这一潮流的松散性和广泛性。篇幅所限，本文择其持续者和代表者论之。

义"潮流及其表现出的"技术主义"倾向,虽然有追求表达自由的积极意义,在乡土小说的艺术形式方面也有新的创造,但也使一些创作者忽略或钝化对历史的思考与对现实的关注,从而失掉乡土小说创作应有的"精魂"。

一、"技术主义"与文体实验

"技术主义"中的"技术"是一个意指复杂的概念。鲁迅在批评新潮社的汪敬熙、杨振声、俞平伯等人的小说创作时说,他们的小说"技术是幼稚的,往往留存着旧小说上的写法和情调;而且平铺直叙,一泻无余;或者过于巧合,在一刹时中,在一个人身上,会聚集了一切难堪的不幸"①。鲁迅在这段评价文字里用到的小说"技术"概念,指的是小说技巧,"平铺直叙"和"巧合"是小说情节布局方面的技巧;把"一切难堪的不幸"堆积到"一个人身上",是小说情节设计的"集中"与"戏剧化",也是人物性格发展与人物命运是否"合逻辑"的问题。概言之,鲁迅的小说"技术"概念,是一个形式范畴的概念。

在俄国形式主义文论中,形式范畴的技术概念主要是指文学语言技巧。俄国形式主义的文学主张主要有三点:一是文学性,二是陌生化,三是散文论。文学性是文学之所以成为文学的东西,文学性的基础建立在语言形式之上。文学语言与日常语言不同,存在着差异,什克洛夫斯基认为:"诗歌语言正好符合这些条件……这样,我们就可以把诗歌语言确定为受阻碍的、扭曲的语言。"②什克洛夫斯基提出"陌生化"的概念,认为文学语言是对日常生活的实用语言加以形式的改造,使其变得令人奇异的结果,文学的陌生化形态使文学语言与实用语言拉开了距离,生出美学效果。文学作品中的音韵、节奏、程序等技巧手段,使文学语言变得奇异和美好。

本雅明的艺术创作"技术"(Ttchnik),其含义很宽泛,包括艺术生产、传播方式、技术手段,一定技术条件下的艺术形式,以及作家的创作技巧。本雅明说:"我所说的技术概念是这样一种概念,它使文学产品能为直接的社会分析、即唯物主义的分析所把握。技术概念同时也是一个辩证的切入点,可以克服内容和形式之毫无裨益的对立。此外,技术概念还能引导人们,正确确定作品的倾向性和品质之间的关系。"③研究者阐释本雅明的"技术"思想说:"文艺的'技巧'(技术)作为艺术生产力的代表,在本雅明的艺术理论中占有特殊重要的地位。首先,技巧直接关涉到对文艺作品的分析与评价的唯物主义原则。……第二,用'技巧'概念来消除形式与内容传统的僵硬的对立,把文艺作品的政治倾向统一到技巧这个代表生产力水平的范畴中去。……第三,把技巧看作决定艺术生产发展的艺术生产力,导致本雅明不重视文艺作品的内容、思想的意义,而单纯从技巧的先进与否来判定,所以他大力鼓吹摄影、电影等新兴艺术手段,对艺术技巧、形式上努力革新的现代主义艺术,从布莱希特的戏剧到卡夫卡的小说,从达达主义到超现实主义等先锋艺术,都给

---

① 鲁迅:《〈中国新文学大系〉小说二集序》,《鲁迅全集》(第6卷),人民文学出版社1982年版,第239页。
② 什克洛夫斯基:《诗学》(诗歌语言理论集刊),转引自朱立元《西方美学通史》(第6卷下),上海文艺出版社1999年版。
③ 本雅明:《作为生产者的作家》,《本雅明文集》卷二(2),Suhrkamp,1999年,第686页。

予高度评价。"①

鲁迅的"技术"概念，俄国形式主义文论家们的"技术"概念，本雅明的"技术"概念，其内涵虽然不尽相同，但在用以指代文艺创作中的艺术技巧这一点上是相同的。本文也在这个意义上使用"技术"概念。本文所谓的"技术主义"是指部分新世纪乡土作家在小说创作中将"技术"当作"主义"，即在小说创作中热衷文体实验，探索各种小说叙事技巧，甚至干脆就是故弄玄虚地"玩弄技巧"，对小说文体形式方面的热衷压倒了对中国农村现实问题的关注和表达，没有尽到或者干脆放弃一个作家应尽的社会责任。这样的"技术主义"是不可取的。

文体实验中的"文体"概念有广义与狭义两种用法，广义的文体与西语中 style 相同，指文体、语体、风格、文笔、笔性等②。狭义的文体，"指文学（广义）的体裁、体制或样式"③。不论是广义的还是狭义的，文体都是一种独特的文化现象，是某种历史内容长期积淀的产物。它反映了文本从内容到形式的整体特点，属于形式范畴。童庆炳说，文体是"一定的话语秩序所形成的文本形式，它折射出作家、批评家独特的精神结构、体验方式、思维方式和其它社会历史、文化精神"④。一般认为，文体的构成有表层和深层之分，表层的文本构成因素有题材类型、结构形式、表达手法、语言体式、艺术形态和格式等，深层的精神构成因素有时代精神、民族传统、阶级印记、作家风格、读者经验等。文体实验也主要是对文体表层既有的范式进行某种程度的变革，突破原有文体的规范，使之发生变异，简单点说，就是对已有的某种文体进行"破旧立新"。这可能是一种破坏，也可能是一种创新。中国的文体实验，不同的历史时期都不同程度地存在，一部中国文学史，在某个意义上说就是一部关于各类文学文体实验的历史。

就中国当代小说创作而言，最具革命性的小说文体实验，应当是"寻根小说"和"先锋实验小说"，其成就与不足，有关研究文献颇丰，这里不作赘述。新世纪乡土小说创作中的文体实验，虽然不如"寻根小说"和"先锋实验小说"那样引人瞩目，但作家作品多、实验方向多，影响也在日益扩大，如莫言《蛙》、林白《枕黄记》实验的"杂糅体"，莫言《生死疲劳》实验的"章回体"，刘震云《一句顶一万句》实验的"野稗日记体"，林白《妇女闲聊录》实验的"闲聊体"，韩少功《马桥词典》实验的"词典体"，阎连科《日光流年》实验的"索源体"，阎连科《受活》实验的"絮言体"，孙惠芬《上塘书》实验的"地方志"，柯云路《黑山堡纲鉴》实验的"纲鉴体"，等等，极一时之盛。

对新世纪乡土小说的文体实验，学界的认识和评价不一，有肯定的，有否定的，有既肯定又否定的，众说纷纭，莫衷一是。不论评价如何，新世纪乡土小说的文体实验现象，虽然不乏"技术主义"倾向，但显示出了创造的勃勃生机。

---

① 朱立元主编：《现代西方美学史》，上海文艺出版社1993年版，第883—884页。
② 童庆炳：《文体与文体的创造》，云南人民出版社1994年版，第1页。
③ 参见褚斌杰《中国古代文体概论》，北京大学出版社1990年版。
④ 童庆炳：《文体与文体的创造》，云南人民出版社1999年版，第1页。

二、文体解放与小说文体解构的底线

小说创作的自由与限制,是一对永远无法和解的天敌。特定艺术形态的小说文体对作家的创作自由就是一种限制,遵循特定的小说文体范式创作,就是戴着镣铐跳舞。一些作家不愿意戴这副镣铐跳舞,提出文体解放的要求,如红柯在一次访谈中被问及作家是否想建立一种理想的表达方式时,谈了自己读《蒙古秘史》的感觉以作答:"七八万字,震撼力呀,写什么就是什么,不用去想是不是诗,没有文体,要文体干吗? 说是历史也不是,说是史诗也不像。"①红柯的小说创作,有的作品有《蒙古秘史》的味道,体式比较自由,小说的"文体感"不强,有点天马行空的感觉。刘恪也曾谈到创作自由与文体的关系:"文体是前人规定好了的传统审美规范,更多的仰仗操作层面的东西去完成,文体自身的各种规则都是一种限制,一种对言说的限制。对个体写作无疑便是一种影响的焦虑,或形式作为形式的牢笼。往往创新是要求人们提供新的范型,你一开始便在旧文体的控制下创新无疑是戴着枷锁镣铐跳舞,使得创新一开始便钻进死胡同。"②

新世纪乡土小说的各色文体实验,就是要解构传统小说文体,求得文体解放,从而获得小说创作的某种自由。问题是,这里所谓的传统小说文体是指什么样的小说文体传统,这个传统小说文体有哪些文体表层的或深层的构成要素与体式规范,哪些构成要素或形态范式会被作家在实验中解构? 这里需要略作论述。

目前,影响中国当下小说创作的小说传统有多个:一是中国古典小说传统;二是中国现代小说传统;三是中国 1949 年至 1977 年间的小说传统;四是外国小说传统。这里的每个小说传统都可以说非常复杂,譬如中国现代小说中的乡土小说,就有鲁迅的启蒙乡土小说传统、茅盾的社会剖析乡土小说传统、赵树理代表的解放区乡土小说传统、沈从文的京派乡土小说传统等。总起来说,尽管这里提到的各色小说传统区别非常大,但小说文体区别于诗歌、散文、戏剧等文类的基本构成要素与形态特征是相同的,如小说一定是叙事的,小说要叙事,就一定要有人物、情节、环境这几个基本要素。如果这些最基本的要素都被解构掉了,那就不是小说了。再如乡土小说,在人物、情节、环境这几个基本因素之外,属于其文体规范的,还应该有农民、农村、农业和地域文化等构成元素,至少不能少了农民人物这个最核心的构成元素,如果小说中的行动主体不是农民,即使故事发生在农村,那也不是乡土小说。简言之,小说文体实验,乡土小说的文体实验,都有最后的底线,超出这个底线,就不再是小说。

新世纪乡土小说的文体实验,一些作品走得不算太远,没有突破底线,基本保持了小说的模态,但出现了非常显著的文体形态变化,主要有如下几点:

其一,有些乡土小说没有主要人物、中心人物,有的小说以农民充当叙述者,但不是中心人物,如《妇女闲聊录》贯穿始终的人物是王榨村的木珍,但她是小说的叙述者,不是中心人物和主要人物,由她讲出了王榨村的很多人和事,但这些人和事与她没有太多的交集,没

---

① 红柯:《西去的骑手·访谈录》,云南人民出版社 2002 年版。
② 刘恪:《关于超文本诗学》,《青年文学》1999 年第 7 期。

有围绕她构成情节和故事。再如孙惠芬的《上塘书》,被称之为"地方志"小说,小说中的人物很多,但没有中心人物或主要人物,也不是过去的普罗小说或左翼小说着意塑造的"人民群众"的"群像",小说中的人物都是为了给"地方志"的某个方志栏目"举例"用的,譬如写"上塘的地理",描写上塘村村街逼窄"鸡犬相望"的特点,就举了王三儿娶媳妇性急得大白天就把新婚妻子拖到床上干事儿,结果被邻里看了个正着。这王三儿是叙述者信手拈来证明村街很窄的例子,后来很少出现。

其二,以琐碎的细节作为叙述和描写的主要内容,以零散的细节代替完整的故事情节,使叙事"日常生活流"化,情节碎片化或散文化,但与京派乡土小说"田园牧歌"式的散文化和诗化有质的区别。如韩少功的《暗示》,以记忆的碎片化方式,将乡村编织在"乡戏"、"场景"、"鸡血酒"、"遮盖"、"爱情"等散乱的断片连缀中。再如贾平凹的《高兴》叙述农民刘高兴进西安城捡破烂的经历,小说没有曲折离奇多变的故事,充塞在叙事空间里的是刘高兴、孟夷纯等在城市艰难求生的琐碎的日常生活细节。贾平凹在后记中说:"我尽一切能力去抑制那种似乎谈起来痛快的极其夸张变形的虚空高蹈的叙述,使故事更生活化,细节化,变得柔软和温暖。因为情节和人物极其简单,在写的过程中常常就乱了节奏而显得顺溜,就故意笨拙,让它发涩发滞,似乎毫无了技巧,似乎是江郎才尽的那种不会写作了的写作。"①

其三,乡土小说的文体形态发生了变异,出现了一些非小说的文体特征,这与有意识地引入非小说文体的构成要素有关。如阎连科的《受活》引入"絮言",作为小说叙事辅助成分,从而形成所谓的"絮言体"。《受活》累计八卷三十七章,其中有九章是以絮言命名的,其余章节也都穿插零散的絮言,絮言的文字占据了小说三分之一多的篇幅。絮言有长有短,短的絮言,就是对一个人们可能比较陌生的方言土语的含义略作解释,如第一章的絮言"①满全脸:当地方言。满全,即整个儿、全部。满全脸,即满脸"。长的絮言,可独立成章,有的就是一个相对独立的叙事短章,如第五章絮言"入社"、第七章絮言"红四"就形成了独立的一章。这些絮言,从性质上看,就是一般文章里常见的"注释",通常是说明性质,其作用就是对正文中的某个词语或问题加以补充说明。阎连科的《受活》在保留这一作用的同时,给絮言增加了新的功能,即在"补充说明"之外增加了"补充叙述"的功能,如第五章絮言"入社"、第七章絮言"红四"、第九章絮言"天堂日子"、第十一章絮言"铁灾"等。进入絮言的内容,多为中国当代历史中的重大历史事件,如"入社"补充叙述的是合作化运动,"铁灾"补充叙述的是大炼钢铁,"大劫年"补充叙述的是大跃进。概言之,絮言"补充叙述"的是一部充满了"革命狂热"与"政治灾难"的耙耧当代社会历史。这些内容的"补充叙述",用的都是冷峻的现实主义笔法,同小说正体的充满魔幻现实主义色彩的叙述相互策应,共同完成作者预定的叙事任务。这种形式的小说文体实验,并不是阎连科的首创,最早的应该是张贤亮发表于 1993 年的《我的菩提树》,在这部日记体的小说中,张贤亮用"注释"的方式,"补充叙述"了他长达 22 年的悲惨的劳改生活。但在絮言内容的精心选择与编排方式上,阎连科的"技术"比张贤亮的进步了很多,可以说是有所继承也有所发展。

新世纪乡土小说在文体实验中对其传统文体特征的解构,颠覆了乡土小说作为小说的基本形态特征,使部分新世纪乡土小说作品失掉了小说的基本面貌,变得不太像小说了。

---

① 贾平凹:《〈高兴〉后记》,作家出版社 2008 年版。

查尔斯·纽曼说:"无体裁写作是一种争取解放的前景,是当代人能够当作资本使用的现代主义的珍贵遗产之一。然而后现代主义的命运则是当本文从它先定的地位中解放出来时,它既没有给艺术家提供增长了的富裕,也没有提供通向观众崭新的大道,而仅仅为广告和诠释提供了可书写的空间。"①如果纽曼说的是对的,那么新世纪乡土作家所要求的文体解放与创作自由的真实动机就变得十分可疑。

三、"跨文体写作"与小说文体的杂糅

新世纪乡土小说文体实验的又一个突出方法就是"跨文体写作"。"跨文体写作"的实验,有两种情况:一是文学刊物有意识的组织与推动,使之成为一种"写作运动",如《大家》、《莽原》和《中华文学选刊》等几家刊物在20世纪末21世纪初,设立"跨文体写作"之类的栏目,推出了一批作家的"跨文体"作品,发表了一些评论家为"跨文体"实验提供理论依据的文章,这个"跨文体"写作运动进行了两年左右的时间;二是一些作家自发的"跨文体"实验,如韩少功的"跨文体"写作,如果从影响巨大的创作于1996年的《马桥词典》算起,到2002年的《暗示》和2006年的《山南水北》,前后长达十年之久。莫言、孙惠芬、柯云路、林白、李洱等作家也对"跨文体写作"有浓厚的兴趣,投入很大的精力进行实验创作。他们创作的《蛙》、《上塘书》、《黑山堡纲鉴》、《枕黄记》和《遗忘》等具有"文体杂糅"特点的作品,也都产生了较大的影响。

韩少功的《马桥词典》假托词典的形式,收录了一个虚构的湖南村庄马桥人流行的115个方言词条,在解释这些方言词条的词源与意义时,将其变成马桥故事叙述,引入马桥人的历史掌故、现实生活的贫困、"文革"政治的滑稽与恐怖、插队"知青"的生产生活。这部"跨文体写作"的"词典体"小说,发表后引起了极大争议,有的表示肯定,认为小说没有采取传统的创作手法,而是巧妙地糅合了文化人类学、语言社会学、思想随笔、经典小说等诸种写作方式,用词典构造了马桥的文化和历史,是一次成功的创作实践,是中国当代文学的重要收获;否定者认为,这部小说是对塞尔维亚作家米洛拉德·帕维奇的《哈扎尔辞典》的抄袭②。这样的指责不太有道理,《马桥词典》最多不过算是过度模仿罢了。

莫言的《蛙》是有很大影响的"跨文体写作",小说由书信、日记、小说和戏剧等文体杂糅

---

① 查尔斯·纽曼:《后现代主义写作模式》,见王岳川、尚水编《后现代主义文化与美学》,北京大学出版社1992年版,第339页。

② 《哈扎尔辞典》是塞尔维亚作家米洛拉德·帕维奇(Pavic,M)在1984年出版的一部著名小说。哈扎尔是一个存于拜占庭时代的王国,《哈扎尔辞典》一直记录这个曾经存在后又没落的王国的历史。这部《哈扎尔辞典》分为红书(基督教)、绿书(伊斯兰教)和黄书(犹太教)三部分,综合了这三宗教各自记录下来的史实,并是以辞典的形式记录的。它不用时序处理,反是以字母的次序来记录,但毕竟它不是一本辞典,每个人名和事件等都记载了关于那个名字的故事及历史。从辞典反映的"资料"来看,三部书记录了三段时期的事件,成了一个3×3的matrix(3可能是三位一体的象征)。此书中的人物不停地转世,或者是来回时空的旅程,在一段三个人的关系里,两个人互相"托梦",透过梦境,这些人穿梭时空。这本书是名符其实的《寻梦园》。这部小说的内容纷繁复杂,古代与现代,幻想与现实,梦与非梦盘根错节地缠绕在一起。时空倒溯,人鬼转换,似真非真,似假根假,扑朔迷离地描述了哈扎尔这个民族在中世纪突然从世界上消失的谜,被公认为一部奇书,现已译成世界上24种文字。(本条注释,引自上海译文出版社2012年版的《哈扎尔辞典:一部十万个词语的辞典小说》的"内容介绍"。)

而成,叙述者莫名其妙地将一个日本作家作为倾诉的对象,把姑姑一生搞计划生育的经历与有关思想情感观念的前后逆转,用不同的文体反复讲了几遍。对这部文体杂糅的不伦不类的小说,国内学界肯定性的评价多,连茅盾文学奖、诺贝尔文学奖都给莫言送上了。有批评家说,最好的奖给了最差的作家,这样的评价虽然比较尖刻,但也不是没有道理的。

柯云路的《黑山堡纲鉴》采用历史叙事的"纲鉴体",作者在序中说:"为了详略得当,我们使用了《纲鉴》这类史书的模式。中国北宋司马光曾经编就了从战国到五代一千三百多年的编年史《资治通鉴》,南宋朱熹又据此简扼编成《资治通鉴纲目》。《纲目》是又一种体例的编年纪事,纲举目张,纲为渔网总绳,目为渔网上的一个个孔眼;纲是历史的提纲,目是纲的详细记叙。明清用这种体例写历史的不乏其人,往往都称为《纲鉴》:如袁黄的《历史纲鉴补》,王世贞的《纲鉴会纂》,吴乘权的《纲鉴易知录》等等。我们今天就大体使用《纲鉴》的形式记录黑山堡的历史。当读者只想了解黑山堡历史的主要梗概时,仅读全书的一条条'纲'就可以了。凡属纲的段落,都用[纲1]、[纲2]、[纲3]等数码标出。倘若想了解黑山堡历史更详尽的内容,那么就连'目'一起阅读。那些以〔目〕标领的段落便是'目'。在'目'中,不仅有黑山堡历史中各个重要情节的详细描述,而且还有各色人物的心理展示。倘若读者还想就黑山堡的故事做更多的哲学、历史学、社会学、人类学的思考,那么括弧内的批注性文字是专为你准备的。为了和《纲鉴》一类史书的风格取齐,我们在《黑山堡纲鉴》中采用特殊的纪年方式,公元一九六六年被记为广龙元年,以此类推,读者便会算出广龙二年、广龙三年及至广龙十年、广龙十一年在公元上的含义。"[①]小说似乎又回到了附庸历史叙事的"旧时代",成了"补史之阙"。

孙惠芬的《上塘书》被称为"地方志",小说由上塘的地理、政治、交通、通讯、教育、贸易、文化、婚姻和历史九个章节组成。这九个章节从横向将上塘村的历史与现实生活内容区分为九个方面,在叙写这九个方面的内容时,大都又从纵向展开。九个方面都有作为"例子"的人物和故事,但都是碎片化的,没有贯穿到底的主要情节,也没有中心人物。小说是上塘的"地方志",小说的主角自然就是上塘村,小说叙述描写的主要对象自然也是上塘的地方风物,以及在这些地方风物里上演的凡俗人生。以"地方志"面貌出现的《上塘书》,是否算小说,人们热议一阵之后就丢下不再讨论了,至今没有形成一致的认识。

林白的《妇女闲聊录》还保持了小说的一些最基本的要素与模态,她的《枕黄记》在文体实验上就走得比较远,已经很难说是小说了。《枕黄记》将随笔、小说、地方志、古籍典章、辞条、调查报告等各类文体杂糅在一起,用游记与调查报告记述实地考察的经历与收获,用新闻特写来叙述人物采访纪实,用随笔记述民间掌故和传说,借地方志转录历史事件,借辞书的词条摘录资料,各种文体各司其职,协同完成两大方面的内容的记述和抒写:一是黄河流域广大地区的历史沿革、社会变迁、地域文化、民俗风习、工商物产、地理成因等;二是林白自己沿黄河考察的行踪、遭际、心境、感悟、所思、所想等。多种文体的杂糅,使作者能够自由表达所要表达的思想内容,但作品却因此突破了小说文体的底线。

李洱的《遗忘》把史实史料、艺术图片、美术作品等都纳入作品的有机构成之中,在叙述"技法"上,将虚构、纪实、改写、考证等杂糅在一起。李洱对《遗忘》的"跨文体写作"有比较

---

① 柯云路:《黑山堡纲鉴》,《花城》2000 年第 6 期。

肯定的自我评价,他在《遗忘》的创作谈说:"对已有的故事进行改写(如巴塞尔姆《白雪公主》),造成一种滑稽的效果,显然不是我的初衷——与其说我关心的是改写,不如说我关心的是对各种改写的改写。"①批评家对这样的文体杂糅大都不太看好,如洪治纲批评说:《遗忘》是"对既定文学范式进行一次刻意突围的表演之作","作为一种整合性的艺术实验,它失去了对某种主题的单纯表达,在一种后现代式的叙述行为中体现了作家对既定艺术规范的反叛。但这种反叛并不具备明确的建构目标"。②

概括起来看,新世纪乡土小说的"跨文体写作",其所跨越的文体有散文、戏剧、历史叙事、地方志、新闻、词典、调查报告、美术作品,等等,这些非小说文体的引入,突破了小说文体成其为小说的底线。有的作品还有小说的某些模态,有的则不像小说了。这些文体实验的出发点与方法各各不同,但不论是哪种方式的"跨文体写作"与"文体杂糅",在追求自由表达这点上是相同的,即如作家刘恪所说:"文体整合便是要取消文体森严壁垒的界限,把各类语体特色综合、冲融,极大限度拓展语言自身的魅力,真正回归到一种个人言说的自由。"③

福科说:"写作就像一场游戏一样,不断超越自己的规则又违反它的界限展示自身。"④新世纪乡土小说的文体实验就是不断超越自己的规则又违反它的界限展示自身的过程。这个过程的"技术主义"倾向,其负面影响,一是作家关注了小说技术,却有可能忽略了或钝化了对历史的思考与对现实的关注,失掉了小说应有的"精魂";二是在文体实验中对小说文体造成了技术伤害。小说还是要有特定的"体"来支撑,即如阎连科所说:"所有的艺术都必须仰仗'体'而存在。回到小说上来,无论是我们的笔记小说,章回小说,再或人家的流浪小说,骑士小说,都有其独属于它们自己的文体。一类小说的产生,必然伴随一类文体的产生。一种文体的诞生,也必然伴随着一种小说的诞生。文体永远存在,和故事永远存在一样。可是,往日被人们津津乐道的是故事,而不是文体。只是到了今天,文体才获得了同故事一样的态度和重视。故事有死去的故事,也有永生的故事,而文体也一样有陈腐如木乃伊般的文体,有神奇如百年松柏般的文体。"⑤阎连科的这些讲法很有道理。

法国作家罗伯-格里耶说:"每个社会,每个时代都盛行一种小说形式,这种小说实际上说明了一种秩序,即一种思考世界和在世界上生活的特殊方式。"⑥新世纪乡土小说是中国农村变革时代盛行的小说形式,在直面思想的和审美选择的种种挑战,重新整合中国乡村社会现代转型带来的陌生的新"乡土经验",拓展乡土叙事疆域,叙写大变革时代历史的与现实的种种矛盾,揭示和批判混乱无序的社会价值观念失范的同时,也在文体形式方面进行实验和探索,发生了艺术形态方面的变化,有的向乡土叙事传统回归,将乡土小说的基本美学形态"三画四彩"推向美轮美奂的新境地;有的向消费文化的时尚靠近,将乡土小说变

---

① 李洱:《关于〈遗忘〉》,《大家》1999年第4期。
② 洪治纲:《整合的可能与局限》,《大家》1999年第4期。
③ 刘恪:《关于超文本诗学》,《青年文学》1999年第7期。
④ 米歇尔·福科:《什么是作者》,见王岳川、尚水编《后现代主义文化与美学》,北京大学出版社1992年版,第288页。
⑤ 阎连科:《寻找支持》,《当代作家评论》2001年第6期。
⑥ 吴秀明主编:《中国当代文学史写真》,浙江大学出版社2002年版,第619页。

成"最后的乡土"、"回归自然"和"怀旧"的时尚包装;有的表现出较强的"技术主义"倾向,进行多种超常态的叙事实验,将乡土小说破碎变异为"词典体"、"闲聊体"、"纲鉴体"、"地方志"、"絮言体"、"野稗日记体"、"杂糅体"等。所有这些变化,都显露了乡土小说在新世纪向未来发展的新动向。

当代社会"群体症候"的多维影像
——鲁敏都市小说论

华珉朗[*]

摘　要：鲁敏的都市小说深刻地揭示了当代都市人群的创伤与隐疾，其症候包括器官的病变与精神的郁结、人际关系的疏离错位以及终极价值和精神理想的陷落。其发病机制是工业兴起和经济发展带来的负面影响、工具理性造就的"单向度的人"、消费文化对群体灵魂的询唤以及权力体制的规训。从历时与共时的谱系来看，鲁敏的都市书写也是中国现当代都市小说中的一环，而她揭示"群体症候"的广延性、深刻度与持续性，正是其独异的价值所在。

关键词：鲁敏；都市小说；"群体症候"；发病机制

鲁敏的都市小说是一种症候性的写作，它们大抵以都市作为地理空间场域，以都市人群的生活样态与心理状况作为表现对象，具有较强的问题指向，即始终关注都市群体或显或隐的创伤体验，揭示消费社会语境下人的生存境况。在鲁敏看来，都市中的每一个个体都患有"暗疾"，这些个体构成了庞大的群体，他们成为一种象喻性的"存在"，表征了中国社会在激烈的现代化进程中引发的深层问题和次生灾害。鲁敏的都市小说，正如一面面镜子，折射了"群体症候"的多维影像，这体现了写作者作为知识分子的介入精神与责任意识，也是鲁敏之所以成为"这一个"的显豁标识。

一

鲁敏的都市小说到底揭示了怎样的"群体症候"？南京大学朱昱熙的硕士学位论文对鲁敏小说中人物的疾病作了详尽的统计，并归为生理与心理两大类，无疑具有合理性。下文在此基础上，对"群体症候"的面相表征作了更为细致与深入的划分。

首先是器官机能的老化与病变。鲁敏的都市小说有如一个医院陈列室，里面外科、耳鼻喉科、妇科、呼吸内科、消化内科、内分泌科、泌尿外科等的病人应有尽有。其中轻度的是部分器官的病变，如咽炎、鼻炎、便秘、眼疾、肝癌，等等。重度的则是身体机能的大面积损

---

[*]　**作者简介**：华珉朗，南京大学文学院博士研究生，主要研究方向为中国当代小说。

坏，如植物人、瘫痪等。鲁敏都市小说中的人物还常常缺乏性欲和身体热情，他/她们的性器官丧失了正常的机能和动力，以至于难以进行完整的性行为，如《不食》中刘念脱光衣服诱惑秦邑，秦邑却用被子把她包住，说自己不行。《耳与舌的缠绵》中男女主人公每次行房总是潦草仓促。《百恼汇》中的姜墨"天天晚上发功，却也只是偶尔起步，大多中途歇火"[1]。《方向盘》中的司机刘开强同样性无能。比之身体上的症候，更为隐性和深刻的则是精神世界的郁结与癔症。比如"安全恐惧症"，《死迷藏》中的老雷搜集各种关于天灾人祸的新闻报道，如火山爆炸、车祸、化工厂爆炸等，患上了一种担心随时会没命的死亡恐惧。"失忆症"，《六人晚餐》中的下岗工人丁伯刚患了失忆症，他视如生命的厂区将改建成写字楼的连锁酒店等，于是他每日在厂区游逛，喝醉了酒到处咒骂。《此情无法投递》中的陆仲生在负荷了多年的丧子之痛后也患上了失忆症。"购物狂热症"，《暗疾》中的梅小梅不停地购买物品，然后退货。《镜中姐妹》中内科女医生秋实也总是疯狂地买衣服。这些还属于常见的精神症候，鲁敏小说中还有许多非常奇特的疑难杂症。"不信任症"，《惹尘埃》中的肖黎"不论何事何人，她都会敏感地联想到欺骗，圈套，背叛之类，统统投以不信任"[2]。"不食症"，《不食》中的秦邑在一次溺水之后，开始不吃食物只喝水，也拒绝性生活，成为向原始状态返归的"自然之子"，而在朋友的催逼之下吃了骨头并做了爱后，似乎金身被破，于是以身饲虎，变成植物人。"失踪症"，《奔月》中的小六则患上一种奇怪的失踪症，喜欢突然消失于亲友的视野，故意让大家找不到。"求虐与施虐症"，《木马》中写到在网上申请参加SM游戏的人中求虐的比施虐的多，因为在惯常的颐指气使后，心理失衡，需要"犯贱"。小木就是这样，当伪女友龙猫用皮鞭抽他并一顿臭骂之后，他反觉舒坦。而高级酒店的女服务员龙猫，整天点头哈腰，也在施虐时找到了发泄的快感。"八十块郁结症"，《饥饿的怀抱》中的"我"在80年代因儿子超生而被罚了八十块，"我"常常拿"八十块"与儿子开玩笑，没想到这成了儿子的一个心理阴影，"在身体深处的某个角落，常年发炎、疼痛，或者燥热难忍"[3]。这也直接造成了儿子对"我"的怨恨与敌对，以至于他工作后立马租房子住以甩掉"我"。

再则是人际关系的疏离与错位。《一道眉》中的公务员赵丽莉早上眉毛只画了半边就出去工作了，一天中她的同事、朋友、家人都没有人提醒她只画了一道眉，等她晚上照镜子才发现这个失误，小说写道："今天一整天，竟然都没有人好好看过她这个人。"[4]赵丽莉的经历有夸张的成分，但《一道眉》确实以寓言式的笔法深刻揭示了人与人之间互相忽视、互相隔膜的真实状态。《羽毛》中的小茵父母关系冷漠，父亲与穆医生的妻子十分暧昧，于是她想方设法接近穆医生，并对他产生了畸恋，她喊出了自己的心声："没有爱与被爱，没有人在乎，只是个孩子，被忽视的，长不大的孩子。"[5]小茵正是一个从小缺爱，在孤绝世界中失去了精神维系的可悲个体，她拼命地想寻求世界与他者的关注，她以为穆医生是她的爱情乌托邦，却发现那也只是虚幻的神话。《小径分岔的死亡》中的女孩小米说自己的司机妈妈"总

---

[1] 鲁敏：《百恼汇》，上海人民出版社2008年版，第35页。
[2] 鲁敏：《荷尔蒙夜谈》，北京十月文艺出版社2017年版，第258页。
[3] 鲁敏：《镜中姐妹》，太白文艺出版社2017年版，第215页。
[4] 鲁敏：《离歌》，春风文艺出版社2010年版，第292页。
[5] 鲁敏：《镜中姐妹》，太白文艺出版社2017年版，第251页。

是在外面开车,早上六点就出发,凌晨两点以后回来。她一直都离我很远,我们都没有机会说多少话"①。这也表现出母女关系的极度疏离感。鲁敏的这类小说,不禁让人想起加缪的《局外人》,小说里的主人公被宣判死刑只是因为母亲去世后他还外出游玩这样无关紧要的事件,他似乎脱离于自我的生命之外,他说:"从某种程度来说,他们处理这个案件仿佛跟我无关。事情都在我没有参与的情况下进行。"②鲁敏笔下的赵丽莉、小茵和小米们也成为自我生命的"局外人",她们无法通过他者确立自己的"存在",她们与社会与别人都是互相隔绝的,人与人之间的实然关怀与情感联系荡然无存,鲁敏借此写出了都市群体的"存在主义"式的荒谬。《缺席者的婚礼》的叙事人是一个腹中的婴儿,他姨妈一直怂恿他母亲打掉他,因此他作为一个未完成的生命一直处于岌岌可危的境地,于是他控诉道:"这样的时代啊,删除我,太容易不过,简直无声无息。"③这句话掷地有声地抨击了当代社会频繁的堕胎现象和对个体生命的极端漠视。《谢伯茂之死》中的李复常常"上穷碧落下黄泉"地为一封地址不详的"死信"到处奔波,只是为了尽一个邮递员的职业本分,然而"他的这种样子,在八十年代,真挺感人的,到九十年代,勉强也看得下去,但现在,嗯,看上去就会令人同情"④,这逼真地显现了人情在当代社会逐渐淡漠的趋势。李复最终无法找到收信人谢伯茂,只好把信扔进垃圾桶,并准备辞职。鲁敏小说在叙写婚姻与家庭伦理时,常常呈现出人际关系的错位状态。具体地说,鲁敏小说中的人物鲜有幸福完满的爱情,而婚外恋、通奸、乱伦等错位现象却层出不穷。如《镜中姐妹》里的副县长陈善材不停地搞外遇。《枕边辞》里的女主同时交往过三个男朋友,尝试过摇一摇、陌陌等交友软件,随意与男人上床。《取景器》中的"我"与女摄影师偷情。《正午的美德》中的女大学生圈圈主动约程先生开房,只为体会理想的"性"。《奔月》中绿茵跟过五个男人,结过三次婚,明明想与贺西南结合,却故意若即若离。《冷风拂面》中"我"与技术员孙荣随意结为性伴侣。《木床》中刘小木与龙猫上床,大玩SM,伪装成情侣。《徐记鸭往事》中鸭店老板的妻子与布店经理通奸。以上这些还属于非亲友之间的婚外恋。而《我是飞鸟我是箭》中"我"的女友引诱"我"哥哥、《青丝》中公公痴恋儿媳等就属于乱伦的范畴了。《白围脖》则直接点出了非正常情爱关系的普遍性,"到忆宁结婚的1997年,整个社会及人们的心态上对婚外恋已经波澜不惊,处处留情仿佛已是大势所趋"⑤。可见,鲁敏意在通过作品表现爱情神话在当代社会的祛魅过程。在这个时代,爱情成为一种稀有物品,夫妻无爱,情人无爱,维系男女之间的似乎只剩下了作为动物本质的性的力比多,但如前文所述,鲁敏小说中人物的性能力也非常衰弱,因此,鲁敏的小说是一种"去力比多"的写作。

最后是终极价值与精神理想的陷落。鲁敏都市小说中的大部分人是失却了灵魂和信仰的人,他们没有恒定的价值理念,像一个个丧失了自我意志的"空心人"。如《我是飞鸟我是箭》中的小珂,虽出身富家,姿容俏丽,但没有精神追求,在兄弟两人之间进行着爱情游

---

① 鲁敏:《镜中姐妹》,太白文艺出版社2017年版,第165页。
② 阿尔贝·加缪:《加缪读本》,徐和瑾译,人民文学出版社2012年版,第47页。
③ 鲁敏:《镜中姐妹》,太白文艺出版社2017年版,第336页。
④ 鲁敏:《九种忧伤》,花城出版社2013年版,第41页。
⑤ 鲁敏:《镜中姐妹》,太白文艺出版社2017年版,第20页。

戏,分手后遂不知所踪。《此情无法投递》中的小女孩小青去参加选秀节目,把自己父母及哥哥的悲剧当作"卖惨"的佐料大肆宣传,而且年纪轻轻就被父母发现卧室垃圾桶有避孕套。小青被流行文化所毒害,以致价值观紊乱且缺乏精神理想。《镜中姐妹》中的小五是一个都市白领,"平均两年换一次工作,偶尔谈一点恋爱但绝不动真情……她好像没有往事,没有记忆,没有真情"①。小五的生活情景可以代表当代社会一大批中产阶级女性的真实境况,她们虽然生活无忧,但对世界提不起太大的兴趣,对他人始终保持距离,她们没有坚强的精神支柱也没有稳固的价值体系,只是在生活的碎片之中消耗生命,陷入一种虚根状态。当然,都市群体中也有另外一种"信仰",那就是金钱信仰与利益崇拜。《向中产阶级致敬》的标题就极富深意,所谓的向中产阶级致敬,也就是向金钱致敬,正如小说所写的"从现在开始,信仰金钱,信仰物质,信仰一切时尚而没有深度的东西"②。鲁敏的都市小说中的人物往往把婚姻与金钱紧密地结合在一起,比如《镜中姐妹》中的秋实的求偶标准就是有钱,很多钱。《六人晚餐》中的晓蓝喜欢丁成功,却依然选择嫁给一个有钱的老板。《笑贫记》里的小沫一心想去五星饭店上班,只是为了接近有钱人,借以上位,因此根本看不上一直追她的穷小子李兵。《墙上的父亲》中的王蔷同样把嫁个有钱人当作改善生活的第一手段,她虽然不爱那个有女儿且年龄相差悬殊的老总,最终依然选择和他结婚。可见,金钱的魔力腐蚀了都市群体的灵魂,他们做一切事情,首先考虑的是有没有利润,并把这一思想极端化,金钱成为他们衡量世界与人的尺度。《小径分岔的死亡》中的余超颖出车祸死亡,她的日记被送到电台,有人想拿她的日记出版,有人想以她为原型拍电视剧,曾经暗恋她的男人想把日记中提到的男人都换成自己借以扬名,甚至她的 11 岁女儿,送来日记的原因竟然是希望电台念日记时可以提到自己。这篇小说十分有力地表现出现今社会的功利主义,死者的日记成为一块人血馒头,当然,更成为一面人性的照妖镜,所有的人,无论是亲朋还是陌路,无论什么职业、什么年龄,都想借之图名牟利,却没有人对死者的悲剧做出丝毫的体恤与同情。实际上,都市群体未尝从一开始就没有理想,但是在社会现实和巨大的生活压力面前,他们逐渐发现自己的理想根本是一个无法实现的乌托邦,如《向中产阶级致敬》写道:"多少年来,向光的理想就是想过一种有信仰有尊严的生活。可以现在看来,这二者均是扯淡。"③小说中,秘书向光在花光积蓄付了房子首付后,请朋友吃饭,饭席上一通胡言乱语把朋友都得罪了。向光表现出的非理性的例外状态,实际上是在多年被妻子训斥、鄙夷,与朋友攀比,以及买房的多重压力下的一种情感宣泄,他自卑自怜又自重自强,但难以改变现状,造成了严重的心理扭曲和精神郁结,而这种心理状态实则大量潜藏于当今都市的底层群体中。《铁血信鸽》中的穆先生则对平庸和同质化的生活感到绝望,只能把人文主义的理想寄托在邻居家养的鸽子上,最终因无人理解而跳楼自尽。小说结尾写穆先生化成鸽子,以"诉说对肉体的蔑视,对理想的追悼,对悬崖峭壁般精神生活的渴求"④,确实具有一股撼动人心的艺术力量。

---

① 鲁敏:《镜中姐妹》,太白文艺出版社 2017 年版,第 101 页。
② 鲁敏:《镜中姐妹》,太白文艺出版社 2017 年版,第 120 页。
③ 鲁敏:《镜中姐妹》,太白文艺出版社 2017 年版,第 119 页。
④ 鲁敏:《九种忧伤》,花城出版社 2013 年版,第 90 页。

二

鲁敏都市小说中所折射的"群体症候"确实是一种普遍性的存在,也是当代社会面临的严峻问题。那么,这些症候的发病机制是什么?答案其实可以从她的小说文本内部进行索解。

工业社会和经济发展带来的环境污染、食品不安全等问题,直接导致了都市群体普遍的器官失调和机体病变。毋庸置疑,工业发展是现代国家兴盛的必要手段,但是,工业也带来了负面影响,引领18世纪工业革命的英国的伦敦就曾一度以"雾都"之称闻名。正如鲍德里亚所说:"经济活动带来了对集体环境的破坏:噪音、空气和水污染、风暴的破坏以及新的社会设施(飞机场、高速公路等)的建造,给居民区带来了莫大的困扰。"①中国的工业化进程较晚,改革开放后才奋起直追,如今正面临着欧美国家曾遭遇过的环境污染问题,而整体环境的破坏势必影响到人的身体,引发一些城市病与工业病,如苏桑·桑塔格在《疾病的隐喻》中所写的:"当城市事实上还未被看作是致癌环境前,城市自身就已被看作是癌症——是一个畸形的,非自然增长的地方,一个充斥着挥霍、贪婪和情欲的地方。"②这在鲁敏的小说中得到了确切的体现,如《六人晚餐》开篇所着重描写的冒着黑烟、烧着废气的厂区的空气,它混杂着硫化氢味、铁锈味与二甲苯的焦油味,"裹挟住所有人的鼻腔、咽喉以及肺部"③。生活于厂区的丁成功的前妻患贲门癌,晓蓝的父亲患肝癌,这与空气问题不无关系。《向中产阶级致敬》中有句话:"就咱们这城里的空气质量指数,开天窗不就等于吸二氧化碳自杀?"④它表明工业废气不仅污染了厂区的空气,还使得整个城市的空气浑浊不堪,这自然容易引发城市居民的呼吸系统疾病,因此,鲁敏的都市小说中存在着大量的鼻炎、咽炎和肺癌患者。工业不仅制造废气,还生产出一些对人体有害的物质,比如《饥饿的怀抱》中提及的有毒食品、垃圾食品、化学食品,甜蜜素防腐剂与添加剂。还有《不食》中秦邑以讽刺的口吻所说的:"感谢万能的科技,感谢细胞分裂素、生根素、抑制剂、膨大剂,类固醇与雌激素,我们有了45天上市的鸡,28天长成的鸭,4个月速肥的猪,我们有光长肉不产卵的鱼……"⑤都市人群大量食用这些违反自然规律的现代化速成产品,自然更易罹患肿瘤、癌症和各种怪病,因此秦邑的"不食症"也情有可原。科技的发达虽使交通更快捷,却也酿成了更多的交通事故,鲁敏都市小说中的人物很多就是出车祸而死。当然,瓦斯爆炸、工厂爆炸等也经常出现于鲁敏的笔下,这些都是工业发展带来的次生灾害,确实成为当今城市居民生活的重大安全隐患,因此,《死迷藏》中老雷看似滑稽的死亡恐惧症也并非毫无根据。此外,工业社会不仅容易引发身体疾病,它还是都市人群爱情淡出和力比多弱化的主因。马尔库塞说"性自由成了一种市场价值和一种社会习俗的因素,这是工业社会的一个独一

---

① 鲍德里亚:《消费社会》,刘成富、全志钢译,南京大学出版社2014年版,第18页。
② 苏桑·桑塔格:《疾病的隐喻》,程巍译,上海译文出版社2003年版,第66页。
③ 鲁敏:《六人晚餐》,北京十月文艺出版社2012年版,第7页。
④ 鲁敏:《镜中姐妹》,太白文艺出版社2017年版,第123页。
⑤ 鲁敏:《镜中姐妹》,太白文艺出版社2017年版,第14页。

无二的成就"①。鲁敏小说中的都市群体以通奸和婚外恋为常事，正是性泛滥和性自由的极端体现。霍克海默和阿尔多诺更有一句名言："大工业吞没了爱情。"②性的泛滥导致爱情的消亡，爱情的消亡又加剧性的泛滥，这个恶性循环使得都市人群沉迷于肉体的愉悦，竟以越轨为荣，性道德早已荡然无存。为什么进入工业社会，人的性欲力比多会逐渐弱化呢？马尔库塞对此有经典的阐释，他曾比较了在草丛中做爱和在小汽车上做爱的不同，认为前者更能激发性欲，因为"机械化的环境似乎阻扼了这种力比多的自我超越性"③。鲁敏的《颠倒的时光》中有一段写木丹与凤子在西瓜大棚里做爱，木丹看到"绿的瓜叶遮住她两只亮亮的眼，却又衬出她汗白的身子了"④，立刻激情勃发。在此，绿色植被的覆盖让人体会到一种天人合一的奇异之感，加之野外场所生成的刺激性，力比多自然陡增。反观鲁敏都市小说中的性爱空间，都是在暗色调的水泥森林的楼房之中，城市灯火如现代性的窥视之眼，力比多在这种机械化环境的压抑之下，自然随之消泯。城市工业的发展原本是为了便利、拓展人类的生活，但它反过来又成为人类诸种恶疾的病原体，鲁敏正是在这个二律背反之中寄寓了她对现代性"恶之面向"的反思与批判。

工具理性和机械复制时代的艺术使人成为"单向度的人"。鲁敏小说中的都市群体之所以人情淡漠、人际疏离、灵魂失落，与当代社会工具理性的发达密切相关。韦伯认为，"工具理性，即通过对外界事物的情况和其他人的举止的期待，并利用这种期待作为'条件'，或者作为'手段'，以期实现自己合乎理性所争取和考虑的作为成果的目的。"⑤换言之，工具理性就是指个体为了实现自己的利益而不择手段，把他人作为自己牟利的工具，把世界工具化，把人情利益化，成为钱理群先生所说的"精致的利己主义者"。当代社会工具理性的发达必然导致人情人性的消弭，继而导致人际关系的疏离状态，都市众生都只为个人的利益而奔忙，因此他们根本无心留意赵丽莉的"一道眉"，因此众人为了一本死者的日记而争相表演，因此一个婴儿的生命是可有可无的，因此在他们看来李复不停地救死信是可笑之举。鲁敏的《饥饿的怀抱》中写到一个妙龄少女教一个退休老者学电脑，甚至为了补偿他初恋未果而让他看自己的身体，老者非常感动，但后来他才知道，少女只是仰慕并试图接近老者的儿子，才对老者百般示好，她看似温情款款实则是逢场作戏，老者不过是她利用的一个工具而已。在这样的社会环境中，这位老者所向往的"回到情感，回到悲喜，回到最朴素的感知"，"与经济的、社会的、名声的、肉体的皆无关"⑥的人际交往实在少之又少。正因此，《木马》中的小木和龙猫才会靠求虐与施虐来维持一种存在感，他们在日常的虚伪的人际交往中几乎感觉不到自我的存在。同样，《奔月》中小六的出逃也是寻找自我存在感的一个越轨举动。当代社会人性的变异还可归结于"机械复制时代的艺术"，这是本雅明对批量生产的

---

① 赫尔伯特·马尔库塞：《单向度的人——发达工业社会意识形态研究》，张峰、吕世平译，重庆出版社1988年版，第63页。
② 马克斯·霍克海默、特奥多·阿尔多诺：《启蒙辩证法》，洪佩郁、蔺月峰译，重庆出版社1990年版，第99页。
③ 赫尔伯特·马尔库塞：《审美之维》，李小兵译，生活·读书·新知三联书店1989年版，第81页。
④ 鲁敏：《取景器》，山东文艺出版社2009年版，第144页。
⑤ 马克斯·韦伯：《经济与社会》（上卷），林荣远译，商务印书馆1997年版，第56页。
⑥ 鲁敏：《镜中姐妹》，太白文艺出版社2017年版，第217页。

同质化、平庸化和去艺术性的当代艺术品的深刻批判。霍克海默和阿尔多诺也认为,在当今,"一切文化都是相似的"①。这些话语恰可与鲁敏的都市小说相互印证。《寻找李麦》中写道:"所有的声音在单调的回响中充满着一种不可言说的意味深长。"②反映了当代社会的单调和同一性。《铁血信鸽》中的穆先生同样因为时代的同质化而感到绝望,他看到所有居民房屋的设置和布局都是一样的,连自己的社会属性也固定了,人生一眼望到头,因此才自杀以痛悼理想主义的消亡。在工具理性和机械复制艺术发展以后,更为可怕的是人的"物化"。"物化"是卢卡奇在马克思思想的启发下提出的概念,他说"自我客体化,即人的功能变为商品这一事实,最确切地揭示了商品关系已经非人化和正在非人化的性质"③。霍克海默和阿尔多诺继承了这一观点:"现在工业体系对每个人越来越普遍地要求,为了能维持自己的生存,而不至成为无用的人,其中包括未经训练的失业者和不熟练的工人,都必须更加物化。"④鲁敏的都市小说中就生活着大量"物化"的人,如《小径分岔的死亡》中的男电台主持,他对每天因仰慕他而来接送他下班的美女司机无动于衷,他自己反思道:"一个对着话筒说了两个小时话、同时装了满耳朵听众隐私的人,就像那些刚刚从脚手架或手术台上下来的人一样,还会有任何生理或心理上的欲望吗?"⑤重复性的工作确实容易使人情感麻木,成为一台机器。《方向盘》中的单位副总看似工作体面,但他同样每日忙于司机的待遇、小车的档次、签单的上限、秘书的职称、讲话时间的长短等琐碎的事情,因此深感厌倦,叹道:"无聊的角逐游戏!可是天天上演。"由此,我们发现,工具理性、同质型文化和人的"物化"正是鲁敏都市小说中人际关系疏离、理想价值失落等症候的根由。

　　消费文化的无孔不入导致拜金主义和物质主义的盛行。中国自改革开放以后就开启了经济腾飞的脚步,1992年市场经济体制确立,2001年加入世贸组织,这些标志性事件的发生和中国经济的高速发展使得当代社会的消费文化甚嚣尘上,如今,中国在很大程度上成为鲍德里亚所说的"消费社会",尤其是在发达的城市和经济区。而鲁敏都市小说中人物的一些症候就与消费文化息息相关,其中最典型的就是秋实和梅小梅的购物狂热症,他们购买商品并非基于商品本身的使用价值,而是一种心理怪癖在作祟,《镜中姐妹》已经为秋实的购买行为做了解释:"纯粹是为了欣赏或收藏,为了满足她的某种精神需求。"⑥这与鲍德里亚的分析简直若合符契——"表面上以物品和享受为轴心和导向的消费行为,实际上指向的是其他完全不同的目标,即对欲望进行曲折隐喻式表达的目标。"⑦也就是说,秋实之所以不停地买衣服,是潜在欲望的表现,一方面是占有欲,另一方面是炫耀欲,她以占有大

---

① 马克斯·霍克海默、特奥多·阿尔多诺:《启蒙辩证法》,洪佩郁、蔺月峰译,重庆出版社1990年版,第112页。
② 鲁敏:《镜中姐妹》,太白文艺出版社2017年版,第4页。
③ 卢卡奇:《历史与阶级意识——关于马克思主义辩证法的研究》,杜章智、任立、燕宏远译,商务印书馆1992年版,第154页。
④ 马克斯·霍克海默、特奥多·阿尔多诺:《启蒙辩证法》,洪佩郁、蔺月峰译,重庆出版社1990年版,第99页。
⑤ 鲁敏:《离歌》,春风文艺出版社2010年版,第144页。
⑥ 鲁敏:《镜中姐妹》,太白文艺出版社2017年版,第91页。
⑦ 鲍德里亚:《消费社会》,刘成富、全志钢译,南京大学出版社2014年版,第60页。

量的"物"而获得满足感,又以在他人面前炫耀自己的衣着而获得优越感。消费文化还是鲁敏都市小说中金钱崇拜症的一大肇因。《镜中姐妹》写道:"在20世纪90年代中期,人们对金钱的渴望甚至远远超过了对性自由的向往。"①正是市场经济的飞速发展和消费文化的发达导致人们的价值评判体系发生了重大转移,一个人成功与否不是看他的社会贡献,而是看他的经济收入属于哪个阶层,一个拥有巨额财富的人,不管他的道德品质如何,都将成为很多人的崇拜对象,都市群体的灵魂跪在了财富的面前,因此鲁敏小说中的秋实、晓蓝、王蔷等一大批女性形象都拼命地想嫁入豪门,以此改变自己的社会地位。虽然这个愿望本身无可厚非,但把金钱当作择夫的唯一条件,道德标准彻底滑向了经济标准,这显然是非常错误的价值取向。

权力体制的规训作用也不可忽视。鲁敏都市小说中有一些特殊的心理症候,与上述几点关系不大,主要是受体制规训与某种临时性政策的影响。比如《此情无法投递》中18岁的陆丹青,只因为在私人舞会上与斯佳有暧昧举动,就被所谓的"严打活动"判定为"聚众淫乱,强奸少女"而被执行死刑。这个事件直接导致了陆丹青父母一生的心灵创痛。其父陆仲生晚年患失忆症,也与此深有关联。陆仲生后来知道,当时的"严打"实际上造成了很多冤假错案,陆丹青的悲剧只是其中之一。可见,一次草率的决策结束了一个生命,同时也使一位父亲背上了终生的十字架。《六人晚餐》中丁伯刚的失忆症同样是体制变动造成的结果,书中有言在"丁伯刚的工友们看来,他的失忆是从厂区改制开始的——国家权力机器的影响"②。1999年由于厂区的改制,很多工人被买断工龄,提前退养,丁伯刚就是其中之一,工作岗位的丧失以及厂区的拆迁对他的心灵造成重大冲击,最后失忆。《方向盘》中的司机刘开强与领导在互相猜度中斡旋回环,造成心理郁结,是因为机关的车改政策可能导致机关司机职务的取消,可称为"车改"郁结症。《铁血信鸽》中穆先生之所以对生活绝望,他的独生儿子出国留学造成的家庭空洞感也是一个原因。《饥饿的怀抱》中的"八十块"心理郁结症同样由"独生子女"政策引发,如果当时超生没有被罚"八十块",那么"我"与儿子的关系也不至于破裂,因为"八十块"成为他难以祛除的心病。鲁敏的都市小说中还有一个公务员形象谱系,其中大部分是单位小职员,也有部分职位较高的领导,而无一例外,他们都必须在揣摩上级意图中拼命寻求升迁的机会,过着一种重复性且缺乏尊严的机械生活,大都患上了"官场疲劳症",揭示了压力巨大的权力系统对人心的腐蚀。

以上所论列的发病机制,与"群体症候"基本是相互对应的。下面的列表可以将二者的因果联系更为清晰地呈现出来:

发病机制	工业发展	工具理性	消费文化	权力规训
"群体症候"	器官病变和癌化症、性能力丧失症、安全恐惧症、不食症、性泛滥症	不信任症、人情淡漠症、灵魂失落症、失踪症	购物狂热症、金钱崇拜症	失忆症、"八十块"郁结症、官场疲劳症、"车改"郁结症

---

① 鲁敏:《镜中姐妹》,太白文艺出版社2017年版,第97页。
② 鲁敏:《六人晚餐》,北京十月文艺出版社2012年版,第100页。

当然,病因与病征的逻辑关系也并非铁板一块,比如消费文化也是导致灵魂失落症和人际疏离症的一个因素,工业发展同样催生了金钱崇拜症,等等。以上列表的根据是归纳出造成某一症候的最主要原因。总之,正是这些不同的发病机制形成了一股巨大的合力作用,它构成了鲁敏小说中都市群体所生活的社会环境与思想环境,这种环境反过来使都市人群患上了身体与精神的诸般疾患。借此,鲁敏展示了他对都市心灵的深刻理解和对"群体症候"的精准把握,也表达了他对都市现代性"恶之面相"的强力批判。

三

鲁敏的写作,并非无源之水。把她的症候性写作置于历时与共时的文学史脉络和谱系中,将有助于我们理解鲁敏都市小说的话语资源、精神理路与艺术特性。实际上,中国新文学中的都市症候性写作,可以追溯到五四运动前后的问题小说。其代表作家作品是王统照的《微笑》,冰心的《斯人独憔悴》《两个家庭》,罗家伦的《是爱情还是苦痛?》,这批小说主要关涉当时都市社会的婚姻、家庭、劳工、伦理、宗教等问题,基本秉持"人的文学"的创作观和启蒙主义的思想,艺术上略显稚嫩。鲁迅的《一件小事》则体现出"劳工神圣"的思想,从知识分子的视角体察到都市底层民众的崇高道德。此后,沈从文的都市小说主要批判都市人的精神"阉寺性",老舍的《骆驼祥子》反映拉车夫在都市与现代性的漩涡中不断受欺凌而堕落的过程。在新感觉派的都市小说中,上海成为一座纸醉金迷、灯红酒绿的欲望之都,力比多的肆意发泄和没有目标的奢侈生活成为崭新的"都市风景线"。"十七年"时期囿于一体化写作和意识形态国家机器的强大束缚,都市小说告退而农村题材方滋,"都市"仅仅成为一个与资产阶级思想画等号的供批判的符号性存在。新时期以降,由于中国市场经济的不断发展以及城市化进程的极速推进,都市小说也呈爆发式增长。贾平凹的《废都》、格非的《欲望的旗帜》、张者的《桃李》等关注当代知识分子群体在都市语境或高校体制中的身体沉沦与精神失守。卫慧、棉棉等承海派余绪,将都市的妖魅与肉欲的迷狂发挥到极致。朱文的《我爱美元》触及消费文化对亲情伦理的消解作用。《抉择》《沧浪之水》《国画》等官场小说揭示了官场生态的污浊,反映了当代都市权力系统中的种种弊病与恶习。以曹征路、王祥夫、陈应松等为代表的"底层文学"则把目光聚焦于弱势群体的生活苦难,同情他们的不平遭遇。阎连科的《炸裂志》是一个独特的文本,它以高度的象征色彩,用一个村庄极速变为大都会的历史,隐喻了整个中国的现代化进程,并揭示了这一过程中伴生的道德败坏、人伦错乱、人性迷失和秩序分裂等诸多根本性问题。最近一段时期,文坛还出现了一批刻画"失败青年"形象的小说,如石一枫的《世间已无陈金芳》和方方的《涂自强的个人悲伤》等,它们揭示了当下一代青年的上升之路被堵塞、梦想破败的辛酸历程,其批判意向往往直指阶层固化和贫富差距问题。以上提及的都市小说文本与思潮,尽管对都市的态度各异(或批判或迷恋或暧昧),但都从不同面向上反映了都市中存在的种种文化现象,表现了不同时代、不同阶层的都市群体的生活状态与心理现实,反映了城与人、人与物、性与爱、自我与他者等二元序列的复杂关系,其主流还是带有问题意识的及物写作,正如研究者所指出的:"经过近一个世纪的发展,都市小说早已成为文坛的一支重要力量。从空间背景到日常生活、从改造到改革、从批判到包容、从单一到多元,都市话语的生长不仅书写了都市的物化形态、精神气质以及人们的生活方式,确立了自身的异质性、多元性品格,同时也见证了中国的城市化进程和社会变化。"①

我们不得不追问的是,鲁敏的都市小说在这一文学谱系上处于什么位置?她与前辈和同代作家的都市写作有何异同?她对"群体症候"的揭示有什么异质性和排他性的价值意义?鲁敏的独特性首先在于,她的都市小说对"群体症候"的揭示具有广延性的特征。就人物所属阶层而言,鲁敏的都市小说中既有底层文学所关心的弱势群体,如下岗工人、进城务工人员、服务员、保洁阿姨等,也有国家单位职员和中层领导干部,还有中学老师、大学教授等知识分子,有专业技术人员、个体工商户,还有都市白领和中小企业家等。就人物年龄构成而言,鲁敏都市小说中的人物,上至八九十岁的老者,下至八九岁的孩子(甚至还有"灵魂叙事"的《此情无法投递》中的死后阶段,以及"胚胎叙事"的《缺席者的婚礼》中的生前阶段),他们所罹患的症候都得到了反映。就病相种类而言,从身体到精神,从家庭到社会,从显性到隐性,从轻微到严重,各种奇病怪象都在她的小说万花筒中现出原形。这在都市小说作家之中,也是罕见的。其次则是对心理隐疾的独特呈示。鲁敏的一大特性,在于她一边持着手术刀,解剖当代社会与都市人群的病变机体,发现其中遍布周身的病菌与毒素,一边又持着高倍显微镜与灵魂透视镜,看到隐藏在都市心灵最深处的、不为人知的那些秘密症候,她将这些症候称为"暗疾"。还没有哪个作家,像鲁敏这样对都市群体的灵魂进行过如此深度的精神分析,正因此,她小说中所呈现的一些心理郁结症,是其他作品未曾触及的都市心灵的阴暗部分,大多数的都市小说停留于表面的疾病呈现或社会问题的直接展示,而未达到鲁敏小说对心理症候把握的精细程度,那是一些藏匿于潜意识深层的情绪霉菌,它们往往比器官的病变更为可怕,也更难治愈。最后,是鲁敏写作的持续性,鲁敏最早的小说如《寻找李麦》(2001)等已肇都市"群体症候"书写的先声,此后,除了"东坝系列"的短时转移,直至最近的长篇《奔月》(2017)和短篇集《荷尔蒙夜谈》(2017),鲁敏对"群体症候"的揭示是一以贯之的,也就是说,她是一个具有明确的问题意识的作家,她始终没有放弃对都市心灵世界的追踪与探索,她试图把小说文本当成一个"取景器",借此多角度、多方位地摄取都市心灵的众生百态。鲁敏的都市小说,不是为了迎合某一种文学潮流的跟风写作,更不是"蹭热度"的投机写作,她是真正看到了当代社会都市群体存在的种种身心病象,真正想为他们留下一份历史的证词和时代的记录,才开始了自己的写作。鲁敏对"群体症候"书写的持续性,是大部分都市小说作者未能做到的,很多作家只是偶尔客串一下都市题材,而没有鲁敏这样贯彻始终的问题意识。

那么,"问题小说"究竟要不要提出解决问题的方案?五四时期的"问题小说"就因为大多数"只问病源,不开药方"而受到诟病,以此反观鲁敏的症候写作,她揭示了病征,指出了病因,同样没有开出药方。笔者认为,开药方并不是作家的职责所在,因为有些社会问题解决起来是极端复杂的,即如鲁迅这样的思想大家,其写作更多的也是揭示国民的劣根性与封建思想的痼疾,他同样很难给出一个完满的社会方案。雨果在《悲惨世界》的序言中写道:"只要因法律和习俗所造成的社会压迫还存在,在文明鼎盛时期人为地把人间变成地狱,并且使人类与生俱来的幸运遭受不可避免的灾祸;只要本世纪的三个问题——贫穷使

---

① 刘忠:《现当代小说中的都市话语及其现代性走向》,《文学评论》2017年第5期。

男子潦倒,饥饿使妇女堕落,黑暗使儿童羸弱——还得不到解决……那么,和本书同一性质的作品都不会是无用的。"①此言在在体现出一颗伟大的文学良心的诗学正义,但是,《悲惨世界》也没有开出对社会流毒的解药,或许雨果真正懂得,他所提出的三大问题,是与人类社会相伴相生的,只要人类存在,这些问题就存在。换句话说,有些问题在根本上是无法解决的。社会的阴暗可以永远根除吗?人性的恶可以彻底消灭吗?答案显然是否定的。因此,一个有良心的作家应该关心的是如何通过文本表达当代人的生活现实、揭示当代社会的问题与危机,如何通过审美化的表达、活生生的形象辅之以形而上的提升,使小说成为带有深刻思想内核的艺术品。如此,就能成为阿甘本所说的"同代人"。至于如何解决文本所揭示的问题,他可以进行思考、探索,但不应该成为一个绝对化的要求。有时候过多地表现解决的方案,反而有损小说的艺术性和文学性,例如《战争与和平》中大量与小说本体脱离的道德、哲学探讨的渗入,就是它的一个缺陷。鲁敏在小说《百恼汇》的结尾写道:"这世上,没有可以医治姜墨的良药,正如没有拯救众生的妙计",继而说"离开即使靠近。自救即是他救。忘却即是幸福"。②恰好是对这一话题的绝佳回应。

正是鲁敏摹状"群体症候"的广延性、深刻度与持续性,使她成为当代文坛的"这一个",她对都市心灵的创伤抱以同情和悲悯,她敢于指陈当代社会存在的种种弊端,以及这种弊端对人情与人性的戕害,她的这种介入意识,虽不是"正面强攻"式的干预写作,但体现出鲁敏作为一个知识分子的难能可贵的责任感与社会关怀。反观70后乃至更年轻的部分作家,他们或沉溺于自我世界的游戏,或迷失于消费时代的利益,或自安于模式化写作的舒适区,鲜少能够像鲁敏这样,始终关注时代与社会的暗疾,始终关注作为个体的人的心灵秘史,始终带着问题与关怀建构自己的都市文学体系。而这,正是她的价值所在。

---

① 雨果:《悲惨世界·作者序》,李丹、方于译,人民文学出版社2015年版,第1页。
② 鲁敏:《百恼汇》,上海人民出版社2008年版,第210页。

出版说明

1992年,原南京大学中文系(现南京大学文学院)开始编辑出版学术论文集《文学研究》,由南京大学出版社出版。1997年,中文系与中国社会科学院文学研究所《文学评论》编辑部合作,以《文学评论丛刊》的名义编辑出版,共出版15卷。因合作期满,2014年,南京大学文学院决定重新编辑出版《文学研究》,内容包含文艺学研究、中国古代文学研究、中国现当代文学研究、比较文学研究等领域的学术成果。

《文学研究》依托南京大学中国语言文学学科,坚持严格的学术研究规范和优良的学术传统,努力编辑高水平学术论文,追求学术深度与广度,推进文学理论、中国文学与比较文学的研究,依循严格的送审与推荐程序,认真持久地办好论文集。

欢迎学界同仁提供高质量的学术成果,对《文学研究》的编辑工作给予批评和帮助。

图书在版编目(CIP)数据

　　文学研究：中国古今文学演变研究专辑 / 徐兴无，王彬彬主编. —南京：南京大学出版社，2020.4
　　ISBN 978-7-305-23425-5

　　Ⅰ. ①文… Ⅱ. ①徐… ②王… Ⅲ. ①中国文学-文学史研究 Ⅳ. ①I209

　　中国版本图书馆 CIP 数据核字(2020)第 096113 号

出版发行	南京大学出版社
社　　址	南京市汉口路 22 号　　邮　编 210093
出 版 人	金鑫荣
书　　名	**文学研究——中国古今文学演变研究专辑**
主　　编	徐兴无　王彬彬
责任编辑	荣卫红　　　　　　编辑热线　025-83685720
照　　排	南京紫藤制版印务中心
印　　刷	常州市武进第三印刷有限公司
开　　本	787×1092　1/16　印张 11.75　字数 286 千
版　　次	2020 年 4 月第 1 版　2020 年 4 月第 1 次印刷
ISBN	978-7-305-23425-5
定　　价	48.00 元

网　　址：http://www.njupco.com
官方微博：http://weibo.com/njupco
官方微信：njupress
销售咨询热线：(025)83594756

* 版权所有，侵权必究
* 凡购买南大版图书，如有印装质量问题，请与所购图书销售部门联系调换